HEYNE BÜCHER



SCIENCE FICTION

Herausgegeben von Wolfgang Jeschke

Ein Verzeichnis aller STAR TREK-Romane
finden Sie am Schluß des Bandes.

STAR TREK
VOYAGER™

SUSAN WRIGHT

# VERLETZUNGEN

*Roman*

**Star Trek®**
**Voyager™**
**Band 4**

Deutsche Erstausgabe

WILHELM HEYNE VERLAG
MÜNCHEN

HEYNE SCIENCE FICTION & FANTASY
Band 06/5404

Titel der amerikanischen Originalausgabe
VIOLATIONS
Deutsche Übersetzung von Andreas Brandhorst

Redaktion: Rainer Michael Rahn

Erstausgabe by Pocket Books/Simon & Schuster, Inc., New York

Printed in Germany 1996
Umschlagbild: Pocket Books/Simon & Schuster, New York
Umschlaggestaltung: Atelier Ingrid Schütz, München
Technische Betreuung: M. Spinola
Satz: Schaber Satz- und Datentechnik, Wels
Druck und Bindung: Ebner Ulm

ISBN 3-453-10913-9

*Für Lisa Wright DeGroodt
und Gwen Roberts Sherman.*

*Sie waren zur Stelle,
als die Reise begann.*

# PROLOG

Ich glaube, wir sind groß genug, um mit dem Kartell fertig zu werden«, sagte Captain Janeway zu Commander Chakotay.

Harry Kim saß an der Funktionsstation und beobachtete, wie die Kommandantin lächelte. Inzwischen kannte er diesen besonderen Gesichtsausdruck. *Sie möchte einfach hinfliegen, frech wie Oskar*. Er bewunderte ihre Verwegenheit, und gleichzeitig teilte er die Skepsis des Ersten Offiziers. Die Blicke aller Brückenoffiziere galten Janeway und Chakotay. Paris bildete die einzige Ausnahme. Er saß weiter vorn an der Navigationskonsole und verhielt sich so, als geschähe hinter ihm überhaupt nichts.

»Wenn Sie mir diesen Hinweis gestatten, Captain...« In Chakotays Stimme ließ sich eine gewisse warnende Schärfe vernehmen. »Sie sind es gewohnt, Situationsbewertungen aus der Perspektive eines Starfleet-Offiziers vorzunehmen. Doch unter den gegebenen Umständen halte ich die Guerillataktik für angemessen.«

»Haben Sie vergessen, daß wir alle Starfleet-Offiziere sind?« fragte Janeway.

»Keineswegs. Allerdings berufe ich mich hier auf meine Erfahrungen als Maquisard.« Chakotay beugte sich weiter vor und fügte leise etwas hinzu, das Kim nicht verstand. Der junge Fähnrich platzte fast vor Neugier und beschloß, Paris später zu fragen, ob er die Worte des Ersten Offiziers verstanden hatte.

»Begleiten Sie mich in den Bereitschaftsraum«, sagte Janeway. »Sie haben das Kommando, Tuvok.«

Kim ließ den angehaltenen Atem langsam entweichen, als sich die Tür hinter der Kommandantin und ihrem Stellvertreter schloß. Er verabscheute es, wenn es zwischen Janeway und Chakotay zu Meinungsverschiedenheiten kam. Beiden brachte er uneingeschränktes Vertrauen entgegen, aber in diesem Fall mußte sich einer von ihnen irren.

Auch Kims Kollegen steckten voller Unbehagen, seit die *Voyager* den Kurs geändert hatte – wegen eines Plasmasturms, der sich durch mehrere Sektoren erstreckte. Dies hatte einen Umweg von mehreren Wochen bedeutet, und nun näherten sie sich dem Doppelsternsystem Tutopa. Dort gab es die legendäre Nabe, die auf keiner Sternenkarte von diesem Teil der Galaxis fehlte. Neelix bezeichnete sie als »Informationszentrum« des Delta-Quadranten.

»Die Sensoren orten ein anderes Schiff, das nach Tutopa fliegt«, meldete Kim und las die Kursdaten auf dem Monitor ab.

Tuvok bestätigte den Flugvektor, und Paris drehte sich zu Kim um. »Dies ist schon das vierte Schiff, das an uns vorbeifliegt«, sagte er. »Bei der Nabe muß wirklich ziemlich viel los sein.«

»Darauf deutet alles hin«, entgegnete Kim vorsichtig. Aus den Augenwinkeln hielt er nach Tuvoks Reaktion Ausschau, denn er wußte: Der Vulkanier legte großen Wert aufs allgemeine Brückenprotokoll. Dies war Kims erste Mission, und deshalb mußte er erst noch herausfinden, ob es sich dabei um eine charakteristische Eigenschaft aller Sicherheitsoffiziere handelte oder vielleicht um ein besonderes Merkmal aufgrund Tuvoks vulkanischer Abstammung.

»Die Nabe scheint gut dafür geeignet zu sein, ein wenig auszuspannen«, fuhr Paris fort. »Wenn wir hier im stellaren Territorium der Föderation wären, und wenn ich Anspruch auf Landurlaub hätte …«

»Lieutenant …«, warf Tuvok ein. »Ihre Logik ist fehlerhaft. Wenn wir uns in der Föderation befänden, so gehörten Sie nicht zur Besatzung dieses Schiffes und wären ein Häftling der Strafkolonie von Neuseeland.«

Ein Schatten huschte über das Gesicht des Navigators und erinnerte Kim an ein ganz bestimmtes Gespräch – Paris hatte dabei den Fehler zugegeben, dem drei Starfleet-Offiziere zum Opfer gefallen waren. Als er bei jener Gelegenheit von dummer Reue sprach, die ihn veranlaßte, ein Geständnis abzulegen … Daraufhin wäre Kim fast empört aufgestanden und fortgegangen. Paris' seltsame Gleichgültigkeit schockierte ihn fast noch mehr als seine Schuld am Tod von drei Kameraden. Doch das seltsame Lächeln, das die Lippen des Piloten formten … Es veranlaßte Kim, sich zu beherrschen und am Tisch zu verharren. Er starrte auf seine Konsole hinab und fühlte sich an Reggy erinnert, einen Schulkameraden, der immer wieder Probleme verursachte. Einmal durchnäßte er den Pullover eines Mädchens mit einer Stasisblase Wasser, und nach diesem ›Streich‹ wirkte er so wie Paris jetzt: Er versuchte zu lächeln, weil er sich vor all den anderen nicht betroffen zeigen wollte, fühlte dabei den Blick des kleinen Mädchens, das, den Tränen nahe, zu ihm aufsah und sich fragte, warum er so etwas getan hatte …

»Schämen Sie sich, Tuvok«, sagte Paris über die Schulter hinweg. »Andere Leute zu belauschen … Halten Sie ein solches Verhalten für ›logisch‹?«

Tuvok bediente auch weiterhin die Kontrollen der taktischen Station. Er breitete die Verteidigungssysteme des Schiffes vor – offenbar rechnete er mit der Anweisung, ins tutopanische Sonnensystem zu fliegen. »Es bleibt mir gar nichts anderes übrig, als Sie zu hören, wenn Sie Ihre Meinung der ganzen Brückencrew verkünden. Ich bitte Sie, das in Zukunft zu unterlassen, Lieutenant.«

Kurze Stille folgte, und die übrigen Offiziere gaben sich beschäftigt. Aber ihre unausgesprochenen Worte hingen verbalen Phantomen gleich in der Luft, flüsterten hinter Kims Stirn. Sie verstärkten die Anspannung im Kontrollraum der *Voyager*, und der junge Fähnrich spürte, wie sich das Unbehagen in ihm verdichtete. Gerade jetzt durften sie sich von solchen Dingen nicht ablenken lassen. Immerhin weilten sie in unmittelbarer Nähe eines Sonnensystems, das angeblich zu den mächtigsten im ganzen Quadranten zählte.

Paris wußte nie, wann man besser einen Schlußstrich zog. »Wir bekommen nichts anderes zu sehen als das Innere dieses Schiffes...«, grummelte er vor sich hin.

Die Tür des Bereitschaftsraums öffnete sich, und Captain Janeway kehrte mit Chakotay auf die Brücke zurück. Die Kommandantin nickte Tuvok zu, übernahm damit wieder das Kommando.

»Wir lassen die nötige Vorsicht walten«, sagte Janeway und warf Chakotay einen kurzen Blick zu – ein Hinweis darauf, daß sie seinen Rat beherzigte. »Programmieren Sie einen Kurs zum sekundären System von Tutopa.«

Paris seufzte, zögerte jedoch nicht, die Anweisung zu befolgen. »Kurs berechnet und eingegeben.«

Janeway nahm seine Reaktion zur Kenntnis; ihrer Aufmerksamkeit schien nie etwas zu entgehen. »Es geht uns darum, Informationen über Wurmlöcher zu bekommen, Mr. Paris. Wir stoßen nicht ins Raumgebiet des Kartells vor, damit Sie sich in irgendwelchen Spelunken herumtreiben können.« Sie wandte sich an Chakotay. »Wo ist Neelix?«

Äußerlich wirkte der Indianer völlig ruhig und gelassen, aber Kim zweifelte kaum daran, daß dieser Eindruck täuschte. »Anscheinend hat er Schwierigkeiten mit einem Boiler. Er müßte gleich hier sein.«

»Das sekundäre System von Tutopa ist jetzt in Sensorreichweite.« Kim konzentrierte sich auf die Anzeigen seiner Instrumente. »Es werden keine Planeten der Klasse M geortet, dafür aber mindestens vierzig Schiffe und mehrere Raumstationen.«

»Wir brauchen Neelix«, betonte Janeway.

Chakotay klopfte auf seinen Insignienkommunikator. »Brücke an Neelix. Bitte kommen Sie ...«

Das Schott des Turbolifts zischte, noch bevor der Erste Offizier den Satz beenden konnte. Neelix eilte herbei. Er ruderte mit den Armen, und seine dünnen Haarbüschel zitterten wie im Wind. Irgendwie gelang es ihm, durch sein nervöses Gebaren größer zu wirken.

»Bitte entschuldigen Sie die Verspätung. Kes brauchte mich.«

»Freut mich, daß Sie doch noch kommen konnten.«

Die Ironie prallte wirkungslos an Neelix ab. Er klatschte in die Hände und rieb sie. »Nun, was liegt an?«

Die Kommandantin musterte ihn streng. »Wir fliegen gerade ins sekundäre System von Tutopa.«

Jähe Sorge zeigte sich im Gesicht des Talaxianers. »Halten Sie das für klug? *Ich* habe Tutopa nie besucht, trotz der vielen Möglichkeiten, die sich dort bieten.«

»Warum sind Sie nie dort gewesen?«

Neelix stützte sich lässig an der Rückenlehne des Kommandosessels ab und beugte sich weiter vor, als es Kim gewagt hätte. »Wissen Sie ... Die Tutopaner neigen dazu, sich Schiffe *anzueignen*. Was nicht heißen soll, daß sie aggressiv sind. Aber für gewöhnlich verlassen Besucher das Doppelsternsystem erst, nachdem sie für eins der Kartellhäuser gearbeitet haben. Mit ›Kartell‹ ist jenes Konglomerat gemeint, das die Nabe verwaltet und als Sicherheitstruppe für die Häuser fungiert.«

»Wir wollen uns von der Nabe fernhalten«, sagte Janeway und rutschte ein wenig zur Seite. »Gibt es im sekundären System jemanden, mit dem wir verhandeln können?«

In Neelix' Augen funkelte es. »Sie könnten praktisch alles bekommen, wenn Sie als Gegenleistung dafür Ihren Trick mit dem Beamen anbieten.«

»Wir dürfen keine technologischen Kenntnisse vermitteln«, erwiderte Janeway. »Es wäre ein direkter Verstoß gegen die Erste Direktive.«

»Ach, das schon wieder.« Neelix musterte die Kommandantin ernst. »Sie sollten sich ab und zu gestatten, die Sache mit der Direktive zu vergessen. Gelegentlich stellt sie ein erhebliches Hindernis dar.«

Janeway winkte sofort ab. »Ich habe versucht, es Ihnen zu erklären, Neelix. Wir dürfen anderen Völkern keine technischen Dinge überlassen, weil es dadurch zu Veränderungen der natürlichen Entwicklung käme. Bestimmt läßt sich unser Ziel auch anders erreichen.«

»O ja, natürlich«, pflichtete ihr Neelix bei. »Es hängt ganz davon ab, wieviel Sie zahlen wollen.«

Chakotay sah zum Hauptschirm, der die beiden Sonnen des Tutopa-Systems zeigte. Sie wurden allmählich größer. »Was ist die tutopanische Währung?«

»Genau darin besteht eine der hiesigen Besonderheiten.« Neelix beugte sich erneut vor. »Es ist einer der Gründe dafür, warum ich nie hierhergekommen bin. Die Geschäfte der Häuser betreffen vor allem Informationen: Pläne, technische Entwürfe, Formeln und so weiter. Ich habe mich immer mit wesentlich banaleren Angelegenheiten beschäftigt.«

»Wir beabsichtigen nicht, mit den Häusern oder dem Kartell zu verhandeln«, wiederholte Janeway geduldig. »Wir bemühen uns vielmehr, möglichst unauffällig zu bleiben.«

»Sie brauchen sich gar nicht zur Nabe zu begeben. Auch im sekundären System gibt es Niederlassungen der Häuser ...« Neelix brach ab, als er den Gesichtsausdruck der Kommandantin bemerkte. Er hob die Hände. »Sie haben recht, Captain. Es existieren andere Möglichkeiten, die weniger Aufsehen erregen. Genutzt werden sie vor allem von gewissen... Randgruppen, die ihre Geschäfte auf der dunklen Seite der Monde tätigen.«

»Auf der dunklen Seite der Monde?« wiederholte Janeway verwundert.

Paris drehte den Kopf. »Klingt ganz nach dem Schwarzmarkt.«

»Sind die Aktivitäten der ›Randgruppen‹ illegaler Natur?« fragte Janeway.

»Das Gesetz in Tutopa ist gleichbedeutend mit dem Kartell«, antwortete Neelix und zuckte mit den Schultern. »Die Dunklen sind Freiwild für die Vollstreckerpatrouillen, aber ich glaube, wir brauchen in dieser Hinsicht nichts zu befürchten. Ihre Schiffe sind ein ganzes Stück kleiner als Ihres.« Neelix verbesserte sich rasch: »Als *unseres*.«

»Wie stellt man einen Kontakt zu den ›Dunklen‹ her?« erkundigte sich Chakotay.

Neelix gestikulierte vage. »Wie ich schon sagte: Ich bin nie im Tutopa-Doppelsternsystem gewesen...«

Der am Navigationspult sitzende Paris schnaubte abfällig. »Und angeblich kennen Sie sich gut in diesem Quadranten aus...«

Tuvoks Brauen zogen sich zusammen – das einzige Zeichen des Mißfallens, das er sich erlaubte. Kim vermutete, daß der Vulkanier den Navigator gern getadelt hätte.

»Haben Sie etwas zu sagen, Lieutenant?« fragte Janeway mit einer Schärfe, die Kim überraschte.

Paris sah auf den Navigationsmonitor, so als müßte er sich um wichtigere Dinge kümmern. »Wenn Sie mich fragen... Dieser Ort sieht aus wie der Sassaniwanische Übergang – das Doppelsternsystem zwischen den stellaren Territorien der Ferengi und Cordowianer. Dabei handelt es sich um ein wichtiges Handelszentrum, und im sekundären System – vor allem in den Asteroidengürteln – gibt es einen florierenden Schwarzmarkt.«

»Soll das heißen, Sie standen mit dem sassaniwanischen Schwarzmarkt in Verbindung?« fragte Janeway.

»Ich kenne ihn gut genug, um zu wissen, wovon ich rede.«

Janeway sah von Chakotay zu Tuvok. »Was meinen Sie?«

»Im sekundären System befindet sich ein Asteroidengürtel«, stellte der Vulkanier fest. »Allerdings ist dies nicht der Sassaniwanische Übergang.«

Paris stöhnte und versuchte jetzt nicht mehr, desinteressiert zu wirken. »*Wenn* wir es hier mit dem Sassaniwanischen Übergang zu tun hätten, könnten wir uns sicher die Mühe sparen, nach Wurmlöchern zu suchen. Weil wir dann nämlich im Alpha-Quadranten wären, sicher und putzmunter.«

»Ich erinnere den Captain nur daran, daß hier unbekannte Faktoren berücksichtigt werden müssen«, sagte Tuvok. »Wie dem auch sei: Wenn Individuen verzweifelt genug sind, um jene besonderen Bedingungen hinzunehmen, die in einem Asteroidengürtel herrschen, so spricht eine hohe Wahrscheinlichkeit dafür, daß sie außerhalb des üblichen gesellschaftlichen Rahmens agieren.«

Offenbar wußte Paris nicht genau, was er davon halten sollte. »Das klingt so, als stimmten Sie mir zu.«

»Da haben Sie recht«, murmelte Kim so leise, daß ihn niemand hörte.

»Da haben Sie recht«, sagte Janeway zu Paris. »Lieutenant, nehmen Sie Kurs auf den Asteroidengürtel. Vielleicht finden wir dort einen Weg nach Hause.«

# 1

Janeway lehnte sich im Sessel zurück und blickte zur Decke des Bereitschaftsraums.

*Chakotay hat recht.*

Es war keine besonders gute Art, den Morgen zu beginnen. Aber während der letzten Tage kehrte dieser Gedanke immer wieder zurück und störte Janeway bei der Arbeit: Für die *Voyager* gab es keine Möglichkeit mehr, Starfleet um Hilfe zu bitten. Auf der intellektuellen Ebene sträubte sie sich keineswegs gegen die Erkenntnis, daß sie hier im Delta-Quadranten keinen Machtfaktor darstellten. Doch aus irgendeinem Grund hatte sich durch Chakotays Mahnungen auf der Brücke ein unangenehm intensives Gefühl der Verwundbarkeit eingestellt.

Pulsierendes Licht weckte Janeway aus ihren Grübeleien. Die Stimme des Ersten Offiziers drang aus den Interkom-Lautsprechern. »Alarmstufe Gelb. Captain zur Brücke.«

»Ich bin unterwegs«, bestätigte die Kommandantin und hoffte, daß es sich nicht erneut um einen falschen Alarm handelt. Trotz der vielen ergebnislosen Verhandlungen dachte Janeway nicht daran aufzugeben, und zwar aus gutem Grund: Wenn es im Umkreis von tausend Lichtjahren irgendwelche Wurmlöcher gab, so wußten die Tutopaner davon.

Der Hauptschirm im Kontrollraum zeigte einen Frachter, der in Sensorreichweite geriet. Jenseits des Schiffes spannte sich der weite Bogen des Asteroidengürtels. An Hunderten von Stellen blitzte und funkelte es, als sich Eisbrocken und Felsen drehten, dabei das Licht der beiden Sonnen reflektierten. Janeway hatte Asteroidengürtel für schön gehalten – bis sie vier Tage lang in einem warten mußte, ohne Abwechselung in der Eintönigkeit. Nun, vielleicht ergab sich jetzt etwas...

»Kurs und Geschwindigkeit halten«, sagte sie. »Mal sehen, ob man wirklich mit uns reden will.«

Janeway nahm im Kommandosessel Platz und sah zum großen Bildschirm. Der Transporter wies jene runden Wasserstoffschaufeln am Bug und im dorsalen Bereich auf, die sie bereits von den anderen Schiffen im sekundären System her kannten, doch dieser Raumer sah besonders mitgenommen aus. Janeway kniff die Augen zusammen, als sie einige verformte Schotten an der Steuerbordseite bemerkte – allem Anschein nach war es dort irgendwann einmal zu einer explosiven Dekompression gekommen.

Paris schüttelte den Kopf. »Für nichts in der Welt würde ich so ein Ding fliegen.«

Janeway teilte den Standpunkt des Navigators. Deshalb verzichtete sie auf den Hinweis, daß er seine Ansicht einmal mehr unaufgefordert äußerte.

»Ist das Schiff hierher unterwegs?«

»Die aktuellen Kursdaten deuten darauf hin«, bestätigte Tuvok.

»Gut.«

»Soll ich die Grußfrequenzen öffnen?« fragte Fähnrich Kim.

»Nein. Ich möchte vermeiden, diesen Besucher zu erschrecken.«

Kim runzelte die Stirn. Janeway überprüfte die Daten der Funktionsstation auf ihrem Monitor und stellte fest, daß der Fähnrich alle laufenden wissenschaftlichen Projekte unterbrochen hatte – er wollte jederzeit in der Lage sein, maximale Energie ins Triebwerk und in die Waffensysteme zu leiten. Janeway fand die Maßnahme ein wenig übertrieben, und Mitgefühl für den jungen Mann regte sich in ihr. Die gegenwärtige Situation stellte für sie alle eine Belastung dar, vor allem aber für Kim. Immerhin war dies seine erste Mission, sein erster Einsatz – und er fand auf der anderen Seite der Galaxis statt, fern von allem Vertrauten. Kein Wunder also, daß er zu Nervosität neigte. Andererseits: Ein Starfleet-Offizier mußte auch imstande sein, unter ungewöhnlichen Umständen seine Pflichten wahrzunehmen.

Vor Janeways innerem Auge formte sich ein Bild, das ihr Mark zeigte. Er lächelte sein typisches Lächeln, als er fragte: »He, Kate, hältst du es für möglich, daß der Mutterinstinkt etwas mit deiner Sorge zu tun hat?«

Rasch verdrängte sie alle Gedanken an den Mann, der in ihrem Herzen einen ganz besonderen Platz einnahm. Sie mußte sich auf das Hier und Heute besinnen. »Stimmt was nicht, Mr. Kim?«

»Wie man's nimmt...« Der Fähnrich warf einen kurzen Blick in ihre Richtung und vergewisserte sich, daß sie auch weiterhin zuhörte. »Ich verstehe nicht, weshalb so viele Schiffe in unsere Richtung fliegen – um dann plötzlich abzudrehen. Das gilt selbst für jene Raumer, die sich mit uns in Verbindung setzen.«

»Man testet uns«, sagte Chakotay schlicht.

»Und die Sache spricht sich allmählich herum«, fügte Paris hinzu. »Die meisten Leute sind klug genug, sich von uns fernzuhalten – wenn sie nicht haben, was wir wollen. Ich meine, wem kann schon daran gelegen sein, sich in Schwierigkeiten zu bringen? Und wir sehen wie Schwierigkeiten aus. Die meisten Schiffe dort draußen könnten wir mit links erledigen.«

Janeway hatte nichts dagegen, daß Paris dem jungen Fähnrich ein wenig Mut machte. Sie schwieg, während sie die Schweißnähte an der einen Rumpfseite des Frachters betrachtete.

»Bericht, Tuvok«, sagte sie schließlich.

»Der Transporter verfügt über leistungsfähige Schilde, wie alle tutopanischen Einheiten. Die Kapazität der Waffensysteme ist jedoch nur gering.«

Janeways Blick galt nach wie vor dem Hauptschirm. »Mag sein. Ich habe jedoch den Eindruck, daß der Frachter ziemlich flink sein kann. Die Bugschaufel scheint mit einer doppelten Kompressionskammer ausgestattet zu sein.«

»Solche Raumer kenne ich«, warf Chakotay ein. »Orionische Kurierboote sind ähnlich beschaffen. Bestehen fast nur aus dem Triebwerk. Die Frachtkapazität ist kaum der Rede wert. Es kommt in erster Hinsicht auf rasche Lieferung an.«

»Wenigstens versuchen die Burschen nicht, uns zu scannen«, brummte Paris.

Der Transporter paßte seine Relativgeschwindigkeit an und wahrte einen Abstand von dreißigtausend Kilometern.

»Einen externen Kom-Kanal öffnen«, sagte Janeway. Ungeduldig wartete sie, während Tuvok die notwendigen Modifikationen an den Kommunikationsgeräten vornahm. Offenbar verwendeten die tutopanischen Schiffe unterschiedliche Bandbreiten.

»Es läßt sich nur eine Audio-Verbindung herstellen«, teilte der Vulkanier mit. Zwar arbeiteten sie schon seit Jahren zusammen, aber manchmal wußte Janeway Tuvoks Tonfall nicht zu deuten. Spürte er den gleichen Ärger wie sie, weil die Fremden es ablehnten, sich zu zeigen?

»*Voyager*, hier ist die *Kapon.*« Die Stimme klang blechern aus den Kom-Lautsprechern. »Sie suchen nach bestimmten Informationen, soweit wir wissen.«

»Ja. Es geht uns um die Koordinaten von Wurmlöchern.« Janeway stand auf und neigte den Kopf ein wenig zur Seite, um alle Nuancen in der Stimme des Unbekannten zu erfassen. Die anderen Tutopaner hatten ebenfalls so monoton und in mittlerer Tonlage gesprochen – dadurch blieben Hinweise auf Gefühle und Empfindungen verborgen. »Sind Ihnen Wurmlöcher in diesem Raumsektor bekannt?«

»Was bieten Sie an?« ertönte es.

Janeway zögerte. Für gewöhnlich lautete die Frage immer: *Warum* suchen Sie nach Wurmlöchern? Doch hier stand der Preis an erster Stelle.

»Als Gegenleistung bieten wir genaue Sternkarten von der anderen Seite der Galaxis«, sagte die Kommandantin. »Ich meine Sektoren, die bei Ihnen ›Simari-Haufen‹ und ›Trian-Nebel‹ heißen.«

»Sternkarten«, wiederholte die Stimme leidenschaftslos. »Wissenschaftliche Kuriositäten. Wertlos.«

»Nicht unbedingt«, erwiderte Janeway rasch. »Mit exakten Bezugspunkten ist es einfacher, die Eigenbewegungen von Sonnensystemen und Strahlungsstrukturen zu berechnen. Auf der Grundlage dieser Karten und Ihrer eigenen von den hiesigen Sektoren läßt sich jedes beliebige System in der Galaxis trigonometrisch zu messen. Damit hätten Sie ein ausgezeichnetes Werkzeug für die Navigation – noch dazu eins, das niemand sonst besitzt.«

Stille folgte, und Janeway wartete gespannt. Die Senior-Offiziere vertraten folgende Ansicht: Sternkarten stellten keine neue Technologie dar, sondern nur Hilfsmittel für bereits vorhandene Technik. Die Preisgabe solcher Informationen verstieß also nicht gegen die Erste Direktive.

»Handelt es sich um vertrauliche Daten?« fragte die Stimme von der *Kapon*.

»Ja.« Vielleicht führten diese Verhandlungen zu etwas. »Abgesehen von uns wären nur Sie in ihrem Besitz.«

»Dann haben Ihre Sternkarten einen angemessenen Wert«, klang es aus den Lautsprechern der externen Kommunikation.

»Gut.« Aufregung prickelte Janeway. Alles in ihr drängte danach, das Geschäft so schnell wie möglich unter Dach und Fach zu bringen. »Wir senden Ihnen die kartographischen Daten, und Sie ...«

Die Kommandantin wurde von der fremden Stimme unterbrochen. »Sie wollen vertrauliche Informationen durch einen offenen Kanal übertragen? Wenn jemand anders die Signale empfängt, verlieren die Daten ihren Wert.«

»Wir sind in der Lage, einen Kommunikationskanal so gut abzuschirmen, daß niemand mithören kann. Ich gebe sofort entsprechende Anweisungen.«

»Ich glaube nicht, daß Ihre Abschirmungsmethoden besser sind als unsere.«

Janeway verschränkte die Arme und nickte Tuvok zu. Der Vulkanier überlegte kurz und brachte die notwendigen Hinweise dann in eine Form, die sich mit den Sicherheitsbestimmungen vereinbaren ließ. »Unser Hauptcomputer kümmert sich um die Verschlüsselungsprotokolle. Die zuständigen Mikroprozessoren verarbeiten Daten mit einer Geschwindigkeit, die über die des Lichtes hinausgeht, und hinzu kommen bioneurale Systeme – sie verändern die Codierungsalgorithmen auf einer Zufallsbasis. Außerdem sind wir imstande, die Informationen zu komprimieren und mit einigen wenigen Signalen zu übertragen.«

Die *Kapon* antwortete nicht sofort – vielleicht dachte man dort über Tuvoks Ausführungen nach. Janeway hielt den Atem an, bis die Stimme schließlich erneut ertönte. »Inakzeptabel. Kein Kommunikationskanal kann vollkommen abgeschirmt werden.«

Tuvok wölbte eine Braue und schien bereit zu sein, diesen Worten zuzustimmen. Woran Janeway kaum etwas gelegen sein konnte. Sie fragte sich, ob die Tutopaner Gefallen daran fanden, alles kompliziert zu machen.

»Was schlagen Sie vor?« fragte sie und hoffte, geduldig zu klingen. »Den Einsatz einer Nachrichtenkapsel?«

»Ein direkter Austausch wäre uns lieber.«

»Sie meinen eine... Übergabe? Von Person zu Person? Sollen wir etwa die Nabe aufsuchen?«

»Das ist nicht nötig. Wir haben festgestellt, daß es an Bord Ihres Schiffes Shuttlehangars gibt.«

»Möchten Sie, daß wir Ihnen die Sternkarten mit einem Shuttle bringen?« Diese Vorstellung begeisterte Janeway nicht sonderlich.

»Nein. Ein derartiges Risiko können wir nicht eingehen. Wir müssen mit einem Trick des Kartells rechnen.«

Janeway atmete tief durch. »Wenn wir Gesandte des Kartells wären...« Sie sprach langsam, appellierte an die Vernunft. »Dann *hätten* Sie bereits erhebliche Probleme, nicht wahr?«

»Es ist Ihnen nicht gestattet, an Bord unseres Schiffes zu kommen«, entschied die Stimme. »Wir statten Ihnen einen Besuch ab.«

Janeway war unruhig umhergegangen, und nun blieb sie stehen. »Was veranlaßt Sie zu der Annahme, daß wir damit einverstanden sind?«

»Sie benötigen die Koordinaten von Wurmlöchern. Und nur wir können Ihnen solche Informationen liefern.«

»Warum sollte ich Ihnen glauben?«

»Das ist unwichtig. Wenn Sie möchten, daß wir Ihnen die Wurmloch-Daten zur Verfügung stellen, müssen Sie sich unseren Wünschen fügen.«

Janeway legte die Hände auf den Rücken, setzte sich wieder in Bewegung und schwieg zunächst. Ihr Blick glitt zu den Brückenoffizieren. Tuvoks steife Haltung deutete darauf hin, daß er von einer solchen Lösung nichts hielt. Chakotays Miene vermittelte eine ähnliche Botschaft. Janeway verstand sie gut. Fremden Wesen zu erlauben, die *Voyager* zu besuchen, sich an Bord herumzutreiben ... Ihr Instinkt sträubte sich dagegen. Andererseits hatten die Tutopaner bisher keine Gefahr dargestellt. Selbst Neelix meinte, daß sie nicht als aggressiv galten.

»Sie stellen harte Forderungen«, sagte Janeway schließlich.

»Wir können uns keine Fehler leisten.« Die Stimme von der *Kapon* klang jetzt fast traurig. »Erst recht nicht, wenn es ums Kartell geht.«

Tuvok hatte darauf bestanden, daß Janeway nicht selbst den Hangar aufsuchte. Sie stand nun außerhalb davon am Fenster und beobachtete, wie mehrere Sicherheitswächter die Jacht von der *Kapon* mit Tricordern sondierten. Das kleine Schiff und seine vier Besatzungsmitglieder waren schon vorher von den Sensoren der *Voyager* gescannt worden, doch Tuvok wollte offenbar auf Nummer Sicher gehen.

Seine Vorsichtsmaßnahmen schienen die Tutopaner nicht zu verärgern. Die großen, schlanken Besucher wirkten nervös, blieben ständig in Bewegung, sahen sich immer wieder um. Ein solches Verhalten hatte Janeway angesichts der monotonen Stimmen nicht erwartet. Weniger überrascht war sie von den flachen Gesichtern, die zarte Züge aufwiesen und dazu führten, daß sich die Besucher sehr ähnelten. Das wichtigste Unterscheidungsmerkmal präsentierte sich in Form von bunten Spangen, durch die das Haar im Nacken zusammengehalten wurde. Einige kurze Anweisungen ließen vermuten, daß der Tutopaner mit der rosettenförmigen Spange die Gruppe leitete.

»Gutes Schiff«, sagte Janeway. Sie wußte, daß Chakotay von der Brücke aus das Geschehen beobachtete.

»Torres würde es sicher gern untersuchen«, erwiderte der Erste Offizier.

Janeway nickte und schürzte die Lippen. »Ich nehme an, diese Leute haben allen Grund, vorsichtig zu sein. Man fragt sich jedoch, was *so* eine Jacht in einem Frachter zu suchen hat, der kaum mehr zu sein scheint als ein Wrack.«

Im Hangar wichen Tuvok und seine Begleiter von dem kleinen Schiff zurück. Der Vulkanier wandte sich dem Fenster zu und klopfte auf seinen Insignienkommunikator. »Alles in Ordnung, Captain.«

»Gut, Mr. Tuvok. Bitte führen Sie unsere Gäste zum Aufenthaltsraum.«

Janeway hob die Hand zum Kinn und sah, wie Tuvok und die Tutopaner den Hangar durchquerten. Als sich das Innenschott öffnete, holte sie Luft – und wußte sofort, daß etwas nicht stimmte.

»Chak ...« Mehr brachte sie nicht hervor, denn in ihrem Leib schienen sich alle Muskeln gleichzeitig zu verkrampfen.

Im Kontrollraum wuchs Chakotays Unruhe, als er beobachtete, wie Tuvok die Besucher scannte. Irgend etwas sagte ihm, daß die Fremden kein Vertrauen verdienten. Es gab keine konkreten Anhaltspunkte, und deshalb führte er sein Empfinden auf die instinktive Furcht vor dem Unbekannten zurück. Trotzdem streckte er die Hand nach den Kom-Kontrollen aus, um Janeway zu warnen. Dabei verharrte sein Blick auf dem Monitor, und plötzlich sah er, wie Tuvok und die Sicherheitswächter zuckend zu Boden sanken.

Chakotay aktivierte den Prioritätskanal des Interkoms. »Alarmstufe Rot! Den Hangar sich ...«

Er bekam keine Gelegenheit, den Satz zu beenden. Aus weit aufgerissenen Augen beobachtete er, wie die Tutopaner den Hangar verließen. Irgend etwas raubte ihm die Kontrolle über den eigenen Körper, und Dunkelheit wogte heran, als er nach vorn kippte.

In der Krankenstation erstarrte Kes, und ihre blauen Augen blickten ins Leere.

»Kes?« fragte der Arzt. »Ist alles in Ordnung mit Ihnen?«

Die junge Frau gab einen erstickten Laut von sich und bebte am ganzen Leib.

Die Entscheidungskomponenten des holographischen Doktors arbeiteten bereits an dem Problem, und er hielt einen medizinischen Tricorder in der Hand, noch bevor die Patientin das Bewußtsein verlor. Arteriendilatation, beschleunigter Puls, Erschlaffung der Bronchiolen. Daten wanderten übers Display, wurden vom Programm für Symptome und Diagnose aufgenommen und sofort weiterverarbeitet. Gleichzeitig bemerkte eine Subroutine des Arztes, daß selbst ein kleiner Humanoide ein erstaunlich unangenehmes Geräusch verursachen konnte, wenn er zu Boden fiel.

Eine erste Korrelation und Auswertung der Informationen ermöglichte folgenden Schluß: Die Krämpfe hatten keine interne, sondern eine externe Ursache. Dieses Erkenntnis aktivierte Entscheidungskomponente zehn. »Medizinischer Alarm!« sagte der Doktor.

Er rief die aktuellen Werte von den ambientalen Systemen der *Voyager* ab, während er den Injektor mit Condrazin für Kes füllte. Kes hatte keineswegs mehr Bedeutung als andere Patienten, aber der Holo-Arzt nahm sich vor, in diesem Zusammenhang eine Prioritätssubroutine zu schaffen. Es mußte sichergestellt sein, daß Kes im Notfall sofort behandelt wurde. Immerhin war sie die einzige mobile Medo-Technikerin an Bord.

»Captain Janeway, hier spricht Dr. Zimmerman«, sagte er ruhig. »Ich habe eine große Menge von Isoprenalin in der Luft entdeckt.«

Der Injektor entlud sich, pumpte ein neurales Stimulans in Kes' Nacken. Eine Antwort von der Kommandantin blieb aus.

Entscheidungskomponente zweitausendeinhundertzwölf – sie gehörte erst seit kurzer Zeit zum Programmkomplex des holographischen Arztes – erlaubte es Zimmerman, eine direkte Verbindung zum Hauptcomputer herzustellen und die atmosphärische Isolation der von Isoprenalin verseuchten Bereiche anzuordnen. Die Subprozessoren akzeptierten den medizinischen Befehl und aktivierten alle Filtersysteme zur Reinigung der Luft.

Der Arzt öffnete die Medo-Datenbank, führte eine Analyse des Toxins in Kes' Blutkreislauf durch und gab die Herstellung eines Gegenmittels in Auftrag. Kurze Zeit später kehrte er zu der jungen Frau zurück, sah ihre geröteten Wangen, maß einen immer noch zu hohen Puls und …

Von einem Augenblick zum anderen fand die bewußte Wahrnehmung des Holo-Arztes ein Ende.

# 2

Das Heulen der Alarmsirenen brachte Janeway in die Realität zurück, zeigte ihr einen Weg, der aus dem Durcheinander von wirren Bildern in die Wirklichkeit führte.

Irgendwann hob sie die Lider und fragte sich, ob sie noch immer träumte. Abgesehen vom roten Pulsieren glühten nur wenige Lichter – den Bordsystemen schien allein die Notenergie zur Verfügung zu stehen. Janeway versuchte, sich zu bewegen, spürte dabei, wie die eine Wange über rauhen Teppichboden strich. Ganz deutlich fühlte sie, daß mit ihrem Schiff etwas nicht in Ordnung war. Eine subtile Vibration fehlte, ein beruhigendes, unterschwelliges Summen, das man sonst immer hören konnte.

Jähe Panik erfaßte die Kommandantin. »Brücke, hier spricht der Captain.« Es fiel ihr sehr schwer, die einzelnen Worte zu formulieren. Ihre Silben schienen zu zerfasern, so wie auch Janeways Gedanken.

»Die Tutopaner«, ächzte sie, stand mühsam auf und wankte zum Fenster. Halbdunkel herrschte im Hangar, denn auch dort brannten nur wenige Lampen.

Janeway hielt vergeblich nach der *Kapon*-Jacht Ausschau. Leer erstreckte sich der große Raum vor ihr.

»Tuvok...« An Furcht grenzende Besorgnis keimte in ihr empor. Der Vulkanier und seine Begleiter befanden sich nicht mehr im Shuttlehangar – waren sie vielleicht von den Tutopanern entführt worden?

Janeway lief los, brachte irgendwie die Treppe hinter

sich. Im Korridor fand sie die Sicherheitsgruppe und ging neben dem Vulkanier in die Hocke.

»Captain...« Tuvoks Stimme klang verblüffend deutlich für jemanden, der auf dem Rücken lag, blinzelte und versuchte, ganz ins Hier und Heute zurückzufinden. »Jemand hat Alarmstufe Rot veranlaßt.«

»Aus gutem Grund.« Janeway half ihm dabei, sich aufzusetzen. »Das optische Datennetz funktioniert ebensowenig wie unsere Kommunikatoren. Ich weiß nicht, wie lange wir bewußtlos gewesen sind, woraus folgt: Die Lebenserhaltungssysteme könnten in zwei Sekunden ausfallen – oder auch erst in einer Stunde.«

Tuvok erhob sich steifbeinig, musterte die stöhnenden Wächter und sah dann zum leeren Hangar. »Meine Sicherheitsmaßnahmen haben nichts genützt.«

»Darauf deutet alles hin.« Janeway verzog das Gesicht. Dieser Punkt mußte bis später warten. Zuerst galt es, einen Eindruck vom aktuellen Status des Schiffes zu gewinnen.

»Sie beide gehen zur Krankenstation«, wies sie zwei Wächter an. »Die anderen sichern die Brücke. Tuvok, Sie kommen mit mir.« Sie hielt Fähnrich Navarro am Arm fest, als er an ihr vorbeigehen wollte. Er wirkte nicht so benommen wie seine Kollegen. »Melden Sie sich so schnell wie möglich bei mir. Sie finden mich im Computerraum.«

Der Fähnrich trachtete danach, Haltung anzunehmen. »Aye-aye, Ma'am.«

Janeway erhob keine Einwände – sie fand Navarros Diensteifer viel zu ermutigend.

»Glauben Sie an eine Fehlfunktion des Computers?« fragte Tuvok.

»Wir können keinen Kom-Kontakt zur Brücke herstellen, und das bedeutet: Ein gewöhnliches Systemversagen reicht als Erklärung nicht aus. Wir müssen den Kern des Hauptcomputers untersuchen, um herauszufinden, was geschehen ist.«

Die charakteristischen knisternden Geräusche eines Kraftfelds flüsterten durch den Korridor. Tuvok hob den Tricorder, um eine Sondierung vorzunehmen.

Sie brachten die letzte Ecke hinter sich, und Janeway blieb abrupt stehen. Die Tür des Computerraums war rechts und links um jeweils zwei Meter verbreitert worden – die aus dem Stahl geschnittenen Segmente lehnten neben dem Zugang an der Wand. Tuvok scannte die rasiermesserscharfen Schnittkanten, richtete den Erfassungsbereich des Tricorders dann in den Raum. An der Rückwand schimmerte eine blaue energetische Barriere.

»Sie brauchen es mir nicht extra zu sagen«, sagte Janeway langsam. Wie in Trance trat sie einen weiteren Schritt vor. »Er ist weg. Die Tutopaner haben den Prozessorbereich mitgenommen...«

Tuvok trat ans Kraftfeld heran und sondierte. Ein weiteres Loch in der Wand, und noch eins im Boden – von dort aus ging es drei Etagen weit in die Tiefe, zum Speicherkern. Jene speziellen Kabel, die von den Verbindungsstellen der optischen Datenkanäle zum Prozessorbereich geführt hatten, lagen nun in einer Lache aus blauer Nährflüssigkeit. Janeway sah auch den Grund dafür: Die bioaktiven Weichen zu den Behältern mit den neuralen Gel-Massen waren vom Kraftfeld durchtrennt worden. Gel tropft durch den Speicherkern.

»Durch die Unterbrechung der Verbindungsstellen zum Prozessor ging die Integrität des Subraumfelds verloren.« Tuvok klappte den Tricorder zu. »In dem Kraftfeld gibt es geringfügige energetische Fluktuationen. Es muß mit einem zweiten verstärkt werden, bevor wir darangehen können, das Subraumfeld zu restabilisieren.«

Janeway nickte und forderte den Vulkanier mit einem Wink auf, sich sofort an die Arbeit zu machen. Ihr Blick klebte dabei am dunklen Loch im Computerkern fest. Eine der wichtigsten Kommandoregeln, die sie an der Starfleet-Akademie gelernt hatte, bestand darin, selbst in schwierigen Situationen einen kühlen Kopf zu bewahren und unparteiisch zu bleiben. Wenn man Dinge persönlich nahm, so fiel es einem schwer, die richtigen Entscheidungen zu treffen. Doch als Janeway nun in die Leere starrte und daran dachte, daß ihr Schiff praktisch hilflos geworden war, weil Fremde den fünf Quadratmeter großen Prozessorbereich gestohlen hatten...

*Diesmal nehme ich die Sache persönlich.*

Bevor sie das Feuer des Zorns richtig schüren konnte, traf Torres ein. Die Technikerin sprintete mit wehendem Haar heran und verharrte so plötzlich, daß sie fast gefallen wäre. Ihr Mund öffnete und schloß sich mehrmals, bis sie schließlich hervorbrachte: »Wo ist das Prozessormodul?«

Janeway war nicht in der richtigen Stimmung, den Wutanfall einer anderen Person zu dulden. »Haben wir noch den Warpkern?«

»Niemand würde es wagen, ihn zu stehlen!« Es blitzte in Torres' Augen, als sie ins Loch blickte und die Hände zu Fäusten ballt.

*Weiß sie, wie klingonisch sie aussieht, wenn sie wütend ist?* überlegte Janeway. »Auf diese Weise kommen wir nicht weiter. Ich muß genau wissen, wie groß der Schaden ist.«

»Wie groß der Schaden ist?« wiederholte Torres. »Jemand hat unseren Computer geklaut! Den Prozessorbereich unterm Speicherkern einfach wegzuschneiden... Toller Trick.«

»Das Wie ist mir gleichgültig, Lieutenant. Ich möchte, daß die Bordsysteme wieder funktionieren.«

Dieser Hinweis genügte – Torres konzentrierte sich sofort auf das Problem. »Der Hilfscomputer und die Subprozessoren sollten in der Lage sein, die primären Systeme zu steuern. Sobald wir die Subraumintegrität in den hiesigen Modulen wiederhergestellt haben. Ich bezweifle allerdings, daß wir ohne die Hauptprozessoren Warpkapazität bekommen.«

Tuvok näherte sich mit einem mobilen Kraftfeldgenerator und stellte ihn auf den Boden. »Sie sollten den Raum verlassen, Captain. Durch die energetischen Fluktuationen könnte es zu kritischen Emissionen von Subraumstrahlung kommen.«

Janeway rührte sich nicht von der Stelle. »Wir leben in einem gefährlichen Universum, Tuvok.«

Ein zweites Kraftfeld glühte, und zwar in einem giftigen Grün – die Farbe kam einer Warnung gleich.

»Restabilisieren Sie das Subraumfeld, Torres. Und melden Sie sich anschließend auf der Brücke.« Janeway deutete zum Loch. »Sorgen Sie dafür, daß dort jemand … saubermacht. Angesichts der ausgelaufenen Nährflüssigkeit kann man überhaupt nicht erkennen, was fehlt und was wir noch haben.«

»Aye, Captain.« Torres drehte sich um und eilte durch den Korridor. Sie erteilte erste Anweisungen – und unterbrach sich verärgert, als ihr einfiel, daß der Insignienkommunikator überhaupt nicht funktionierte.

Tuvok nahm noch einige letzte Justierungen an dem Kraftfeld vor und richtete sich dann auf. Janeway wußte, daß er nicht beabsichtigte, über sein Versagen zu sprechen – er würde warten, bis die Kommandantin dieses Thema anschnitt. Bei solchen Gelegenheiten wußte sie seine unerschütterliche Zuverlässigkeit besonders zu schätzen.

»Sind noch andere Dinge verschwunden?« fragte Janeway.

»Ein Tricorder-Scan hat ergeben, daß allein dieser Bereich betroffen ist.« Tuvok drehte sich halb um und blickte zu dem Loch. »Offenbar haben die Fremden nur das Prozessormodul mitgenommen.«

»Nur das Prozessormodul«, wiederholte Janeway.

»Zufälligerweise handelt es sich dabei um das wichtigste Element an Bord der *Voyager*.«

Kes öffnete die Augen. »Was ist passiert?« Sie stellte fest, daß sie sich kaum bewegen konnte, verzichtete daraufhin, jene anderen Fragen zu stellen, die ihr auf der Zunge lagen. Etwas stimmte nicht, und sie mußte sich ruhig verhalten, damit der Arzt alles in Ordnung bringen konnte. Er beugte sich gerade über sie, streckte die Hand aus und wirkte besorgt.

Plötzlich veränderte sich sein Leib, wurde an einigen Stellen durchsichtig, verschwand ganz und erschien wieder; Zimmerman nahm dabei exakt die Haltung ein, in der ihn Kes unmittelbar nach ihrem Erwachen gesehen hatte. Er trat auf sie zu, beugte sich über sie ... Das seltsame Flackern wiederholte sich. Einmal mehr löste sich der holographische Arzt auf, um einige Meter weiter hinten neuerliche Gestalt anzunehmen.

Kes stemmte sich hoch. »Doktor?«

Zimmerman reagierte nicht auf sie, wiederholte dauernd das gleiche Bewegungsmuster und blieb innerhalb von einigen wenigen Sekunden gefangen.

Die junge Frau tastete nach ihrem Insignienkommunikator. »Captain, hier spricht Kes ...«

Ein dumpfes Brummen teilte ihr mit: Das Gerät funktionierte nicht. Sie versuchte es noch einmal, während der holographische Arzt die Aktivitätsschleife wiederholte.

Kes begriff, daß sie jemanden holen mußte, der sich mit diesen Systemen auskannte und sie reparieren konnte. Doch sie durfte Zimmerman nicht in einem solchen Zustand zurücklassen. Bestimmt verabscheute er die Verzerrungen seiner holographischen Struktur, die ständigen Wiederholungen eines eintönigen Bewegungsablaufs.

Kes holte tief Luft und gelangte zu dem Schluß, daß sie eine wichtige Entscheidung traf. Nun, eigentlich gefiel es ihr, wichtige Entscheidungen zu treffen. »Computer, Programm beenden.«

Der Doktor verschwand.

Sie hob die Hand zum Herzen und wartete drei Sekunden lang, bevor sie sagte: »Programm beginnen.«

Es kam zu einer kurzen Verzögerung. Jemand anders hätte vielleicht nichts bemerkt, aber Kes war inzwischen selbst mit den subtilsten Existenzaspekten des holographischen Arztes vertraut. Ihre Besorgnis wuchs immer mehr, während sie wartete. Irgend etwas ging nicht mit rechten Dingen zu…

Schließlich erschien Zimmerman und legte die Hände auf den Rücken. »Bitte beschreiben Sie den Notfall«, sagte er sofort und sah zu den pulsierenden Lichtern der Alarmstufe Rot.

*Es hat also geklappt*, dachte Kes erleichtert. »Ich weiß nicht, was geschieht. Ich wurde bewußtlos, und in Ihrem Programm gab es einen Defekt.« Sie folgte dem Arzt zum Computerterminal. »Das Kommunikationssystem funktioniert nicht mehr.«

»Das gesamte optische Datennetz ist ausgefallen. Offenbar steht nur mehr Notenergie zur Verfügung.« Zimmerman griff nach seinem Tricorder. »Sie waren bewußtlos? Wie fühlen Sie sich jetzt?«

Kes blieb still stehen und ließ sich sondieren. »Ich habe ein wenig Kopfschmerzen.«

Zimmerman sah aufs Display und runzelte die Stirn. »Offenbar sind Sie unmittelbar nach Beginn Ihrer Bewußtlosigkeit gescannt worden. Man hat Ihnen ein Mittel verabreicht, das die degenerativen Toxine in Ihrem Stoffwechselsystem neutralisieren soll.«

Kes fragte sich, warum der Arzt so verwundert klang. »Dafür waren vermutlich Sie verantwortlich.«

»Und genau darin besteht das Problem«, entgegnete Zimmerman. »Ich erinnere mich nicht daran, den Scan durchgeführt und die ermittelten Daten der medizinischen Datenbank hinzugefügt zu haben. Meine letzten Reminiszenzen ...«

»Wir waren mit den Krankenberichten der Besatzungsmitglieder beschäftigt«, sagte Kes.

Der Doktor regte sich nicht. Die junge Frau vermutete, daß er Daten abrief.

»Die Speicherbanken meines Kurzzeitgedächtnisses sind gelöscht. Deshalb erinnere ich mich nicht an meine letzten Aktivitäten.«

»Vielleicht hat sich das Nervengift auch bei Ihnen ausgewirkt.«

»Unmöglich. Isoprenalin kann die holographischen Systeme nicht beeinflussen.«

»Aber etwas beeinflußt den Computer«, meinte Kes. »Selbst das Chronometer funktioniert nicht mehr.«

»Ja, ja«, erwiderte der Arzt ungeduldig, so als spielten eventuelle Fehlfunktionen des Computer kaum eine Rolle für ihn. Sein Blick galt erneut dem Display des Tricorders. »Nervengas, schnelle Dispersion ... degenerativ. Um die Dosis des Gegenmittels zu bestimmen, muß ich wissen, wieviel Zeit verstrichen ist.«

Kes sah zu einer Uhr. »Eine Stunde und zweiunddreißig Minuten.«

»Wie bitte?« Der Arzt sah auf. »Was haben Sie gesagt?«

»So lange waren wir bewußtlos.«

»Unmöglich.« Zimmerman bedachte die junge Frau mit einem durchdringenden Blick.

Kes wußte nicht recht, was sie von dieser Reaktion des Arztes halten sollte, aber es blieb ihr keine Zeit, eine entsprechende Frage zu formulieren – das erste verletzte Besatzungsmitglied wankte durch die Tür der Krankenstation. Zimmerman brauchte ihre Hilfe, um die Patienten zu behandeln.

Sie folgte ihm zum Replikator. Mehrere Versuche waren nötig, bis das Gerät endlich die richtige Arznei herstellte. Trotz ihrer Proteste bestand der Arzt darauf,

Kes die erste Dosis zu verabreichen, bevor er sich dem Fähnrich zuwandte. Sie half dem jungen Mann dabei, Platz zu nehmen, und Zimmerman fertigte eine Aufzeichnung mit Hilfe eines Datenblocks an. »Bringen Sie das hier zur Brücke, zusammen mit einer ausreichenden Menge des Gegenmittels. Kehren Sie anschließend hierher zurück, um in Hinsicht auf den aktuellen Status Bericht zu erstatten.«

Kes zögerte, als zwei weitere Patienten hereinkamen. Doch der Arzt gab ihr keine Gelegenheit, Einwände zu erheben, drehte sich einfach um. Bevor Kes die Krankenstation verließ, hörte sie noch, wie Zimmerman brummte: »Bitte beeilen Sie sich. Ich würde gern wissen, was los ist, denn wie üblich sitze ich hier unten fest.«

Paris sah auf, als Captain Janeway durch die Jeffries-Röhre kletterte, gefolgt von Tuvok. »Bericht!« rief die Kommandantin.

Paris ließ sich nicht anmerken, wie sehr er sich darüber freute, ihre Stimme zu hören. Kim hingegen zeigte seine Erleichterung ganz offen. Der junge Fähnrich steckte bis zu den Ellenbogen in den Gel-Massen der Brücken-Subprozessoren – sein Gesichtsausdruck deutete darauf hin, daß er am liebsten aufgesprungen wäre, um Janeway zu umarmen. Paris wandte sich mit einem Lächeln ab, das von seinen Lippen wich, als der Blick zum leeren, grauen Hauptschirm zurückkehrte.

Kathryn Janeway trat so in die Mitte des Kontrollraums, als sei sie entschlossen, den ganzen Unsinn hier und jetzt zu beenden. »Wo ist Chakotay?«

»Ich schätze, ich habe jetzt die Verantwortung«, sagte Paris, als alle anderen schwiegen. »Eine Sicherheitsgruppe ist gerade aufgebrochen, um Chakotay zur Krankenstation zu bringen.«

»Er hat nicht zusammen mit uns das Bewußtsein wiedererlangt«, erklärte Kim.

Tuvok versuchte vergeblich, seine Station zu aktivieren. »Die taktischen Kontrollen funktionieren nicht.«

»Ich bekomme keinen Zugang zum ODN, um die ausgefallenen Systeme zu reaktivieren«, sagte Kim. Es klang so, als fühlte er sich schuldig. Paris spürte fast so etwas wie Mitleid. Allerdings: Als Einsatzoffizier gehörte es zu seinen Pflichten, dafür zu sorgen, daß alle Bordsysteme des Schiffes einwandfrei funktionierten.

»Das Hauptprozessormodul wurde vom Computerkern getrennt.« Janeway hob die Hand, um Kims Fragen zuvorzukommen. Paris bewunderte ihr kühles, beherrschtes Gebaren. Seine Augen trübten sich, als er an die vielen Konsequenzen dachte: keine Warpkapazität, keine Navigation, keine Sensoren ...

Doch die Kommandantin sprach so, als sei sie immer auf eine derartige Möglichkeit vorbereitet gewesen. »B'Elanna Torres restabilisiert das Subraumfeld des zentralen Elaborationsbereichs. Dadurch sollten wir in der Lage sein, bald aufs Funktionspotential des Hilfscomputers und des optischen Datennetzes zuzugreifen. Anschließend müssen die Programme von den hiesigen Subprozessoren aus initialisiert werden.«

Kim schluckte und erinnerte sich dann daran, daß man vermutlich eine Antwort von ihm erwartete. »Aye, Captain.«

Janeway schien ihn kaum zu hören. »Ich frage mich, warum Torres so lange braucht...« Sie klopfte auf ihren Insignienkommunikator – eine automatische Geste, die unter den gegebenen Umständen sinnlos bleiben mußte. »Gibt es irgendeine Möglichkeit, mit Hilfe der Brücken-Subprozessoren neue Kommunikationsverbindungen zu schaffen?«

»Ich bin mir nicht sicher«, erwiderte Kim. »Die Frage kann ich erst beantworten, sobald wir wieder Energie für die Transceiver haben.«

Janeway setzte sich und schlug mit der Faust auf die

Armlehne des Kommandosessels – diese Geste verriet einen Ärger, den Paris seltsam beruhigend fand. Niemand von ihnen war unfehlbar, nicht einmal Tuvok, der sich immer so steif und perfekt präsentierte, daß Paris dann und wann dem Wunsch nachgab, an der eisigen Fassade zu kratzen. Manchmal vergaß er, daß sie alle in einem Boot saßen – im wahrsten Sinne des Wortes. Sie alle irrten durch einen unbekannten, unerforschten Quadranten, ohne zu wissen, was sie erwartete ... In diesem Zusammenhang erinnerte sich Paris an ein ganz bestimmtes Erlebnis. Einmal hatte er im ›Dreizackigen Kinn‹ die Orientierung verloren – so nannte man ein riesiges unterirdisches Labyrinth aus Tunneln, Weinkellern und Bottichkammern. Damals suchte er jenen Bereich nur auf, um heimlich das eine oder andere Schlückchen zu genießen. Doch eine ganze Nacht verstrich, bevor er mit jemandem Kontakt aufnehmen konnte, der ihm den Weg nach draußen zeigte ...

»Vielleicht weiß ich eine Lösung«, sagte er.

Janeway sah ihn an. »Heraus damit, Lieutenant.«

»Tricorder sind mit Transceivern und Codierungsprozessoren ausgestattet. Wenn wir unsere Tricorder eingeschaltet lassen und auf die gleiche Frequenz justieren ... Dann können wir uns auch ohne das ODN verständigen.«

Tuvok hob eine Braue. Ärgerte er sich darüber, daß er nicht selbst daran gedacht hatte? »Es ist keine sehr effiziente Methode und weist eine gewisse Ähnlichkeit mit alten terranischen Geräten auf, die unverschlüsselte Signale sendeten. Aber eine primitive Form von interner Kommunikation müßte sich damit bewerkstelligen lassen.«

»Also gut«, entschied Janeway. »Weisen Sie jeder Abteilung eine eigene Frequenz zu.«

»Ja, Captain.«

Unter anderen Umständen hätte es Paris vielleicht

Genugtuung bereitet, in diesem Fall die Nase vorn zu haben und schneller gewesen zu sein als Tuvok. Er stand dem dunkelhäutigen Vulkanier keineswegs ablehnend gegenüber, litt jedoch an verletztem Stolz – seit Tuvoks Hinweis, daß er es gar nicht verdiente, zur Besatzung der *Voyager* zu gehören. Wie konnte er so etwas vergessen? An jedem Tag, Woche für Woche, erinnerten ihn Dutzende von subtilen Dingen daran, daß er sich das Recht *verdienen* mußte, Teil dieser Crew zu sein, einer Gruppe, die aus Starfleet-Personal und Maquisards bestand. Ab und zu regte sich in ihm das ausgesprochen unangenehme Gefühl, noch immer Häftling in einer Strafanstalt zu sein.

Vielleicht war dieser Verdruß der Grund, warum er vor einigen Tagen beschlossen hatte, in die Rolle des Buchmachers zu schlüpfen: Er wettete, daß Captain Janeway keine Wurmloch-Informationen bekam, solange sie einfach nur im Asteroidengürtel wartete. Als Einsatz diente private Nutzungszeit fürs Holodeck. Eine typische Trotzreaktion, die auch dazu diente, Harry Kim zu schockieren. Paris hielt selbst dann daran fest, als Kes zwei Stunden ihrer Holo-Zeit auf den Erfolg des Captains setzte. Die junge Frau strahlte dabei eine Zuversicht aus, die Verlegenheit in Paris weckte. Was ihn jedoch nicht daran gehindert hatte, Harry am vergangenen Abend dazu zu überreden, während seiner Holo-Zeit das Billardzimmer-Programm zu starten, damit sich nach dem anstrengenden Dienst alle ein wenig entspannen konnten. Was dazu führte, daß der junge Fähnrich den ganzen Abend in einer Ecke saß und mit Hilfe eines Tricorders an Verbesserungen des Holo-Programms arbeitete. Alle wandten sich mit Ratschlägen an ihn, und Paris warnte spöttisch davor, ein gutes Programm durch zu viele Parameter zu verderben. Andererseits kam er dadurch auf die Idee, später mit Kim über ein anderes Programm zu reden, das er im Sinn hatte –

wenn es um Computer ging, war der junge Mann ein Genie.

Jetzt bedauerte Paris, daß sich zu einem solchen Gespräch keine Gelegenheit mehr bot. Die *Voyager* trieb antriebslos im All, und jederzeit konnten die Lebenserhaltungssysteme ausfallen ...

Torres kam schnaufend aus der Jeffries-Röhre. »Bin auf den Sprossen ausgerutscht. Zwischen Deck drei und vier. Fast wäre ich acht Etagen tief gefallen ...«

»Die dramatischen Details können Sie uns später nennen«, unterbrach Janeway die Technikerin. Kim duckte sich unwillkürlich hinter den Modulen mit bioneuralen Schaltkreisen, obgleich die gereizte Aufmerksamkeit der Kommandantin nicht ihm galt. »Ist das Subraumfeld restabilisiert?«

»Aye, Captain.« Torres trat an die Funktionsstation heran, und ihre anmutigen Bewegungen täuschten darüber hinweg, welche Kraft in dem klingonischen Körper wohnte. Paris hatte sie einmal beim Kampfsport beobachtet und sich vorgenommen, ihr auf keinen Fall in die Quere zu kommen, wenn sie wütend war. Eine zornige Torres konnte regelrecht brutal sein.

»Ich nehme die Initialisierung der Programme von hier aus vor«, sagte Kim, der an den Subprozessoren arbeitete. »Geben Sie mir Bescheid, sobald die ersten Verbindungen geschaltet sind. Dann aktivieren wir die Diagnosesequenzen.«

»Vergeuden Sie keine Zeit mit der Systemdiagnose«, ließ sich die Kommandantin vernehmen. »Ich will wissen, was dort draußen vor sich geht.«

»Die Bildübertragung müßte gleich funktionieren«, erwiderte Kim nervös. »Außerdem sollte es möglich sein, einfaches Ortungspotential wiederherzustellen.«

»Ich weiß, was da draußen passiert«, murmelte Paris. Es überraschte ihn, daß die *Voyager* nicht schon geentert worden war. Vielleicht ließen sich die Plünderer von der Größe ihres Schiffes einschüchtern. Wie lange noch? »Die Fremden warten in sicherem Abstand und fragen sich, wie umfangreich unsere Schäden sind. Wenn sie uns sondieren und herausfinden, daß wir praktisch hilflos sind …«

»Schilde?« fragte Janeway.

»Schildkapazität fünf Prozent«, berichtete Tuvok. »Damit ist fast das Minimum für ein bewohntes Ambiente erreicht. Noch weniger würde bedeuten, daß elektromagnetische Strahlung und nukleare Emissionen nicht mehr ausreichend abgeschirmt werden.«

Stille folgte, und die Blicke aller Anwesenden wanderten zu Kim. Ohne funktionierende Displays konnten sie nichts ausrichten.

Kim zuckte zusammen, als er den Kopf hob und sich im Zentrum der allgemeinen Aufmerksamkeit sah. »Es müßte gleich soweit sein …«

Das Licht flackerte, und das leise Summen eines Ventilators verklang. Eine Zeitlang herrschte absolute Lautlosigkeit. Paris dachte plötzlich daran, daß er nicht einmal den Weg zur nächsten Rettungskapsel kannte.

»Na endlich!« entfuhr es Kim, als erste Anzeigeflächen glühten. »Das ODN ist wieder betriebsbereit.«

»Die Notgeneratoren hochfahren«, ordnete Janeway an. »Maximale Energie in die Schilde.«

Der Hauptschirm erhellte sich und zeigte zunächst ein wirres Streifenmuster, das schließlich den Sternen wich. Schärfe und Kontrast ließen ein wenig zu wünschen übrig, erinnerten Paris an jene Schirme, die er an der Schule verwendet hatte. Doch im Asteroidengürtel und über dem breiten Band aus Felsen schwebten einige geometrische Objekte.

»Da sind sie«, sagte er überflüssigerweise.

»Acht Schiffe befinden sich in einem Umkreis von hunderttausend Kilometern und kommen näher«, fügte Tuvok hinzu. »Ich versuche, das Erfassungsspektrum der Sensoren zu erweitern.«

»Die Bordsysteme der *Voyager* arbeiten jetzt im Modus des herabgesetzten Energieniveaus«, sagte Kim, bevor Janeway eine entsprechende Frage stellen konnte. »Deflektoren und Trägheitsabsorber bei Minimalkonfiguration. Kommunikation und taktische Systeme sind noch immer nicht funktionsbereit. Kapazität der Lebenserhaltungssysteme bei dreißig Prozent.«

»Was ist mit den Triebwerken, Torres?« wandte sich Janeway an die Klingonin.

»Wir haben weder Warppotential noch Impulskraft, aber vielleicht können wir etwas mit den Schubdüsen anfangen.« Torres eilte zu den Kontrollen der technischen Station. »Zum Glück waren die Triebwerke der *Voyager* abgeschaltet, als die Fremden das Prozessormodul stahlen. Ein Ausfall des Computers während aktiver Materie-Antimaterie-Annihilation hätte zu einer Katastrophe führen können.«

»Die Distanz zu den Raumschiffen sinkt auf achtzigtausend Kilometer«, verkündete Tuvok ruhig.

»Ich habe Schwierigkeiten mit dem Steuerungs- und Navigationssubprozessor!« rief Paris. »Nur ein Teil der notwendigen Daten wird übermittelt.« Er konzentrierte sich darauf, einen anderen Transferkanal für die Sensor- und Deflektordaten zu schalten. »Aber wenn die Düsen des Manövriertriebwerks funktionieren... Dann steuere ich das Schiff manuell.«

»Ich bin an der Arbeit!« erwiderte Torres scharf.

Paris fühlte sich zurückgewiesen – obgleich er wußte, daß die Klingonin in ihrer gegenwärtigen emotionalen Verfassung dazu neigte, jeden anzufauchen. »Ich könnte natürlich auch ein Shuttle nehmen und die *Voyager* abschleppen, wenn Ihnen das lieber ist«, fügte er hinzu.

»Sie werden alle Maßnahmen ergreifen, die notwendig sind, um uns die Manövrierfähigkeit zurückzugeben, Mr. Paris«, betonte Janeway.

»Aye, Captain.« Paris wünschte sich nun, den Mund gehalten zu haben. Eine Sekunde später leuchteten zusätzliche Navigationskontrollen auf. »Düsen einsatzbereit«, meldete er und spürte, wie ihm Torres einen kurzen Blick zuwarf. »Jetzt können wir wenigstens durchs All *kriechen*.«

»Nehmen Sie Kurs auf ...«

»Captain ...« Tuvoks Finger huschten über die taktischen Kontrollen, und irgend etwas in der Verhaltensweise des Vulkaniers ließ Aufregung erahnen. »Die Scanner entdecken Emissionsspuren, die von den tutopanischen Schiffen stammen. Die Wellenlängen liegen im Bereich von eins bis hundert Mikron.«

Janeway wirkte verwirrt. »Das klingt nach der Strahlung interstellarer Gaswolken.«

»Die energetischen Muster ähneln sich, aber in diesem Fall stammen die Emissionsspuren von den Fusionsreaktoren der fremden Raumschiffe. Eine solche Spur beginnt nur tausend Kilometer von uns entfernt, und zwar auf der Steuerbordseite.«

»Die *Kapon*.« Janeway nickte. »Ausgezeichnet, Mr. Tuvok. Übermitteln Sie die Koordination der Navigation und berechnen Sie einen entsprechenden Kurs.«

»Aye, Captain.«

Janeway setzte sich und preßte kurz die Lippen zusammen. »Wir holen uns das Prozessormodul zurück.«

»Ich bin soweit.« Neue Hoffnung keimte in Paris. Er programmierte einen Flugvektor, der durch die Gruppe der tutopanischen Schiffe führte. Die *Voyager* konnte zwar nicht schnell sein, hatte aber noch immer die Möglichkeit, bedrohlich zu wirken.

»Also los«, sagte Janeway.

Paris zündete die Hauptdüsen des Manövriertriebwerks und achtete auf einen stabilen Plasmastrom, um eine gleichmäßige Beschleunigung zu erzielen. Innerhalb weniger Sekunden gewöhnte er sich an den komplizierten Rhythmus der manuellen Navigation, fühlte sich dabei wie in seinem Element – die *Voyager* schien zu einer Erweiterung seines Körpers zu werden. Wenn er fliegen konnte, spielte nichts anderes eine Rolle, weder die Tutopaner noch Starfleet. Zufriedenheit erfüllte ihn, trotz allem.

*Eigentlich verlange ich gar nicht viel.*

Er glaubte fest an eine Verbesserung der Situation, als Kes auf der Brücke erschien. Sie brachte eine Arznei, die ihnen helfen sollte, den vom Toxin verursachten neuralen Schock zu überwinden.

»Chemischer neuromolekularer Inhibitor...«, murmelte Janeway und las die Hinweise im Display des Datenblocks. »Deshalb waren einige von uns stärker betroffen als andere.«

»Aufgrund der individuellen Biochemie«, bestätigte Kes und verabreichte Captain Janeway eine Dosis des Gegenmittels.

»Es überrascht mich nicht, daß alles so ungeheuer schnell ging«, sagte die Kommandantin. »Nach den Angaben des Arztes genügt schon eine sehr geringe Menge, um die ganze Crew außer Gefecht zu setzen.«

Kes behandelte auch Paris und lächelte freundlich, als sich der Injektor entlud.

*Ja, es scheint tatsächlich besser zu werden,* fuhr es ihm durch den Sinn. Die von den Sensoren ermittelten Daten ergaben zwar kein vollständiges Bild, aber es konnte kein Zweifel daran bestehen, daß die Emissionsspur der *Kapon* direkt zum primären System führte.

*Ich schätze, ich bekomme doch noch Gelegenheit, die Nabe zu besuchen,* dachte Paris.

# 3

B'Elanna hatte es allmählich satt. Ihre Versuche, die Impulskraft zu reaktivieren, scheiterten an kleinen Betriebsstörungen, die immer wieder eine Stillegung des gesamten Systems bewirkten.

»Status?« fragte Captain Janeway.

Torres versuchte positiv zu denken. »Wir erschöpfen jetzt nicht mehr unsere Reserven, sondern verwenden die Energie der für den Notfall bestimmten Fusionsgeneratoren. Und ich habe fast alle notwendigen Vorbereitungen getroffen, um mit dem zusätzlichen Plasmastrom unsere energetischen Vorräte zu erneuern.«

»Wir nähern uns einer weiteren Boje«, gab Tuvok bekannt.

Kurz darauf geriet sie in Sicht: Unbekannte Symbole leuchteten an ihr, und gelbes Licht blinkte, wie um Unbefugte fernzuhalten. Schon seit einer ganzen Weile glitt die *Voyager* am von Bojen markierten Rand des primären Systems entlang und folgte der Emissionsspur. Das Manövriertriebwerk erlaubte natürlich keine hohen Geschwindigkeiten: Es schien eine Ewigkeit zu dauern, den Warnsatelliten und seine blinkenden Lichter zu passieren.

Torres ballte die Fäuste und trachtete vergeblich danach, ihre Mischung aus Ärger und Frustration zu verbergen. Sie empfand die Situation als unerträglich. Wie konnten sich die anderen Offiziere einfach damit abfinden, daß die *Voyager* mit nur vierzig Metern pro Sekunde durchs All schlich? Es mußte irgend etwas *un-*

*ternommen* werden, um dem Schiff mehr Energie zu erschließen.

»Sind sie immer noch hinter uns, Tuvok?« fragte Captain Janeway.

»Neun tutopanische Schiffe folgen uns.«

»Sind ziemlich hartnäckig«, murmelte die Kommandantin. »Das muß man ihnen lassen.«

»Aasgeier«, hauchte Paris. Torres konnte ihn kaum verstehen, und Tuvok stand noch etwas weiter entfernt. Doch Vulkanier verfügten über ein besonders gutes Gehör. Selbst in einer außergewöhnlichen Situation schien Tuvok nicht geneigt zu sein, derartige Verletzungen des Brückenprotokolls zu dulden. »Möchten Sie einen Kommentar abgeben, Lieutenant?« fragte er.

»Ich habe die Burschen da draußen als *Aasgeier* bezeichnet«, sagte Paris. »Keine Sorge. Es käme mir nicht in den Sinn, sie ›Vulkanier‹ zu nennen.«

»Es spielt überhaupt keine Rolle, wer oder was sie sind!« zischte Torres, und ihre Hände schlossen sich fest um die Kanten der technischen Konsole. Am liebsten hätte sie mit den Fäusten darauf eingeschlagen.

Dadurch verlor sie nicht den Halt, als sich die *Voyager* plötzlich schüttelte. Das Schiff sprang durchs All, schien dann kurz zu verharren, um anschließend erneut einen Satz nach vorn zu machen.

Kim hatte nicht so viel Glück wie Torres und gab einen erstickten Schrei von sich, als er gegen einen Behälter mit Gel-Masse geschleudert wurde.

»Defekt bei den Geschwindigkeitsindikatoren«, sagte Paris, obwohl sich ein solcher Hinweis erübrigte. »Ich versuche, die Einsatzbereitschaft des entsprechenden Systems wiederherzustellen.«

Kim kehrte zur Funktionsstation zurück. »Die Anzeigen deuten auf einen Druckabfall in den bioneuralen Massen des zentralen Computerkerns hin. Vielleicht kam es durch die Separation der Weichen zu einer Schädigung des Gewebes.«

»Ich habe neue Verbindungswege installiert und dabei festgestellt, daß allein die Kontaktknoten betroffen waren«, sagte Torres.

»Dann müßte mit dem übrigen ODN und den Schaltkreisen der lokalen Subprozessoren alles in Ordnung sein«, meinte Kim.

Eine weitere heftige Erschütterung erfaßte das Schiff. Offenbar spitzte sich die Lage zu.

»Wir dürfen nicht länger untätig bleiben«, knurrte Torres.

»Ich nehme Vorschläge entgegen.« Janeway hielt sich an den Armlehnen des Kommandosessels fest. »Haben Sie welche?«

»Wir könnten den zentralen Kern vom optischen Datennetz trennen.« Torres holte tief Luft und beobachtete die Reaktion der Kommandantin. »Aus irgendeinem Grund versuchen die Bordsysteme auch weiterhin, Daten vom Hauptkern abzurufen, anstatt den Hilfscomputer als *Default* zu akzeptieren. Dadurch überträgt das ODN immer wieder Null-Signale, was zu häufigen Betriebsstörungen führt.«

Kim bedachte Torres mit einem skeptischen Blick und schien nicht ohne weiteres bereit zu sein, der Klingonin zuzustimmen. »Die Elaborationsgeschwindigkeit ist bereits auf vierundneunzig Prozent gesunken. Und selbst wenn sich die üblichen Systemroutinen von den lokalen Subprozessoren steuern lassen ...«

»Das ist ohne weiteres möglich«, warf Torres ein. »Die Netzwerk-Verarbeitung von Daten sollte darüber hinaus eine größere Zuverlässigkeit des Gesamtsystems gewährleisten.«

»Da bin ich keineswegs sicher.« Kim hielt an seinen Zweifeln fest, trotz der Zuversicht, die B'Elanna Torres zur Schau stellte. »Das Kontrollmodul existiert nicht mehr, und der zentrale Computerkern steuert auch weiterhin das ODN. Wenn Sie den Kern isolieren ...

Dann könnten widersprüchliche Datenströme lokales Systemversagen verursachen.«

»Das ist immer noch besser als die Weiterleitung falscher elektronischer Anweisungen«, beharrte die Klingonin.

»Wir brauchen die Sicherheitsschranken«, sagte Kim. »Selbst wenn das ODN dadurch langsam wird und Fehler verursacht.«

Torres gab ein abfälliges Geräusch von sich, verzichtete jedoch auf eine sarkastische Antwort. Sie hatte ihren Standpunkt verdeutlicht; jetzt lag es bei Janeway, eine Entscheidung zu treffen.

»Krankenstation an Captain Janeway«, tönte Kes' blechern klingende Stimme aus dem Lautsprecher eines aktivierten Tricorders.

Die Kommandantin griff nach dem Gerät, und dabei zeigte ihre Miene einen Hauch von Ärger, den Torres gut verstand. »Ich höre.«

»In dem Programm des holographischen Arztes kommt es immer wieder zu Unterbrechungen ...« Die Ocampa zögerte kurz. »Gerade ist Dr. Zimmerman wieder erschienen. Aber ich weiß nicht, wie lange das Hologramm stabil bleibt.«

»Die Energieversorgung der Krankenstation bekommt Priorität«, versicherte Janeway.

Die gereizte Stimme des holographischen Doktors ertönte. »*Captain*, der Computer scheint derzeit *ausgefallen* zu sein. Vielleicht können Sie jemanden mit einer Reparatur der medizinischen Einheit beauftragen. Außerdem gibt es neuerliche Fehlfunktionen in meinem Holo-Projektor. Wenn ich mich um die Patienten kümmern soll ...«

Er beendete den Satz nicht. Zwei oder drei Sekunden lang blieb es still, und dann sagte Kes: »Er ist wieder verschwunden.«

Janeway schien innerlich umzuschalten. »Wie viele Besatzungsmitglieder sind ernsthaft verletzt?«

»Derzeit sind vierzehn Personen hier, aber niemand schwebt in Lebensgefahr.«

Die Kommandantin seufzte erleichtert. »Wie geht es Chakotay?«

»Er hat noch nicht das Bewußtsein wiedererlangt. Alle haben ein neurales Stimulans bekommen, und ihr allgemeiner Zustand ist stabil. Aber die dauernden Fehlfunktionen wirken sich negativ auf die Replikation des Gegenmittels aus.«

»Verstehe«, lautete die Antwort. »Wir geben uns alle Mühe. Brücke Ende.«

Torres hielt unwillkürlich den Atem an, als sich Janeway umdrehte und sie musterte. B'Elanna konnte der Versuchung nicht widerstehen, den Einsatz noch ein wenig zu erhöhen. »Wenn wir die ODN-Verbindung zum Hauptkern unterbrechen, entstehen neue Default-Datenkanäle für die Bordsysteme: Sie führen zum Hilfscomputer und zu den lokalen Subprozessoren. Vielleicht bekommen wir sogar Impulskraft.«

»Hauptsache, wir können der Emissionsspur folgen.« Janeways Hände schlossen sich fester um die Armlehnen des Kommandosessels, als die *Voyager* einmal mehr erbebte.

»Die Schiffe kommen näher«, meldete Tuvok. »Distanz: weniger als dreißigtausend Kilometer.«

»In Ordnung, Lieutenant«, wandte sich Janeway an Torres. »Beginnen Sie.«

Torres hätte am liebsten in die Hände geklatscht, beherrschte sich jedoch und eilte zur Jeffries-Röhre. »Ich muß die ODN-Verbindung am Hauptknoten des zentralen Kerns unterbrechen.«

Kim erwies sich als guter Verlierer und rief ihr nach: »Ich deaktiviere die Signalbrücken!«

Kim versuchte, ruhig zu bleiben, als Torres den Kontrollraum verließ. Er mußte zugeben: Die Frau war beeindruckend. Manchmal fühlte er sich sogar von ihr eingeschüchtert. Kim hoffte, daß seine Arbeit nicht unter diesen Empfindungen litt. Hätte er noch deutlicher darauf hinweisen sollen, daß die Unterbrechung der ODN-Verbindung ein Fehler war?

»Captain...« Der junge Mann zögerte, als er sah, daß die übrigen Brückenoffiziere Vorbereitungen trafen.

»Ja, Fähnrich?« fragte Janeway.

»Die Signalbrücken werden deaktiviert.« Kim seufzte innerlich. Die Kommandantin hatte ihre Entscheidung getroffen, und jetzt bestand seine Pflicht darin, sie zu unterstützen.

»Torres müßte den Kern gleich erreichen.« Janeway lehnte sich im Kommandosessel zurück. »Mr. Paris, erhöhen Sie unsere Geschwindigkeit, wenn die Sache klappt.«

»Aye, Captain!« Paris klang so, als könnte er es gar nicht abwarten.

Kim drückte der Klingonin die Daumen und hoffte, daß sie recht behielt.

Torres kroch durch eine schmale Zugangsröhre und näherte sich dem Hauptknoten an der unteren Seite des Computerkerns. Durchs Gitter des Laufstegs weiter oben sah sie den drei Etagen hohen Schacht in der Mitte des Kerns. An einer Stelle tropfte langsam blaues Nährgel herab und bildete eine schleimartige Patina in der Röhre.

Es war alles andere als einfach, in einem Bereich zu arbeiten, der nicht mehr Platz bot als eine kleine Hundehütte. Torres fragte sich, warum die Entwicklungsingenieure nicht an die Notwendigkeit gedacht hatten, den Hauptknoten rasch und mühelos zu erreichen. Sie schloß die obere Klappe und verriegelte sie mit den manuellen Kontrollen. Anschließend wiederholte sie den Vorgang bei der unteren Luke und holte dann ihren Tricorder hervor.

»Captain ... Ich bin bereit, das Subraumfeld zu deaktivieren.«

»In Ordnung«, bestätigte Janeway.

Torres gab den langen Code ein, der die vielen elektronischen Sicherheitsbarrieren neutralisierte – nach B'Elannas Meinung legte man bei Starfleet zu großen Wert auf derartige Absicherungen.

»ODN-Verbindung wird unterbrochen«, sagte sie und beobachtete, wie rote Warnlichter glühten.

Eine halbe Sekunde später wurde sie von etwas gepackt und an die Wand der Jeffries-Röhre geschmettert.

Das Bild auf dem Hauptschirm veränderte sich abrupt, und es gelang Kim gerade noch, sich festzuhalten, bevor die *Voyager* durchs All sprang. Wie ein verletztes Geschöpf wand sie sich hin und her, führte einige bizarre Flugmanöver durch und verharrte schließlich. Von einem Augenblick zum anderen ging auf der Brücke das Licht aus; es blieb nur das matte Glimmen der Notbeleuchtung.

Kim begriff, daß er quer über seiner Konsole ruhte. Captain Janeway hantierte an den Navigationskontrollen, und Paris lag an der vorderen Wand, unter dem Schirm. Sterne glitten langsam durchs Projektionsfeld, und die tutopanischen Raumer sausten hin und her, versuchten offenbar, der *Voyager* auszuweichen.

»Das Schiff läßt sich nicht mehr steuern!« rief Janeway.

»Captain!« erklang Tuvoks Stimme. »Die Phaser feuern!«

»Phaserbänke deaktivieren!« befahl die Kommandantin sofort.

Aber es war bereits zu spät. Der Hauptschirm zeigte einen Strahlblitz, der sich in der Schwärze des Weltraums verlor. Kim wagte kaum mehr zu atmen, als er weitere Phaserstrahlen sah, die in verschiedene Richtungen davonrasten. Einer verfehlte nur knapp ein tutopanisches Schiff.

»Es kommt zu spontanen Entladungen«, sagte Tuvok. »Das Elektroplasma-System gerät außer Kontrolle.«

Es kam zu jähen Gravitationsfluktuationen. Die Pranke eines unsichtbaren Titanen schien Kim zu ergreifen und ihn an die Konsole zu pressen. Für einige lange Sekunden lastete ein enormes Gewicht auf ihm, und sein Herz pochte immer schneller. Dann normalisierte sich die künstliche Schwerkraft wieder.

»Fehlfunktionen bei den Trägheitsabsorbern«, brachte Kim hervor.

»Das ist offensichtlich, Fähnrich.« Es gelang Tuvok, selbst mit zerzaustem Haar ruhig und gelassen zu wirken.

Paris kroch zum Navigationspult zurück. »Der Plasmastrom von den energetischen Transferkanälen zu den Warpspulen erreicht die kritische Schwelle. Das automatische Druckausgleichssystem ...«

Es blitzte im Projektionsfeld. Weißblaues Gleißen blendete Kim – kostbare Energie, die im All verschwand.

»... öffnet die Ventile«, beendete Paris den Satz.

Janeway eilte zum Kommandosessel und griff nach ihrem Tricorder. »Torres – stellen Sie die ODN-Verbindung so schnell wie möglich wieder her!«

B'Elanna Torres merkte, daß sie auf dem Rücken lag und an die gewölbte Decke der Röhre steckte. Sie spürte, wie das Schiff immer wieder schlingerte.

*So etwas sollte nicht geschehen ...*

Der Befehl des Captains sorgte dafür, daß sich die Klingonin bewegte. Sie stand auf, und etwas in ihr sträubte sich noch immer dagegen, die Realität zu akzeptieren. Benommen wankte sie zum Kontrollfeld und versuchte, sich an den Code zu erinnern.

Es kam zu neuerlichen Erschütterungen, und Captain Janeways Stimme drang aus dem Tricorder-Lautsprecher. »Situationsbericht, Torres!«

»Ich bin dabei ...«, sagte B'Elanna und straffte die Schultern. *Ich kann es nicht glauben,* flüsterte es tief in ihr. *Ich kann es einfach nicht glauben ...*

Die Displays der Funktionsstation zeigten keine Daten, waren ebenso leer wie vor der Restabilisierung des Subraumfelds im Computerkern. Janeway begegnete Kims Blick, als sie sich am Geländer festhielt, in der einen Hand den Tricorder. *Ich wußte, daß es keine gute Idee war,* dachte Kim. Doch ihm fehlte der Mut, diese Worte laut auszusprechen.

»Captain?« tönte Kes' Stimme aus dem Tricorder. »Hier ist die Krankenstation. Mit dem Doktor stimmt was nicht ...«

»Wir brauchen diesen Kom-Kanal für andere Zwecke, Kes«, erwiderte Janeway.

»Er steht einfach nur da und rührt sich nicht. Er starrt ins Leere und reagiert nicht einmal dann, wenn ich ihn berühre ...«

»Warten Sie«, sagte Janeway. »Die Verbindung zum Kern müßte gleich wiederhergestellt sein.« Die *Voyager* schüttelte sich und beschleunigte. *»Torres.«*

Kim spürte, wie sich das Deck unter ihm hob und senkte – in diesen Sekunden begriff er, wie hilflos man sich bei einem Erdbeben fühlte. Er versuchte vergeblich, sich während der Erschütterungen irgendwo festzuhalten. Wie aus weiter Ferne hörte er ein bedrohliches Fauchen, das von erneuten spontanen Phaserentladungen stammte.

Und dann ...

Plötzlich herrschte Stille, und die *Voyager* hing antriebslos im All.

»Die Navigationssysteme sind nach wie vor ausgefallen!« rief Paris besorgt.

Ein flaues Gefühl breitete sich im Kims Magengrube aus, und er erinnerte sich an einen Ausspruch seines Großvaters: »Jetzt kommt der Klabautermann.« Er wußte nicht genau, was diese Worte bedeuteten, doch die Phantasie präsentierte dem inneren Auge ein gräßliches Bild: Plünderer näherten sich der *Voyager*, dazu bereit, über sie herzufallen.

Auf einmal erhellten sich Monitore und Displays. Licht verdrängte die Düsternis aus dem Kontrollraum.

Es knackte in Kims Ohren, und er schluckte mehrmals. »Das ODN funktioniert wieder. Die Systeme arbeiten erneut im HEN-Modus.«

Paris nahm an der Navigationskonsole Platz, schien jedoch mit weiteren Erschütterungen zu rechnen und bereit zu sein, sich irgendwo festzuklammern. »Das Manövriertriebwerk ist einsatzbereit.«

»Wir haben fast ein Viertel unserer Energiereserven verloren«, meldete Kim.

Die Kommandantin stand auf und schob eine Strähne in den Haarknoten zurück. »Folgen Sie der Emissionsspur.«

Kim fragte sich, wie sie nach den jüngsten Ereignissen so ruhig sein konnte. *Das ist der Grund, warum ihr der Kommandosessel gebührt und nicht mir*, dachte er. *Ein Captain muß unter allen Umständen die Ruhe bewahren.*

»Geschwindigkeit vierzig Meter pro Sekunde«, sagte Paris.

Kim beschloß, sich ein Beispiel an Janeway zu nehmen, was ihm allerdings nicht gerade leicht fiel – in ihm zitterte alles. Seine Finger huschten über Schaltflächen, und kurz darauf zeigten ihm die Displays das Resultat der Systemdiagnose. »Im großen und ganzen sind wir wieder da, wo wir begonnen haben. Die Bordsysteme funktionieren mit eingeschränkter Zuverlässigkeit.«

»Die tutopanischen Schiffe entfernen sich«, verkündete Tuvok.

»Kein Wunder«, kommentierte Paris. »Nach unserer kleinen Show wissen sie nicht, was sie von uns halten sollen.«

»Distanz konstant bei hunderttausend Kilometern«, sagte der Vulkanier.

Janeway nahm so vorsichtig Platz, als hätte sie sich beim letzten Sturz etwas verrenkt. »Ich habe mir die Sache ein wenig anders vorgestellt, aber wenigstens hat sich die gewünschte Wirkung ergeben. Die Tutopaner halten sich von uns fern, solange sie die *Voyager* für unberechenbar und gefährlich halten.«

»Vielleicht gibt es einen anderen Grund.« Kim sah auf die Anzeigen und hoffte, daß man ihm seine Furcht nicht anmerkte. »Wir nähern uns einem großen künstlichen Gebilde.«

»Die Nabe?« fragte Paris.

»Bestätigung«, erwiderte Tuvok in einem neutralen Tonfall. »Unser aktueller Kurs führt zu einer Raumstation mit einem Durchmesser von fünfzig Kilometern.«

»*Fünfzig* Kilometer?« wiederholte Paris verblüfft.

Tuvok schenkte ihm keine Beachtung. »Mehrere Bojen markieren eine Öffnung im äußeren Verteidigungsring.«

Der Hauptschirm zeigte zwei Bojenreihen, die direkt voraus eine Art Trichter bildeten, an dessen Ende sich ein zylindrisches Etwas erstreckte. Dahinter war die Nabe zu erkennen, umgeben von einem Schwarm aus Raumschiffen.

»Die Emissionsspur wird schwächer«, berichtete Tuvok. »Vermutlich liegt es an dem starken Verkehr in diesem Raumbereich.«

Kim beobachtete die Öffnung des Zylinders und fühlte sich dabei einmal mehr von Unbehagen erfaßt. Er sah Gerüste, Träger und Plattformen, die aus geschmolzenem Material zu bestehen schienen – alles wirkte improvisiert und unfertig. Doch die blinkenden

Warnlichter und Bojenreihen deuteten darauf hin, daß der Anflug an dieser Stelle stattfinden sollte.

»Sieht wie eine gewaltige Werft aus«, meinte Paris.

»Mir gefällt die Vorstellung nicht, dort hineinzufliegen«, sagte Kim. Auf ihn wirkte das Gebilde überaus bedrohlich.

»Vielleicht bleibt uns nichts anderes übrig, wenn wir die *Kapon* finden wollen«, erwiderte Janeway grimmig.

# 4

Janeway sah sich auf der Brücke um und stellte fest: Fähnrich Kim hatte das ausgesprochen, was auch die anderen dachten. Kein Wunder: Sie waren sehr vorsichtig gewesen, als sie das Doppelsternsystem erreichten – mit dem Ergebnis, daß die *Voyager* nun kaum mehr darstellte als ein Wrack. *Wenn wir einen Counselor an Bord hätten, so könnte er sich bestimmt nicht über Mangel an Arbeit beklagen.* Sie seufzte leise. *Nun, ich kann der Crew keinen Vorwurf machen. Nach all dem, was wir hinter uns haben …*

Und jetzt schien ihnen keine andere Wahl zu bleiben, als den Flug zu dem seltsame Gebilde im primären System fortzusetzen. Es wirkte düster und bedrohlich … Janeway fragte sich, ob Absicht dahintersteckte. Die allein auf Nützlichkeit ausgerichtete Strenge der Anlage schien Desinteresse am Schicksal der Techniker zum Ausdruck zu bringen, die für Wartung und Reparaturen zuständig waren.

Janeway stand auf und trat etwas näher an den Hauptschirm heran. Aus Erfahrung wußte sie: Wenn alles andere fehlschlug, mußte der Captain wenigstens den *Anschein* erwecken, die Situation unter Kontrolle zu haben.

»Das Prozessormodul wurde dorthin gebracht«, sagte sie laut und deutlich. »Wir folgen den Dieben.«

»Aye, Captain!« erwiderte Kim sofort, obwohl sie gar keinen Befehl erteilt hatte.

Janeway unterdrückte ein Lächeln und stellte zufrieden fest, daß die alten Tricks noch immer funktionierten, wenn auch nur bei jungen Fähnrichen. »Können wir eine Verbindung zur Station herstellen, Tuvok?«

»Bestätigung.« Der Vulkanier schien mit einer solchen Frage gerechnet zu haben. »Im Notfall-Modus sendet der Tricorder komprimierte Daten zum Transceiver-Netz des Schiffes. Allerdings funktioniert der automatische Translator derzeit nicht, und deshalb kann nur dann eine Übersetzung stattfinden, wenn die Sprachmuster bereits in den zuständigen Subprozessoren gespeichert sind.«

»Das müßte eigentlich der Fall sein. Immerhin hatten wir über mehrere Tage hinweg Kontakte mit den Tutopanern.« Janeway veränderte die Einstellungen des Tricorders und öffnete einen Kanal.

Es knackte in dem kleinen Lautsprecher, und eine zischende Stimme fragte: »Was führt Sie nach Gateway Pol? Was führt Sie nach Gateway Pol?«

Janeway setzte zu einer Antwort an, doch Kim gab ihr ein Zeichen und flüsterte: »Im Komprimierungsmodus ist die Größe des Zwischenspeichers für die Daten reduziert. Deshalb sollten Sie sich kurz fassen.«

Die Kommandantin verzog kurz das Gesicht, bevor sie den Tricorder hob. »Hier spricht Captain Janeway von der *Voyager*. Wir suchen den Frachter *Kapon*.«

Einige Sekunden verstrichen, ohne daß eine Antwort kam. Klappte die automatische Übersetzung? Oder fehlte eine ausreichend große linguistische Datenbasis?

»Schalten Sie Ihr Triebwerk auf Bereitschaft und erwarten Sie weitere Anweisungen. Schalten Sie Ihr Triebwerk auf Bereitschaft und erwarten Sie weitere Anweisungen. Schalten Sie Ihr Triebwerk ...«

Eine kurze Erschütterung erfaßte das Schiff.

»Was war das?« fragte Janeway und ignorierte die Stimme aus dem Tricorder.

»Das zylindrische Objekt hat einen Traktorstrahl auf

uns gerichtet«, erwiderte Tuvok. »Wir halten die gegenwärtige Position.«

»Aber nur mit Mühe«, fügte Paris hinzu und bediente die Navigationskontrollen. »Das Steuerungssystem reagiert nicht schnell genug …«

»Schalten Sie Ihr Triebwerk auf Bereitschaft und erwarten Sie weitere Anweisungen«, wiederholte die Stimme. »Schalten Sie Ihr Triebwerk …«

»Die Belastung der Fusionsgeneratoren erreicht eine kritische Schwelle«, warnte Kim.

»Schub aus«, ordnete Janeway an. Es widerstrebte ihr sehr, eine solche Anweisung zu erteilen, aber wenn die Fusionsgeneratoren ausfielen, verloren sie ihre letzte Energiequelle. »Gateway Pol …« Sie sprach in den Tricorder. »Bitte erklären Sie, warum Sie einen Traktorstrahl auf uns gerichtet …«

Ein Piepen wies darauf hin, daß die Verbindung unterbrochen war. Der grüne Balken des Spannungsindikators schrumpfte zu einem dünnen Strich, und das rote Warnsignal verblaßte.

»Sie haben recht, Mr. Kim. In diesem Modus wird viel primäre Energie verbraucht.«

Tuvok trat vor und reichte ihr ein anderes Gerät. »Wissenschaftliche Tricorder sind mit sekundären Generatoren ausgestattet. Dieses Exemplar müßte länger einsatzbereit bleiben.«

»Captain!« rief Paris. »Wir werden in den Zylinder gezogen!«

Janeway sah zum Wandschirm. Die von den Bojen umrahmte Öffnung bot ausreichend Platz, um selbst Raumschiffe aufzunehmen, die zwanzig Mal so groß waren wie die *Voyager*. Es ließen sich nun Einzelheiten erkennen. Das Innere des Zylinders wies zahllose runde Aggregate, Deflektorscheiben und Sendevorrichtungen auf.

»Hat jemand eine Ahnung, wozu jene Installationen dienen könnten?« fragte Janeway, während sie den

Tricorder programmierte und erneut einen externen Kanal öffnete.

»Vielleicht handelt es sich um Scanner«, spekulierte Tuvok.

Als Janeway die Verbindung herstellte, klang sofort die bereits vertraute zischende Stimme aus dem Lautsprecher. »Treffen Sie Vorbereitungen für die Transferprozedur. Treffen Sie Vorbereitungen für die Transferprozedur.«

»Bitte erläutern Sie die Transferprozedur.« Janeway mußte sich auf wenige Worte beschränken und hoffte, daß sie trotzdem genug Autorität zum Ausdruck brachte.

Aus dem Tricorder-Lautsprecher tönte immer die gleiche Mitteilung, während sich die *Voyager* dem Zylinder näherte. Janeway wollte keine Sendeenergie vergeuden, und deshalb wartete sie ungeduldig – bis schließlich eine gelangweilte Stimme erklang. »Nennen Sie Ihre Haus-Identifikation.«

»Wir besitzen keine Haus-Identifikation«, sagte Janeway. »Bitte erklären Sie, warum ein Traktorstrahl auf uns gerichtet wurde.«

»Haben Sie keinen Zugang zur Nabe beantragt?«

»Nein. Wir verfolgen den Frachter *Kapon*.«

»Um Informationen zu erhalten, müssen Sie zur Nabe«, verkündete die Stimme. »Halten Sie sich für die Transferprozedur bereit.«

»Was hat es damit auf sich?« Janeway schnappte nach Luft, als ihnen der Zylinder entgegenzuspringen schien. Die Öffnung – der *Rachen* – nahm sie auf, verschlang die *Voyager*.

Roter Dunst kroch über die Wände der Brücke.

»Unsere Deflektoren und taktischen Systeme werden gescannt«, meldete Tuvok. »Bis hin zum Quantenniveau.«

»Schilde?« fragte Janeway, obgleich sie die Antwort bereits kannte.

»Sie können die Sondierungsimpulse nicht von uns fernhalten.«

Ganz plötzlich verschwand der rote Nebel, und die *Voyager* raste auf der gegenüberliegenden Seite aus dem Zylinder. Das Schiff wurde langsamer und drehte sich. Janeway spürte keine Bewegungen und schloß daraus, daß sich die Tutopaner gut mit Stasisfeldern auskannten. Ganz deutlich fühlte sie den Übergang, als die Stasis endete und wieder energetische Autarkie herrschte.

»Manövriertriebwerk einsatzbereit«, sagte Paris. Tasten klickten unter seinen Fingern.

»Hausloses Schiff *Voyager*«, ertönte die Pol-Stimme, »Transfercode 07531TG6, folgen Sie den Indikatoren zur zugewiesenen Andockstelle.«

»Die Fremden wissen jetzt alles über uns«, stöhnte Kim. »Ihnen könnten genausogut die Konstruktionspläne der *Voyager* vorliegen.«

»Vielleicht sind die Tutopaner imstande, die gewonnenen technischen Daten zu verwerten«, meinte Tuvok.

Janeway machte nicht den Fehler, die Worte des Vulkaniers für einen verhüllten Vorwurf zu halten. Er nannte nur die Fakten.

Plötzlich zirpte es schrill aus dem Lautsprecher des Tricorders, und unmittelbar im Anschluß daran ertönte eine verblüffend laute und lebhafte Stimme. »Die Nabe heißt Sie *willkommen*! Sie gelangten durch Gateway *Pol* hierher. *Bitte* seien Sie bereit, auf Anfrage Ihren Haus-Code zu übermitteln. Und *denken* Sie daran: Wenn Sie uns wieder *verlassen*, so benutzen Sie bitte Gateway *Pol*!«

Die Stimme klang übertrieben freundlich, und es fiel Janeway schwer, ihren Ärger zu verbergen.

»Ich dachte, wir wollten in diesem System möglichst wenig Aufsehen erregen«, kommentierte Paris.

Janeway hätte sich fast dazu hinreißen lassen, dem Navigator einen giftigen Blick zuzuwerfen.

Paris beugte sich über seine Konsole und bediente wieder die Kontrollen. Die Kommandantin wußte, daß er nur versuchte, die allgemeine Anspannung ein wenig zu verringern. Sie wußte auch: Alle vermißten Chakotay, die ruhige Zuversicht des Indianers und seinen festen Glauben daran, daß letztendlich alles gut ausging. Janeway beschloß, ihn in der Krankenstation zu besuchen, sobald die Dinge ein wenig übersichtlicher geworden waren.

»Folgen Sie den Indikatoren, Mr. Paris.« Sie fragte sich, was Chakotay von der Nabe gehalten hätte, einer riesigen eiförmigen Masse, die sich langsam um ihre eigene Achse drehte. Selbst aus großer Entfernung wirkte sie beeindruckend. »Nie zuvor habe ich eine Asteroidenschale von der Größe eines kleinen Mondes gesehen.«

»In der Tat, Captain.« Tuvok hob eine Braue. »In der Schale existiert noch ein massiver Kern aus Titanium. Von der Station gehen starke infrarote Emissionen aus.«

»Wie groß mag die Besatzung sein?«

Kim seufzte. »Das läßt sich kaum feststellen. Die Sensoren registrieren starke energetische Aktivität im Mikro- und Radiowellenbereich ...«

»Mehr läßt sich nicht herausfinden?« fragte Janeway.

»Derzeit leider nicht.« Kim hätte gern eine andere Antwort gegeben. »Ich versuche, unser Ortungspotential zu verbessern.«

»Bemühen Sie sich auch weiterhin, Fähnrich.« *Geduld*, dachte Janeway. Doch unter den gegebenen Umständen fiel es ihr alles andere als leicht, geduldig zu sein. Sie fühlte sich hilflos, solange die Leistungsfähigkeit der *Voyager* so drastisch reduziert war. Mit voll einsatzfähigem Schiff gab es weitaus weniger zu befürchten.

*Da wir gerade bei Geduld sind ...* Torres sauste wie von

einem Katapult davongeschleudert aus der Jeffries-Röhre. Janeway zwang sich, reglos und stumm zu bleiben, als die Klingonin mit der für sie typischen ungestümen Energie durch den Kontrollraum hastete. »So etwas hätte nicht passieren dürfen, Captain!« stieß sie hervor. »Ich habe die Verbindungsstelle isoliert, und mit den Schaltkreisen unterm primären Knoten war alles in Ordnung …«

Torres unterbrach sich und schwieg, als sie den durchdringenden Blick der Kommandantin auf sich ruhen spürte. »Ich möchte wissen, *warum* es passiert ist, Lieutenant. Die Gründe dafür, warum so etwas nicht hätte geschehen dürfen, interessieren mich weniger.«

Die Technikerin faßte sich sofort, und ihr Blick galt dem Wandschirm, als sie zur Steuerbordkonsole ging. Einige neue, gelb und schwarz gemusterte Indikatorbojen gerieten nun in Sicht, und die verschwommenen Konturen der Nabe offenbarten erste Einzelheiten. Raumschiffe aller Größen und Klassen schwebten an den Andockmasten, die wie Dorne aus der Station ragten.

Zwischen den Bojen zeigten sich andere und weitaus auffälligere Gebilde. Fluoreszierende Lichter blinkten und schimmerten, formten Symbole von Behältern, aus denen Flüssigkeit strömte, oder zeigten stilisierte Darstellungen von Humanoiden, von denen offenbar erotischer Reiz ausgehen sollte. Das vermutete Janeway zumindest. Durch den immer noch geöffneten externen Kom-Kanal wurden einige schrille, disharmonische Klänge übertragen, die bei den Tutopanern vielleicht als Musik galten. Donnernde Stimmen ertönten und priesen irgendwelche Dinge an. Manchmal erfolgte keine automatische Übersetzung – offenbar reichten die gespeicherten Daten nicht aus.

»Ich habe die Lautstärke ganz heruntergedreht«, sagte Janeway. »Aber offenbar wird eine automatische

Kompensation herbeigeführt. Können wir etwas dagegen unternehmen?«

In Tuvoks Miene zeigte sich ein Schatten von Schmerz, was kaum überraschte: Immerhin war sein vulkanisches Gehör viel empfindlicher als das einen Menschen.

»Negativ, Captain«, sagte er.

Am Ende der Bojenreihe mußte die *Voyager* hinter einigen Schiffen warten, die ihre Position in der Nähe einer kleineren Station hielten. Mehrere rote Patrouillenboote der Vollstrecker lagen an einem langen rückwärtigen Pier.

Janeway sah zum Hauptschirm und beobachtete das Schiff unmittelbar vor ihnen. Das Konstruktionsmuster verriet Luxus – wahrscheinlich handelte es sich um einen interstellaren Passagierliner.

Schließlich geriet der Raumer in Bewegung, sank wie ein Stein der Nabe entgegen. Eine monotone Stimme unterbrach die Werbesendungen der Bojen. »Hausloses Schiff *Voyager*, Transfercode 07531TG6, bitte nennen Sie den Grund für Ihren Besuch.«

Janeway hielt einen zusätzlichen Tricorder bereit, für den Fall, daß Tuvoks Gerät wegen Energiemangel versagte. »Wir verfolgen den Frachter *Kapon*. Uns wurde der Hauptcomputer gestohlen.«

Zum erstenmal ließ sich in der Stimme eines Tutopaners eine deutliche Reaktion vernehmen. »Soll das heißen, jemand hat Ihre Speicherbanken aufgenommen?«

»Nein, der Kern blieb intakt«, erwiderte Janeway. »Aber wir verloren das ganze Prozessormodul. Es geschah, während wir uns im Asteroidengürtel des sekundären Systems aufhielten.«

Der monotone Klang kehrte zurück. »Bitte nennen Sie den Grund für Ihren Besuch.«

»Wir versuchen, den Frachter *Kapon* zu finden«, wiederholte Janeway. »Es handelt sich um einen Notfall.«

Kurze Stille folgte – vielleicht rief der Tutopaner Daten ab. »Frachter *Kapon* ... vom Haus Min-Tutopa. Während der letzten Schicht eingetroffen, mit Bergungsgut. Diese Information ist kostenlos.«

»Kostenlos?« brachte Janeway ungläubig hervor.

»Sie können einen Termin mit einem Repräsentanten des Hauses Min-Tutopa beantragen«, fuhr die Stimme fort. »Dafür werden Ihnen keine zusätzlichen Gebühren berechnet.«

»Ja«, sagte Janeway. »Ja, das wäre nicht schlecht. Lassen Sie mich mit jemandem reden, der weiß, was vor sich geht.«

Der tutopanische Beamte ignorierte ihren Tonfall. »Bitte folgen Sie dem Indikator zu Ihrer Andockstelle.«

Eine gelbe Kugel löste sich von der Station, verharrte direkt vor der *Voyager* und glitt dann fort, schien das Schiff aufzufordern, ihr zu folgen.

Janeway erhob sich. »Ich möchte bei Ihren Behörden den Diebstahl unseres Computers anzeigen.«

»Sie müssen sich an ein Haus wenden, wenn das Kartell Sanktionen verhängen soll.«

»Nach Ihrer Auskunft von vorhin trägt ein Haus die Verantwortung. Können wir uns nicht direkt ans Kartell wenden?«

»Wegen Sanktionen? Gegen ein Haus?« Der Beamte wich von seiner üblichen rhetorischen Routine ab. »Woher kommen Sie eigentlich? Etwa von der anderen Seite der Galaxis?«

»Ja«, bestätigte Janeway.

Der Tutopaner wollte nicht noch mehr Zeit mit etwas verlieren, das er für absoluten Blödsinn hielt. »Bitte begeben Sie sich zu Ihrer Andockstelle. Sie halten den Verkehr auf.«

Der gelbe Indikator tanzte vor der *Voyager*, geleitete sie in einer weiteren Spirale nach unten und um die Nabe herum. Die ganze Zeit über drangen tutopanische

Stimmen aus dem Tricorder-Lautsprecher. Mit falscher Fröhlichkeit und viel zu laut priesen sie irgendwelche Produkte an. Als Janeway den Kanal schloß, blinkte die Indikatorkugel und setzte sich erst wieder in Bewegung, als sie die Verbindung wiederherstellte. Ein Hinweis forderte dazu auf, »weitere Instruktionen« abzuwarten.

»Gefesselte Zuhörer«, murmelte Janeway. Sie verzichtete darauf, sich noch länger über die Verzögerungen und den Lärm zu ärgern, nutzte statt dessen die Gelegenheit, einen Kontakt mit der Krankenstation herzustellen. Kes berichtete, daß es beim Programm des holographischen Arztes noch immer zu Unterbrechungen kam. Die Menge des vom Replikator gelieferten Antitoxins genügte erst, um die Hälfte der Besatzung zu behandeln. Kes war eine unverbesserliche Optimistin, und deshalb fügte sie hinzu, die Lage sei im großen und ganzen unter Kontrolle.

»Chakotay ist bei Bewußtsein und möchte in den aktiven Dienst zurückkehren«, sagte die Ocampa. »Aber der Arzt möchte ihn noch einige Stunden lang unter Beobachtung halten.«

»Verstehe.« Janeway legte den auf die Frequenz der Krankenstation justierten Tricorder beiseite. Mehrere solcher Geräte lagen an verschiedenen Stellen, unter anderem an Chakotays Platz und auf dem Kommandomonitor. Es war nicht leicht, sich daran zu erinnern, welcher Tricorder eine Kom-Verbindung zu welcher Abteilung schuf.

»Ich bin sicher, daß wir die Andockstelle bereits passiert haben«, brummte Paris. »Dort ist Wendepunkt vier-drei. Ja, ich bin sicher. Beim letztenmal kamen wir von der Backbordseite.«

»Hier gibt es ziemlich viel Verkehr«, meinte Kim. »Vielleicht ist deshalb eine Anflugspirale erforderlich.«

»Ich glaube eher, der zuständige Beamte hat einen besonderen Sinn für Humor«, erwiderte Paris.

Janeway behielt die Nabe im Auge, sah dort Raumschiffe, deren Konfigurationen vertraut wirkten, aber auch andere, die einen völlig fremdartigen Eindruck erweckten. Sie schätzte, daß insgesamt mehrere hundert Schiffe an den Piers ruhten. Chakotays mahnende Worte fielen ihr ein: Sie waren in diesem Quadranten auf sich allein gestellt.

Dieser Gedanke erinnerte Janeway an etwas anderes... Sie atmete mehrmals tief durch und stellte sich einen ganz bestimmten Strand vor, Heimat ihres geistigen Führers. Sie sah sich selbst, wie sie im Sand lag, spürte den warmen Schein der Sonne auf der nackten Haut. Eine sanfte Brise strich über sie hinweg. Der spirituelle Führer lag neben ihr, hatte sich auf einem Felsen ausgestreckt. Seine Schuppen reflektierten das Licht, und gelegentlich tastete seine Zunge aus dem Maul hervor.

Chakotay wäre sicher stolz auf sie. Als sich die *Voyager* der zugewiesenen Andockstelle näherte, blieb Janeway ruhig und gelassen, äußerte nicht ein einziges Wort des Protestes und fügte sich dem Diktat der Indikatorkugel.

»Irgendwann einmal hört die Simulation auf«, murmelte Paris weiter vorn am Navigationspult. »Und dann stellt man fest, aus welchem Holz man geschnitzt ist.«

Er schwitzte, während er die Kontrollen bediente und das Schiff durch komplizierte Flugmanöver steuerte. Wie schwierig die Aufgabe auch sein mochte: Janeway wußte, daß sie sich in dieser Beziehung absolutes auf Paris verlassen konnte. Er verstand es, ein Raumschiff zu fliegen.

Ihr Vertrauen erwies sich als gerechtfertigt: Die *Voyager* legte ruckfrei an.

»Verbindungsstutzen eingerastet«, meldete Paris und seufzte leise. »*Endlich.*«

»Gute Arbeit, Mr. Paris.« Zwei andere Schiffe ruhten

am gleichen Andockturm: auf der Steuerbordseite ein großer Frachter, der den ihnen bereits bekannten Yawkins-Schiffen ähnelte; auf der anderen ein gedrungen wirkender Transporter, umhüllte von einem Gespinst aus dicken Elektrokabeln.

Die Indikatorkugel tanzte hin und her. »Andockmanöver durchgeführt«, tönte es aus dem Tricorder-Lautsprecher. »Willkommen bei der Nabe.«

»Herzlichen Dank«, erwiderte Paris.

»Wir wären hier schon vor Jahren eingetroffen«, fügte Torres hinzu. »Ohne die vielen Umwege.«

»So komplexe Andockprozeduren gibt es nirgends sonst«, kommentierte Kim.

Nach der kurzen Meditation genoß Janeway inneren Frieden. »Wir haben unser vorläufiges Ziel erreicht. Deaktivieren Sie alle Bordsysteme, die nicht unbedingt gebraucht werden. Torres und Kim… Ich möchte einen vollständigen Bericht in Hinsicht auf die Schäden am ODN und dem zentralen Computerkern. Bitte beeilen Sie sich damit.«

Torres trat zu Kim an der Funktionsstation. »Aye, Captain.«

»Tuvok, Sie begleiten mich.« Janeway wollte keine weiteren anonymen Manipulationen hinnehmen. »Ich glaube, wir sind mit einem Repräsentanten des Hauses Min-Tutopa verabredet.«

Paris drehte sich wie beiläufig um. »Captain, die Navigationssysteme sind stillgelegt, und für mich gibt es nichts zu tun, bis wir wieder vom Andockturm ablegen. Bitte um Erlaubnis, den Dienst beenden zu dürfen.«

»Abgelehnt«, entgegnete Janeway sofort. »Sie haben das Kommando, Mr. Paris.«

»Ich?« Er ließ einen fassungslosen Blick durch den Kontrollraum schweifen. »Aber wir haben angedockt.«

»Machen Sie das Beste draus«, sagte Janeway und klopfte ihm kurz auf die Schulter.

Paris straffte die Schultern. »Aye, Captain!«

Paris starrte auf die Navigationsdisplays hinab und wartete, bis die Kommandantin zusammen mit Kim und Torres die Brücke verlassen hatte. Dann ließ er sich langsam in seinen Sessel sinken. Der nervöse Kim hatte versucht, Torres aufzumuntern, und der Klang seiner Stimme verärgerte Paris fast noch mehr als Janeways negative Antwort. *Ich habe den Jungen mehrmals darauf hingewiesen, daß so etwas bei Torres nichts bringt,* dachte er. Nun, manche Leute waren einfach zu nett.

Nach einer Weile stand Paris wieder auf, streifte die Jacke ab und schritt zum Sessel des Captains. Die an der Ambientenstation sitzende Fähnrich Yarro warf einen kurzen Blick auf sein graues Unterhemd, schwieg jedoch. *Ah, die Kommando-Privilegien ...*

Paris nahm im Kommandosessel Platz und rechnete damit, etwas Besonderes zu empfinden. Aber nichts dergleichen regte sich in ihm. Vermutlich lag es daran, daß sie wie ein Parasit an einer Seite der großen Raumstation klebten. Er stützte das Kinn auf die Hand, starrte zum Hauptschirm und betrachtete das Abbild der Nabe. Er glaubte fast, das brodelnde Leben darin zu spüren. Zahllose Möglichkeiten befanden sich in Reichweite – und Paris saß hier auf der Brücke fest, als Pseudo-Captain eines vollkommen hilflosen Schiffes.

Er kniff die Augen zusammen und beobachtete blinkende Lichter: Turbolifte, die Passagiere ins Innere der Station brachten. Für einen Piloten im Raumdock war es das Vernünftigste, auf Landurlaub zu gehen. Dieses Prinzip galt sicher auch im Delta-Quadranten.

Paris fluchte innerlich und schwor sich, daß er die Nabe besuchen würde – früher oder später.

# 5

Auf dem Weg zur primären Schleuse der *Voyager* beobachtete Tuvok das entspannte Gebaren der Kommandantin und schloß daraus, daß sie trotz der widrigen Umstände das innere Gleichgewicht wiedergefunden hatte. Er hielt es für besser, zunächst auf Situationsbewertungen zu verzichten, beschloß statt dessen, später einen vollständigen Sicherheitsbericht zu verfassen.

Zwischen der Raumstation und der *Voyager* erstreckte sich nun ein flexibler Tunnel, der es ermöglichte, vom Schiff zur Nabe zu wechseln, ohne dabei einen Schutzanzug tragen zu müssen. Tuvok öffnete die Schleuse und sicherte das Schott mit einem speziellen Zugangscode. Auf diese Weise sollte gewährleistet sein, daß keine Unbefugten die *Voyager* betraten.

Sie erreichten einen kleinen Servicebereich mit verschiedenen Kontrollvorrichtungen. Tuvok glaubte, ihren Zweck zu erkennen: Ganz offensichtlich war die Station zu einer uneingeschränkten energetischen Versorgung imstande. Derartige Dienstleistungen konnte die *Voyager* gut gebrauchen, und der Vulkanier nahm sich vor, in seinem Bericht deutlich darauf hinzuweisen.

Der Docklift trug sie durch den Turm. Nach sechzehn Komma vier Sekunden wurde die Transportkapsel langsamer und rollte um hundertachtzig Grad. An der Gravitation änderte sich nichts; sie sorgte auch weiterhin für einen konstanten, nach unten gerichteten Druck. Captain Janeway gab trotzdem ein Geräusch von sich, das Tuvok kannte. Es deutete darauf hin, daß der menschliche Verdauungstrakt negativ auf unerwartete Bewegungen reagierte.

Er war bereit, Hilfe zu leisten, als der Lift anhielt. Weißes Licht pulsierte kurz.

»Scan abgeschlossen«, verkündete eine Sprachprozessorstimme. »Sie haben Zugang zu Lobby fünfacht.«

»Scan!« entfuhr es Janeway. Offenbar hatte sie die Übelkeit überwunden. »Man hat uns gescannt?«

Die Tür glitt auf.

»So scheint es.« Tuvok fand an diesem Eingriff in ihre Privatsphäre ebensowenig Gefallen wie die Kommandantin, aber er verdrängte die Gedanken daran, um sich nicht ablenken zu lassen. Er hatte seine Pflicht bereits vernachlässigt, indem er es den Tutopanern ermöglichte, die Besatzung der *Voyager* außer Gefecht zu setzen. In diesem Zusammenhang rechnete er fest damit, daß die Kommandantin seiner elektronischen Personalakte einen offiziellen Tadel hinzufügte.

Sie verließen den Lift und betraten eine saalartige Kammer. Drei Wände ragten schräg empor und trafen sich etwa fünfzig Meter über ihren Köpfen.

»Eine Pyramide«, sagte Janeway und sah nach oben.

»Die richtige Bezeichnung lautet Tetraeder«, erwiderte Tuvok. »Wenn die anderen Räume in der Station ähnlich beschaffen sind, so können wir davon ausgehen, daß der Konstruktion das geodätische Prinzip zugrunde liegt.«

Janeway nickte. »Eine gute Wahl für eine im wesentlichen runde Raumstation. Vermutlich ist ›unser‹ Andockturm mit der Basis dieser Pyra… dieses Tetraeders verbunden«, verbesserte sie sich. »Wie verwirrend.«

Sie sagte es leichthin, und deshalb hielt Tuvok keine Antwort für erforderlich. Er blickte durch Lobby 58 und bemerkte zwei andere und wesentlich größere

Lifte. Orangefarben gekleidete Personen schoben dort Antigravscheiben hin und her, transportierten Fracht.

In den unteren Bereichen der schrägen Wände gab es viele Fenster und Türen, durch die man andere Sektoren der Nabe erreichen konnte. Weiter oben schwebten Werbekugeln und Kommunikationstafeln mit bunt leuchtenden Symbolen. Humanoide und andere Geschöpfe wanderten an Geschäften vorbei und saßen auf den beiden Terrassen eines Unterhaltungszentrums. Es hatte ebenfalls die Form eines Tetraeders, doch die Spitze zeigte nach unten.

»Wirkt alles recht zahm und harmlos«, meinte Janeway.

Tuvok versuchte, mit dem Tricorder zu sondieren. »Ich messe starke Subraum-Interferenzen aufgrund verschiedener Schwerkraftzentren. Die Ortungssignale reichen nicht über den unmittelbaren Bereich hinaus.«

Janeway trat zu einer Säule, die sich etwa fünf Meter vom Lift entfernt erhob. Tuvok betrachtete die Bildschirme an einer Seite und gelangte sofort zu dem Schluß, daß sie Auswahlmenüs darboten.

»Wir müssen unseren Transfercode eingeben«, sagte Janeway.

Tuvok tippte die entsprechenden Zahlen und Buchstaben und ignorierte den Tetraeder, der in einer Ecke des Bildschirms auf beunruhigende Weise hin und her kippte, während seine Seiten schimmerten und immer wieder die Farbe wechselten. Der Vulkanier konzentrierte sich auf die Menüs. Zwar konnte er keine direkte Kom-Verbindung zu einem Repräsentanten des Hauses Min-Tutopa herstellen, aber der Monitor präsentierte ihm eine dreidimensionale Karte der Nabe. Die vielen miteinander verbundenen Tetraeder rotierten langsam im Projektionsfeld.

»Das erinnert mich an die seltsame Steppdecke, die meine Großtante Hedra in ihrem Gästezimmer hatte«, kommentierte Janeway. Sie berührte Sensorflächen und versuchte, die Bewegungen der Karte zu kontrollieren. Eine Markierung zeigte ihren gegenwärtigen Aufenthaltsort; von dort ging eine punktierte Linie aus, führte kreuz und quer durchs Tetraeder-Gewirr.

»Ich schätze, diesen Weg sollen wir nehmen«, sagte Tuvok.

»Ja, aber was hat es mit dem Symbol am Ausgangspunkt auf sich?«

Janeway drehte den Kopf, als Tuvok auf die rechte Ecke des Bildschirms deutete. »Vielleicht eine Art Prioritätsverbindung«, sagte er.

»Ja, könnte sein. Und diese Symbole hier?« Janeway schüttelte den Kopf, während ihr Blick den einzelnen Streckenabschnitten folgte. Tuvok hob den Tricorder und fertigte eine Aufzeichnung der Karte an.

»Es spielt keine Rolle, wie gut man sich mit Physik und Quantenmechanik auskennt«, seufzte die Kommandantin. »Mit einem fremden Transportsystem zurechtkommen... Das ist und bleibt eine der schwierigsten Angelegenheiten im Universum.«

»Vielleicht sollten Sie noch einmal darüber nachdenken, ob eine direkte Vorgehensweise wirklich angemessen ist.« Tuvok sprach nun in einem zur Vorsicht mahnenden Tonfall. »An Bord von Raumstationen kann es recht gefährlich sein.«

»Man darf nie aufgeben«, sagte Janeway.

Tuvok fragte sich, was er darauf antworten sollte, als sie durch einen Torbogen traten und den Korridor der Prioritätsverbindung erreichten. Einige Personen standen hier und warteten, unter ihnen auch mehrere in Rot gekleidete Vollstrecker des Kartells.

Tuvok behielt sie wachsam im Auge. Eine seiner ersten Missionen hatte ihn auf die Raumstation Deep Space Four geführt. Damals war er Angehöriger einer Sicherheitsgruppe gewesen, was ihm Gelegenheit gab, seine taktischen Fähigkeiten auf der individuellen

Ebene anzuwenden. Bei der täglichen Arbeit ging es um die Bekämpfung der Kriminalität: Tuvok bekam es mit Diebstahl, Betrug, Körperverletzung und sogar Mord zu tun. Er wünschte sich keinen zweiten Einsatz jener Art, obwohl er die beiden Jahre auf DS4 mit seiner Frau verbringen konnte. Sie hatte einen akademischen Urlaub genommen, um mit ihm zusammen zu sein. Sie waren jung gewesen, hatten von einer gemeinsamen Zukunft geträumt …

Ein plötzlicher Luftzug kündigte die Ankunft eines Waggons an. Tuvok bedauerte, daß er sich einige Sekunden lang fast so etwas wie Emotion geleistet hatte, besann sich wieder auf die vulkanische Selbstdisziplin und schirmte Janeway vom Gedränge beim Einsteigen ab. Er verabscheute es, von fremden Humanoiden berührt zu werden, doch angesichts der allgemeinen Enge ließ sich so etwas kaum vermeiden. Ganz bewußt sensibilisierte er seine Sinne und paßte auf – es mußte unbedingt vermieden werden, daß der Kommandantin etwas zustieß.

Tuvok wußte, daß es in dem Büro für Captain Janeway zu hell war. Sie blinzelte, als der Bedienstete – er hatte sie mehrere Stunden lang warten lassen – sie dem Beauftragten Andross vorstellte. Ein großes Hologramm schmückte die Wand hinter Andross und zeigte ein prunkvolles Rosettensymbol, bei dem es sich offenbar um ein Emblem des Hauses Min-Tutopa handelte. Hinzu kam die Darstellung einer Sonne, die über den Horizont kletterte, durch glühende Wolkenformationen glitt und schließlich wieder unterging, begleitet von einem spektakulären Abendrot.

Der Bevollmächtigte erhob sich mit einem routinierten Lächeln, dem jede Wärme fehlte. Vermutlich hatte er gehofft, daß die beiden Besucher wegen der langen Wartezeit aufgaben und gingen. Tuvok stellte fest, daß Andross ein ganzes Stück kleiner war als die meisten anderen Tutopaner, die er bisher gesehen hatte. Physische Konformität schien in der hiesigen Gesellschaft als sehr erstrebenswert zu gelten. Der Bevollmächtigte wich erheblich von diesem Ideal ab und hatte trotzdem einen hohen Rang erreicht, was auf erhebliche Kompetenz hindeutete.

Tuvok machte sich eine gedankliche Notiz, als Andross sie mit einer Geste aufforderte, Platz zu nehmen. »Wie kann ich Ihnen helfen, Captain Janeway?«

Die Kommandantin verlor keine Zeit, kam sofort zur Sache. »Ich hätte gern das Prozessormodul unseres Bordcomputers zurück. Besatzungsmitglieder des Frachters *Kapon* stahlen es.«

In dem zart anmutenden Gesicht des Bevollmächtigten zeigten sich keine Veränderungen, als er auf die Rauchglasscheibe des Schreibtisches blickte. Sie reflektierte das helle Licht, und Tuvok vermutete, daß sich die Terminals von Datenzugriffsgeräten dicht unter der glatten Fläche befanden. Darüber hinaus errechnete er eine Wahrscheinlichkeit von zweiundneunzig Prozent dafür, daß der Captain und er selbst von Scannern erfaßt wurden.

Andross hob den Kopf. »Nach den uns vorliegenden Informationen ist Ihr Schiff ein Wrack.«

»Mit meinem Schiff war alles in bester Ordnung, bevor die *Kapon* das Prozessormodul stahl.«

Daraufhin deuteten Andross' Lippen ein dünnes Lächeln an. »Aus den Sensoraufzeichnungen der *Kapon* geht hervor, daß Ihr Schiff antriebslos im Asteroidengürtel des sekundären Systems trieb. Einige Besatzungsmitglieder kamen an Bord, um brauchbares Gerät zu bergen.«

»Sie baten uns um eine Deaktivierung des Triebwerks, damit sie mit einem Shuttle zu uns kommen konnten«, erwiderte Janeway. »Geht auch *das* aus den Sensoraufzeichnungen der *Kapon* hervor? Man bot uns Informationen über Wurmlöcher im Austausch für

Sternkarten. Statt dessen wurden meine Crew betäubt und das Prozessormodul gestohlen.«

»Da liegt bestimmt ein Irrtum vor«, sagte Andross ruhig und faltete die Hände auf der Rauchglasscheibe. »Warum sollte jemand Hardware mitnehmen und die Daten zurücklassen? Nach meinen Unterlagen ist Ihr Speicherkern vollkommen intakt.«

Die Selbstbeherrschung des Captains war bewundernswert. Tuvok hatte die langen Stunden des Wartens damit verbracht, in Gedanken das Nervengift zu analysieren und den Grund für die schnelle Dispersion festzustellen. Janeway hatte sich nicht mit derartigen Überlegungen ablenken können. Trotzdem gelang es ihr, gelassen zu bleiben.

»Man teilte uns mit, daß die *Kapon* ihre Ladung zu Ihnen brachte«, sagte die Kommandantin. »Wir verlangen sie zurück.«

»Die Bergung fand im Rahmen der geltenden Vorschriften statt«, sagte Andross und stand geschmeidig auf. »Nun, wenn ich Ihnen bei einer anderen Angelegenheit behilflich sein kann …«

»Ja, das können Sie.« Tuvok sprach jetzt zum erstenmal. Er hielt das Risiko für vertretbar, ihren Standpunkt mit etwas mehr Nachdruck zu vertreten. »Bitte nennen Sie uns den Namen Ihres Vorgesetzten.«

Andross sah ihn verblüfft an. »*Ich* bin ein offizieller Repräsentant des Hauses Min-Tutopa …«

»Ja, das ist uns klar.« Janeway erkannte die Absichten des Vulkaniers und ging darauf ein. »Trotzdem würden wir gern mit Ihrem Vorgesetzten sprechen.«

»Ich habe keinen Vorgesetzten in der Nabe. Das Gremium befindet sich am Sitz des Hauses Min-Tutopa.«

»Welchen Ort meinen Sie damit?«

»Min-Tutopa ist der dritte Planet der primären Sonne.« Andross strich imaginären Schmutz von der Rauchglasscheibe. »Unter den gegenwärtigen Umständen ist es für Sie nicht möglich, sich ans Gremium zu wenden.«

Janeways Blick wanderte zu Tuvok. »Sie haben doch erwähnt, daß der Info-Monitor an der Säule die Namen anderer Bevollmächtigten des Hauses Min-Tutopa zeigte.«

»Ja, das stimmt, Captain.«

Die Kommandantin erhob sich. »Gut. Einer von ihnen ist bestimmt in der Lage, uns zu helfen.«

»Das denke ich auch.« Tuvok hielt nach Andross' Reaktion Ausschau, als er zu Janeway trat. »Ich schlage vor, wir stellen sofort einen entsprechenden Kontakt her.«

Der kleine Tutopaner streckte die Hand aus, um sie aufzuhalten. Er legte seine bisherige Trägheit ab, erwies sich jetzt als ziemlich flink. »Diese Sache gehört nicht zum Verantwortungsbereich der anderen Bevollmächtigten.«

»Sie scheinen nicht besonders verantwortungsbewußt zu sein.« Janeway drehte sich um.

»Ich bin bestens für mein Amt geeignet.« Andross klang fast verletzt. »Alle Tutopaner werden auf der Grundlage von strengen Psycho- und Eignungstests für ihren beruflichen Einsatz ausgewählt.«

»Tragen wir unser Anliegen an einen anderen ausgewählten Bevollmächtigten heran«, sagte Janeway zu Tuvok.

»Sie verstehen nicht ... Ich bin für die *Kapon* zuständig.« Andross fügte rasch hinzu: »Wenn Sie wieder Platz nehmen würden ... Vielleicht finde ich doch noch eine Möglichkeit, Ihnen zu helfen.«

Janeway zögerte demonstrativ, bevor sie der Aufforderung nachkam.

»Nun, mal sehen ...«, sagte Andross lebhaft. »An welchem Computer sind Sie interessiert?«

»Unser Interesse gilt nicht etwa einem kompletten Computer, sondern einem Prozessormodul«, entgegnete Janeway. »Damit meine ich jene Komponenten, die in Programmen gespeicherte Anweisungen ausführen, den Datenfluß lenken sowie die In- und Output-Systeme steuern. Das Modul besteht aus fünf überlichtschnellen Nanoprozessoren und mehreren optischen Transtator-Banken.«

»Hmmm...«, murmelte Andross. Seine Augen bewegten sich kaum merklich, als er zur Rauchglasscheibe starrte und Informationen aufnahm. »Ich könnte Ihnen innerhalb kurzer Zeit einen neuen ÜL-Prozessor liefern, und die Gesamtkosten für die Installation beliefen sich auf 6300. Wie ist Ihr gegenwärtiger Kontostand?«

»Ich möchte keine neue Hardware erwerben.« Janeway beugte sich vor, um ihre Worte auf diese Weise zu unterstreichen. »Wenn das Ihre ›Hilfe‹ ist... Daran sind wir nicht interessiert.«

»Ich verstehe.« Andross klopfte nachdenklich mit den Fingern auf die Scheibe. »Da Ihnen durch die Bergung Unannehmlichkeit entstanden, verringere ich den Preis auf 5300. Das ist enorm günstig für nagelneue Hardware.«

Angesichts des bisherigen Zeitaufwands hielt es Tuvok für logisch, hier auszuharren, trotz der von Andross zur Schau gestellten Irrationalität. Die Alternative bestand darin, bei einem anderen Bevollmächtigten noch einmal ganz von vorn zu beginnen.

Janeway wußte das natürlich ebensogut wie er. Sie versuchte es nun mit einer anderen Taktik. »Sie bekamen unser Prozessormodul von dem Frachter *Kapon*. Wo befindet es sich jetzt?«

»Bergungsgut wird in jedem Fall zum Scannen gebracht – um den Wert festzustellen.«

»Könnten Sie herausfinden, wo unsere Prozessoren derzeit lagern?«

»Vielleicht...« Andross zögerte. »Aber es wäre besser für Sie, mein Angebot zu akzeptieren.«

Janeway sah ihm tief in die Augen. »Bevollmächtigter Andross... Ich schlage vor, daß Sie unser Prozessormodul unverzüglich lokalisieren. Andernfalls sehen wir uns gezwungen, diese Angelegenheit an Ihre Vorgesetzten heranzutragen.«

»Natürlich.« Die Lippen des Tutopaners formten ein Lächeln, doch sein Gesicht blieb leer. »Ich beginne sofort mit Ermittlungen.«

»Ich würde es sehr zu schätzen wissen, innerhalb der nächsten Stunde von Ihnen zu hören.« Janeway stand erneut auf, und diesmal gab sie zu verstehen, daß sie sich nicht erneut setzen wollte. »Wenn wir nichts von Ihnen hören, wende ich mich an jemand anders.«

»Gewiß«, entgegnete Andross liebenswürdig. »Wenn Sie gestatten... Ich gebe Anweisung, Ihnen meinen privaten Wagen zur Verfügung zu stellen. Ich muß sagen, Sie sehen beide recht müde aus.«

Janeway genoß den Luxus, mit einem Privatwagen heimzukehren und nicht das Gedränge in einem Waggon ertragen zu müssen. Natürlich gereichte es auch Andross zum Vorteil: Auf diese Weise sorgte er dafür, daß sie unterwegs nicht das Büro eines anderen Bevollmächtigten aufsuchten. Der kleine Tutopaner erinnerte Janeway an einen Verkäufer von gebrauchten Raumschiffen, den sie einmal kennengelernt hatte: Der Bursche war so sehr auf seine eigenen Interessen konzentriert gewesen, daß er kein Vertrauen verdiente. Sie wagte es nicht, mit Tuvok über alles zu reden – vielleicht gab es im Wagen Abhörgeräte. Andross schreckte sicher nicht davor zurück, sie zu belauschen.

Sie versuchte, Gefallen an der Fahrt zu finden. Der Wagen verfügte über einen Synthetisierer, und Janeway zögerte nicht, die gute Gelegenheit zu nutzen. Sie bestellte einen Gemüsesaft für Tuvok und für sich selbst ein Getränk auf Proteinbasis – sie brauchte die

Energie, nachdem sie mit so viel Unsinn hatte fertig werden müssen.

Als sie Lobby 58 erreichten, warteten dort einige Yawkins vor dem Lift, um zu ihrem Schiff zurückzukehren. Es handelte sich um plumpe Humanoiden mit grünlicher Haut, die bei diesen Individuen ungewöhnlich dunkel war. Übelriechende Dämpfe drangen aus den Halskiemen und veranlaßten Janeway, vom Lift zurückzuweichen.

Tuvok folgte ihr. »Stimmt was nicht, Captain?«

Sie winkte ab. »Warten wir auf die nächste Transportkapsel, einverstanden?«

»Wie Sie wünschen.«

Janeway nahm dankbar zur Kenntnis, daß der Vulkanier auf weitere Fragen verzichtete. Das Projektionsfeld neben dem Lift zeigte ein Echtzeitbild von den drei Schiffen am Andockturm. Die *Voyager* verschwand gerade, als das Bild zum gedrungen wirkenden Transporter wechselte. Unten wurden der Name des Schiffes – *Oonon* – sowie Transfercode und Hauszugehörigkeit eingeblendet. Angesichts der Begegnung mit Andross gewannen die vielen Elektrokabel eine neue Bedeutung. Vielleicht wollte die Crew dadurch verhindern, daß man ihr Schiff stahl. Janeway versuchte, sich nicht verfolgt und in die Ecke gedrängt zu fühlen. Sie mußte von einer Position der Stärke aus verhandeln, und dabei konnte sie mit solchen Empfindungen nichts anfangen.

Das Yawkin-Schiff wurde sichtbar, und Janeway wartete ungeduldig darauf, daß die *Voyager* erschien. Stolz erfüllte sie, als das Projektionsfeld *ihr* Schiff zeigte. Der Anblick erinnerte sie an das letzte Mal, als sie die *Voyager* an einer Raumstation angedockt gesehen hatte. Jene Station hieß Deep Space Nine und befand sich im Alpha-Quadranten. Tuvok war damals nicht bei ihr gewesen – zu jener Zeit hatte sie ihn und die Maquisards noch nicht gefunden.

*Damals waren wir noch zu Hause*, dachte Janeway in einem Anflug von Melancholie. *Damals stand uns der Sprung über siebzigtausend Lichtjahre erst noch bevor.*

Sie sprach diesen Gedanken Tuvok gegenüber nicht aus. Es gab kaum zwei Männer, die sich mehr unterschieden als Tuvok und Tom Paris, aber der Vulkanier teilte eine Eigenschaft des Piloten: die Gleichgültigkeit gegenüber dem Umstand, so weit von der Föderation entfernt zu sein. Man konnte darauf hinweisen, daß Paris in diesem Quadranten besser dran war, aber das galt nicht für Tuvok. Zweifellos vermißte er seine Familie. *Wir alle wollen heimkehren*, dachte Janeway. *Habe ich mich durch diesen Wunsch dazu hinreißen lassen, zu große Risiken einzugehen*?

Tuvok sah von ihr zum Schirm. »Wir finden einen Weg nach Hause, Captain.«

Diese Worte entlockten ihr ein Lächeln. Manche Dinge änderten sich nie, nicht einmal mitten im Chaos. Zum Beispiel Tuvoks besonderes Gespür.

»Habe ich so laut gedacht?« fragte die Kommandantin leise.

Kühle und Distanz wichen aus den Zügen des Vulkaniers. Fast so etwas wie Anteilnahme oder gar Zuneigung erschien in dem dunklen Gesicht. »Ich kenne meinen Captain«, erwiderte er schlicht.

Janeway beobachtete, wie die *Voyager* aus dem Projektionsfeld verschwand. »Hoffentlich haben Sie auch die Gabe der Prophetie, Tuvok.«

# 6

Als Chakotay die Brücke betrat, fiel sein Blick auf Tom Paris: Im Unterhemd nahm der junge Navigator den Platz des Captains ein. Umgeben war er von sechs oder sieben Tricordern, deren Akkumulatoren keine Energie mehr enthielten.

Einige Stunden später war Paris fast mit dem Aufladen der Geräte fertig. Er benutzte dabei eine mobile Einheit, die er aus dem sechs Etagen tiefer gelegenen Lager geholt hatte. Es überraschte Chakotay nicht, daß der Pilot an diese Möglichkeit gedacht hatte, aber wie dem auch sei: Es freute ihn zu sehen, daß er sich wirklich Mühe gab.

Der Indianer hielt einen der wieder aufgeladenen Tricorder in der Hand und sprach mit einem Kartell-Bediensteten der Wartungssektion. »Ich gebe Ihnen die gesamte Denarii-Subspezies *und* die Hoop-sted Marn für drei Zyklen ...«

Er drehte den Kopf und sah, wie Janeway aus der Jeffries-Röhre kletterte, gefolgt von Tuvok. Die Kommandantin freute sich ganz offensichtlich über Chakotays Rückkehr in den Kontrollraum. Das Lächeln in ihrem Gesicht bildete einen auffallenden Kontrast zur monotonen Stimme, die aus dem Tricorder-Lautsprecher drang. »Ihr Zahlungsangebot wird in Erwägung gezogen. Bitte warten Sie.«

»Freut mich, daß Sie wieder auf den Beinen sind, Nummer Eins«, sagte Janeway, als Chakotay aufstand. »Wie geht es ihnen?«

»Ich hätte sofort hierherkommen sollen, als ich das

Bewußtsein wiedererlangte.« Er erwähnte nicht, daß seine Rekonvaleszenz von seltsamen, alptraumhaften Halluzinationen begleitet wurde – Symbole, die ihm zum Teil vertraut erschienen, während andere völlig fremdartig wirkten. Während des langen Aufenthalts in der Krankenstation hatte er genug Zeit gefunden, um über die sonderbaren Träume nachzudenken und sich mit ihnen abzufinden, auch wenn ihre Bedeutung rätselhaft blieb. »Als mir das Ausmaß der Fehlfunktionen im Programm des holographischen Arztes klar wurde ... Daraufhin wies ich alle Patienten an, in den aktiven Dienst zurückzukehren. Zum Glück ist wenigstens Kes da. Ich empfehle, ihr die Leitung der Krankenstation zu übertragen.«

»Einverstanden.« Janeway musterte Chakotay aufmerksam. »Ist wirklich alles in Ordnung mit Ihnen? Sie scheinen Fieber zu haben.«

Mit dem Zeigefinger rieb sich Chakotay die Schläfe, dicht unter dem Tätowierungsmal seines Stammes. »Es liegt an den Ambientenkontrollen. Die automatischen Aufzeichnungen weisen deutlich darauf hin, daß die Temperatur steigt, seit man uns das Prozessormodul stahl. Mit manuellen Justierungen können wir offenbar nichts dagegen ausrichten.«

»Jetzt, da Sie es erwähnen ... Es ist hier tatsächlich recht warm.« Janeway sah zu den Brückenoffizieren. Die meisten von ihnen hatten ihre Uniformjacken ausgezogen oder die Ärmel hochgerollt.

»Kim teilte uns mit, daß einige Bereiche des Schiffes stärker betroffen sind als andere«, fügte Chakotay hinzu. »In der technischen Abteilung, auf der Brücke und im Computerraum ist es wärmer als in den anderen Sektionen.«

»Haben Torres und Kim schon einen Bericht abgeliefert?«

»Sie sind noch im Computerraum, und der einzige Bericht, den ich erhalten habe, läuft auf folgendes hinaus: Dort unten soll's heißer sein als auf Vulkan. Und es scheint noch schlimmer zu werden. Die Fehlfunktionen erfassen auch andere Komponenten des Ambientensystems, insbesondere die Luftzirkulation.«

Chakotay deutete zum Hauptschirm, der die Nabe zeigte. »In Ihrer Abwesenheit habe ich mit dem Kartell verhandelt. Es geht mir dabei um externe energetische Unterstützung und dergleichen. Als Bezahlung bot ich einige Beispiele unserer exotischen pflanzlichen DNA.«

»Samen?« fragte Janeway. »Sie bieten Samen für Hilfe bei der Kontrolle unserer Lebenserhaltungssysteme?«

»Samen und Leben – es paßt zusammen.« Chakotay lächelte.

Der Tricorder piepte, als er Kom-Signale empfing. »Ihr Angebot wird akzeptiert«, erklärte eine neutral klingende Stimme. »Bitte transferieren Sie die Informationen an den für Gebrauchsgüter zuständigen Repräsentanten. Als Gegenleistung erhalten Sie drei Zyklen Unterstützung für Ihre Lebenserhaltungssysteme sowie ausreichendes energetisches Potential für die Reinigung von Luft und Wasser. Hinzu kommt thermische und gravitationelle Kontrolle.«

Janeway nickte Chakotay zu, der sofort antwortete. »Einverstanden. Ich empfange den Repräsentanten im Servicebereich.« Er schloß den Kom-Kanal und legte den Tricorder beiseite. »Die Tutopaner ermöglichen uns auch eine direkte Kommunikation mit der Nabe.«

Janeway nickte anerkennend. »Ausgezeichnet, Commander. Vielleicht sollten Sie alle weiteren geschäftlichen Verhandlungen führen.«

»Ich habe Erfahrung. Erinnern Sie sich an die Cordone'ni?«

»Stimmt.« Janeways Gesicht verriet eine ganze Menge, als sie sich daran entsann. »Nun, setzen Sie

Ihre Bemühungen fort, Commander. Helfen Sie ihm, Tuvok. Und versuchen Sie, die Tutopaner an weiteren Scans zu hindern.«

»Aye, Captain«, erwiderte der Vulkanier so ernst, als sei er mit einer Mission beauftragt worden, bei der es um Leben oder Tod ging. Chakotay fragte sich, was während seines Aufenthalts in der Krankenstation geschehen war.

»Sie haben das Kommando, Lieutenant Paris.« Janeway griff nach einem der aufgeladenen Tricorder. »Falls Sie mich brauchen... Ich bin im Computerraum.«

Als Chakotay die Brücke verließ, sah er, wie Paris die Arme verschränkte und sich im Sessel des Piloten zurücklehnte. Er verstand nicht, warum der Navigator so gereizt wirkte. Angesichts seiner bewegten Vergangenheit sollte er eigentlich froh sein, daß Janeway genug Vertrauen hatte, um sich von ihm vertreten zu lassen.

»Wir haben hier ein echtes Problem«, sagte Kim.

Janeway hatte gehofft, gute Nachrichten zu hören. Sie verbarg ihre Enttäuschung. »Können Sie die Computersysteme stabilisieren?«

»Das ODN funktioniert.« Kim sah von dem Gerüst auf, das im zentralen Schacht des Hauptkerns errichtet worden war. Der junge Mann hatte sich einen weißen Stoffstreifen in Stirnhöhe um den Kopf gebunden; von Nährgel stammende blaue Flecken zeigten sich an seinem Hemd.

»Wir glauben, der Grund für unsere Schwierigkeiten liegt im neuralen Netzwerk«, meinte Torres und blickte über eine reparierte Bioweiche hinweg. Der Kragen ihres grauen Hemds war aufgerissen, und sie hatte das Haar im Nacken zusammengebunden, damit es nicht störte. Janeway erinnerte sich an einen alten Dokumentarfilm, den sie einmal gesehen hatte. Darin war es um die harte Ausbildung von Marines gegangen. Die Klingonin brauchte nur noch eine Projektilwaffe, um in dieses Bild zu passen.

Janeway streckte die Hand aus und strich über die Ansammlung aus künstlichen Neuronen, die in der blauen Nährmasse ruhten. Das Prozessormodul hatte sich in unmittelbarer Nähe befunden. »Wurde das Gewebe geschädigt?«

»Nicht direkt, soweit sich das feststellen läßt«, erwiderte Kim. »Aber das Kraftfeld durchtrennte zwei der Weichen, die Nährstoffe in die Hauptbanken leiten. Dadurch könnte es zu Strukturschäden gekommen sein.«

»Was allerdings nicht erklärt, warum sich das neurale Netz noch immer so verhält, als sei das Prozessormodul vorhanden«, sagte Torres.

»Wie ist so etwas möglich?« fragte Janeway.

»Nun, das neurale Netz dient vor allem als Speichermedium, so wie auch die isolinearen Chips.« Kim kletterte durchs Loch im Boden des Computerraums und nahm neben Janeway Platz. »Mit Hilfe ihrer Nanoprozessoren sind isolineare Chips imstande, Daten zu empfangen und zu speichern. Auf ähnliche Weise bewerkstelligt das neurale Netz Datenkonfigurationen ohne LCARS-Kontrolle. Dabei werden die Informationen sogar noch schneller verarbeitet als von den ÜL-Prozessoren.«

»Das bioneurale Gewebe ist nicht zu selektiven, den jeweiligen Funktionsaufrufen angemessenen Reaktionen imstande«, gab Torres zu bedenken.

»Aber irgendwie reagiert es auf ODN-Input.« Kim verzog das Gesicht, als ihn ein Blick der Klingonin durchbohrte. »Allerdings antwortete es mit Signalen, die keinen Sinn ergeben. Dadurch kommt es immer wieder zu Verzögerungen in den Funktionen der Bordsysteme. Manche Anweisungen werden überhaupt nicht ausgeführt, weil die Befehle des Hauptcomputers denen der Hilfscomputer und Subprozessoren widersprechen.«

»Deshalb hätte die Unterbrechung der Verbindungen zum zentralen Kern zum gewünschten Resultat führen müssen«, betonte Torres.

Janeway betrachtete die scharfe Kante des Loches im Boden. »Der Prozessormodul scheint mit chirurgischer Präzision abgetrennt worden zu sein.«

Die Klingonin brummte zustimmend. »Es war mit den hiesigen Installationen gammaverschweißt. Doch die Fremden setzten Werkzeuge ein, die hier wie durch weiche Butter schnitten.«

»Sie wußten genau, worauf es ankam«, fügte Kim hinzu.

Janeways Blick glitt über die traurigen Reste des Hauptcomputers. »Wissen Sie... Vielleicht werden hier gar keine Techniker gebraucht.«

»Nein?« fragte Kim erstaunt.

Torres wußte offenbar nicht recht, ob sie die Worte der Kommandantin als Beleidigung verstehen sollte.

»Nein.« Janeway öffnete den Kragen ihrer Jacke. »Wir benötigen hier vor allem einen Arzt.«

»Bei solchen Schäden können wir froh sein, wenn wir überhaupt noch einen Doktor haben«, kommentierte Torres.

Janeway versuchte vergeblich, Kes auf der Frequenz der Krankenstation zu erreichen. Aus einigen anderen Abteilungen erhielt sie die Meldung, daß man Kes in verschiedenen Bereichen des Schiffes gesehen hatte: Die Ocampa war noch immer damit beschäftigt, den Besatzungsmitgliedern das Antitoxin zu verabreichen.

Das umständliche Kommunikationssystem ärgerte Janeway. »Ich frage mich, wie Schiffskommandanten früher zurechtgekommen sind.«

»Ich schätze, früher dauerte es länger, Dinge zu erledigen«, erwiderte Torres in einem fast frechen Tonfall.

»Vielleicht sogar noch länger, als Sie glauben.« Janeway öffnete ihre Jacke ganz, forderte Kim und Torres dann auf, ihr zu folgen. »Kommen Sie. Wir müssen fünf Etagen nach oben klettern.«

Sie trafen Kes im Korridor vor der Krankenstation. Das müde Lächeln und die Größe der Medo-Tasche wiesen darauf hin, daß sie von einer langen Behandlungstour durch die *Voyager* zurückkehrte.

»Was ist mit dem Doktor?« fragte Janeway.

»Das holographische Programm funktioniert seit der Wiederherstellung der Energieversorgung. Dr. Zimmerman bestand darauf, daß ich die Verteilung des Gegenmittels fortsetze.«

Das zentrale Zimmer der Krankenstation war leer, doch mehrere Datenblöcke und Tricorder deuteten auf die zurückliegenden Aktivitäten hin. Der Arzt befand sich im Untersuchungsraum, arbeitete dort hektisch an einem leeren Tisch.

»Schnell, Kes!« entfuhr es ihm, als er die Neuankömmlinge bemerkte. »Es muß sofort ein Abstrich durchgeführt werden, und außerdem brauche ich einen Ionen-Analysator. Ich kann die Bio-Werte dieses Patienten kaum mehr stabil halten.«

Kes trat langsam vor, und ihre Verwirrung wuchs, während sich der holographische Arzt über den Tisch beugte. »Was machen Sie da, Doktor?«

»Fähnrich Navarro leidet an einer Ionenphase-Infusion.« Zimmerman hielt einen Injektor dorthin, wo sich der Hals des Patienten befunden hätte. »Dieser Fall hat absoluten Vorrang. Alles andere muß warten.«

Janeway kam so vorsichtig näher, als rechnete sie mit gefährlichen Zwischenfällen. »Ich schlage vor, Sie starten ein Selbsttest-Programm.«

Der Arzt schnitt eine Grimasse. »Dafür habe ich keine Zeit. Was Sie betrifft... Bitte verlassen Sie den Raum. Sehen Sie denn nicht, daß ich mich um einen medizinischen Notfall kümmern muß?«

»Nein, das sehen wir nicht«, erwiderte Janeway. »Ich befehle Ihnen hiermit, Ihre Funktionen zu überprüfen.«

Zimmerman zögerte und schien bereit zu sein, sich auf seine Privilegien als Medo-Offizier zu berufen. Kes erkannte die Zeichen ebenfalls. »Doktor ...«, sagte sie sanft. »Fähnrich Navarro ist nicht hier. Sie haben sich vor zwei Monaten um ihn gekümmert.«

Der Arzt starrte Kes groß an, blinzelte und sah dann zu den Bio-Indikatoren. »Unmöglich ... Die diagnostische Datenbank bestätigt meine Untersuchung des Patienten.«

»Es gibt keinen Patienten«, entgegnete Kes.

Kim warf einen Blick auf den medizinischen Scanner. »Genau das meine ich. Offenbar gehen Impulsechos vom Hauptkern aus.«

»Gibt es eine Möglichkeit, die Echos irgendwie zu neutralisieren?« fragte Janeway.

Kim klopfte aufs Display des Medo-Scanners. »Wir könnten die Diagnose-Einheit deaktivieren. Dann müßte es zu einer Reinitialisierung des gesamten Systems kommen.«

Der Arzt musterte sie und versuchte zu verstehen. »Fähnrich Navarro befindet sich nicht hier?«

»Nein.« Kes berührte Zimmerman am Ärmel. »Ist alles in Ordnung mit Ihnen?«

Der Doktor sah wieder zum Tisch. »Nein, offenbar nicht.«

Er hatte diese drei Worte kaum ausgesprochen, als plötzlich alles flackerte: das Licht, der holographische Arzt, die Darstellungen im Projektionsfeld des Diagnoseschirms. Totale Schwärze trat für ein oder zwei lange Sekunden ein.

*Was zum ...*

Von einem Augenblick zum anderen wurde es wieder hell, und Janeway fragte sich, ob sie ebenso überrascht aussah wie die anderen. Zimmerman war verschwunden, und die Displays der Diagnose-Einheit zeigten wieder neutrale Werte. So etwas hatte die Kommandantin noch nie zuvor erlebt – nicht einmal die Notbeleuchtung war aktiv geworden.

»Was war das?« brachte Kim hervor. Seine Stimme klang fast hysterisch. »Bin ich dafür verantwortlich?«

»Das bezweifle ich!« erwiderte Torres scharf.

Etwas piepte, und Janeway wandte sich dem eingeschalteten Tricorder auf dem Monitor zu. »Chakotay an Captain Janeway.«

Sie erhöhte die Lautstärke. »Ich höre.«

»Bitte entschuldigen Sie den Zwischenfall, Captain. Der Computer versuchte, die neuen externen Verbindungen zu deaktivieren. Wir haben jetzt wieder alles unter Kontrolle.«

»Das war eine ziemlich starke energetische Fluktuation«, murmelte Torres. »Ich sollte besser die entsprechenden Leistungssysteme untersuchen.«

»Kam es zu zusätzlichen Schäden?« erkundigte sich Janeway.

»Das kann ich erst sagen, wenn ich wieder auf der Brücke bin«, tönte Chakotays Stimme aus dem Lautsprecher. »Ich halte Sie auf dem laufenden.«

Die Aufmerksamkeit der jungen Ocampa galt anderen Dingen. »Computer, Programm starten.«

Zimmerman erschien und sah so aus wie immer. »Um welchen medizinischen Notfall handelt es ...« Er unterbrach sich.

Janeway legte den Tricorder beiseite, als Kes den Arzt fragte: »Erinnern Sie sich an die jüngsten Ereignisse?«

»Natürlich. Sie brachen auf, um die restlichen Besatzungsmitglieder mit dem Antitoxin zu behandeln. Ich beendete mein Programm, beachtete damit die Vorschriften für den Modus des herabgesetzten Energieniveaus.«

»In seiner Erinnerung entstehen immer wieder

Lücken«, wandte sich Kes an Janeway. »Wenn er einen Selbsttest durchführt, so gelangt er dabei zu dem Ergebnis, daß alles in Ordnung ist.«

»Es liegt nicht an seinen Systemen, sondern an der von uns geschaffenen direkten Computerverbindung«, sagte Janeway. »Was auch immer die Fehlfunktionen in den Bordsystemen verursacht – es beeinflußt auch das Programm des holographischen Arztes.«

Bestürzung zeigte sich im Gesicht von Dr. Zimmerman. »Ist mit meinem Programm etwas nicht in Ordnung?«

»Erinnern Sie sich nicht?« fragte Kes. »Das Prozessormodul des Computers wurde gestohlen.«

Janeway beobachtete die Reaktionen des Arztes und bewunderte einmal mehr die Autoren des medizinischen Notfallprogramms: Die Besorgnis des holographischen Doktors wirkte sehr echt. »Mir fehlen Erinnerungen... Aber weshalb?« Zimmerman schob sich an den Offizieren vorbei und schritt zum Terminal. »Aufzeichnungen. Ja. Bestimmt habe ich etwas aufgezeichnet.« Er setzte sich, blickte auf den Bildschirm und las. »Hier haben wir's... Verabreichung eines Antitoxins, das hilft, den neuralen Schock schneller zu überwinden... Wieso erinnere ich mich nicht daran?«

»In seinen Systemen gibt es offensichtliche Fehlfunktionen«, sagte Torres zu Janeway. »Er kann uns nicht helfen.«

»Vielleicht finden wir in der medizinischen Datenbank Antworten auf unsere Fragen«, spekulierte Kim.

Kes' Miene brachte Mitgefühl zum Ausdruck. »Was sollen wir in Hinsicht auf den Doktor unternehmen?«

Janeway dachte noch immer darüber nach, als Tuvok eintraf. Der Sicherheitsoffizier kam mit einem neuen mobilen Kommunikationsgerät. »Captain... Der Bevollmächtigte Andross versucht, einen Kontakt mit uns herzustellen. Er verwendet dabei die direkte Verbindung zur Nabe.«

»Gut.« Vielleicht kamen sie jetzt endlich weiter. Janeway sah ihre Begleiter an, und ihr Blick galt auch dem Holo-Arzt. »Versuchen Sie, eine Lösung des Problems zu finden. Ich bin im Büro.«

Sie brauchte Tuvok nicht extra aufzufordern, ihr zu folgen. Der Vulkanier wußte, daß sie bei den Verhandlungen mit dem kleinen Tutopaner Wert auf seine Meinung legte.

Auf dem Schreibtisch klappte das Kom-Gerät auf.

»Ein Bildschirm«, stellte Janeway fest. »Wer hätte gedacht, daß wir so etwas von den Tutopanern bekommen?«

Das jugendlich wirkende Gesicht von Andross erschien in dem kleinen Projektionsfeld, als Janeway einen Kanal öffnete.

»Captain… Wie schön, Sie wiederzusehen.« Es klang aufrichtig, aber Janeway konnte sich einfach nicht dazu durchringen, Andross zu vertrauen. »Ich hoffe, es geht Ihnen gut.«

»Es geht uns den Umständen entsprechend.« Sie beugte sich vor. »Haben Sie unser Prozessormodul lokalisiert?«

»Die von der *Kapon* geborgenen Gerätschaften wurden nach Min-Tutopa gebracht. Dort werden sie als Reservesystem für eine lokale Kommunikationsstation installiert.«

»*Was?*«

Andross befürchtete offenbar, von Janeway unterbrochen zu werden, und deshalb sprach er rasch weiter. »Zwar ist es mir unmöglich gewesen, meine Vorgesetzten zu kontaktieren, aber ich habe mir die Freiheit genommen, einige Daten hin und her zu schieben. Das Ergebnis: Sie bekommen ein neues Prozessormodul und brauchen nur die Installationskosten zu tragen.« Der Bevollmächtigte strahlte. »Na bitte. Ich habe Ihnen doch versprochen, mich um alles zu kümmern, oder?«

»Das ist völlig ausgeschlossen.« Janeway hob demonstrativ die Hand, um den Kom-Kanal zu schließen, falls Andross nicht einlenkte. »Wenn Sie nicht bereit sind, uns das Prozessormodul zurückzugeben, bin ich gezwungen, mich an jemand anders zu wenden.«

»Solche Drohungen sind nicht erforderlich.« Andross rang sich ein Lächeln ab. »Ich habe Ihnen nur das für Sie vorteilhafteste Geschäft vorgeschlagen. Wenn Sie Ihre alte Hardware zurückwollen ... Es läßt sich bestimmt irgendwie arrangieren.«

»Wer könnte uns dabei helfen?«

Andross blickte auf Anzeigefelder hinab. »Das Prozessormodul befindet sich derzeit in der Provinz Seanns und damit im Zuständigkeitsbereich von Verwalterin Fee.«

»Ich würde gern mit Verwalterin Fee reden.«

Andross betätigte einige Tasten. »Vom nächsten freien Termin trennen uns sechzig Zyklen.«

»Wie lang auch immer ein Zyklus sein mag – es sind mindestens neunundfünfzig zuviel.« Janeway trachtete danach, sich zu beherrschen. »Die Diebe von der *Kapon* haben mein Schiff schwer beschädigt. Dafür mache ich Sie und Ihr Haus verantwortlich. Ich verlange, daß *sofort* etwas unternommen wird.«

Andross sah auf. »Bitte. Es ist nicht nötig, daß Sie sich deshalb aufregen.«

»Sie haben Ihre letzte Chance nicht besonders gut genutzt«, sagte Janeway.

So etwas wie Respekt glänzte in den Augen des Tutopaners. »Wenn Sie möglichst schnell mit Verwalterin Fee reden wollen, so müssen Sie nach Min-Tutopa fliegen.«

Janeway runzelte die Stirn. »Eine Subraum-Verbindung sollte sich eigentlich schneller herstellen lassen.«

Andross senkte wie verlegen den Kopf. »Derzeit ist unsere Verwaltung in Aufruhr, da die Wahl des Obersten Schlichters noch aussteht. Die ökonomischen Aktivitäten haben fast völlig aufgehört«, fügte der Bevollmächtigte betroffen hinzu. »Verwalterin Fee gilt als recht großzügig, aber ich fürchte, sie nimmt Ihr Anliegen nur bei einer persönlichen Begegnung ernst.«

»Ich fliege mit einer unserer Raumfähren«, sagte Janeway.

»Das steht Ihnen frei. Allerdings würde es mehrere Zyklen dauern, um eine Flugerlaubnis vom Kartell zu bekommen. Ich könnte Sie mit meinem persönlichen Shuttle nach Min-Tutopa bringen. Zwischen Verwalterin Fee und mir kam es bereits zu mehreren Kontakten, und ich könnte Ihnen unmittelbar nach unserer Ankunft einen Gesprächstermin verschaffen.«

Ganz deutlich spürte Janeway Tuvoks Mißbilligung. »Ist das die einzige Möglichkeit?« fragte sie.

»Abgesehen von den privaten Transportmitteln der Häuser gibt es auch öffentliche Liner.« Einmal mehr blickte Andross auf die Rauchglasscheibe seines Schreibtischs. »Der nächste startet morgen und erreicht Seanns, nachdem er zuerst zwei andere Provinzen angesteuert hat. Mit meinem Shuttle könnten wir praktisch sofort losfliegen, ohne zu Umwegen gezwungen zu sein.«

»Ich akzeptiere Ihr Angebot«, sagte Janeway rasch, bevor Tuvok Einwände erheben konnte. »Nur, ich möchte mich von einigen meiner Techniker begleiten lassen ...«

»Wie Sie wünschen. Ich muß Sie jedoch auf folgendes hinweisen: Wenn es mehr als zwei Personen sind, bleibt mir nichts anderes übrig, als eine offizielle Genehmigung des Hauses einzuholen. Öffentliche Liner sind versichert, für den Fall, daß ihren Passagieren etwas zustößt. Bei privaten Transportmitteln liegt die Verantwortung bei den Häusern ...«

»Ich verstehe«, unterbrach Janeway den Bevollmächtigten, um einer weiteren langen Erklärung vorzubeugen.

»Dann ist ja alles klar.« Andross wirkte entspannt und zufrieden – kein gutes Zeichen, fand Janeway. »Ich gebe meinen Transporttechnikern Bescheid und hole Sie anschließend ab. Um es Ihnen zu ersparen, noch einmal die Nabe aufzusuchen. Sie kann recht beunruhigend wirken.«

Torres blickte durch die Glaswand, die sie vom Captain trennte. Janeway formulierte lautlose Worte und unterstrich sie mit knappen Gesten, während Tuvok mit ausdrucksloser Miene zuhörte.

B'Elanna verschränkte die Arme und versuchte, sich an der vulkanischen Gelassenheit ein Beispiel zu nehmen. Unterdessen prüfte der holographische Arzt die ODN- und Computerdiagramme, las dann den Bericht über die bisherigen Reparaturversuche. Dabei gab er immer wieder auf Nachdenklichkeit hinweisende Geräusche wie ›Hm‹ oder ›Aha‹ von sich.

»Das ist doch sinnlos!« entfuhr es der Klingonin, als ihre Geduld zu Ende ging. »Der Doktor kann uns nicht helfen.«

Zimmerman sah zu ihr. »Vielleicht ist es zu spät. Es wäre Ihnen fast gelungen, alle Systeme zu zerstören.«

»Der Diebstahl des Prozessormoduls ist wohl kaum unsere Schuld«, erwiderte B'Elanna.

»Wollten Sie das Werk vollenden, als Sie das ODN vom Kern separierten?«

»Es hätte klappen sollen«, verteidigte sich Torres.

Der Arzt deutete auf eine der graphischen Darstellungen. »Nach den Richtlinien von Utopia Planitia ist es nicht empfehlenswert, das optische Datennetz von der zentralen Kontrolleinheit zu trennen.«

»Genau darauf habe ich hingewiesen«, murmelte Kim.

Torres sah sie nacheinander an und fühlte sich schuldig. »Starfleet übertreibt es mit den Sicherheitsvorkehrungen und entsprechenden Vorschriften.«

»Wenn Sie eine solche Ansicht vertreten und beschließen, die Richtlinien einfach zu ignorieren ...« Zimmerman sprach den Satz nicht zu Ende, zuckte einfach nur mit den Achseln. Seine Botschaft lautete: *Wer sich so dumm verhält, muß die Konsequenzen tragen.*

»Mir reicht's!« Torres hatte sich wirklich Mühe gegeben, geduldig zu sein und sich zu beherrschen. Aber diese holographischen Interfaces waren doch alle gleich. Programmiert wurden sie ganz offensichtlich von hochnäsigen Angebern, die glaubten, alles zu wissen. Zwischen ihr und einer solchen Benutzeroberfläche war es schon einmal zu einer Auseinandersetzung gekommen. B'Elanna erinnerte sich an das Tutorenprogramm der Starfleet-Akademie. Als sie nach der dreidimensionalen Darstellung schlug, teilte ihr das Bild in aller Ruhe mit, ihrer elektronischen Personalakte sei gerade ein Tadel hinzugefügt worden. Was die junge Klingonin so sehr in Rage brachte, daß sie nach dem Interface-Projektor trat, das ganze Bibliothekssystem lahmlegte und ein Paar gute Stiefel ruinierte.

»Ich dachte, Sie wollten meine Meinung hören«, sagte der Arzt.

Torres wandte sich ab. »Ich habe keine Lust, mir von einer *Maschine* sagen zu lassen, wie ich meine Arbeit erledigen soll.«

»Offenbar sind Sie nicht bereit, auf jemanden zu hören«, kommentierte Zimmerman. »Um so bedauerlicher ist es, daß andere Leute an den Folgen leiden müssen.«

Torres zitterte vor Wut. »Computer, Programm be...«

»Warten Sie!« rief Kes. »Durch die Deaktivierung verliert er vielleicht alle bisher aufgezeichneten Informationen.«

»Es kann sicher nicht schaden, ihm Gelegenheit

zu heben, seine Ansicht darzulegen«, pflichtete Kim der Ocampa bei. »Nun, Doktor? Wie sehen Sie die Sache?«

Zimmerman schien nur auf diese Frage gewartet zu haben. »Die krampfartigen Schwankungen im Funktionspotential der Bordsysteme sowie ihre Paralyse – die auch mich betraf –«, fügte er an die Adresse der Klingonin gerichtet hinzu, »ähnelt einem spinalen Schock, hervorgerufen durch die Trennung des Gehirns vom Rückenmark. Die anomalen Impulsechos sind möglicherweise ein Ergebnis des Trennungsschocks und lassen im Lauf der Zeit nach.«

»Zu den Funktionsstörungen kam es schon, bevor wir das ODN vom Hauptkern separierten«, wandte Kim widerstrebend ein.

»Und falls Sie es vergessen haben sollten ...«, zischte Torres. »Dies ist ein Raumschiff, kein lebender Organismus.«

»Es gibt bemerkenswerte Parallelen zwischen den Elaborationssystemen von Computern und dem Nervensystem biologischer Entitäten.«

Janeway kam aus dem Büro und hörte die letzte Bemerkung des holographischen Arztes. »Irgendwelche Fortschritte?« fragte sie.

»Nein.« Torres wandte sich direkt an Janeway, in der Hoffnung, daß wenigstens sie vernünftig war. »Er verhält sich so, als sei das Datennetz des Computers ein Patient.«

Zimmerman musterte die Kommandantin ruhig. »Meiner Meinung nach ist Ihr Schiff ein Lobotomie-Opfer.«

Alle sprachen zugleich, und Janeway versuchte zu verstehen, was vor sich ging. Torres schrie fast, doch erstaunlicherweise setzte sich Kes durch. Sie verteidigte den Hinweis des Arztes. »Die Analogie ist korrekt. Immerhin fungiert das Prozessormodul wie eine Großhirnrinde, die Daten von den Sinnesorganen empfängt, sie in verständliche Bilder umsetzt und anschließend über angemessene Reaktionen entscheidet.«

Torres schnaufte, ging an der gegenüberliegenden Wand auf und ab.

»Was empfehlen Sie?« Janeways Frage galt sowohl Kes als auch dem Arzt.

Der Gesichtsausdruck des holographischen Arztes veränderte sich, kündete nun von neutraler Sachlichkeit. »Ich stimme Fähnrich Kims Hypothese zu und glaube, daß die widersprüchlichen Impulse vom geschädigten neuralen Gewebe ausgehen.«

»Ich bin nicht einmal sicher, ob es wirklich zu Gewebeschäden kam«, sagte Kim.

»Der sinkende Druck im Subraumfeld des zentralen Kerns bietet einen deutlichen Hinweis.«

»Was beweist das schon?« fragte Torres verärgert.

»Ein solcher Druckabfall wird meistens von der Degeneration geschädigter Nervenzellen verursacht.« Zimmerman deutete auf die Balkendiagramme eines Monitors. »Hier kann man erkennen, daß der Druck langsam steigt, weil eine regenerative Phase begonnen hat. Wir müssen auf wachsenden Druck in den Gel-Massen achten.«

»Wieso?« erkundigte sich Kim verwundert.

»Weil zunehmender Druck im neuralen Gewebe die Nährgefäße platzen lassen könnte«, antwortete Kes. »Und in dem Fall käme es zu einem völligen Funktionsverlust der betreffenden Zellen.«

»Läßt sich der steigende Druck irgendwie kontrollieren?« fragte Janeway.

»Ohne chirurgische Maßnahmen?« erwiderte der Arzt. »Nun, vielleicht ist es möglich, die Bioweichen so zu justieren, daß sie einen konstanten Druck gewährleisten. Und wir könnten Arzneien einsetzen, die wir normalerweise verwenden, um Schwellungen zu reduzieren.«

»Außerdem sind wir in der Lage, mit Proteinen die Regenerierung zu fördern«, fügte Kes hinzu.

Janeway gewann den Eindruck, daß die Probleme noch größer waren, als sie bisher angenommen hatten. »Wenn wir das Prozessormodul zurückgeholt haben... Können wir es dann wieder mit den Gel-Massen verbinden?«

»Schwer zu sagen«, entgegnete der Arzt. »Neurales Gewebe ist zwar imstande, sich zu regenerieren, aber für gewöhnlich werden die ursprünglichen Funktionen nur in den peripheren Nerven wiederhergestellt, nicht in den Bereichen des Zentralnervensystems oder des Gehirns.«

Unangenehme Stille folgte diesen Worten. Selbst Torres schien angesichts so düsterer Aussichten betroffen zu sein. Janeway fand diese Stimmung immer noch besser als offene Feindseligkeit zwischen der Klingonin und Zimmerman.

»Nun, uns fällt schon etwas ein«, fuhr der Holo-Doktor fort. In seinen Worten erklang jene falsche Fröhlichkeit, mit der Ärzte ihre Patienten aufmuntern wollen. »Zuerst einmal muß jede einzelne Gel-Masse auf ihren Ionen-Gehalt überprüft werden. Außerdem benötige ich Proben der jeweiligen Nährflüssigkeit.«

»Wir sollen das Gewebe *untersuchen?*« vergewisserte sich Torres. »Etwa mit medizinischen Tricordern?«

Zimmerman bedachte sie mit einem skeptischen Blick. »Für solche Aufgaben brauchen wir natürlich qualifiziertes Personal.«

»Ich kümmere mich darum«, bot sich Kes an.

Janeway sah vom erwartungsvollen Gesicht der Ocampa zu B'Elanna Torres, die möglichst weit von Zimmerman entfernt stand. »Fähnrich Kim... Sie helfen dem Medo-Team dabei, die Computerfunktionen wiederherzustellen – mit oder ohne das Prozessormodul. Torres, Sie kommen mit mir.«

Die Klingonin drehte sich neugierig zu ihr um. »Wohin gehen wir?«

»Wir gehen nicht – wir fliegen. Und zwar nach Min-Tutopa.« Janeway glaubte zu spüren, wie sich Tuvok hinter ihr versteifte. »Um die gestohlenen Prozessoren zurückzuholen.«

# 7

Tuvok zögerte vor der Tür von Janeways Quartier. Wenn er etwas mit dem Captain besprechen wollte, so bat er normalerweise um eine Unterredung im Bereitschaftsraum. Doch die gegenwärtigen Umstände waren alles andere als normal, und hinzu kam: Vermutlich suchte Janeway nicht noch einmal die Brücke auf, bevor sie das Schiff verließ, um nach Min-Tutopa zu fliegen. Es widerstrebte dem Vulkanier, die private Unterkunft der Kommandantin zu betreten, doch es wäre einer Verletzung seiner Pflicht gleichgekommen, sie nicht zu warnen. Immerhin schickte sie sich an, einen unbekannten, möglicherweise sehr gefährlichen Planeten aufzusuchen, noch dazu ohne eine Sicherheitseskorte.

Dieser Gedanke veranlaßte Tuvok, den Türmelder zu betätigen.

»Herein«, erklang es sofort.

Das Schott glitt beiseite, und der Vulkanier betrat das Quartier. Nach knapp zwei Metern blieb er stehen und nahm Haltung an. »Bitte entschuldigen Sie die Störung, Captain ...«

»Ich bin froh, daß Sie gekommen sind, Tuvok.« Janeway packte eine kleine Reisetasche. »Sie können mir helfen, den Stasisgenerator zu tragen. Kim meinte, wir sollten das Prozessormodul in der Stasis transportieren, um Beschädigungen zu vermeiden.«

»Das erscheint angemessen«, erwiderte Tuvok vorsichtig. Er griff nach dem rechteckigen Behälter.

»Ist das Schiff des Bevollmächtigten bereits eingetroffen?«

»Noch nicht. Mr. Kim bat mich, Ihnen mitzuteilen, daß die Turbolifte wieder funktionieren.«

Janeways Freude bot einen willkommenen Anblick nach all den Anspannungen der letzten Zeit. »Wie hat er das fertiggebracht?«

»Er verifizierte folgendes: Alle Systeme, deren Subprozessoren kein neurales Gewebe enthalten, können problemlos vom ODN separiert werden.« Tuvok schlang sich den Riemen des Behälters über die Schulter, stand dann wieder steif und gerade. »Die Turbolifte und der Shuttlehangar sind jetzt erfolgreich vom optischen Datennetz isoliert.«

»Wenigstens *etwas* funktioniert.« Janeway seufzte erleichtert. »Ich habe schon befürchtet, dies alles fünf Etagen nach unten tragen zu müssen.«

»Derzeit versucht Kim, den Transporterraum Zwei zu separieren. Allerdings führt das zu einer permanenten Deaktivierung des Biofilters, und vielleicht sind die Zielscanner anschließend nicht mehr imstande, den Transferfokus korrekt auszurichten.«

»Unter solchen Voraussetzungen darf der Transporter nur im Notfall verwendet werden.« Tuvok wandte den Blick ab, als Janeway ein dünnes Nachthemd zusammenfaltete und es in die Reisetasche legte. »Ich schätze, Sie sind auch noch aus einem anderen Grund hier, oder?«

»Ja, Captain.« Der Vulkanier hob den Kopf. »Ich muß dagegen protestieren, daß Sie ohne ausreichende Sicherheitseskorte nach Min-Tutopa fliegen.«

»Seien Sie unbesorgt, Tuvok. B'Elanna Torres begleitet mich, und Sie wissen ja: Wer etwas gegen mich unternehmen will, muß erst mit ihr fertig werden.«

»Genau das ist einer der Gründe für meine Besorgnis.« Der Vulkanier wählte seine Worte mit besonderer Sorgfalt. »Lieutenant Torres ist ein ausgezeichneter

Chefingenieur, aber ich halte sie nicht für einen zuverlässigen Offizier.«

»Ich brauche einen Computerspezialisten, und dafür kommen nur B'Elanna oder Kim in Frage. Außerdem haben Sie ja gesehen, was sich zwischen ihr und Dr. Zimmerman abspielte. Ich möchte vermeiden, daß sich der Konflikt zuspitzt.« Janeway schloß die Reisetasche. »Torres kommt mit mir. Ich kann sie unter Kontrolle halten.«

»Es wäre mir lieber, wenn ich Lieutenant Torres begleiten könnte«, sagte Tuvok. »Außerhalb dieses Schiffes ist die Einsatzgruppe auf sich allein gestellt und hängt von externer Kommunikation ab.«

»Ich weiß, daß ich allein zurechtkommen muß.« Janeway hob die Hand, so als wollte sie Tuvok am Arm berührten. Doch ein derartiger physischer Kontakt blieb aus. »Wir haben eine Chance erhalten. Es ist sehr wichtig, daß ich mit der Verwalterin verhandle.«

»Ich traue dem Bevollmächtigten nicht. Er hat sich nur zur Zusammenarbeit erklärt, als wir ihn unter Druck setzten.«

»Stimmt.« Janeway griff nach der Tasche. »Zum Glück wissen wir, wo wir bei ihm ansetzen müssen.«

Tuvok musterte die Kommandantin aufmerksam und sah die subtilen Anzeichen dafür, daß sie eine Entscheidung getroffen hatte und daran festhielt. »Bei den Theolsianern gibt es folgendes Sprichwort: ›Bedenke die Verwundbarkeit deines Rückens, bevor du einen Verzweifelten in die Enge treibst.‹«

»Ich verspreche Ihnen, vorsichtig zu sein.« Janeway seufzte. »Andererseits, Tuvok... Haben wir eine Wahl? Wir müssen das Prozessormodul zurückholen, und zwar so schnell wie möglich.«

Der Vulkanier nickte zustimmend. Er war nicht so vermessen gewesen anzunehmen, daß Captain Janeway auf diesen speziellen Einsatz verzichtete. Er hatte entsprechende Vorbereitungen getroffen und holte einen Injektor hervor. »Die primäre Waffe der Tutopaner scheint aus einem Nervengift zu bestehen. Ich habe mir die Freiheit genommen, auf der Grundlage von Kes' Informationen eine Art Impfstoff zu entwickeln. Die Substanz neutralisiert die Wirkung des Gases, das man eventuell gegen Sie oder Lieutenant Torres einsetzt.«

Janeway hob die Brauen. »Ausgezeichnet, Tuvok. Endlich echte, konkrete Hilfe.«

Der Vulkanier trat näher, um der Kommandantin eine Dosis zu verabreichen. »Vielleicht ist es die einzige Hilfe, auf die Sie sich bei den Tutopanern verlassen können.«

Janeway hob die Hand zum Hals. Sie spürte ein leichtes Prickeln, als die Substanz in ihren Blutkreislauf geriet. »Ich werde daran denken.«

Janeway trat vor den Turbolift und rückte den Trageriemen der Reisetasche zurecht. Tuvok trug den schwereren Behälter. »Funktionieren die Lifte wirklich zuverlässig?« fragte sie. »Ich möchte nicht vom Regen in die Traufe geraten.«

»Vom Regen in die Traufe?« wiederholte der Vulkanier verwundert.

»Anders ausgedrückt: Ich möchte keine weiteren Enttäuschung erleben.« Janeway gestikulierte vage. »Es könnte sogar gefährlich werden: Wenn die Transportkapsel mit voller Geschwindigkeit gegen eine andere prallt...«

Tuvok schüttelte den Kopf. »Das Turboliftsystem wird vom Netzwerk-Computer gesteuert, und derzeit gibt es keine Verbindungen zum ODN. Die Audio-Brücken sind die einzige Ausnahme.«

»Gut.« Janeway betrat die Kapsel. »Versuchen wir also nicht, mit jemandem zu reden.«

Sie bemühte sich, nicht an die vielen Fehlfunktionen zu denken, entspannte sich und genoß es, in einem

Turbolift durch die *Voyager* unterwegs zu sein. Es gelang ihr fast, sich wie der Captain eines Raumschiffs zu fühlen und nicht wie eine Maus, die durch unterirdische Tunnel kroch.

Der Anblick von Andross' privatem Transporter im Shuttlehangar weckte unangenehme Erinnerungen. Er parkte in der gleichen Position wie die *Kapon*-Jacht an diesem Morgen. *An diesem Morgen,* wiederholte Janeway in Gedanken. *Es kommt mir viel länger vor.* Sie sagte sich, daß die auffallenden Ähnlichkeiten im Konstruktionsmuster auf den gemeinsamen tutopanischen Ursprung zurückgingen und nichts Schlimmes bedeuteten. Trotzdem fiel ihr Tuvoks Warnung ein ...

Der Vulkanier begegnete ihrem Blick – auch er bemerkte die Ähnlichkeiten. Ein Schatten von Unbehagen offenbarte sich in seiner Miene, zu sehen vermutlich nur für jene, die Tuvok sehr gut kannten.

Torres wartete neben der Laderampe, in der einen Hand eine ausgebeulte Werkzeugtasche, in der anderen einen zylindrischen Behälter mit persönlichen Dingen. Zwar protestierte die Klingonin, aber Tuvok griff trotzdem nach der Tasche mit den Instrumenten und ging als erster an Bord.

Das Shuttle des Bevollmächtigten war klein, konnte aber durchaus als luxuriös bezeichnet werden – ganz gleich, welche Maßstäbe man anlegte. Der dicke Teppich auf dem Boden schluckte das Geräusch der Schritte und fühlte sich gleichzeitig fest an. Blaue Wände wölbten sich nach oben, gingen dabei langsam in ein cremiges Weiß über, das sanft und matt indirektes Licht widerspiegelte. Einige bequeme Sessel und gepolsterte Sitzbänke standen in dem salonartigen Raum, ohne daß dadurch der Eindruck von Enge entstand. In der vorderen Sektion bereiteten einige Besatzungsmitglieder alles für den Start vor.

Eine junge Bedienstete drehte sich um. »Willkommen an Bord! Ich heiße Milla und bin die Assistentin des Bevollmächtigten Andross.«

Janeway stellte sich und ihre Begleiter vor. Sie nahm das gepflegte Äußere der jungen Tutopanerin ebenso zur Kenntnis wie den Umstand, daß die schlanke Frau knapp sitzende Kleidung trug.

Milla führte sie nach hinten. »Diese Kammer ist für Sie persönlich reserviert.«

Tuvok trat vor der Kommandantin ein. Das Zimmer enthielt zwei niedrige Couchen. Janeway beschloß, eine davon als Bett zu benutzen. Sie strich über den weichen Bezug, als Tuvok die Taschen absetzte.

Torres folgte ihnen, starrte mit offenem Mund zu den silbernen, schnörkelartigen Verzierungen an den Wänden. »Dieses Schiff scheint eher ein Schmuckkästchen zu sein. Hoffentlich kann's fliegen.«

»Das genügt, Lieutenant.« Janeway beschloß, B'Elanna Torres später auf die Bedeutung von Takt hinzuweisen. Tuvok sah in verschiedene Richtungen, und gelegentlich kniff er kaum merklich die Augen zusammen. Janeway erkannte seine Hinweise und prägte sich die entsprechenden Stellen ein – wahrscheinlich waren dort Scanner und Apparate für visuelle Aufzeichnungen versteckt.

Andross erschien in der gegenüberliegenden Tür, die vermutlich zu seiner eigenen Kabine führte. »Die Crew hat mir mitgeteilt, daß wir starten können. Wenn Sie bitte der Assistentin folgen würden, Mr. Tuvok … Dann können wir die Schleuse verriegeln.«

Janeway begleitete den Vulkanier zum Hauptabteil des tutopanischen Shuttles. Sie beobachtete ihn und achtete darauf, wohin er sah – weitere verborgene Überwachungsinstrumente. Als sich die Schleuse schloß, warf sie noch einen letzten Blick nach draußen. Tuvok stand im Hangar, die Hände auf den Rücken gelegt. Plötzlich bedauerte Janeway, daß sie den Vulkanier nicht mitnehmen konnte; sie hätte seine Unterstützung gut gebrauchen können.

Die hermetischen Siegel schlossen sich mit einem dumpfen Zischen und trennten den Captain von der *Voyager*.

Tuvok kehrte zur Brücke zurück und stellte dort fest, daß der Commander die Senior-Offiziere zu sich bestellt hatte.

Chakotay nickte, als der Vulkanier das Konferenzzimmer betrat. »Setzen Sie sich, Tuvok. Ich habe die anderen gerade über unser jüngstes Problem informiert.«

Tuvok nahm neben Tom Paris Platz und hörte ruhig zu. Den einzigen anderen freien Platz gab es neben Neelix, und er vermied es, dem Talaxianer zu nahe zu kommen. Kes und Fähnrich Kim saßen neben Chakotay.

»Ich habe mit der Versorgungssektion des Kartells gesprochen«, sagte der Erste Offizier. »Man ist imstande, uns die notwendigen Substanzen zu liefern, wenn wir die exakte chemische Formel nennen können. Als Gegenleistung verlangt man Informationen über die Situation auf Min-Tutopa.«

»Über welche Situation?« fragte Kim.

»Der Bevollmächtigte Andross erwähnte eine Krise seiner Regierung, weil die Wahl des Obersten Schlichters noch aussteht«, erklärte Tuvok.

Chakotay nickte. »Ich habe Ihren Bericht gelesen. Das Kartell weiß sicher mehr als wir, aber offenbar glaubt man dort, daß wir tief in irgendwelche politischen Intrigen des Hauses Min-Tutopa verwickelt sind.«

»Vielleicht sind wir das tatsächlich«, murmelte Paris. »Ob wir wollen oder nicht.«

»Wir haben die Bioweichen justiert, doch der Druck in den Gel-Massen läßt nicht nach«, meinte Kim. »Der

Doktor hält es für erforderlich, das Gewebe chemisch zu behandeln. Er will mit einer starken Dosis von Kortikosteroiden beginnen.«

»Den medizinischen Replikatoren traue ich nicht mehr«, sagte Kes. »Sie konnten kaum genug Antitoxin für die Besatzung herstellen, und außerdem gab es bei der Produktion immer wieder Einzelbit-Molekülfehler. Hier haben wir es mit neuralem Gewebe zu tun. Die geringste Abweichung von der Formel könnte irreparable Schäden nach sich ziehen.«

»Ich verstehe«, erwiderte Chakotay. »Meine Versuche, mit verschiedenen Häusern zu verhandeln, sind leider gescheitert. Ich bekam immer wieder die Auskunft, mich ans Kartell zu wenden.«

Tuvok glaubte, den Grund dafür zu kennen. »Vielleicht übt das Kartell Druck auf die Häuser aus – um uns zu zwingen, auf ihre Bedingungen einzugehen.«

»Das sehe ich auch so«, pflichtete Chakotay dem Vulkanier bei. »Und die Sache gefällt mir nicht. Ich suche nach einem anderen Weg, um das zu bekommen, was wir brauchen.«

»Ich habe bereits darauf hingewiesen.« Neelix lehnte sich zurück. »Abgesehen vom Kartell und von den Häusern gibt es nur noch die Dunklen.«

»Nicht schon wieder«, stöhnte Paris. »Beim letzten Mal hat's nicht besonders gut geklappt.«

»Wir müssen nicht unbedingt zum Asteroidengürtel zurück«, sagte Neelix. »Bestimmt gibt es auch in der Nabe Dunkle. Wir brauchen sie nur zu finden.«

Paris seufzte hingebungsvoll. »Dann sollten Sie mich gehen lassen. Ich müßte eigentlich imstande sein, jemanden zu überreden, uns irgendwelche Chemikalien zu liefern.«

»Das ist nicht nötig.« Tuvok durchschaute den Piloten sofort. Paris *wollte* in die Nabe. »Ich werde mich bemühen, die erforderlichen Substanzen zu beschaffen.«

»Sie?« Paris lachte laut und spöttisch – ein Nichtvulkanier wäre sicher beleidigt gewesen. »Das ist doch nicht Ihr Revier.«

»Ganz im Gegenteil. Solche Einsätze sind Teil meiner Pflicht als Sicherheitsoffizier.« Tuvok hielt es nicht für erforderlich, ausgerechnet Paris seine diesbezüglichen Erfahrungen zu erläutern. »Wenn Sie mir die chemischen Formeln nennen, so besorge ich alles Notwendige.«

Paris wandte sich direkt an Chakotay. »Es ist absurd, einen Vulkanier damit zu beauftragen, auf dem Schwarzmarkt zu feilschen. Genausogut könnte man Kes in ein Zimmer voller Cardassianer werfen.«

»He, einen Augenblick!« warf Neelix ein und bedachte Paris mit einem finsteren Blick. »Niemand wirft Kes irgendwohin.«

»Es war nur ein Vergleich.«

»Nun, auf derartige Vergleiche sollten Sie besser verzichten.« Neelix berührte Kes zärtlich am Arm. »Solche Dinge höre ich nicht gern. Obwohl ich nicht weiß, was Cadas ... ssen sind. Oder wie auch immer sie heißen.«

Chakotay hob die Hände. »Bitte – einigen wir uns endlich, damit wir mit den Reparaturen beginnen können.«

Kim sah auf. »Kes und ich wollten das bioneurale Gewebe untersuchen, aber ich kann bei der Beschaffung der Chemikalien helfen ...«

»Nein, Sie setzen die Arbeit am Computer fort«, entschied Chakotay und wandte sich der anderen Seite des Tisches zu. »Tuvok, ich möchte, daß Sie und Paris Dunkle ausfindig machen, damit wir die notwendigen Chemikalien bekommen.«

»Wie Sie meinen.« Paris klang nicht übermäßig begeistert.

Nur die vulkanischen Disziplinen versetzten Tuvok in die Lage, dieser Vereinbarung zuzustimmen, ohne daß man ihm Ärger ansah. Paris schnitt eine Grimasse – sicher nur zu dem Zweck, ihn noch mehr zu provozieren.

»Wir kehren so schnell wie möglich mit einer Kontaktperson zurück«, versprach Tuvok und versuchte, auch weiterhin gelassen zu wirken. »Wenn ich etwas vorschlagen darf... Unser Kom-System ist nach wie vor ausgefallen, und deshalb möchte ich alle Besatzungsmitglieder, die das Schiff verlassen, mit Peilgeräten ausstatten – damit sie im Notfall zurückgebeamt werden können.«

»Gute Idee«, sagte Chakotay. »Doch von diesem Mittel darf nur im äußersten Notfall Gebrauch gemacht werden. Es kann wohl kaum in unserem Interesse sein, die Aufmerksamkeit des Kartells auf unsere Transporter zu richten.« Der Commander schob den Stuhl zurück und stand auf. »Also los. Es wartet eine Menge Arbeit auf uns.«

# 8

Paris konnte es kaum befassen – er befand sich in der Nabe. Und wer begleitete ihn? Ein zugeknöpfter Vulkanier, dessen wichtigstes Ziel darin zu bestehen schien, alle wirklich interessanten Orte zu meiden. Er hätte jetzt Teil der Menge auf dem Marktplatz sein können; statt dessen mußte er oben auf der Terrasse warten, bis Tuvok zurückkehrte.

Er stützte die Arme aufs verzierte Geländer und genoß wenigstens indirekt das zur hohen Decke emporwehende Stimmengewirr. Händler priesen ihre Waren an; Musik erklang; hier und dort sang jemand. Passanten lachten laut und vergnügt. Hier ging es viel lebhafter und lustiger zu als in der kühlen Lobby an der Basis des Andockturms. Zwar kannten sie nur erst einen Teil der Möglichkeiten, die der Markt bot, aber aus irgendeinem Grund konnte Paris kaum glauben, daß in dem bunten Treiben dort unten illegale Geschäfte getätigt wurden. Es wirkte alles zu harmlos und artig.

Tuvok näherte sich. »Ich glaube, ich habe einen Kontakt zu einem Individuum hergestellt, das uns helfen kann.«

Nur bei Tuvok war es möglich, daß es so langweilig klang. »Herzlichen Glückwunsch«, erwiderte Paris trocken. »Wo ist der Bursche?«

Der Vulkanier schien recht zufrieden mit sich zu sein. »Er kommt gleich.«

»Pscht«, flüsterte jemand hinter ihnen.

Paris drehte sich wie beiläufig um und hob dabei

den Tricorder. Die Tutopaner hatten keine Ahnung, daß es sich dabei *nicht* um eine Waffe handelte. Vielleicht waren sie bereit, fremder Technik mit Respekt zu begegnen – bis sie sich als harmlos erwies.

Eine schattenhafte Gestalt zeigte sich im Zugang eines Korridors – eine von vielen halbdunklen Passagen, die tiefer hineinführten ins Labyrinth der Nabe. *Dort* hätte Paris mit der Suche begonnen, wenn es nach ihm gegangen wäre.

»Ist er das?« fragte er aus dem Mundwinkel.

Tuvok trat vor. »Mr. Ippi?«

»Ippi?« wiederholte Paris ungläubig.

Die Gestalt winkte und wich noch etwas weiter zurück. Ippi war ganz offensichtlich kein Tutopaner, doch in der Düsternis konnte Paris nicht erkennen, zu welchem Volk er gehörte.

»Das ist die Kontaktperson«, sagte Tuvok ruhig. »Bitte lassen Sie Vorsicht walten.«

»Worauf Sie sich verlassen können.« Paris folgte dem Vulkanier zum Korridor und zögerte dort, um seinen Augen Gelegenheit zu geben, sich an die geänderten Lichtverhältnisse zu gewöhnen. Schon aus dieser Entfernung roch er Ippis nervösen Schweiß. Schmutz zeigte sich in seinem Gesicht. Allem Anschein nach konnte er sich keine regelmäßigen Wasserrationen leisten.

»Haben Sie die Kortikosteroide?« fragte Tuvok höflich.

Ippi streckte die Hände aus. »Glauben Sie etwa, daß ich herumschleppe neunzig Mengen Drogen mit mir?«

»Wo ist die Ware?«

»Ich sie hole.« Ippi schniefte und tastete mit der einen Hand nach seinem Schnabel. »Wollen Sie wirklich neunzig Mengen? Das ziemlich viel ist, Raumfahrer.«

»Mindestens neunzig Mengen«, bestätigte Paris. »Für den Anfang.«

»Neunzig Mengen sollten genügen«, widersprach ihm Tuvok.

Paris preßte die Lippen zusammen. Tuvok hatte keine Ahnung, wie man mit jemandem aus der Unterwelt verhandelte. Solche Leute mußte man in dem Glauben lassen, daß man sie immer wieder brauchte. »Sagen Sie uns trotzdem, wo wir Sie finden können«, fügte er hinzu und ignorierte den Blick des Vulkaniers. »Nur für den Fall.«

Ippi lächelte, was Paris sofort bedauerte. Der Mund des Wesens war zahnlos und dunkel. »Sie vielleicht beabsichtigen, den Wasservorrat Ihres Schiffes mit der Droge zu präparieren? Wenn Sie irgendwo draußen sind im All und alles zu langweilig ist? Um zu sorgen für etwas Schwung?«

Tuvok antwortete, bevor ihn Paris daran hindern konnte. »Wir brauchen die Substanz, um unseren Computerkern zu behandeln. Das Prozessormodul wurde gestohlen.«

»Computer ...« Ippi zog das Wort in die Länge. »Ha! Ich Ihnen erzählen könnte von Computern. In der letzten Zeit Seltsames geschieht, wenn Sie verstehen, was ich meine.«

»Nein, leider verstehen wir nicht«, erwiderte Paris sofort. »Was meinen Sie?«

»Was Sie mir geben für Informationen?« fragte Ippi.

Tuvok räusperte sich. »Wir bieten Ihnen angemessenes Entgelt für nützliche Informationen. Doch zuerst möchten wir die neunzig Mengen Kortikosteroide.«

Ippi schniefte erneut und sah kurz zu Paris – offenbar erkannte er ihn als den Gewiefteren. »Ich die Droge holen muß von Hummer. Aber *zuerst* er braucht Bezahlung.«

»Ausgeschlossen.« Paris schüttelte den Kopf.

»In dem Fall ich nicht liefern kann«, sagte Ippi. »Ich nur Ärger bekomme, wenn ich mich sehen lasse bei

Hummer ohne Bezahlung. Nein, nein. Für neunzig Mengen Sie mir geben müssen guten Wert.«

»Ich stelle Ihnen eine Liste unserer DNA-Offerte zur Verfügung«, meinte Tuvok.

»Das nicht genug ist. Ich benötige einige Beispiele der Informationen, um sie zu zeigen Hummer.«

»Sie bekommen *ein* Beispiel.« Tuvok hob die Hand, um Paris' Einwänden zuvorzukommen. »Wie ich hörte, schließt man auf diese Weise in der Nabe Geschäfte ab.«

Ippi zog das Angebot widerstrebend in Erwägung. »Hmm … Na schön. Ich einverstanden bin.«

Tuvok bediente die Kontrollen seines Tricorders, rief Informationen ab und speicherte sie in einem isolinearen Chip. »Sind optische Datenträger mit Ihren Systemen kompatibel?«

Ippi nahm den Chip behutsam entgegen. »Bestimmt.« Er wandte sich an Paris und winkte kurz. »Sie hier warten. Ich gleich zurück bin.«

Mit einem neuerlichen zahnlosen Lächeln verschwand das vogelartige Wesen in den Schatten. Paris seufzte innerlich – mit so etwas mußte man rechnen, wenn ein Vulkanier die Verhandlungen führte.

Er drehte sich um, trat nach den Abfällen in einer Ecke. »Wir können gehen.«

Tuvok musterte ihn überrascht. »Mr. Ippi hat uns gebeten, hier auf ihn zu warten.«

»Ja.« Paris wollte die Einzelheiten nicht erklären. »Glauben Sie mir: Wir sehen Ippi nie wieder.«

Kim dachte an die gegenwärtige Situation. Paris und Tuvok durchstreiften die Nabe, lernten dabei sicher viele interessante Leute kennen. B'Elanna und Captain Janeway besuchten eine fremde Welt, um das Prozessormodul zurückzuholen. *Und ich sitze hier an Bord fest.* Er wünschte sich fast, dem Holo-Arzt gegenüber ebenfalls die Nerven verloren zu haben. Dann hätte er jetzt vielleicht Gelegenheit zu einem aufregenden Abenteuer bekommen.

»Erstaunlich«, hauchte Kes fast ehrfürchtig. »Ich wußte nicht, daß sich die Tunnel durchs ganze Schiff erstrecken.«

»Autsch!« entfuhr es Kim, als er gegen einen aus der Decke ragenden Geräteblock stieß. Er sank auf den Boden und rieb sich die Stirn. »Ich weiß nicht, was daran so erstaunlich sein soll. In jedem Raumschiff gibt es Jeffries-Röhren. Wenn Sie mich fragen: Man braucht nur eine gesehen zu haben, um sie alle zu kennen.«

»Ich finde es faszinierend.« Kes reckte den Hals und sah durch die vertikale Röhre, die zu den Deuteriumtanks führte. »Man kann jeden beliebigen Ort im Innern des Schiffes erreichen, ohne die Korridore benutzen zu müssen.«

»Wenn es Ihnen gefällt, nicht aufrecht stehen zu können ...« Kim setzte sich wieder in Bewegung. »Dort ist das Modulgehäuse der unteren bioneuralen Massen des zentralen Kerns. Die oberen Module befinden sich im Computerraum.«

»Wie kommen wir ans Gewebe heran?«

Kim öffnete die magnetischen Konstriktoren eines Wandsegments, und zum Vorschein kam die primäre Bioweiche: ein abgeschirmter Schaltkreis mit separatem Kontrollsystem. »Von hier aus können wir Proben der Nährstoffe nehmen.«

»Wir sollten auch die abgesaugte Substanz berücksichtigen«, meinte Kes. »Wenn die neuralen Zellen stimuliert werden, so müßte die aktive Nährmasse viele Kalium-Ionen enthalten.«

»Es dauert nicht lange.« Kim verband einen Schlauch mit der Bioweiche und vergewisserte sich, daß das andere Ende im Sammelbehälter steckte. Er wollte vermeiden, daß noch mehr blauer Schleim aus dem Nährsystem entwich. Das Zeug hatte bereits viele

Flecken auf seinem grauen Hemd hinterlassen und verklebte ihm das Haar. Eine sehr unangenehme Sache...

»Ist ein direkter Kontakt mit dem Gewebe möglich?« fragte Kes.

»Nur bei ausgeschaltetem Subraumfeld. Und Sie wissen ja, was nach der letzten Deaktivierung geschah – wir hatten nur noch die Notenergie.« Kim beobachtete, wie blaues Gel durch den Schlauch kroch. »Rein theoretisch könnten wir einen bestimmten Bereich mit einem Stasisfeld isolieren und ihn anschließend direkt bearbeiten.«

»Würde das die Impulsübertragung der übrigen bioneuralen Masse beeinträchtigen?«

Kim lachte fast. »Und ob.«

Kes runzelte die Stirn und schüttelte den Kopf. »Ich möchte die Fluktuationen im energetischen Niveau der Nervenfasermembranen messen. Dazu muß normalerweise ein direkter Kontakt mit dem Elektrodenstimulator hergestellt werden.«

»Läßt es sich nicht durch eins der Kammersiegel bewerkstelligen?«

»Da bin ich mir nicht sicher. Vielleicht ergibt sich dadurch ein breiteres Datenspektrum, wie bei einem EEG – aber selbst das könnte aufschlußreich sein.« Kes bereitete ihre Instrumente vor und befestigte Sensorplättchen an der transparenten Trennfläche. Am Stimulator blinkten mehrere Kontrolleuchten.

»Sie bekommen eine Anzeige.« Kim überprüfte Schlauch und Sammelbehälter. Nur noch einige Dezigramm.

»Vielleicht sollte ich eins dieser Geräte hier unten lassen.« Kes griff nach dem Tricorder an ihrem Gürtel. »Möglicherweise kann ich dann die Zuckerglukose und den Sauerstoffgehalt messen. B'Elanna hatte die richtige Idee, als sie die Verwendung von medizinischen Tricordern vorschlug.«

Kim zuckte einfach nur mit den Achseln. Er wollte die Ocampa nicht desillusionieren – Torres hatte den Doktor mit ihrem Vorschlag verspottet. Kes glaubte oft, den holographischen Arzt in Schutz nehmen zu müssen. Kim sah keinen Sinn darin, daß sie sich über etwas ärgerte, das längst keine Rolle mehr spielte.

Einige Stunden später, im Maschinenraum, lehnte Kim an einem Strukturpfeiler des Warpkerns, als Kes die Untersuchung der mit dem Subprozessor verbundenen neuralen Gel-Massen beendete. Schon vor dem Beginn der Analysen war es ein langer Tag für sie gewesen, doch Kes hatte darauf bestanden, jeder bioneuralen Masse an Bord einen Besuch abzustatten, auch denen des Hilfscomputers – wo die Zugangs- und Wartungsröhren noch weniger Platz boten.

Kim wünschte sich nichts sehnlicher als ein Bad. Die Vorstellung, stundenlang im warmen Wasser zu liegen und sich zu entspannen, übte großen Reiz auf ihn aus. Vielleicht konnte er es nur dadurch vermeiden, den Rest seines Lebens mit krummem Rücken zu verbringen. Nun, so wie die Dinge derzeit standen, mußte er wohl noch eine Weile warten, bis er sich bei den Entwicklungsingenieuren über das Design der Jeffries-Röhren beklagen konnte.

Kes wandte sich vom Modul ab. »Das dürfte genügen.«

»Gut.« Kim seufzte erleichtert. »Bringen wir die Daten dem Arzt – in der Hoffnung, daß er etwas mit ihnen anfangen kann …«

Plötzlich heulten die Sirenen der Alarmstufe Rot, und eine Sprachprozessorstimme verkündete: »Warnung: Zusammenbruch des Antimaterie-Schirmfelds steht unmittelbar bevor. Die einzelnen Sektionen werden hermetisch abgeriegelt.«

»Bewegung, Kes!« rief Kim und griff nach dem Arm der Ocampa.

»Mit dem Schirmfeld ist alles in Ordnung«, wandte sie ein. »Eine Gefahr könnte nur bei aktivem Warptriebwerk bestehen.«

Vor ihnen senkte sich das massive Schott herab.

Kim lief los. »Ich fürchte, vernünftige Argumente haben unter den gegebenen Umständen nur wenig Sinn.«

Kes gab keine Antwort und sprintete ebenfalls.

Kim rutschte unter dem Schott hindurch, mit den Füßen voran. Zwischen dem Kopf des Fähnrichs und der unteren Schottkante blieb nur ein Zentimeter Platz. Er streckte die Arme aus, um Kes in den Korridor zu helfen, doch das Schott schloß sich dicht vor seinen Fingerspitzen. »Kes!«

»Hier«, erklang eine Stimme hinter ihm.

Kim lag noch immer auf dem Boden, als er sich umdrehte. »Sie haben es geschafft!«

»Ich bin mit dem Kopf zuerst hindurchgerutscht – weil ich ihn für das wichtigste Körperteil hielt.« Kes lächelte schief und hob den Tricorder, der die Ergebnisse von mehreren Stunden Arbeit enthielt. »Und ich habe auch das hier in Sicherheit gebracht.«

In Kims Ohren knackte es, als der Luftdruck abrupt sank. Aus einem Reflex heraus hob er die Hände zu den Ohren, um die empfindlichen Trommelfelle zu schützen.

Das Heulen der Sirenen verstummte von einem Augenblick zum anderen, und das rote Pulsieren wich normalem Licht.

»Antimaterie-Abschirmung intakt«, verkündete der Computer. »Warpkern-Separation abgeschlossen.«

Ein kurzes Zirpen wies darauf hin, daß sich das Schott des Maschinenraums wieder öffnen ließ. Hier und dort erwachten Techniker aus ihrer Starre: Sie setzten so vorsichtig einen Fuß vor anderen, als rechneten sie mit einem weiteren Alarm.

Kim rollte sich auf den Rücken und atmete schwer. »Ich brauche ein heißes Bad.«

Der Fähnrich deponierte den Sammelbehälter neben Zimmerman auf dem Tisch und sank in einen Sessel. Endlich hatten sie die Sache hinter sich.

Der Arzt korrelierte die Daten des Tricorders mit den Elaborationen des Computers, und Kim schlang die Arme um sich – er fror. Zwar erhielt die *Voyager* jetzt externe energetische Unterstützung, doch in der Krankenstation war es ziemlich kalt, und er hatte seine Jacke im Computerraum zurückgelassen.

»Interessant«, murmelte Zimmerman. »Das EEG-Diagramm zeigt starke Schwankungen in der spontanen elektrischen Aktivität des bioneuralen Gewebes.«

Kim wußte nicht, was er davon halten sollte. »Ist das normal?«

»Woher soll ich das wissen?« erwiderte der Arzt. »Wo sind die übrigen Informationen, die ich benötige?«

»Sie bekamen all das von mir, was ich derzeit habe«, erwiderte Kim. »Ich bin noch immer damit beschäftigt, den Speicherbanken Informationen zu entlocken. Es ist alles andere als einfach, ferngesteuerte Abfragesysteme für die Datensuche in isolinearen Chips zu verwenden.«

Zimmerman schnaufte abfällig. »Nun, bisher deutet alles auf folgendes hin: Die elektrischen Werte sind vergleichbar mit denen von Gehirnwellen, wie sie beim Schlafen-Wachen-Zyklus von Tieren auftreten. Es handelt sich um synchronisierte, langsame Wellen, die Schlafmuster imitieren, doch die niederenergetische Aktivität entspricht den Mustern eines wachen Geistes.«

»Stehen die Fluktuationen in irgendeinem Zusammenhang mit den Impulsechos ...«

Zimmerman verschwand. Kim sprang auf und sah sich um. »Was ist mit ihm?«

»Es steckt keine Absicht dahinter«, sagte Kes. »Computer, Programm starten.«

Der holographische Arzt erschien und faltete die Hände. »Wie kann ich zu Diensten sein?«

Kim seufzte und nahm wieder Platz. »Wir kommen nicht weiter, wenn es immer wieder zu solchen Unterbrechungen kommt.«

Zimmerman hob die Hand zur Stirn. Kim sah nun, daß der Doktor zitterte. Schweißperlen rannen ihm an den Schläfen herab.

»Stimmt was nicht?« fragte Kes.

»Keine Ahnung.« Der Arzt wirkte verwirrt. »Beschleunigter Atemrhythmus, kalt, feuchte Haut … Vielleicht leide ich an einer Identifizierung mit meinen Patienten. Ich beobachte an mir die Symptome eines Schocks.«

»Sie haben keine Patienten«, sagte Kim.

Zimmerman sah sich um, und seine Verwunderung wuchs. »Das stimmt. Ich verstehe das nicht …«

Kes klopfte ihm auf den Arm. »Ich schlage vor, Sie legen sich hin.«

Der Holo-Doktor wich ein wenig fort. »Ich *zeige* die Symptome nur – ich *fühle* sie nicht.«

»Ich sehe da keinen Unterschied«, erwiderte Kes sanft.

Kim wandte sich dem Computerterminal zu – glücklicherweise waren die Daten nicht zusammen mit dem Arzt verschwunden. »Die Nährsubstanzen enthalten mehr Kalium-Ionen als sonst, und außerdem läßt sich eine Zunahme von metabolischen Abfallstoffen feststellen. Vielleicht kommt es dadurch zu negativen Einflüssen auf den Computer.«

Zimmerman setzte sich neben den Fähnrich und hob zwei Finger zum Hals. Wollte er bei sich den Puls fühlen? »Ich dachte, der Computer funktioniert nicht mehr.«

Kim stöhnte und fragte sich, ob sie noch einmal von vorn beginnen mußten.

Kes wirkte nicht entmutigt. »Sie haben die Nährsubstanzen der bioneuralen Schaltkreise analysiert.«

»O ja.« Der Arzt sah auf. »Und ich bin so umsichtig gewesen, eine spezielle Info-Datei zu speichern – für den Fall einer plötzlichen Unterbrechung des Programms. Greife nun auf die Daten zu…« Einige Sekunden verstrichen, und Zimmerman schien sich allmählich zu erholen. »Ja… Jetzt erinnere ich mich wieder. Ich habe eine Pneumoenzephalographie durchgeführt, um herauszufinden, ob es zu intrazerebralen Blutungen gekommen ist.«

Kim strich mit der Hand durch sein verklebtes Haar. Allmählich begriff er, warum Torres den Holo-Doktor am liebsten verprügelt hätte. »Nun, haben Sie irgendeine Idee?«

»Nach der Stabilisierung des Drucks müssen wir versuchen, die Weiterleitung von Nervenimpulsen zu beschränken.« Zimmerman stand auf und wanderte umher, rieb sich dabei das Kinn. »Mal sehen… Wenn wir eine Möglichkeit finden, den Ionenstrom daran zu hindern, die Zellmembranen zu durchdringen, so dürfte es eigentlich nicht mehr zu Impulsechos kommen. Um das zu erreichen, müßten wir die Salzlösung in der Nährsubstanz neutralisieren. Wir könnten auch versuchen, Kalzium-Ionen hinzuzufügen…«

»Ein schlichter Ionenzufluß«, bestätigte Kim. »Dazu müßte ich mit Hilfe eines opthiographischen Geräts imstande sein.«

»Aber verwenden Sie dabei kein Kammersiegel«, warnte Kes. »Deren Aufgabe besteht darin, Ionen-Emissionen zu verhindern.«

»Dann bleibt als Ansatzpunkt nur die Nährsubstanz selbst.« Zimmerman setzte sich wieder, und seine Finger huschten über die Schaltflächen der Konsole. »Mit anderen Worten: Wir setzen das Mittel der lokalen Betäubung ein.«

»Was ist mit der Degenerationssensibilität?« fragte Kes.

Der Arzt wandte sich an Kim und erklärte: »Geschädigte Nervenzellen reagieren besonders empfindlich auf fremde chemische Substanzen.«

Als Kim die letzten Worte hörte, dachte er an Tuvok und Paris. Die Nabe zu durchstreifen, wenn auch nur deshalb, um bestimmte Chemikalien aufzutreiben ...

»Nun, welche Betäubungsmittel kämen in Frage?« fuhr Zimmerman fort. »Die Wirkung muß auf den unmittelbaren Einsatzbereich begrenzt bleiben, denn sonst wird das ganze ODN lahmgelegt. Lidokain-Hydrochlorid könnte den Erfordernissen genügen.«

»Wie wär's mit Tetrodotoxin?« fragte Kes.

»Ja.« Der Arzt nickte. »Eine sehr giftige Substanz. Aber in geringen Dosen blockiert sie die Weiterleitung von Natrium-Ionen im Nervensystem.« Er kniff die Augen zusammen. »Interessanterweise kommt Tetrodotoxin auf der Erde in einer ganze bestimmten Fischart vor. Nach den Informationen in meinen Speicherbanken galt der Fisch bei den Menschen als Delikatesse, und sie verzehrten ihn mit großem Genuß – obwohl dadurch pro Jahr Hunderte von Personen starben.« In Zimmermans Gesicht zeigte sich nun eine andere Art von Verwirrung. »Ich frage mich, ob das Essen so angenehm ist, daß körperliche Entitäten bereit sind, für ein derartiges Vergnügen das eigene Leben aufs Spiel zu setzen.«

»Ich halte so etwas für absurd«, sagte Kes sofort.

»Ermutigen Sie ihn nicht«, flüsterte Kim der Ocampa zu. »Er schwafelt schon wieder, und wir können es uns nicht leisten, Zeit zu verlieren ...«

»Ich höre Sie«, unterbrach ihn Zimmerman. »Trauen Sie nie einem holographischen Geschöpf.«

»Tut mir leid«, entgegnete Kim in einem entschuldigenden Tonfall. »Aber ich bin müde und hungrig und schmutzig ...«

»Bitte wählen Sie das am besten geeignete Betäubungsmittel, Doktor«, sagte Kes.

Zimmerman ließ wie erschöpft die Schultern hängen, fand jedoch die ›Kraft‹, einige Tasten des Tricorders zu betätigen. Kes zog das Gerät aus seiner erschlafften Hand.

»Das ist die benötigte Substanz«, erklärte der Arzt und deutete aufs Display. »Angegeben ist auch die erforderliche Menge, um alle bioneuralen Massen an Bord zu behandeln.«

Kes wollte ihn stützen, doch sein Arm verschwand, erschien wieder, verschwand erneut ...

»Legen Sie sich hin«, sagte die Ocampa. Sie versuchte, den Doktor dort festzuhalten, wo sein Körper noch genug holographische Realität aufwies.

»Ich bin ein Hologramm«, betonte er. »Ich brauche mich nicht hinzulegen.«

»Sie sind ein krankes Hologramm«, beharrte Kes und drückte den Arzt auf ein Biobett. »Und Sie brauchen Gelegenheit, sich auszuruhen.«

Kim war bereit, ebenfalls für diesen Tag Schluß zu machen und auf die nächste Liege zu sinken. Doch eine Frage hinderte ihn daran, der Müdigkeit nachzugeben: Warum verhielt sich das Hologramm plötzlich so, als sei es krank? »Vielleicht werden diese Verhaltensweisen von den Impulsechos hervorgerufen.«

Der Arzt strich sich über die Stirn. »Eine normale biologische Reaktion.«

»Wobei es allerdings zu berücksichtigen gilt, daß Sie nicht biologischer Natur sind«, meinte Kim.

»Biologisches Gewebe bildet einen integralen Bestandteil des Computers.« Kes zog eine silbergraue Decke über den Doktor. »Und der Computer ist krank. Kein Wunder, daß sich Dr. Zimmerman schlecht fühlt.«

Kim bemerkte, daß die peripheren Bereiche des Hologramms vom Fokusverlust betroffen waren: Arme, Beine und Füße. »Warum schalten wir ihn nicht einfach ab?«

»Nein!« entfuhr es dem Arzt. Erschrocken griff er nach Kes' Hand. »Vielleicht bleibe ich für immer deaktiviert.«

»Keine Sorge, wir schalten Sie nicht ab«, sagte Kes, sah zu Kim und schüttelte den Kopf.

»Mir reicht's jetzt.« Ein Hologramm so zu behandeln, als sei es eine echte, lebendige Person... Das fand Kim absurd. »Wir sehen uns morgen früh.«

Als er die Krankenstation verließ, hörte er noch, wie sich Kes an den Arzt wandte. »Machen Sie sich wegen der Analysen keine Sorgen. Ich kümmere mich darum. Sie legen sich jetzt hin und ruhen aus.«

Paris und Tuvok kehrten zum Schiff zurück – und begegneten dort einem Sicherheitsteam, das auf sie wartete.

»Stehen Sie still«, wandte sich Tuvok an seinen Begleiter. Einer der Wächter hob den Tricorder und ging langsam um sie herum.

Paris rollte mit den Augen. »Mit mir ist alles in Ordnung...«

Tuvok nahm das Sondierungsgerät entgegen, blickte aufs Display und betätigte mehrere Tasten. »Das mag durchaus sein. Allerdings hat man an Ihnen zwei Mikroscanner versteckt, die gerade neutralisiert wurden.«

Paris streckte die Arme und ging steifbeinig zum Turbolift. »Ich ziehe mich rasch um, bevor diese Sachen explodieren.«

»Sir!« rief der Sicherheitswächter. »Commander Chakotay möchte, daß Sie sich sofort im Bereitschaftsraum melden.«

Paris seufzte, blieb stehen und ermöglichte es

Tuvok, zu ihm aufzuschließen. »Ein langer Tag liegt hinter uns. Und offenbar ist er noch nicht vorbei.«

Sie betraten den Bereitschaftsraum, und Chakotay fragte sofort: »Hatten Sie Erfolg?« Er saß an seinem üblichen Platz, beanspruchte nicht den Sessel des Captains.

»Kaum«, erwiderte Paris verdrießlich.

»Bei dem Bemühen, die erforderlichen Substanzen zu beschaffen, stießen wir auf unerwartete Schwierigkeiten«, sagte Tuvok. »Ich bin jedoch sicher, daß sich der nächste Versuch als produktiver erweisen wird.«

»Ich habe das hier.« Paris holte einige silberne Scheiben hervor. »Damit hat man Zutritt zu einigen privaten Clubs.«

Tuvok musterte ihn erstaunt. »Ich wußte nicht, daß Sie solche Objekte erworben haben.«

»Ich mußte mir irgendwie die Zeit vertreiben, während ich auf Sie wartete«, entgegnete Paris. »Diese Scheiben habe ich bei einem *Brateel*-Spiel mit einigen Schürfern gewonnen.«

»Woher kennen Sie *Brateel?*« erkundigte sich Chakotay.

»Nun, auf der Brücke hatte ich nichts zu tun, und deshalb sah ich mir die Kom-Sendungen der Nabe an. *Brateel* unterscheidet sich kaum von anderen Würfelspielen. Und außerdem ...« Paris zuckte mit den Achseln. »Ich habe gemogelt.«

Tuvok schien darin einen persönlichen Affront zu sehen. »Unsere Mission bestand darin, benötigte Chemikalien zu beschaffen, Mr. Paris. Von Landurlaub war nicht die Rede.«

»In den Clubs werden wichtige Informationen ausgetauscht«, erklärte Paris. »Dort treffen sich die Leute nicht nur, um Spaß zu haben. Man schließt auch Geschäfte ab. Beim *Brateel*-Spiel habe ich gehört, daß es in letzter Zeit häufig zu Computerdiebstählen kommt.«

»Computerdiebstähle?« wiederholte Chakotay.

»Ja«, bestätigte Paris und warf Tuvok einen kurzen Blick zu. »In der Nabe treiben sich einige vogelartige Humanoiden herum, die offenbar Augen und Ohren der Dunklen sind. Von einem gewissen Rep erfuhr ich, daß mindestens drei anderen Raumschiffen der Bordcomputer gestohlen wurde. Sie waren kleiner als die *Voyager*, und in einem Fall setzten die Diebe rücksichtslos Gewalt ein.«

»Warum sollte jemand Computer stehlen?« fragte Chakotay.

»Noch seltsamer wird die Angelegenheit, wenn man folgendes bedenkt: Die Tutopaner verfügen über eine Art chemische Replikationstechnik, die in energetischer Hinsicht noch effizienter ist als unsere. Die Herstellung neuer Computer sollte weniger aufwendig sein als das Stehlen alter Geräte.«

»Materielle Güter spielen hier also kaum eine Rolle«, überlegte Chakotay laut. »Kein Wunder, daß man Informationen für wesentlich wertvoller hält.«

»Rep wies mich darauf hin, daß man in erster Linie deshalb mit Bergungsgut handelt, weil man im Gegensatz zu Replikatorprodukten kaum den Ursprung feststellen kann. Anders ausgedrückt: Entsprechende Objekte gelangen an den offiziellen Kanälen vorbei.«

Tuvoks Lippen bildeten einen dünnen Strich. »Offenbar sind wir in eine größere Verschwörung verwickelt.«

Chakotay sah zum leeren Sessel der Kommandantin. »Ich hoffe, Captain Janeway ist nicht in Gefahr.«

»Das läßt sich erst feststellen, wenn wir mehr herausfinden«, meinte Paris.

»Na schön«, brummte der Indianer. »Schlafen Sie jetzt. Morgen früh können Sie zu einer zweiten Tour durch die Nabe aufbrechen. Kes hat mir die chemische Formel eines Betäubungsmittels gegeben, mit dem wir vielleicht dafür sorgen können, daß die Impulsechos im ODN aufhören. Das wär's. Paris, ich möchte noch kurz mit Ihnen reden.«

Tuvok nickte knapp und ging.

Paris war dankbar dafür, daß nicht er um ein Gespräch unter vier Augen bitten mußte. Irgend etwas verriet ihm die Mißbilligung des Vulkaniers, als Tuvok den Bereitschaftsraum verließ. Oder bildete er sich das nur ein?

»Warum haben Sie Tuvok nicht in Ihren *Brateel*-Plan eingeweiht?« fragte Chakotay. »Er leitete den Einsatz.«

Paris wollte die Autorität des Sicherheitsoffiziers nicht untergraben, aber es gab auch so etwas wie falsche Rücksichtnahme. »Weil er immer alles vermasselte, wenn ich ihn vorher auf etwas hinwies. Ich möchte nicht respektlos sein, Sir – an Bord dieses Schiffes ist Tuvok zweifellos sehr kompetent. Doch die Sache sieht ganz anders aus, wenn es um Verhandlungen mit der tutopanischen Unterwelt geht. Er ist einfach zu sehr ... Starfleet-Offizier.«

»Gilt das nicht auch für Sie?« fragte Chakotay.

Paris bedachte ihn mit einem durchdringenden Blick. »Ich habe eine Starfleet-Ausbildung hinter mir – ebenso wie *Sie*. Aber wenn Sie gestatten, Sir: Wir beide kennen auch die Schattenseiten der Föderation, und wir wissen, wie man entsprechende Erfahrungen nutzt.«

»Das stimmt.« Chakotay senkte den Kopf und versuchte vergeblich, sein Lächeln zu verbergen. »Was schlagen Sie vor?«

»Lassen Sie mich allein gehen, Commander. Ohne Tuvok hätte ich die notwendigen Kontakte innerhalb kurzer Zeit herstellen können.«

Chakotay schüttelte den Kopf. »Sie allein in der Nabe? Das ist zu riskant.«

»Dann nehme ich eben Neelix mit. Vielleicht kann er mir helfen. Jeder Begleiter wäre mir recht – außer Tuvok.«

»Möglicherweise geht es Ihnen nur darum, sich in das wilde Leben der Nabe zu stürzen«, spekulierte Chakotay.

Paris schmunzelte. »Sicher bekomme ich Gelegenheit zur einen oder anderen Kostprobe. Aber ich besorge auch die notwendigen Chemikalien und finde mehr über die Computerdiebstähle heraus. Das ist es doch, was Sie wollen, oder?«

Der Pilot versuchte, völlig unschuldig zu wirken, als Chakotay überlegte. »Nun gut, Lieutenant. Versuchen Sie es auf Ihre Weise. Aber ich verlange Resultate.«

»Sie können sich auf mich verlassen.«

Dieser Hinweis schien Chakotay kaum zu beeindrucken. »Gehen Sie keine unnötigen Risiken ein, Tom. Und lassen Sie sich von Neelix begleiten. Vielleicht brauchen Sie jemanden, der Ihnen den Rücken freihält.«

Der Umstand, daß Neelix mitkam, belastete Paris keineswegs. Er verließ den Bereitschaftsraum und wartete, bis sich die Tür hinter ihm schloß, bevor er eine der silbernen Scheiben hochwarf und mit der anderen Hand auffing. Das leise Klimpern erinnerte ihn an die typischen Geräusche von Dabo-Zählern. Als er zum Turbolift ging, pfiff er leise vor sich hin – endlich zeigte sich ein Silberstreifen am Horizont.

# 9

Der erste Eindruck täuschte nicht – die Couch-Betten erwiesen sich tatsächlich als sehr bequem. Milla stellte Janeway und Torres sogar leichte Decken zur Verfügung, obgleich es auch ohne warm genug war.

Als sie erwachten, bot die Assistentin des Bevollmächtigten »Nahrung Ihrer Wahl« an. Was Janeway zum Anlaß nahm, nach Kaffee zu fragen. Es überraschte sie sehr, als Milla tatsächlich mit einer Tasse zurückkehrte, die schwarze und aromatisch duftende Flüssigkeit enthielt.

»Offenbar sind noch andere Leute vom Alpha-Quadranten hierher transferiert worden«, sagte Torres, während sie die tutopanische Version eines Steaks mit Eiern verspeiste. »Sonst könnten die hiesigen Replikatoren wohl kaum mit den chemischen Daten von Kaffee programmiert sein.«

»Ja.« Janeway hob die Tasse, schnupperte daran und genoß den Duft. Manchmal fragte sie sich, wie Torres schlank bleiben konnte, obwohl sie soviel aß. Vermutlich lag es an der phantastischen klingonischen Physiologie. Oder es gab einen persönlicheren Grund: Immerhin nutzte B'Elanna praktisch jede Chance, um sich in der Sporthalle auszutoben.

Andross verließ seine Unterkunft erst, als der vertikale Landeanflug begann. Janeway blickte aus dem Fenster und sah das Dach eines gewaltigen Gebäudes in einer riesigen Stadt. Aus acht verschiedenen Richtungen führten Verbindungswege zu dem Bauwerk, das allem Anschein nach im Lauf von Jahrhunderten entstanden war. An Dutzenden von Stellen ragten Türme und Minarette auf – sie schienen dem Himmel entgegenzuwachsen, als das Shuttle tiefer sank.

Janeway wartete, bis Andross Platz nahm. Zwar hatte er sich die ganze Zeit über in seiner Kabine aufgehalten, aber er war nicht untätig geblieben. Das Licht im kleinen Raumschiff blendete jetzt nicht mehr, und am vergangenen Abend war ihnen von Milla jenes Getränk auf Proteinbasis serviert worden, das Janeway im privaten Wagen des Bevollmächtigten getrunken hatte. Dies alles deutete auf eine Aufmerksamkeit hin, die der Kommandantin verdächtig erschien. Andross schien alles genau zu beobachten, erwies sich auf eine stille, hintergründige Art als tüchtig. Einmal mehr fragte sich Janeway, welche Ziele er verfolgte – und wieder fand sie keine Antwort.

»Was hat es mit diesem Ort auf sich?« Janeway deutete nach draußen.

»Es ist der Sitz des Hauses, in der Provinz Seanns.«

Torres hörte ihre Stimmen, kam aus dem rückwärtigen Abteil und nahm im salonartigen Bereich Platz.

»Wann können wir mit Verwalterin Fee sprechen?« erkundigte sich Janeway.

»Heute abend, nach der Sitzung des Gremiums.«

»Wie wär's mit sofort?« erwiderte Janeway.

Das Shuttle setzte sanft auf, und das Summen des Triebwerks wurde leiser. Die lächelnde Assistentin öffnete das Außenschott und trat beiseite.

»Erst muß ich ein Treffen mit der Verwalterin vereinbaren«, sagte Andross. »Für gewöhnlich werden Gesprächstermine mehrere Monate im voraus festgelegt.«

»Aber Sie sind wie ich der Meinung, daß es sich um einen Notfall handelt.« Janeway stand auf, und Torres trat sofort hinter sie, gewährte ihr stumme Unterstützung.

»Deshalb habe ich Sie hierhergebracht.«

Janeway blieb vor dem offenen Schott stehen, versperrte dem Bevollmächtigten dadurch den Weg nach draußen. »Nein, Sie brachten uns aus einem anderen Grund hierher. Sie sollten endlich damit beginnen, ehrlich zu sein. Andernfalls befrage ich jeden Tutopaner, der mir über den Weg läuft.«

»Ich verstehe nicht …«

»Und ob Sie verstehen.«

Andross atmete schneller – es gefiel ihm nicht, erneut in die Ecke getrieben zu werden. »Wie Sie wollen.« Er bedeutete Milla, nach draußen zu treten, schloß dann die Tür zur Pilotenkanzel, in der sich die Besatzungsmitglieder aufhielten.

»In Min-Tutopa gibt es nicht nur für alles Vorschriften, sondern auch Möglichkeiten, sie zu umgehen. Ihre Präsenz ermöglicht es mir, mich über eine ganz bestimmte Vorschrift hinwegzusetzen.«

»Erklären Sie das«, sagte Janeway.

»Die Bevollmächtigten der Nabe dürfen nur in besonderen Fällen nach Min-Tutopa zurückkehren. Normalerweise müßte ich einen entsprechenden Antrag stellen und offiziell um Erlaubnis bitten. Doch unter den gegenwärtigen Umständen – solange noch kein Oberster Schlichter gewählt ist – könnte ich kaum mit einer solchen Genehmigung rechnen.«

Andross' bitterer Tonfall überzeugte Janeway fast. Bisher hatte er immer einen neutralen Standpunkt vertreten und die Höflichkeit wie einen Schild verwendet.

Torres sprach Janeways Gedanken aus. »Das klingt so, als seien Sie von der gegenwärtigen Situation nicht sonderlich begeistert.«

Der Bevollmächtigte hob und senkte die Schultern. »Um ganz offen zu sein: Manchmal bin ich … verärgert. Wir vergessen, warum die Dinge so sind und nicht anders, warum mich zum Beispiel nur zwei von Ihnen begleiten durften. Andererseits: Ich habe geschworen, die Regeln unserer Gesellschaft zu achten.«

»Aber Sie benutzen uns, um jene Regeln zu umgehen«, stellte Janeway fest.

»Ich möchte vom Innern des Systems aus Veränderungen herbeiführen«, sagte Andross ruhig. »Ich entschuldige mich nicht, wenn ich gute Gelegenheiten nutze. Obwohl ich eingestehen muß, daß ich eigentlich nicht dazu berechtigt bin. Ich erfülle meine Pflicht, so gut es geht.«

Janeway glaubte, einen seltsamen Unterton zu hören. »Für wen arbeiten Sie?«

Andross lächelte. »Für das Gremium. Allerdings: Ich wurde mit Verwalterin Fees Hilfe zum Bevollmächtigten, und die Provinz Seanns ist meine Heimat. Sie hierherzubringen ... Dadurch bekomme ich die Chance, Freunde und meine Familie zu besuchen – die ich seit fast einer Rotation nicht mehr gesehen habe.« Er breitete die Arme aus. »Es steckt ein gewisser Egoismus dahinter, wie Sie sehen.«

»Was durchaus verständlich ist.« Janeway lächelte ebenfalls und verbarg ihre Zweifel. »Wie dem auch sei: Wir kamen mit eigenen Absichten nach Min-Tutopa. Ist Verwalterin Fee über unsere Situation informiert worden?«

Andross deutete zur Tür. »Wenn Sie mir erlauben, das Shuttle zu verlassen ... Dann teile ich ihr mit, daß Sie hier sind.«

Janeway lächelte erneut, diesmal noch freundlicher. »Da Sie offenbar zur Verwalterin gehen ... Ich begleite Sie.«

»Das ist leider nicht möglich«, erwiderte Andross. »Selbst ich kann nur einige wenige Worte mit ihr wechseln, bevor sich das Gremium vertagt. Ich versichere Ihnen, daß ich Verwalterin Fee in aller Deutlichkeit auf den Ernst Ihrer Lage hinweisen werde.«

»Na schön.«

Janeway begriff, daß sie an dieser Stelle nicht weiterkam, und deshalb fügte sie sich. Zusammen mit Torres folgte sie Andross nach draußen und durch das Labyrinth aus Fluren in dem großen Gebäudekomplex. Eine Zeitlang wanderten sie durch weiße Korridore, vorbei an Türen, die alle gleich aussahen. Die Assistentin Milla und einige andere Bedienstete trugen ihr Gepäck. B'Elanna Torres warf immer wieder mißtrauische Blicke über die Schulter – sie schien zu befürchten, daß sich die Tutopaner mit ihren Sachen auf und davon machten.

Schließlich öffnete Andross eine der Türen und vollführte eine einladende Geste. Janeway sah einen großen Aufenthaltsraum und zu beiden Seiten davon luxuriöse Kammern, wie an Bord des Shuttles. »Man wird Ihnen alles Notwendige zur Verfügung stellen«, sagte der Bevollmächtigte und deutete zur Kom-Tafel neben der Tür. »Geben Sie einem meiner Assistenten Bescheid, wenn Sie etwas benötigen.«

Andross lächelte und formte die Hände zu einem Dreieck – offenbar ein tutopanischer Gruß. Janeway fragte sich, warum der Tutopaner sie jetzt zum erstenmal auf diese Weise grüßte.

Als Andross gegangen war, verlor Torres keine Zeit und wandte sich sofort an die Kommandantin. »Das ist doch absurd! Warum besorgen wir uns nicht einfach ein neues Prozessormodul? Das wäre bestimmt viel einfacher.«

»Die Funktionen der Bordsysteme hängen von den Prozessoren ab«, entgegnete Janeway. »Wir haben eine lange Reise vor uns, und ich möchte mich dabei nicht auf unbekannte Hardware verlassen. Nein, ich bin fest entschlossen, alles zu versuchen, um unser Modul zurückzubekommen.«

»Warum lassen Sie ihm dann so etwas durchgehen?« fragte die Klingonin.

»Wie beurteilen Sie das Verhalten des Bevollmächtigten?« erwiderte Janeway.

»Er beteuert dauernd, daß er uns helfen will«, meinte Torres. »Doch seinen Worten folgen keine Taten.«

»Ja. Ich nehme an, es geht ihm in erster Linie um seine eigenen Interessen.«

Torres griff gereizt nach einer zerbrechlich wirkenden blauen Vase, betrachtete sie kurz und stellte sie dann wieder ab. »Ich verstehe nicht, warum Sie ...«

»Warum ich *was?* Laute Proteste hätten Andross vielleicht veranlaßt, uns hier unter Arrest zu stellen. Ich habe ganz bewußt auf Einwände verzichtet, weil...« Janeway betätigte das Sensorfeld des Öffners, und die Tür glitt beiseite. Dahinter erstreckte sich der leere Korridor. »Weil wir auf diese Weise die Möglichkeit haben, uns ein wenig umzusehen.«

In Torres' Augen blitzte es aufgeregt. »Das klingt schon besser.«

Paris sah sich in der Bar um und stellte fest: Wo sich Leute Anonymität wünschten, war es nie hell. Er begann mit einer vorsichtigen Runde durch den dreieckigen Raum, mied die Ecken und spähte unauffällig in die dunklen Nischen. Im Bereich der hinteren Türen ging es ziemlich lebhaft zu – offenbar gab es dort Zimmer, in denen besondere Aktivitäten stattfanden. Die Decke blieb in der Finsternis verborgen, doch Paris zweifelte kaum daran, daß es dort Scanner und Aufzeichnungsgeräte gab.

Neelix und er hatten aus gutem Grund beschlossen, ausgerechnet diese Bar zu besuchen: Hier verkehrten einfache Angestellte der Nabe sowie unerwünschte Elemente der Häuser. Paris gefiel es hier besser als in den Clubs. Hier gab es keinen Tand, keinen falschen Flitter. Hier boten sich einem die Dinge so dar, wie sie wirklich waren. Wenn man sie akzeptierte – in Ordnung. Wenn nicht... Dann mußte man mit sehr unangenehmen Überraschungen rechnen. An einem Touristentreffpunkt hatte Paris mit jemandem Kontakt aufgenommen, der behauptete, die Chemikalien liefern zu können. Jetzt wollte er Informationen über die Computerdiebstähle sammeln – um sich die Zeit zu vertreiben, bis die Kontaktperson das Geschäft bestätigte.

Der Empfängerchip schien auf seine Gedanken zu reagieren und vibrierte. Paris betrat eine Nische und winkte Neelix zu sich.

Er vergewisserte sich, daß die Tür geschlossen war, bevor er den Chip in den Abtaster legte. Die nasale Stimme eines Tutopaners erklang. »Ihr Angebot ist akzeptiert. Neunzig Mengen Kortikosteroide und drei Mengen Texteroxid werden dem Raumschiff *Voyager* geliefert, Andockturm BVO neunhundert.« Den Worten folgte der Erkennungscode und eine recht vage Zeitangabe. Trotzdem erklärte sich Paris einverstanden; eigentlich blieb ihm gar keine Wahl.

Der Chip fiel halb verschmort ins Ausgabefach des Scanners. Paris achtete nicht darauf und wiederholte mehrmals den Erkennungscode, um ihn sich fest ins Gedächtnis einzuprägen. Er hatte beobachtet, daß einige Schnabelleute die Reste von derartigen Empfängerchips einsammelten, um mit ihrem Recycling ein wenig Geld zu verdienen. *So weit bin ich noch nicht,* dachte Paris. Er verfügte noch immer über Zahlungsmittel, dank der letzten *Brateel*-Runde.

Die Tür öffnete sich. »Hat alles geklappt?« fragte Neelix laut.

»Schließen Sie die Tür!« Paris zog den Talaxianer in die Nische. »Meine Güte, Sie geben einen lausigen Geheimagenten ab.«

Das schien Neelix kaum zu betrüben. »Hat das Geschäft nicht geklappt?«

»Doch.« Paris wiederholte erneut den Code. »Können Sie das behalten?«

Neelix winkte ab. »Kein Problem. Ist doch ganz einfach. Der Code lautet: ›Oovi sentix denar.‹« Dünne Falten bildeten sich in seiner Stirn. »Oder muß es ›Oovi denar sentix‹ heißen?«

Paris nannte die richtige Wortfolge noch einmal, und Neelix murmelte sie mit ihm zusammen. »Das ist unser Erkennungscode, wenn die Ware geliefert wird.«

Neelix klatschte in die Hände und lächelte. »Worauf warten wir dann noch? Lassen Sie uns von hier verschwinden!« Er klopfte auf die Brusttasche mit dem Signalgeber. »Beamen wir uns einfach an Bord zurück. Hier sieht uns niemand.«

Paris schüttelte den Kopf. »Wir haben nur einen Teil unserer Mission erfüllt.«

»Tuvok beauftragte uns damit, die notwendigen Chemikalien zu beschaffen!« wandte Neelix ein.

»Wir müssen mehr über die sonderbaren Computerdiebstähle herausfinden. Möchten Sie nicht wissen, was dahintersteckt? Vielleicht sind Captain Janeway und Lieutenant Torres in Gefahr.«

»Nun, wenn Sie es so ausdrücken …« Neelix fügte sich widerstrebend.

»Gut. Sie bleiben im Hintergrund und behalten die Dinge im Auge.« Paris kniff die Augen zusammen. »Ich habe einen Hauswart des Kartells gesehen, der allein trinkt. Genau das, was wir brauchen. Wenn wir einige Minuten lang ungestört an einem Terminal arbeiten können … Dann finden wir sicher einen Weg ins hiesige Datennetz, um Informationen abzurufen.«

»Tatsächlich?« Neelix musterte ihn skeptisch. »Und wer von uns soll dieses Wunder vollbringen?«

Paris seufzte. »Na schön. Die Einzelheiten meines Plans müssen noch ausgearbeitet werden, aber Sie wissen, was ich meine. Der Zugang zu einem Terminal wäre ideal. Sie haben ja gesehen, was passiert, wenn ich Informationen über Andock- und Frachtprotokolle zu kaufen versuche – die Leute rennen sofort weg.« Er öffnete die Tür der Kom-Nische. »Sie beschränken sich darauf, mir den Rücken freizuhalten. Das ist ein Befehl.«

»In Ordnung«, entgegnete Neelix und fügte besorgt hinzu: »Hoffentlich kommt es nicht zu irgendwelchen Zwischenfällen.«

Paris sah sich noch einmal in der Bar um – man konnte nie ganz sicher sein, was solche Orte betraf – und schlenderte dann zur Theke. Er achtete nicht auf die vielen neugierigen Blicke, die ihm galten. Inzwischen war er bereits daran gewöhnt, Aufmerksamkeit zu erregen. Neelix hatte es in dieser Hinsicht leichter: Es kam nicht zum erstenmal ein Talaxianer zur Nabe.

Die Barkeeperin brachte das gewünschte Getränk, und Paris plauderte ein wenig mit ihr, während sich Neelix im Hintergrund hielt. Sie hatte pfirsichfarbene Haut und dünnes weißes Haar, mochte damit recht attraktiv sein, wenn man tutopanische Maßstäbe anlegte. Ihr flaches Gesicht wirkte wie eine Maske, doch die Augen waren nicht ohne einen gewissen Reiz.

Paris gab ihr ein großzügiges Trinkgeld und nickte dann in Richtung des Tutopaners, der an einem nahen Tisch saß und das Abzeichen eines Hauswarts trug. »Scheint ein Stammgast zu sein.«

Die Barkeeperin wich ein wenig zurück, brachte damit Abscheu zum Ausdruck. »Was wollen Sie von Tracer?«

»Wie ich von jemandem hörte, kann mir Tracer vielleicht gewisse Dinge beschaffen.«

»Er hat überhaupt nichts«, lautete die monotone Antwort. »Ist das alles?«

»Ja, danke.« Paris trank einen Schluck. Neelix hatte weiter hinten Platz genommen, an einer Stelle, von der aus er sowohl die Theke als auch den Tisch des Hauswarts sehen konnte. Er lächelte nervös.

*Diese Bar gefällt mir ganz und gar nicht,* dachte Neelix. Ständig schoben sich schattenhafte Gestalten hin und her. Und es gab viele Leute, die Paris und ihn beobachteten. Sie fielen hier zu sehr auf, trotz der dunklen, groben Overalls, die sie trugen – Tuvok glaubte, daß man sie in einer solchen Kleidung für Arbeiter der Nabe hielt.

Neelix schnaubte abfällig. Nein, so etwas genügte nicht als Tarnung.

Plötzlich bemerkte er eins der Schnabelwesen, die sich offenbar durch einen ausgeprägten Hang zu illegalen Geschäften auszeichneten. Es sah sich um, bemerkte Paris, zitterte aufgeregt und eilte wieder nach draußen.

Als Paris zum Tisch des Hauswarts trat, kehrte Schnabel mit einem großen Tutopaner zurück. Der Bursche schien gerade eine Schicht in einem Bergwerk hinter sich zu haben – Schmutz klebte an den Armen und im Gesicht.

Neelix stand auf, als er begriff: Es handelte sich um einen der Tutopaner, denen Paris bei einem seltsamen Spiel Gesellschaft geleistet hatte. Sein offensichtliches Interesse an Paris verhieß nichts Gutes.

Paris blieb neben dem Tisch stehen und hielt sein Glas in der Hand. »Hallo, Tracer. Wie wär's mit einem Spielchen?«

Der Hauswart sah von einem Hologramm auf, das eine Art Solitär präsentierte. »Ich kenne Sie nicht. Jemandem wie Ihnen bin ich noch nie begegnet.«

»Ich bin ein Mensch und stamme von einem siebzigtausend Lichtjahre entfernten Planeten.«

»Ist das weit?« erwiderte Tracer geistesabwesend. »Sie haben Ähnlichkeit mit einem Crestianer. Allerdings sind bei Ihnen Augen und Nase zu dicht beisammen, und außerdem fehlt es Ihnen an Haar.«

Paris blinzelte. »Tatsächlich?«

»Ja. Sie sehen wirklich komisch aus.«

»Oh, danke.« Paris setzte sich. Tracer wirkte vor allem neugierig; vielleicht bot sich hier ein Ansatzpunkt. »Ich nehme an, Sie bekommen viele Fremde zu Gesicht.«

»Aber keine Leute wie Sie. Sie sind anders.«

Paris musterte Tracer. Er betonte das Offensichtliche – was entweder auf geringe Intelligenz hindeutete oder am Konsum starker Getränke lag. Einige Sekunden später stellte Paris fest, daß sich der Hauswart von den typischen Tutopanern unterschied. Seine rötliche Haut wies viele Flecken auf, deren Farbe von Braun bis Weiß reichte. Selbst im Halbdunkel waren die Verfärbungen deutlich zu erkennen.

»Sie haben ja keine Ahnung, wie es ist, anders zu sein«, sagte Paris und rückte seinen Stuhl etwas näher. »Wohin ich auch gehe – überall starren die Leute. Wenn ich versuche, mit ihnen zu reden... Sie hören gar nicht richtig zu, sehen mich nur an, finden mich seltsam und denken: Wie fühlt man sich, wenn man so gräßlich aussieht?«

Tracers Gesichtsausdruck veränderte sich. Paris glaubte, eine Mischung aus Fassungslosigkeit und Hoffnung zu erkennen. »Ja... Sie starren immer, die Leute. Halten sich von einem fern, weil sie fürchten, sich anzustecken...«

»Ja, als hätte man eine scheußliche Krankheit oder so«, fügte Paris hinzu.

»Genau«, brummte Tracer in sein Glas. »Niemand gibt einem eine Chance.«

Paris berührte ihn am Arm, ignorierte dabei die vielen Flecken auf dem Ärmel. »Wir müssen uns endlich damit abfinden, Tracer: Im Universum wimmelt's von Idioten.« Er senkte die Stimme. »Das gilt auch und vor allem für die Nabe.«

»Ja!« Tracer hob das Glas und trank. »Die Tutopaner

sind Vakuumtrottel! Nur Außenweltler taugen was. Selbst wenn sie so komisch aussehen wie Sie.«

»Stimmt«, pflichtete ihm Paris bei und überhörte die letzten Worte. Vielleicht konnte er dieses besondere Schimpfwort einmal verwenden: Vakuumtrottel. »Wir müssen zusammenhalten und …«

»He, Raumfahrer!«

Paris blickte zu dem großen Tutopaner und ärgerte sich über die Störung. Dann bemerkte er Neelix, der an den Tischen vorbeieilte und auf etwas deutete, das sich hinter ihm befand. Er drehte den Kopf und sah eins der Schnabelwesen. Wie hieß dieses Exemplar? Rep. Ja. Dieses Geschöpf hatte ihn gestern abend auf die Computerdiebstähle hingewiesen.

»Ich rede mit Ihnen, Raumfahrer«, knurrte der große Tutopaner. »Haben Sie noch jemanden beim *Brateel* betrogen?«

*Jetzt wird's brenzlig,* dachte Paris. »He, ich kenne Sie, nicht wahr? Sie sind Bladdyn.«

Der Zorn in Bladdyns Augen genügte als Antwort.

Paris' Stuhl kippte um, als er aufstand. »Immer mit der Ruhe, Großer. Gehen wir irgendwohin, wo wir in Ruhe darüber reden können.« Er griff nach Tracers Arm und zog ihn hoch. »Komm, alter Knabe.«

Tracer murmelte überrascht und stolperte einige Schritte weit, bevor er sich loszureißen versuchte. »Was hat das mit mir zu tun?«

Neelix schob den Hauswart von hinten und gab sich besondere Mühe, da er Bladdyns Atem am Nacken spürte.

»Hier bietet sich eine einzigartige Gelegenheit …«, hauchte Paris.

»Sie haben mich übers Ohr gehauen«, fauchte der große Tutopaner, ballte die Faust und drohte Paris damit. »Durch Ihre Schuld verlor ich den Lohn von mehreren Tagen harter Arbeit.«

»Da liegt bestimmt ein Mißverständnis vor«, sagte Paris in einem beschwichtigenden Tonfall und hoffte, daß er es bis zur Kom-Nische schaffte, bevor Bladdyn explodierte.

»Ich zahle es Ihnen heim!« Falten bildeten sich an der Nase des Tutopaners.

Paris wußte nicht, was jetzt bevorstand: weitere Drohungen oder ein Wutanfall, der ihn in einen schmierigen Fleck am Boden verwandelte. Er hielt es für besser, sofort zu handeln, griff in Neelix' Brusttasche und zerrte den Signalgeber daraus hervor. Der Stoff des Overalls riß.

Neelix geriet aus dem Gleichgewicht, wankte und versperrte Bladdyn den Weg. Was Paris Gelegenheit gab, Tracer in die Nische zu stoßen. Er sprang ihm nach, stieß mit dem Fuß die Tür zu und aktivierte beide Signalgeber. Bevor der Transferfokus aktiv werden konnte, schob er das eine Gerät hinter Tracers Kragen und stemmte beide Füße gegen die Tür, als Bladdyns Fäuste dagegenhämmerten.

Unmittelbar vor dem Transfer dachte Paris an Neelix. Hoffentlich war der Talaxianer geistesgegenwärtig genug, die Bar zu verlassen, während Bladdyn über das Verschwinden der beiden Personen im kleinen Kom-Raum rätselte.

Paris und Tracer rematerialisierten auf der Transporterplattform.

Paris lächelte und sah zu Tala, der jungen Bajoranerin an den Transferkontrollen. Es freute ihn, wieder in ein vertrautes Gesicht zu blicken. Erst jetzt fiel ihm auf, wie reizend Talas Nasenhöcker sein konnten – wenn man stundenlang flache tutopanische Miene gesehen hatte. »Ich bin wirklich froh, daß unser Transportersystem trotz der vielen verschiedenen Schwerkraftzonen funktioniert.«

»Wo ist Neelix?« fragte Tala.

»Er kommt später«, erwiderte Paris ausweichend.

»Und wer ist das?« Tala deutete auf den anderen Transferierten.

Tracer torkelte zum Rand der Plattform. Seine Augen waren trüb, und der Mund bildete ein O. »Ich glaube, mir wird schlecht.«

»Setzen Sie sich«, sagte Paris und hoffte, daß sich der Fremde nicht ausgerechnet hier übergab. »Bevor Sie fallen.«

Tracer bückte sich langsam, rutschte plötzlich aus und landete auf dem Hinterteil. »Irgend etwas stimmt mit mir nicht. Ich habe... Gedächtnislücken. Wo bin ich hier?«

»Sie sind mit mir gekommen, zu meinem Schiff«, erwiderte Paris. »Erinnern Sie sich nicht an die lange Fahrt im Waggon?«

Tracer schwankte und versuchte, konzentriert nachzudenken.

»Lehnen Sie sich zurück und schließen Sie die Augen.« Tracer kam dieser Aufforderung sofort nach, und Paris trat zur Transporterkonsole. »Haben Sie eine Karte der Nabe?«

»Ja. Tuvok zeichnete ein dreidimensionales Diagramm auf, bevor er und der Captain das Schiff verließen.« Tala berührte einige Schaltflächen, und die Karte erschien im Projektionsfeld.

»Ich muß zu jenem Ort.« Paris deutete auf eine bestimmte Stelle. »Bitte kümmern Sie sich um Tracer. Ich kehre so schnell wie möglich zurück.«

»Vergessen Sie nicht, Tuvok Bericht zu erstatten!« rief sie ihm nach, als er in den Korridor eilte.

Paris mußte mehrmals die Sende- und Empfangsfrequenz des Tricorders wechseln, bis es ihm gelang, Kim im Computerraum zu lokalisieren. Dort wischte der Fähnrich blaues Gel von den Wänden. »Einen tollen Job haben Sie hier.«

Kim runzelte die Stirn. »Fragen Sie bloß nicht,

womit ich heute morgen beschäftigt gewesen bin. Sie möchten es gar nicht wissen.«

»Ich habe etwas, das Sie aufmuntern wird«, meinte Paris.

»Ach, tatsächlich? Vielleicht das Betäubungsmittel fürs neurale Gewebe?«

»Das ist unterwegs. In diesem Zusammenhang fällt mir etwas ein ... Wo ist Ihr Tricorder?«

Kim griff danach, kletterte vom Computerkern herunter und reichte das Gerät dem Piloten. Paris nahm es entgegen und zeichnete den Erkennungscode auf, bevor er Gefahr lief, ihn zu vergessen. »Chakotay muß das hier bekommen. Er braucht den Code, wenn das Shuttle mit den Chemikalien eintrifft.«

»Hoffentlich dauert's nicht mehr lange ...«

»Jammern Sie nicht dauernd, Harry.« Paris klopfte ihm auf die Schulter. »Sie begleiten mich zur Nabe.«

»Ich?« Interesse leuchtete in Kims Augen. »Wieso?«

»Ich brauche die Hilfe eines Computerspezialisten. Kommen Sie.«

»Jetzt sofort?« Kim sah sich um. »Wenn wir das ODN sich selbst überlassen, kommt es sicher zu weiteren Fehlfunktionen.«

»Ich versuche, das Prozessormodul zurückzuholen«, betonte Paris. »Aber wenn Sie lieber blauen Schleim von den Wänden kratzen ...«

Kim wischte sich die Hände an einem Lappen ab. »Von mir aus kann's losgehen.«

Sie erreichten den Transporterraum und stellten fest, daß Tracer auf den Stufen der Plattform schlief. Paris sah zu Tala, die mit den Achseln zuckte. »Er hat sich nicht gerührt.«

»Wer ist das?« fragte Kim.

Paris rüttelte Tracer an den Schultern und zog ihn hoch. »Dieser Bursche arbeitet in der Nabe und ist bereit, uns Zugang zu einem Computerterminal zu verschaffen. Wir müssen die Chance nutzen, bevor er nüchtern wird.«

Kim musterte den schnarchenden Tutopaner. »Sie haben ihn mit Hilfe des Transporters hierhergebracht?«

»Er ist betrunken und erinnert sich an nichts.« Paris zog Tracer zu einem Transferfeld auf der Plattform. »Beamen Sie uns in die Nabe.«

»Dazu brauche ich eine Genehmigung von Tuvok«, wandte die Bajoranerin ein.

»Es ist alles in bester Ordnung«, log Paris. Talas Hände verharrten über den Kontrollen, und er fügte hinzu: »Energie, Fähnrich.«

Die Nennung des Rangs gab den Ausschlag. »Ja, Sir.«

»He, sollte ich nicht einen Signalgeber mitnehmen?« fragte Kim.

»Es steckt einer hinter seinem Kragen.« Paris deutete auf den entmaterialisierenden Tracer. »Machen Sie sich deshalb keine Sorgen...«

# 10

B'Elanna Torres erinnerte sich an solche Alpträume: endlose Wanderungen durch ein Labyrinth aus Korridoren, vorbei an zahllosen Türen, hinter denen sich weitere Flure erstreckten. Von den Wänden ging das Glühen verborgener Lichtquellen aus, ein mattes, sanftes Schimmern, das keine Schatten schuf und es der Klingonin nicht ermöglichte, sich irgendwelche Bezugspunkte einzuprägen. Alles wies solche Ähnlichkeit auf, daß sich Torres fragte, ob sie im Kreis gingen. Die Gleichförmigkeit wiederholte sich bei den Personen, denen sie begegneten: Sie trugen beigefarbene Kleidung und trugen ausdruckslose Mienen zur Schau. Mit ihrem dunklen Haar und den Knochenwülsten an der Stirn fing B'Elanna viele Blicke ein. Sie fühlte sich fast wie damals in der Schule, als die anderen Kinder sie als Mutantin und häßlich bezeichnet hatten. Zu jener Zeit mußte sie erst noch lernen, sofort zuzuschlagen, bevor die anderen sie verletzen konnten.

Janeway ließ sich von der Umgebung nicht entmutigen. Als Torres ihre Zweifel in Worte faßte, lächelte die Kommandantin und erwiderte: »Tuvok und ich haben den richtigen Weg durch die Nabe gefunden. Nichts kann schwerer sein.«

»Aber wir sind jetzt schon seit Stunden unterwegs. Wissen Sie wirklich, wohin wir gehen?«

»Ja«, bestätigte Janeway. »Unser Ziel ist das Zentrum des allgemeinen Geschehens.«

Torres dachte einige Sekunden lang nach. »Weshalb sind Sie sicher, daß wir dorthin wollen?«

»Tutopaner zeichnen sich durch eine bemerkenswert symmetrische Lebensperspektive aus. In der Mitte dieses Gebäudekomplexes finden wir bestimmt, was wir suchen.«

Daraufhin schwieg Torres und beschränkte sich darauf, Janeway stumm zu folgen. Zwar erregten sie eine Menge Aufmerksamkeit, aber kein Tutopaner sprach sie an – bis sie in einen Empfangsbereich gelangten, in dem es recht lebhaft zuging. Janeway unterhielt sich dort mit einem Wächter, und B'Elanna glaubte, folgendes zu verstehen: Hier wurden ›Tests‹ beziehungsweise ›Überprüfungen‹ durchgeführt, und es war ihnen nicht erlaubt, die entsprechende Sektion zu durchqueren.

Janeway gab schließlich ihren Versuch auf, den Mann zu überzeugen. Seufzend wandte sie sich ab und sah zu Torres. »Kommen Sie.«

»Er hat doch gesagt, daß wir hier nicht weiter dürfen.« Torres warf dem Wächter einen finsteren Blick zu.

»Dann machen wir eben einen Umweg.«

Sie mußten fast bis in den obersten Stock hinauf, um den Überprüfungsbereich zu umgehen, aber ihre Beharrlichkeit wurde schließlich belohnt, als die Korridore vor ihnen breiter wurden und sie mehr Tutopanern begegneten. Die Einheimischen schritten ruhig dahin und hatten es nicht eilig, worüber sich Torres ärgerte. Doch Janeway paßte sich ihrem Tempo an, und der Klingonin blieb nichts anderes übrig, als sich zu fügen.

An einem Torbogen drängten sich Dutzende von Passanten zusammen, versperrten Torres und Janeway die Sicht. Kurze Zeit später traten sie auf eine Terrasse, von der aus man in ein riesiges Atrium hinabsehen konnte. Von jeder Etage aus führten Korridore zu solchen Terrassen, auf denen viele Zuschauer saßen oder standen. Ganz unten, in der Mitte des gewaltigen

Saals, bemerkte B'Elanna ein zentrales Gebilde. Sie fragte sich, warum man so viel Platz vergeudet hatte.

»Sehen Sie nur!« Sie deutete nach unten. »Ist das nicht Andross?«

Janeway kniff die Augen zusammen. »Ja, das ist er tatsächlich.«

Mit eiligen Schritten folgte der Bevollmächtigte einer Gruppe, die sich vom zentralen Gebilde entfernte. Es fiel nicht leicht, den kleinen Tutopaner im Auge zu behalten – ganz im Gegensatz zu der Frau in der Gruppenmitte. Sie war größer als alle anderen, ging zielstrebig und mit einer eleganten Würde, die ihren Begleitern fehlte.

»Wie nehmen wir Kontakt mit ihm auf?« Janeway drehte den Kopf, suchte nach einer Treppe.

»Kein Problem.« Torres beugte sich übers Geländer und formte mit den Händen einen Trichter vorm Mund. »Andross!« rief sie aus vollem Hals. »He, Andross, hier oben!«

Janeway griff nach ihrem Arm, aber es war bereits zu spät. Im Atrium wurde es wesentlich leiser, als alle Anwesenden nach oben sahen. Mit einer solchen Reaktion hatte Torres nicht gerechnet.

Andross riß entsetzt die Augen auf. Die Tutopaner stellten nun eine Verbindung zwischen Torres und Janeway einerseits sowie dem Bevollmächtigten andererseits her. Brummendes Stimmengewirr setzte ein, als Hunderte von Personen das Geschehen leise kommentierten.

»Kommen Sie«, preßte Janeway zwischen zusammengebissenen Zähnen hervor. »Jetzt müssen wir mit dem Kopf durch die Wand.«

»Hatten Sie das nicht ohnehin vor?« fragte Torres verdrießlich.

»Nein.«

Andross wartete am Ende der Treppe auf sie. »Was machen Sie in der Ratskammer?«

»Wir waren neugierig«, erwiderte Janeway. »Und deshalb entschlossen wir uns zu einem Streifzug durch dieses Gebäude.«

»Sie haben den ganzen Weg von Ihrer Unterkunft bis hierher zurückgelegt, ohne aufgehalten zu werden? Unerhört!« Ungläubig musterte der Bevollmächtigte erst Janeway und dann Torres.

Die Klingonin zuckte mit den Schultern. »Wir haben uns so verhalten, als wüßten wir hier gut Bescheid.«

Es schien Andross sehr schwer zu fallen, nicht die Fassung zu verlieren. »Ich weiß, wohin Sie *jetzt* gehen – zurück zu Ihrem Quartier.«

»Können wir uns hier nicht ganz nach Belieben umsehen?« fragte Janeway unschuldig.

»Niemand hat solche Freiheit!« entfuhr es dem Bevollmächtigten scharf.

Die Kommandantin bedachte ihn mit einem durchdringenden Blick. »So gefallen Sie mir besser als mit Ihrer falschen Freundlichkeit.«

Andross versteifte sich und wirkte plötzlich wesentlich aggressiver. Aus einem Reflex heraus spannte Torres die Muskeln.

Janeway bemerkte die Reaktion des Tutopaners ebenfalls. »Die Frau vorhin ... War das die Verwalterin Fee?«

»Ja, und in einem Punkt können Sie ganz sicher sein: Es ist Ihnen gelungen, sie auf sich aufmerksam zu machen.« Andross blickte sich um und senkte die Stimme. »Ist Ihnen eigentlich klar, gegen wie viele Vorschriften Sie verstoßen haben? Wenn jemand beschließt, Sie zu verhaften ... Ich könnte nichts dagegen unternehmen.«

»Wann erhalten wir Gelegenheit zu einem Gespräch mit Fee?«

»Nicht vor morgen ...«

»Morgen!« Janeways Vorrat an Geduld ging allmählich zur Neige. »Sie haben uns einen Termin für heute abend versprochen.«

»Das ist leider unmöglich. Die Verwalterin hat andere Verpflichtungen.«

Ein schlanker Mann näherte sich. Er war nicht viel größer als Andross, aber wesentlich älter. Er benutzte einen schwarzen Spazierstock, stolzierte arrogant und wichtigtuerisch. Er war von einer Gruppe Tutopanern umgeben wie zuvor Fee.

»O nein, da kommt Hamilt.« Andross drehte sich um und gestikulierte nervös. »Gehen wir nach oben. Dort erkläre ich Ihnen alles.«

Janeway blieb stehen, und Torres rührte sich ebenfalls nicht von der Stelle – sie wollte auf keinen Fall irgendwelchen Launen des kleinen Mannes nachgeben.

Andross begriff, daß sich die Begegnung mit Hamilt nicht vermeiden ließ, worauf ein freundliches Lächeln in seinem flachen Gesicht erschien. »Ratsmitglied …«, grüßte er. »Es ist mir eine Ehre, daß Sie sich Zeit nehmen, um mit mir zu sprechen.«

Hamilts Lippen dehnten sich, und mit einer schmalen Hand strich er schütteres Haar zurück. Torres hielt dem Blick seiner kleinen, dunklen Augen trotzig stand und beobachtete, wie der alte Tutopaner kurz mit dem Stock winkte. Sofort hasteten seine Begleiter fort.

»Ich habe von Ihrer Rückkehr gehört«, wandte sich Hamilt an den jüngeren Tutopaner.

»Es kam zu gewissen Problemen, um die ich mich kümmern mußte«, erklärte Andross. Er deutete kurz in die Richtung von Janeway und Torres.

»Natürlich gibt es Probleme«, entgegnete Hamilt und sah Andross an. »Und ich lasse nicht zu, daß Sie hierherkommen, um alles noch zu verschlimmern, mein Junge. Ihre Arbeit mit dem Eldern ging zu Ende, als Sie ihn überredeten, jene Debatten zu fördern.«

»Ich bin auf Geheiß von Captain Janeway hier«, verteidigte sich der Bevollmächtigte. »Ich habe nicht beabsichtigt, einen Termin mit Ratsmitglied Eldern zu vereinbaren.«

Stille folgte, und Janeway nutzte die Gelegenheit, um vorzutreten. »Ich bin Captain Janeway von der Vereinten Föderation der Planeten. Ich versuche, das gestohlene Prozessormodul unseres Bordcomputers zu finden. Wir befanden uns im sekundären System, als…«

»Das Anliegen wurde vom Kartell übermittelt«, warf Andross ein. Er breitete die Arme aus und lächelte. »Ich erfülle nur meine Pflicht.«

»Indem Sie Bergungsgut kaufen?« fragte Hamilt. »Mir scheint, Sie sollten dem Geschäftlichen mehr Aufmerksamkeit schenken als der Politik. Sonst riskieren Sie, für den Rest Ihres Lebens Schrott sammeln zu müssen, um über die Runden zu kommen.«

»Schrott!« entfuhr es Torres. Sie wollte noch etwas hinzufügen, schwieg jedoch, als sie Janeways warnenden Blick bemerkte.

Hamilt schenkten ihnen keine Beachtung. Andross schien ihn zu amüsieren. »Wie dem auch sei… Vermutlich ist diese Angelegenheit von großer Bedeutung. Immerhin befassen Sie sich ausschließlich mit wichtigen Dingen.«

Der Bevollmächtigte verlagerte das Gewicht vom einen Bein aufs andere. »Diese Sache hat für mich den Stellenwert, den sie verdient, Ratsmitglied Hamilt.«

»Da bin ich sicher.«

Andross lächelte nur und versuchte, Janeway zur Treppe zu führen. Doch auch diesmal widerstand sie seinen Bemühungen und trat vor den älteren Tutopaner. »Eigentlich wollten wir heute abend mit Verwalterin Fee sprechen. Aber offenbar ist sie beschäftigt.«

»Verwalterin Fee?« Zum erstenmal wandte sich Hamilt direkt an Janeway. »Sie haben mit Fee zu tun?«

»Das Prozessormodul unseres Computers befindet sich in ihrem Besitz.«

»Das stelle man sich einmal vor«, sagte das Ratsmitglied leichthin, richtete jedoch einen nachdenklichen

Blick auf Andross. »Nun, Verwalterin Fee besucht heute abend das Turnier. Vielleicht möchten Sie ebenfalls kommen. Dabei finden Sie bestimmt Gelegenheit, mit ihr zu sprechen.«

Andross klappte den Mund auf, brachte jedoch keinen Laut hervor.

»Ja, sehr gern«, erwiderte Janeway rasch.

»Aber es ist ein Turnier«, sagte Andross.

»Sie sind ebenfalls eingeladen«, sagte Hamilt zu dem Bevollmächtigten. »Bringen Sie Ihre hübsche Assistentin mit. Ich habe sie schon lange nicht mehr gesehen.«

Andross atmete schneller, und Torres erkannte die Anzeichen von jemandem, der sich unter Kontrolle zu halten versuchte. »Wie Sie wünschen.«

»Ich erwarte von Ihnen, daß Sie mit diesen beiden wichtigen Geschäftspartnern erscheinen.« Hamilt nickte Janeway zu. »Wie sagten Sie noch? Föderation der Planeten? Nun, Sie sind mir jederzeit willkommen...«

Torres spürte: Janeway wartete nur darauf, daß der alte Tutopaner ging. Schon nach wenigen Schritten war das Ratsmitglied wieder von seinen früheren Begleitern umringt.

»Warum haben Sie Hamilt belogen?« fragte Janeway. »Das Kartell hat nicht zu unseren Gunsten eingegriffen.«

»Nein, das hat es tatsächlich nicht.« Andross ließ die Schultern hängen, so als gäbe er auf. Torres wußte sofort, daß es sich um ein Täuschungsmanöver handelte. »Unser Haus ist dem Gremium gegenüber in einer fast verzweifelten Situation. Es geht dabei um die Wahl des nächsten Obersten Schlichters. Sie boten mir die Möglichkeit, hierher zurückzukehren – diese Chance *mußte* ich nutzen.«

»Ihre Motive sind mir gleichgültig«, gab Janeway dem Bevollmächtigten zu verstehen. »Ich möchte nur wissen, ob Sie uns wirklich dabei helfen wollen, das Prozessormodul sicherzustellen. Oder sind wir für Sie nur ein Mittel zum Zweck?«

»Können wir überhaupt sicher sein, daß sich die gestohlenen Prozessoren hier befinden?« warf Torres ein.

»Das habe ich doch gesagt, oder?« erwiderte Andross scharf. »Morgen können Sie sich das Modul ansehen. Ich nutze alle meine Möglichkeiten, um dafür zu sorgen, daß Sie es zurückerhalten. Aber ich erwarte auch Ihre Kooperation. Indem Sie einfach so herumlaufen und Leute wie Hamilt wissen lassen, was Sie wollen ... Dadurch riskieren Sie alles.«

»Warum sollte das Ratsmitglied versuchen, uns das Prozessormodul vorzuenthalten?«

»Dafür könnte Hamilt hundert verschiedene Gründe haben«, antwortete Andross. Er schien das für offensichtlich zu halten. »Er zögert nie, wenn er sich von etwas einen Vorteil verspricht. Er würde nicht davor zurückschrecken, Fees Geschäfte zu sabotieren. Ich habe damit begonnen, Fees Wahl zur Obersten Schlichterin zu unterstützen – was Hamilt zum Anlaß nimmt, mich bei meiner Arbeit zu behindern.«

Torres schüttelte den Kopf. »Abscheulich.«

»Bei uns ist ein solches Verhalten völlig normal«, meinte Andross. »Wir alle manipulieren die Informationen, die wir besitzen – um unsere Ziele zu erreichen, um zu bekommen, was wir wollen. *Sie* verstehen das sicher.«

»Ja, ich verstehe es«, pflichtete ihm Janeway bei. »Die Frage lautet: Wollen Sie uns helfen oder nicht?«

»Ich sorge dafür, daß Sie morgen mit Fee sprechen können. Doch Sie dürfen auf keinen Fall das Turnier heute abend besuchen.«

Torres knurrte leise, gab damit deutlich zu verstehen, was sie von diesen Worten hielt.

»Von wegen«, sagte Janeway. »Sie haben uns für heute abend ein Gespräch mit der Verwalterin zugesagt. Da Sie nicht in der Lage sind, Ihr Versprechen einzulösen, nehme ich Hamilts Angebot an.«

»Sie wissen, wie er reagierte«, wandte Andross ein. »Ihre Geschäfte sind für Leute seines Ranges völlig belanglos. Er will mich vor meinen Kollegen verspotten, die sich immer noch mit Politik befassen und nicht wie ich zur Nabe verbannt wurden. Wenn ich Einfluß verliere, so bin ich kaum mehr imstande, Ihnen zu helfen.«

»Ich möchte nur mit Fee reden, und zwar heute abend«, beharrte Janeway. »Es geht mir einzig und allein darum, das Prozessormodul so schnell wie möglich zurückzubekommen.«

Andross hob die Hände und ließ sie wieder sinken. »Wenn Sie nicht zur Vernunft kommen wollen... Aber bitte lassen Sie die Bergung unerwähnt. Reden Sie auf keinen Fall mit den Ratsmitgliedern Hobbs und Sprecenspir darüber – sie unterstützen das Kartell. Es ist besser, wenn Sie in Hinsicht auf den Grund für Ihre Anwesenheit keine klare Auskunft geben. Sagen Sie einfach, es sei eine Provinz-Angelegenheit mit Fee.«

Janeway sah den Bevollmächtigten an und runzelte die Stirn. »Ist es so wichtig?«

»Sie sind hier im Sitz des Hauses. Und Überprüfungen können ernste Konsequenzen nach sich ziehen.« Andross wich einen Schritt zurück und musterte sie kritisch. »Haben Sie keine ... vornehmere Kleidung?«

Torres schnaubte. »Als ob es *darauf* ankäme.«

Andross' Blick verharrte kurz auf den Stirnhöckern der Klingonin, bevor er sich mit einem leichten Schaudern abwandte. »Ich bitte Milla, Ihnen geeignete Sachen zu besorgen. Damit Sie keine so große Aufmerksamkeit erregen.«

»Bestimmt fallen wir trotzdem auf«, erwiderte Janeway. »Sie lassen nicht viele Außenweltler auf Ihren Planeten, oder?«

»Nein«, gestand Andross. »Und allmählich wird mir auch der Grund dafür klar.«

Um sie herum gewannen die schrägen Wände der Nabe Substanz, und Paris hörte, wie Tracer einen entsetzten Schrei ausstieß.

»Nein!« heulte der Betrunkene. »Ich bereue es zutiefst! Bei den drei Kisaren – ich verspreche, nie wieder heißen Wisto anzurühren …«

»Immer mit der Ruhe, Kumpel.« Paris ergriff Tracer am Arm, führte ihn rasch durch die Korridore und achtete dabei auf die Schilder an den Türen.

»Wonach suchen Sie?« hauchte Kim. Er sah sich immer wieder argwöhnisch um.

»Da sind wir.« Paris deutete auf ein bestimmtes Symbol. »Abfallrecycling, Nebenstation.«

»Warum ausgerechnet dieser Ort?« erkundigte sich der junge Fähnrich.

Paris zog Tracer näher zur Tür und preßte sein Armband ans Identifizierungsfeld. Ein lautes ›Ping‹ erklang, und eine blaue Kontrollampe wies darauf hin, daß die Tür nicht mehr verriegelt war. »Weil hier ein niedriges Sicherheitsniveau herrscht. Doch die Terminals sind sicher mit dem Hauptcomputer verbunden, um eine Koordinierung aller Systeme zu gewährleisten.«

»Da haben Sie vermutlich recht«, erwiderte Kim, als Paris die Tür öffnete. Nach Chemikalien riechende Luft wogte ihnen entgegen.

»Von hier aus sollten Sie in der Lage sein, auf Frachtdateien und dergleichen zuzugreifen. Was uns dabei helfen könnte, mehr über die Computerdiebstähle herauszufinden.«

Dunkelheit empfing sie. Das einzige Licht stammte von bernsteinfarben und blau glühenden Anzeigeflächen. »Hoffentlich kommt es nicht zu irgendwelchen Zwischenfällen.«

Paris schnitt eine Grimasse und erinnerte sich daran, daß Neelix die gleichen Worte an ihn gerichtet hatte. Wo befand sich der Talaxianer jetzt?

»Bisher ging doch alles glatt, oder?« erwiderte er und zerrte Tracer in den Raum.

Der Hauswart wurde allmählich nüchtern. »Wie sind Sie hierhergekommen? Für diesen Bereich gibt es Zugangsbeschränkungen.«

»Sie haben uns hereingelassen, erinnern Sie sich?« Paris sah hinter einigen Türen nach und fand einen Wandschrank. »Weil Sie uns helfen wollten.«

»Tatsächlich?« In Tracers Miene zeigte sich Verwirrung.

Paris schob ihn in den Schrank und knallte die Tür zu. Er hielt sich nicht damit auf, nach einem Riegel oder dergleichen zu suchen, rammte einfach den Ellenbogen gegen das elektronische Schloß. Funken stoben, kündeten von einem Kurzschluß.

Einige Sekunden lang herrschte Stille. Dann ertönte erst behutsames, aber rasch hektischer werdendes Klopfen im Schrank. Tracer schien zu begreifen, daß er gefangen war.

»Mußte das sein?« fragte Kim, ohne vom Terminal aufzusehen.

»Sie haben ihn gehört. Er wollte Schwierigkeiten machen.« Paris kontrollierte die Tür. »Ich schlage vor, Sie beeilen sich.«

»Ich versuch's ...«

»Versuchen Sie's schneller.«

Kim richtete den Tricorder aufs Projektionsfeld. »Ich muß alles aufzeichnen, für eine spätere Analyse.«

Das Klopfen wurde noch lauter.

»Unternehmen Sie was«, drängte Kim. »Bevor ihn jemand hört.«

Paris schlug mit der Faust an die Tür und übertönte damit die von Tracer verursachten Geräusche. »Geben Sie endlich Ruhe, oder ... oder ... ich schieße.«

»Sie haben keinen Phaser«, sagte Kim.

Der Hauswart gelangte offenbar zu dem gleichen Schluß, denn er setzte das Hämmern fort. Der ganze Schrank wackelte.

»Bestimmt gelingt es ihm gleich, sich zu befreien, Harry. Wir können ihn nicht für immer da drin festhalten …«

»Ich hab's fast geschafft …«

Tracer schien jetzt nicht mehr an die Tür zu klopfen, sondern sich dagegenzuwerfen. Paris hoffte, daß sich der arme Kerl nicht verletzte. Er verzog das Gesicht, als er hörte, wie Metall knirschte und knarrte. Plötzlich sprang die Tür auf, und Tracer stolperte aus dem Schrank, sank zu Boden.

Paris und Kim erstarrten förmlich, während sie den Hauswart beobachteten.

Tracer quiekte voller Furcht, als sich Paris in Bewegung setzte und auf ihn zutrat. Er sprang auf und rannte kreischend zur Tür.

Paris wollte ihn festhalten, doch er war nicht schnell genug – Tracer lief so schnell, als ginge es um sein Leben.

»Wir müssen von hier weg!« rief der Pilot Harry zu, als Tracer im Korridor verschwand.

»Einen Augenblick!« erwiderte Kim. »Ich habe etwas entdeckt …«

Paris beugte sich durch die Tür und lauschte den verklingenden Echos von Tracers Schreien. Er glaubte bereits, die Schritte von Vollstreckern zu hören.

»Hier haben wir einen Bericht des Kartells«, sagte Kim und scrollte durch die Datei. »Es geht um Andross. Offenbar sind seine Kom-Sendungen abgehört worden …«

»Erzählen Sie mir später davon«, unterbrach Paris den Fähnrich. »Vollstrecker sind hierher unterwegs.«

Das dumpfe Pochen von Antigravstiefeln wurde schnell lauter.

»Und hier sind die Frachtlisten der letzten halben Rotation«, meinte Kim. »Ich schätze, damit haben wir alles Notwendige. Was nun?«

»Sie kehren zum Schiff zurück.« Paris aktivierte seinen Signalgeber und warf ihn Harry zu.

Kim fing ihn auf und begegnete seinem Blick. Paris verabschiedete ihn mit einem scherzhaften militärischen Gruß, als der Fähnrich entmaterialisierte – der Tricorder und wichtige Daten begleiteten ihn zurück zur *Voyager*.

*Wie wär's mit einer kleinen Show?* dachte Paris.

Er drehte sich um und empfing die Vollstrecker mit einem besonders frechen Lächeln. In ihren roten Rüstungen sahen die Burschen viel größer aus, als sie es in Wirklichkeit waren.

»Ihr habt euch eine Menge Zeit gelassen, Jungs«, sagte Paris.

Ein Vollstrecker hob die Faust, und als Belohnung für seine spöttische Bemerkung bekam der Pilot ätzendes Gas ins Gesicht.

# 11

Chakotay griff nach dem kleinen Behälter, den Neelix bei seinem letzten Abstecher zur Brücke mitgebracht hatte, und füllte sich eine Tasse mit dem neuesten Muntermacher des Talaxianers. Diese Brühe war genauso dick wie die letzte, aber es fehlte noch immer etwas. Trotzdem gelang es Chakotay, dankbar dafür zu sein. Immerhin hatten sie nichts anderes – die Replikatoren durften erst wieder benutzt werden, wenn das ODN einwandfrei funktionierte. Das Synthetisierungsgerät in Collins' Unterkunft war zerstört worden, als er gebackenen Käsetoast bestellte und eine undefinierbare Masse bekam, die innerhalb weniger Sekunden so sehr anschwoll, daß der Apparat platzte. Chakotay fragte sich, ob es Collins jemals gelingen würde, sein Quartier vollkommen zu reinigen.

Der Indianer erinnerte sich: In der vergangenen Nacht hatte er von explodierenden Replikatoren geträumt. Und es gab noch zwei andere Träume. Im einen waren Janeway und Torres in einer Blase am Himmel gefangen; im anderen irrte Paris durchs Schiff und bat um Wasser. Chakotay erzählte niemandem davon, aber er hielt diese Visionen für eine Warnung.

»Eine Nachricht von der Sicherheitsabteilung des Kartells«, sagte Tuvok. »Man bittet um ein Gespräch mit Captain Janeway.«

»Wissen die Vollstrecker denn nicht, daß sie nach Min-Tutopa geflogen ist? Ich dachte, sie behielten alles genau im Auge.« Chakotay aktivierte das mobile

Kom-Gerät und rechnete nicht mit einer visuellen Verbindung. »Hier spricht Commander Chakotay. Was wünschen Sie?«

Der Vollstrecker hielt sich nicht mit irgendwelchen Höflichkeitsfloskeln auf. »Wir informieren Sie hiermit, daß ein Mitglied Ihrer Crew – Lieutenant Paris – verhaftet wurde, als er ins Computersystem des Kartells eindrang.«

»Paris?« Chakotay war froh, daß der Vollstrecker sein Gesicht nicht sehen konnte. »Sind Sie sicher?«

»Heucheln Sie keine Unwissenheit.« Die Stimme klang auch weiterhin monoton, veränderte sich nicht. »Von dem betreffenden Ort ging ein Subraumsignal aus, und Ihr Schiff reagierte mit einem fokussierten Konversionsstrahl auf subatomarer Ebene. Bitte erklären Sie den Zweck dieses Strahls.«

Chakotay warf Tuvok einen Blick zu. »Davon wußte ich bisher nichts.«

»Sie haben ein Besatzungsmitglied namens Tom Paris.«

»Ja. Er bekam die Erlaubnis, zusammen mit einem anderen Angehörigen der Crew die Nabe aufzusuchen. Wo befindet er sich jetzt?«

»Beim Gefangenen 07119 steht die Überprüfung bevor. Ein Verhör hat noch nicht stattgefunden.«

»Einen Augenblick«, brummte Chakotay. »Geben Sie uns Gelegenheit herauszufinden, was geschehen ist. Vielleicht liegt ein Irrtum vor.«

»Ein Irrtum ist ausgeschlossen.« Es folgte eine kurze, bedeutungsvolle Pause. »Sind Sie bereit, Informationen in Hinsicht auf den fokussierten Konversionsstrahl zu übermitteln?«

Chakotay vertrat die Ansicht, daß durch Lügen alles nur noch verworrener wurde. Die gegenwärtige Situation verlangte nach Klarheit. »Nein, das bin ich nicht.«

»Dann muß ich Sie darauf hinweisen, daß nach Vorschrift 5569 Abschnitt A alle Verträge zwischen dem

Kartell und der schuldigen Partei ausgesetzt sind. Ihr Schiff bekommt keine energetische Unterstützung der Stufe A mehr. Ein Repräsentant der Wartungs- und Serviceabteilung wird die Verbindungen unverzüglich lösen.«

»Ausgeschlossen!« Chakotay beugte sich vor. »Wir haben für drei Tage bezahlt, und es sind erst anderthalb Tage verstrichen.«

»Die Vereinbarung wird bis zur Klärung dieser Angelegenheit suspendiert.«

»Die Vereinbarung gilt nicht mehr? Aber Sie haben bereits die DNA erhalten...«

»Es dürfen keine geschäftlichen Aktivitäten mehr stattfinden, wenn es um die Sicherheit des Kartells geht«, verkündete der Vollstrecker. »So ist es bei uns üblich.«

»Aber nicht bei uns«, erwiderte Chakotay scharf. »Unsere Lebenserhaltungssysteme sind auf die externe energetische Unterstützung angewiesen.«

»Das Kartell weiß von den Beschädigungen Ihres Schiffes. Wenn Sie das Problem lösen möchten, so geben Sie die gewünschten Auskünfte. Ihre Kooperation würde der ursprünglichen Vereinbarung neue Gültigkeit verleihen.«

»Ich möchte mit Lieutenant Paris sprechen«, sagte Chakotay.

»Das ist unmöglich. Der Gefangene muß überprüft werden.«

»Was bedeutet...«

»Sind Sie bereit, über den fokussierten Konversionsstrahl Auskunft zu geben?«

Chakotay runzelte verärgert die Stirn. »Nein.«

»Dann ist dieses Gespräch beendet.«

Der Indianer versuchte noch immer, eine neuerliche Verbindung zur Sicherheitsabteilung des Kartells herzustellen, als Kim auf der Brücke eintraf. Das Gesicht des jungen Fähnrichs war gerötet, und er hielt einen

Tricorder in der Hand. »Commander! Es tut mir leid. Ich wollte ihn nicht zurücklassen.«

»Sie meinen Paris, nehme ich an.« Chakotay spürte, daß Tuvok hinter ihm blieb, als er zum Geländer ging und beide Hände darum schloß. »Was haben Sie damit zu tun?«

Kim zögerte. »Wissen Sie das nicht? Er kam zu mir und ...«

»Sie haben sich ohne Erlaubnis in die Nabe transferiert?« fragte Chakotay.

»Ich dachte, Sie wären informiert. Er meinte, wir müßten rasch handeln.«

Der Indianer starrte den Fähnrich so an, als genügte ein strenger Blick, um alles in Erfahrung zu bringen. »Paris sollte die notwendigen Chemikalien beschaffen. Zusammen mit Neelix. Ich habe ihm nicht gestattet, ins Computersystem des Kartells einzudringen. Von Ihrer Teilnahme an einer solchen Aktion war zu keinem Zeitpunkt die Rede.«

Kim befeuchtete sich die Lippen. »Eigentlich habe *ich* das Computersystem des Kartells geknackt. Die Informationen sind in diesem Tricorder gespeichert.«

»Welche Informationen, Fähnrich?« fragte Tuvok.

»Über die Computerdiebstähle. Paris meinte, das sei sehr wichtig, und er hat recht.« Kim näherte sich Chakotay und schaltete den Tricorder ein. »Ich habe eine Datei über Andross gefunden – das Kartell hat ihn überwacht. Man glaubt offenbar, daß er irgend etwas plant, zusammen mit Verwalterin Fee, der Captain Janeway einen Besuch abstatten möchte.«

Chakotay nahm den Tricorder entgegen.

»Das erklärt nicht, warum Sie das Schiff ohne Erlaubnis verlassen haben«, sagte Tuvok zum Fähnrich.

Kim senkte den Kopf und verzichtete auf den Versuch, sich zu rechtfertigen.

»Noch schlimmer wird die Sache dadurch, daß man

beim Kartell nun von unserem Transporter weiß.« Chakotay wandte sich vom Geländer ab. »Und man droht uns damit, die externe energetische Unterstützung einzustellen …«

Der Luftdruck sank. Das Licht im Kontrollraum trübte sich, als die Notsysteme aktiv wurden. Zwei oder drei Sekunden lang hatte Chakotay das Gefühl zu schweben, obgleich er nach wie vor das Deck unter den Füßen spürte.

Fähnrich Yarro an der Ambientenstation gab einen Schrei von sich, als sie fiel. »Wir bekommen keine externe Energie mehr«, sagte sie und stand wieder auf.

Chakotay nickte langsam. »Das Kartell verliert keine Zeit, wie?«

»Interne energetische Transferkanäle aktiviert«, meldete Kim, der nun wieder die Kontrollen der Funktionsstation bediente. »Ich versuche, auf die Reservesysteme umzuschalten. Es kam zu Gravitationsschwankungen im Bereich der Decks eins bis sechs.«

»Wir verwenden jetzt die Notenergie«, stellte Chakotay fest. »Können wir die Lebenserhaltungssysteme damit stabilisieren?«

»Ich weiß es nicht«, erwiderte Kim und sah auf die Anzeigen der Konsole.

Yarro stand inzwischen wieder. »Ist es nicht möglich, die Notsysteme ebenso vom ODN zu trennen wie den Transporter?«

Kim schüttelte den Kopf. »Die Lebenserhaltung ist für maximale Redundanz vorgesehen. Sie verfügt über viele Verbindungen zu den Subprozessoren und dem ODN: die energetischen Transferkanäle, die internen Sensoren und so weiter.«

»Wir müssen mit multiplem Systemversagen rechnen«, teilte Yarro dem Commander mit.

»Ich versuche, uns wieder in den Modus des herabgesetzten Energieniveaus zu bringen«, sagte Kim. »Dann basiert die Funktion aller Systeme per Default auf der Notenergie, was es uns erlaubt, Input-Fehler manuell zu korrigieren.«

»Aber wenn irgendwelche Komponenten versagen, können wir nicht mehr auf Reservesysteme ausweichen«, sagte Chakotay ernst. »Eine gefährliche Situation.«

»Uns bleiben die Notkammern«, erinnerte ihn Tuvok.

Chakotay holte zischend Luft. »Nein, kommt nicht in Frage. Ich habe keine Lust, mich irgendwo zu verkriechen und zu hoffen, daß sich das Kartell doch noch dazu durchringt, uns zu helfen. Bringen Sie uns zurück auf...«

»Commander...« Tuvok sah auf. »Kom-Signale werden durch den Schiff-Nabe-Kanal übermittelt.«

»Das Kartell?« fragte Chakotay überrascht und blickte auf die Displays des mobilen Kommunikators. »Mit diesen Symbolen kann ich nichts anfangen. Oovi... sentix... denar...«

»Ein kleines Raumschiff befindet sich über uns«, sagte Tuvok.

»Ich weiß, was es damit auf sich hat!« entfuhr es Kim. »Offenbar werden jetzt die Chemikalien geliefert. Paris gab mir einen Erkennungscode.« Er eilte die Rampe herunter, und Chakotay reichte ihm den Tricorder. »Er ist hier drin aufgezeichnet.«

»Allem Anschein nach will das Schiff unseren Shuttlehangar ansteuern«, teilte der Vulkanier in einem mißbilligenden Tonfall mit.

Chakotay beobachtete, wie Kim damit begann, einen komplexen Code zu übermitteln. »Ich weiß, daß Sie nichts davon halten, Tuvok. Aber wir sollten uns an die von Paris getroffene Abmachung halten, um die Chemikalien zu bekommen.«

»Wie Sie meinen, Sir.«

Chakotay musterte den Sicherheitsoffizier und traf eine rasche Entscheidung. »Sie begleiten mich, Tuvok. Wir kümmern uns um die Sache.«

Kim sah, wie die beiden Offiziere zum Turbolift gingen. »An Ihrer Stelle würde ich nicht den Lift benutzen«, sagte er. »Bei der Notenergie kommt es immer wieder zu erheblichen energetischen Fluktuationen ...«

Chakotay seufzte und sah zur Jeffries-Röhre. »Sorgen Sie dafür, daß unser ODN wieder funktioniert, Mr. Kim. Das Wie ist mir völlig gleich.«

»Ich gebe mir alle Mühe, Commander. Allerdings stand mir nie der Sinn danach, Gehirnchirurg zu werden.«

»Dann sollten Sie sich an unseren Arzt wenden. Wir treffen uns in der Krankenstation, sobald die benötigten Substanzen eingetroffen sind.«

»Ja, Sir.« Kim nickte betrübt.

Chakotay schwankte, als die Gravitation plötzlich stärker wurde. Tuvok hielt den Indianer am Arm fest, um zu verhindern, daß er in die Röhre stürzte. Der Commander fand das Gleichgewicht wieder, strich die Jacke glatt und trat vorsichtig auf die Leiter. Schickten sich seine schlimmsten Alpträume an, Realität zu werden?

»Ich bin nicht imstande gewesen, einen Kom-Kontakt mit meinem Schiff herzustellen«, wandte sich Janeway an Milla.

»So was passiert«, erwiderte die Assistentin. »Das Kartell kontrolliert die Kommunikation in der Nabe, und manchmal blockiert es bestimmte Sendungen.«

»Seit fast einem Tag hat meine Crew nichts mehr von mir gehört. Können Sie mir irgendwie die Möglichkeit geben, eine Nachricht zu übermitteln?«

»Während des Turniers?« Milla hob eine Sehlinse, die an einem langen Stock befestigt war, und spähte hindurch. Ihr cremefarbenes Haar wies kunstvoll gedrehte Locken auf, die weit den Rücken hinabreichten. »Mal sehen, was ich nachher für Sie tun kann. Warum genießen Sie nicht einfach dieses Erlebnis? Nur wenige

Außenweltler bekommen Gelegenheit, bei einem unserer Turniere zuzusehen.«

Janeway seufzte und sah sich in dem großen Saal um. Die Decke war konkav, ebenso wie der Boden, was sie verwirrend fand, wenn ihr Blick nicht der Mitte galt.

Der gewölbte Boden schien die Tutopaner nicht zu stören. Sie bildeten kleine Gruppen, wanderten umher oder saßen auf gepolsterten Bänken an den Wänden.

Janeway konnte überhaupt kein Turnier irgendeiner Art erkennen – bis sie durch das Visier sah, das Andross ihr geliehen hatte. Daraufhin erschienen plötzlich schimmernde Farben und bunte Lichter, die miteinander verbundene Kreise formten. In der Mitte bemerkte sie einen großen, weißen Bereich. Das Visier offenbarte ihr auch die mobilen holographischen Symbole: Sie veränderten ihre Position, wenn jemand zu einer Verbindungsstelle der Kreise trat.

Janeway schritt zu einer solchen Stelle, doch das entsprechende Hologramm reagierte nicht.

»Warum bewegt es sich nicht?« fragte sie die Assistentin.

Milla hob ihre Sehlinse. »Es bewegt sich nur dann, wenn Sie die einzige Person an der Verbindungsstelle sind. Manchmal warten Leute ewig und verhalten sich so, als hätten sie überhaupt kein Interesse an dem Spiel – um die anderen Teilnehmer zu täuschen.« Sie ließ die Linse wieder sinken und zuckte mit den Schultern. »Für gewöhnlich spiele ich nicht mit Hamilts Leuten. Sie nehmen dies alles viel zu ernst.«

Milla ging fort, und in ihrem schleierartigen Gewand erweckte sie den Eindruck, über den Boden hinwegzugleiten. Janeway nahm das Visier von den Augen, überließ es der seidenen Schnur an ihrem Hals und beobachtete einen Raum, aus dem nun die meisten Farben verschwunden waren. Die Gruppen der Tutopaner bestanden nicht nur aus Spielern, sondern auch aus Beobachtern und Neugierigen. Viele von ihnen sprachen miteinander und achteten nicht auf die bunten Kreise und Holo-Symbole.

Janeway verstand nun, warum Andross darauf bestanden hatte, daß Torres und sie beigefarbene Kleidung trugen. Sie hielt die Sachen nicht für besonders schick, aber sie ermöglichten es wenigstens, entschlossen und energisch zu wirken.

Torres näherte sich, wirkte enttäuscht und auch verärgert. »Was für ein dummes Spiel«, knurrte sie.

Janeway unterdrückte ein Lächeln. »Ich bitte Sie, Lieutenant. Denken Sie mal daran, wie albern einige unserer Spiele aus der Perspektive von Aliens aussähen.«

»Beim Krocket gibt es wenigstens einen Sieger«, erwiderte Torres.

»Das dürfte auch hier der Fall sein, wenn auch nach anderen Maßstäben.«

»Ich finde das alles sinnlos. Einerseits legen die Tutopaner großen Wert auf Regeln und dergleichen – und andererseits scheint hier der Zufall ein besonders wichtiger Faktor zu sein. Niemand weiß, wer als nächster etwas bewegt.«

»Vielleicht handelt es sich dabei um ein Gegengewicht zum reglementierten tutopanischen Leben. Möglicherweise sehnen sich die Tutopaner gelegentlich nach ein wenig Chaos und Unordnung. Das Turnier bietet ein harmloses Ventil für angestauten Streß.« Janeway deutete zu einer nahen Gruppe und senkte die Stimme. »Es gibt noch andere Gründe für solche Veranstaltungen. Haben Sie die besondere Akustik in diesem Saal bemerkt?«

Torres neigte den Kopf zur Seite. »Das fällt mir erst jetzt auf. Ich höre die Stimmen, aber nur gedämpft, ohne einzelne Worte zu verstehen.«

»Jeder Kreis markiert einen separaten Bereich. Die Tutopaner können also ganz offen über alles reden, selbst in der Nähe von anderen Personen. Das ist sicher sehr praktisch in einer Gesellschaft, die Informationen über alles schätzt.«

Torres nickte und sah sich mit neuem Interesse um.

»Nehmen Sie dies als eine Lektion in Diplomatie«, schlug Janeway vor.

»Es dürfte eher ein Test für unsere Überlebensfähigkeiten sein«, erwiderte die Klingonin. »Diese Leute lächeln erst und greifen dann an.«

Janeway musterte Torres, und ihre Lippen formten dabei ein Schmunzeln. Dies konnte Tuvok sicher nicht verstehen: B'Elanna ergänzte sie, verkörperte gewissermaßen einen Teil ihres Selbst, der jene Dinge zum Ausdruck bringen durfte, die sie als Kommandantin unter Kontrolle halten mußte.

»Wie auch immer«, sagte Janeway. »Behalten Sie die beiden Personen dort im Auge.« Sie deutete zu zwei Tutopanern, die das Zeichen der Ratsmitgliedschaft auf der Stirn trugen. »Das sind Hobbs und Sprecenspir, wie ich von Milla weiß. Sie vertreten die Interessen des Kartells.«

»Sie halten sich von allen anderen fern«, erwiderte Torres. »Insbesondere von Hamilt.«

»Abgesehen von jemandem namens Eldern ist auch noch ein anderes Ratsmitglied zugegen: Calvert.« Janeway sah zu dem betreffenden Tutopaner. Calvert stand gebeugt, schien auf diese Weise vermeiden zu wollen, Hamilt zu überragen, dem er aufmerksam zuhörte. Nach einer Weile nickte er eifrig, eilte fort und holte Andross.

»Folgen Sie mir.« Die Vorstellung, in tutopanische Intrigen verwickelt zu werden, gefiel Janeway nicht sonderlich. Aber von Verwalterin Fee war noch immer nichts zu sehen, und deshalb mußte sie weitere Manipulationsversuche des Bevollmächtigten vermuten. Vielleicht ließ sich Hamilt als Druckmittel nutzen, um mehr Informationen von Andross zu bekommen.

B'Elanna Torres verfluchte die ihrer Meinung nach sehr unpraktische Kleidung, als sie an Janeways Seite den großen Raum durchquerte. Sie erreichten Andross, bevor er sich von Hamilts Gruppe lösen konnte.

Janeway kam sofort zur Sache. »Wo ist Verwalterin Fee? Sie sollte doch hier sein.«

»Sie kommt bald.« Der Blick des Bevollmächtigten huschte hin und her. Offenbar behielt er das Spiel im Auge, die Bewegungen der holographischen Symbole. Gleichzeitig stellte er fest, wer mit wem sprach, wer wen beobachtete, wer dem allgemeinen Geschehen keine Beachtung schenkte ...

Andross widmete seiner unmittelbaren Umgebung mehr Aufmerksamkeit, als Hamilt Janeway begrüßte.

»Sie spielen nicht?« fragte das Ratsmitglied.

»Nein«, bestätigte die Kommandantin.

»Ebensowenig wie Andross.« Hamilt trug eine Sehlinse vor dem einen Auge. Dadurch schien er ein wenig zu schielen. Calverts Miene wirkte düster. »Was wird nur aus dem Turnier?«

Andross neigte respektvoll den Kopf. »Darauf weiß ich leider keine Antwort.«

»Wie ich sehe, hat sich einer Ihrer wichtigen Geschäftspartner zum Mitspielen entschlossen.« Hamilt nickte Torres zu. Die Klingonin trug noch immer ihr Visier und lächelte spöttisch. Glücklicherweise schwieg sie diesmal.

»Nehmen alle Mitglieder des Rates am Turnier teil?« wandte sich Janeway an Calvert.

»Die meisten hochrangigen Vertreter des Gremiums spielen«, sagte Hamilt. »Selbst der Eldern, obwohl er heute abend nicht direkt hier sein konnte. Vorhin habe ich sein projiziertes Bild gesehen.«

»Der Eldern ist sehr krank«, entgegnete Andross verstimmt. »Er sollte nicht bei solchen Ereignissen erscheinen, nachdem er den ganzen Tag im Gremium gesessen hat.«

»Nachdem er den ganzen Tag im Gremium gesessen hat?« wiederholte Janeway. Sie sah Hamilt an. »Wie ist das gemeint?«

»Das Gremium trifft die administrativen Entscheidungen der Häuser, und zwar in der Ratskammer.« Hamilt deutete auf eine silberne Scheibe hinterm kleinen Ohr. »Wir verfügen über direkte Verbindungen mit dem Datennetz.«

»Alle Beamten über dem Rang des Bevollmächtigten besitzen ein solches Interface«, sagte Andross. »Die restlichen Bürger kommen nicht in den Genuß dieses Privilegs.«

»Unsinn, mein Junge«, widersprach Hamilt. »Zahlreiche Forscher und Wissenschaftler haben eine direkte Verbindung. Das gilt auch für die Initiatoren der Überprüfungen.«

»Sofern sie vom Gremium anerkannt sind«, wandte Andross ein.

Hamilt nahm die Sehlinse vom Auge. »Selbst der Eldern wies auf die Gefahren freien Interface-Zugangs für die allgemeine Bevölkerung hin. Nach den letzten Berichten nimmt die Anzahl der Süchtigen immer mehr zu. Durch illegale Machenschaften enden immer mehr Hitzköpfe in den Unfallstationen der medizinischen Behandlungszentren.«

»Sie sprechen von Kriminellen. Ich meine die breite Masse hart arbeitender Bürger, deren berufliche und auch persönliche Lebensqualität durch Direktverbindungen erheblich verbessert werden könnte.«

Janeway hörte aufmerksam zu. Andross sprach nun mit einem Nachdruck, den sie in dieser Form noch nicht von ihm gehört hatte.

Hamilt winkte so mit seinem Gehstock, als seien die Argumente des Bevollmächtigten völlig unwichtig. »Wenn Sie in diesem Zusammenhang Ihre Meinung kundtun wollen ... Es steht Ihnen frei, dem Bericht des Eldern einen Kommentar hinzuzufügen. Allerdings geht aus den vielen offiziellen Mitteilungen, die wir bekommen, eindeutig hervor, daß die Mehrheit des Hauses einen strengeren Standpunkt in bezug auf Direktverbindungen befürwortet.«

»Kein Wunder!« erwiderte Andross scharf. »Wer würde es wagen, sich in einem Artikel für die Interface-Freiheit einzusetzen? Solche Leute müßten damit rechnen, nach Harn-Tutopa verbannt zu werden, um fortan bei den Wasserkäfern zu leben. Sie könnten sogar in der Alleganey-Spalte enden.«

»Andross!« entfuhr es Hamilt empört. Selbst Calvert blinzelte verblüfft. »Ich bin von Ihren Anspielungen schockiert.«

Janeway fand den Wortwechsel ausgesprochen lehrreich. »Soll das heißen, die tutopanische Regierung unterdrückt Dissidenten, indem sie direkten Einfluß auf ihre Lebensumstände nimmt? Sie wiesen doch darauf hin, daß über berufliche Laufbahnen und dergleichen auf der Basis von Eignungstests entschieden wird.«

»Die Art der Tests und Überprüfungen wird vom System bestimmt«, sagte Andross, der sich im Recht glaubte. »Es läuft alles auf folgendes hinaus: Es sollen alle Leute herausgefiltert werden, die gegen das System sind.«

»Sie haben hervorragend abgeschnitten«, entgegnete Hamilt in einem bedauernden Tonfall. »Allerdings kam es während der Ausbildung zu Problemen mit den Nerven, nicht wahr? Sie neigen dazu, sich zu großem Streß auszusetzen, mein Junge. Nutzen Sie Ihre gegenwärtige Position in der Nabe, um mehr über die Kartell-Politik zu lernen«, riet der ältere Tutopaner.

»Darüber weiß ich bereits genug. Wir müssen unsere Beziehungen zum Kartell kontrollieren, bevor es zu spät ist.« Andross sprach jetzt laut genug, um die Aufmerksamkeit anderer Tutopaner zu wecken.

»Wir brauchen Bevollmächtigte wie Sie, um zu verhindern, daß das Haus dem Kartell in die Hände fällt. Sind Sie nicht auch dieser Meinung, Verwalterin Fee?« Hamilt drehte sich zu der Frau um, die mit zielstrebigen Schritten näher kam.

Janeway erkannte jene Tutopanerin, der Andross durch die Ratskammer gefolgt war. Ein sehniger Leib zeichnete sich unter dem Gewand ab. Arme und Hals wirkten nicht rund, sondern eher kantig, als bestünde beides nur aus Knochen und Muskeln. Die großen Hände formten einen Dreiecksgruß, dem es jedoch an der Eleganz von Hamilts Erwiderung mangelte.

»Ich glaube, der Bevollmächtigte Andross wird immer ein sehr nützlicher Mitarbeiter des Hauses Min-Tutopa sein«, erwiderte Fee. »Er ist noch jung und hat trotzdem schon viel geleistet.«

»Ja, natürlich«, pflichtete Hamilt der Verwalterin bei. »Er veranstaltet kostenlose Ausbildungskurse auf seinem Anwesen und verschwendet viel Geld an jene Taugenichtse, die über eine Unterdrückung durchs System klagen – obgleich das Haus allen gleiche Chancen gewährt.«

»Von echter Chancengleichheit kann wohl kaum die Rede sein!« protestierte Andross.

»O doch. Fee ist der Beweis dafür. Als ein Niemand wurde sie geboren, in irgendeiner schmutzigen Ecke des Grenzlands. Doch sie hat es bis zur Verwalterin einer Provinz gebracht.«

Ein Schatten fiel auf Fees Gesicht, das nicht ganz so flach war wie bei anderen Tutopanern. Erwachten nun schmerzliche Erinnerungen in ihr?

Andross schien den Hinweis auf ihre Herkunft für eine Beleidigung zu halten. In seinen Augen blitzte Zorn, als er Hamilt ansah.

»Es stimmt, ich bin von niederer Herkunft«, gestand Fee. »Es stimmt auch, daß ich in einer bestimmten Phase meines Lebens bestimmte Voraussetzungen erfüllte. Der Umstand, daß ich mein volles Potential entwickeln konnte, bedeutet nicht unbedingt, daß diese Möglichkeit auch allen anderen offensteht.«

»Es ist der Idealismus des Individuellen, der unser Haus bedroht«, beharrte Hamilt. »Sie und der Eldern haben sich gegen jene Institution verschworen, die uns beschützt. Nur wenn wir geeint bleiben, können wir das Kartell daran hindern, über unsere Geschäfte zu bestimmen.«

Fee schüttelte den Kopf. »Unser Haus wird nur dann zerstört, wenn wir den Bürgern das natürliche Recht vorenthalten, für sich selbst zu entscheiden.«

»Es wird sich herausstellen«, sagte Hamilt kühl. »Die gegenwärtige Situation ändert sich bald.«

Fee sah dorthin, wo sich das projizierte Bild des Eldern zeigte. »Der Eldern weigert sich zu sterben, wofür ich dankbar bin. Ich möchte nicht, daß der Tod eines weisen, mitfühlenden Mannes bei dieser Kontroverse den Ausschlag gibt. Er weiß besser als Sie und ich, was unser Haus am Leben erhält: das Individuum.«

Hamilt wandte sich abrupt ab. »Ich möchte nicht noch mehr von Ihrer Zeit in Anspruch nehmen, Verwalterin. Diese Leute haben den ganzen weiten Weg von der Nabe bis hierher zurückgelegt, um mit Ihnen zu sprechen. Der Bevollmächtigte versicherte mir, daß es dabei um äußerst wichtige Geschäfte geht. Sie sind so wichtig, daß er nicht mehr seine üblichen Pflichten wahrnehmen konnte.«

Fee bedachte Janeway mit einem Lächeln, das überraschend viel Anteilnahme zum Ausdruck brachte. »Ich glaube, es handelt sich um eine dringende Angelegenheit, nicht wahr?«

»Ja.« Janeway sah zu Ratsmitglied Hamilt, der erwartungsvoll zuhörte. Hinter ihm stand Calvert und lauschte ebenfalls. »Könnte ich Sie allein sprechen, Verwalterin?«

»Selbstverständlich«, antwortete Fee. »Kommen Sie, gehen wir ein Stück ...«

»Bevollmächtigter Andross!« rief Milla und zeigte ungebührliche Hast. »Wir haben eine Mitteilung über den Computer bekommen. Es kam zu einem Notfall.«

»Ich muß mich darum kümmern«, wandte sich Andross an Fee. »Wenn Sie mich bitte entschuldigen würden…«

Janeway hielt ihn fest. »Geht es um *unseren* Computer?«

Andross drehte den Kopf zu Milla. »Ich bekam eine Nachricht, bevor das Turnier begann. Darin war von einem eventuellen Verbindungsproblem die Rede.«

Die Assistentin strich eine lange Locke zurück. »Man gibt sich alle Mühe, eine Stabilisierung herbeizuführen, aber möglicherweise droht der Ausfall des ganzen Systems…«

»Soll das etwa heißen, daß man versucht, unser Prozessormodul in Betrieb zu nehmen?« fauchte Torres.

»Ich… ich weiß es nicht. Sie müssen mit den zuständigen Leuten reden.«

Janeway war froh, daß drei Ratsmitglieder zuhörten. »Bringen Sie uns sofort zu ihnen.«

»Haben wir Ihre Erlaubnis, Verwalterin?« fragte Andross. »Das Modul ist im Kommunikationsturm des Haussitzes installiert worden.«

Fee atmete tief durch und sah zu Hamilt, der ein wenig verwirrt zuhörte – offenbar wußte er nicht genau, was er von dieser Sache halten sollte.

»Ja, Sie haben meine Erlaubnis«, sagte die Verwalterin nach kurzem Zögern.

Andross' Miene erhellte sich. »Ich lasse sofort einen Luftwagen vorbereiten.«

»Und es wurde gerade interessant«, meinte Hamilt, der seine Neugier nicht verbarg.

Janeway wünschte sich mehr Zeit, um die versteckten Bedeutungen solcher Kommentare zu erfassen und zu verstehen. Doch sie mußten sofort aufbrechen, um sicherzustellen, daß ihr Prozessormodul intakt blieb.

»Wir brauchen unsere Ausrüstung«, sagte sie zu Andross. Der Bevollmächtigte gab Milla einige Anweisungen, als sie den Turniersaal verließen.

Torres folgte ihnen im Laufschritt. »Meiner Ansicht nach ist es unmöglich, die Prozessoren ohne das verfahrenstechnische Flußdiagramm zu installieren. Aber wenn das Betriebssystem modifiziert wurde ...«

Janeway preßte kurz die Lippen zusammen. »Ich hoffe, Ihr Luftwagen ist schnell, Andross.«

# 12

»Ich hab's gleich für eine schlechte Idee gehalten, die Nabe aufzusuchen«, sagte Neelix zu sich selbst. »Doch hat mir jemand zugehört, als ich sie darauf hinwies? Natürlich nicht. Immerhin stammen solche Worte ja nur von Neelix – der sich in diesem Raumsektor *auskennt*. Aber spielt das eine Rolle? Nein …«

Er spähte um die Ecke und versuchte, ruhiger zu atmen. Vielleicht war es ihm endlich gelungen, Bladdyn und Rep abzuhängen. Doch das letzte Mal, als er sich entspannt hatte, erschienen Bladdyn und Rep plötzlich vor ihm, blockierten den einzigen Ausgang des Marktplatzes. Neelix entkam, indem er im letzten Augenblick in den Expreßwaggon sprang – er brach sich fast den Finger beim Versuch, die beiden Türhälften auseinanderzuzerren. Der Waggon brachte ihn zur anderen Seite der Nabe, mit dem Ergebnis, daß er jetzt schon seit einigen Stunden nach einem Rückweg zur *Voyager* suchte.

Neelix seufzte und glaubte sich fast zu Hause. Er dachte an den Duft von Kes' Haar, daran, wie es sich anfühlte, wenn ihre Lippen über seine Haut strichen. Er brauchte nur noch diesen Korridor zu durchqueren, um Lobby 58 zu erreichen, und von dort aus ging es per Lift durch den Andockturm. Der entsprechende Raum zeichnete sich hinter dem Tunnel ab, verhieß Sicherheit. Der Talaxianer bemerkte sogar einige Vollstrecker unter den vielen Touristen. Natürlich konnte er sie nicht um Hilfe bitten – es mußte vermieden werden, die Aufmerksamkeit des Kartells zu wecken.

Neelix straffte die Schultern und trat um die Ecke.

Rep sprang aus einer Recyclingkammer weiter vorn, und der Talaxianer sah, wie ihm etwas entgegenzuckte. Eine scharfe Klinge traf ihn an der Schulter, als er sich zur Seite duckte.

Panik veranlaßte ihn, das Schnabelwesen einfach über den Haufen zu rennen. Der Korridor – er mußte ihn durchqueren, um das Ziel zu erreichen. Der einzige Weg führte *über* Rep hinweg.

Neelix hatte den Mund geöffnet, doch er hörte gar nicht die eigenen schrillen Schreie. Als er zum Lift stürmte, rief einer der Vollstrecker: »An öffentlichen Orten darf nicht gelaufen werden!«

Neelix sprintete zur offenen Lifttür und war geistesgegenwärtig genug, um über die Schulter hinweg zu antworten: »Ich habe es sehr eilig! Meine Partnerin wartet. Muß zu ihr, sofort zu ihr …«

Die Transportkapsel nahm ihn auf, und ihre Tür schloß sich. Neelix sank an die Wand und schnappte nach Luft. *Ich habe es tatsächlich geschafft!* Als er sich nun auf die Ereignisse der letzten Sekunden besann, reagierte er mit Verblüffung. Erinnerungsbilder zeigten ihm den Zorn in Reps Augen, als er zu Boden gestoßen wurde. Der Schnabel neigte sich nach oben, so als wollte er sich in die Brust des Talaxianers bohren…

Neelix tastete nach einer bestimmten Stelle der Jacke und seufzte erschrocken. Es stimmte also – Bladdyns Messer hatte ihn getroffen. Zum Glück war er bereit gewesen, auf die Stimme des Instinkts zu hören, die ihn vor dem *Rückzug* gewarnt hatte. *Ich bin nur ganz knapp mit dem Leben davongekommen* begriff er. *Und wen trifft die Schuld an der ganzen Sache?*

Neelix ballte die Fäuste. *Paris kann was erleben …*

Paris erwachte mit steifen Gliedern und Übelkeit. Er versuchte, sich zu strecken, stieß dabei jedoch an Wände.

»Verdammt!« entfuhr es ihm, als er mit der Hand an einen Luftschleusengriff stieß.

Paris drehte den Kopf von einer Seite zur anderen, stellte fest: Er befand sich im Innern einer metallenen Kugel, die knapp drei Meter durchmaß und an beiden »Enden« das Schott einer Luftschleuse aufwies.

Er ahnte, was das bedeutete, und ein jäher Adrenalinschub ließ ihn erzittern. Aus einem Reflex heraus klopfte er auf seinen Insignienkommunikator. Ein Zirpen wies auf einen geöffneten Kom-Kanal hin.

»*Voyager*, hier spricht Paris. Hören Sie mich?«

Er beugte sich vor und blickte aus einem kleinen Fenster. Sein warmer Atem schuf einen dünnen Kondensfilm am unteren Teil der Scheibe; trotzdem war deutlich zu erkennen, daß die stählerne Kugel an der Außenseite der Nabe klebte.

»Peilen Sie meine Koordinaten an und beamen Sie mich an Bord!« rief Paris und behielt die Kontrollen des externen Schotts im Auge.

Nur statisches Rauschen drang aus dem Lautsprecher des kleinen Kommunikators.

Er klopfte noch einmal auf das Gerät. »*Voyager*, hier ist Lieutenant Paris. Hören Sie mich?«

Wieder antwortete nur Statik.

Der Pilot schlug mit der Faust an die Wand neben dem Fenster. Selbst wenn die Kom-Systeme des Schiffes einwandfrei funktionierten: Die vielen verschiedenen Schwerkraftzonen in der Nabe sorgten für Subraum-Verzerrungen, die eine Signalübermittlung fast unmöglich machten.

Paris sank zurück und lehnte sich an eine der gewölbten Wände. Dumpfer Schmerz pochte in seinem Nacken, und die Augen brannten. Hinzu kam große Sorge in bezug auf die beiden Schotten: Eins führte zur Nabe, und hinter der anderen erstreckte sich leeres All. Normalerweise waren die Luken von Luftschleusen größer, und Paris konnte nirgends Vorrichtungen erkennen, die zum Andocken dienten. Andererseits: Vielleicht handelte es sich bei der Kugel nur um eine Art Zwischenstation, die dazu diente, ihn zu einem anderen Ort in der Nabe zu transferieren. Das Kartell, so wußte er inzwischen, »band« Leute an ihre Arbeit. Für gewöhnlich dienten solche Maßnahmen zur Rückzahlung von Schulden, aber in vielen Fällen dauerte die Bindung bis zum Tod der betreffenden Tutopaner. Paris wollte nicht den Rest seines Lebens damit verbringen, Frachter durch diverse Asteroidengürtel zu fliegen...

Nun, um ganz ehrlich zu sein: Er *wollte* daran glauben, daß ihm ein solches Schicksal bevorstand. Die Alternative war weitaus unangenehmer. Und eigentlich ließen die automatischen Mechanismen des externen Schotts gar keinen Zweifel daran. Wenn es sich öffnete, so kam es zu einer explosiven Dekompression, die sofortigen Tod brachte.

Handelte es sich vielleicht um eine Hinrichtungskammer?

In diesem Zusammenhang entsann er sich an ein Erlebnis besonderer Art. Vor Jahren hatte er einen uralten tellaritischen Frachter geflogen, angeblich ein völlig sicheres Schiff. Gleich bei der ersten Reise kam es in den wichtigen Bordsystemen zu einem Brand: Der Transporter brach so schnell auseinander, daß Paris kaum genug Zeit blieb, eine Rettungskapsel zu erreichen. Und selbst als er in ihr hockte – er mußte damit rechnen, daß sie ein ähnliches Ende fand wie der Frachter. Es dauerte zwei Tage, bis ihn jemand entdeckte. Der Eigentümer des Schiffes war vermutlich zu sehr damit beschäftigt gewesen, die Versicherungsprämien zu kassieren.

Während Paris auf Hilfe wartete, hatte er jede Menge Zeit, sich philosophischen Gedanken hinzugeben und an Langeweile zu leiden. Als er schließlich zum Planeten zurückkehrte, begab er sich zum Eigner des Schiffes. Der Tellarit bot ihm Geld für seine »Unannehmlichkeiten«, was Paris zum Anlaß nahm, ihm die Faust in die Schnauze zu rammen.

Er lächelte fast, als er sich nun daran erinnerte. Damals war er mit heiler Haut davongekommen. Er hatte die Versicherungsgesellschaft sogar dazu überreden können, ihm eine Außenwelt-Passage zu bezahlen – nach Malhalla. Und dort lernte er eine Frau namens Palusion kennen, die schon seit einem Jahr an Bord einer Kommunikationsstation festsaß. Sie hatte eine Menge nachzuholen, wollte sich endlich mal richtig austoben…

Jene Reminiszenzen halfen ihm nicht bei der Lösung des gegenwärtigen Problems. Paris verdrängte sie, nahm den Insignienkommunikator ab und betrachtete die Rückseite. Ließ sich die Impulsstärke der Kom-Signale irgendwie erhöhen? Wenn er dafür sorgen konnte, daß die Sensoren der *Voyager* etwas orteten… Kim hatte den anderen bestimmt Bericht erstattet, was bedeutete: Man suchte nach ihm.

Paris kramte in seinen Taschen, die noch einige Silberscheiben sowie ein Fibromesser enthielten. Keine besonders umfangreiche Ausrüstung, aber immerhin etwas. Er sah sich noch einmal in der Kammer um. Die Innenluke erwies sich als völlig glatt. Eine Rille markierte den Übergang zur Wand, so schmal, daß sie nicht einmal genug Platz für die Messerklinge bot. Das Außenschott verfügte über automatische Mechanismen sowie ein Handrad, doch aus verständlichen Gründen lag dem Piloten nichts daran, jene Luke zu öffnen. Abgesehen davon gab es in der Kugel nur noch eine kleine für Abfälle bestimmte Recyclingeinheit an der Wand gegenüber dem Fenster.

»Großartig«, brummte Paris. »Offenbar möchte man mich hierbehalten.«

Er hielt vergeblich nach optischen und elektronischen Scannern Ausschau, doch das mußte nichts bedeuten. Allein in dem Handrad ließen sich vermutlich Dutzende von Ortungskomponenten verstecken. Die glänzende Noppe in der Mitte eignete sich prächtig für einen visuellen Sensor.

Paris beugte sich zu den manuellen Kontrollen vor. »Ich hoffe, ihr Sadisten habt euren Spaß!«

Er versuchte noch einmal, mit Hilfe des Insignienkommunikators eine Kom-Verbindung zur *Voyager* herzustellen, bekam jedoch nur Statik zu hören. Daraufhin entschloß er sich zu drastischeren Maßnahmen, nahm das Fibromesser und versuchte, das Gehäuse des kleinen Kom-Geräts zu öffnen. Seine Bemühungen führten erst dann zu einem Erfolg, als er die richtige Stelle fand, an der es Druck auszuüben galt. Paris fragte sich, warum man ihn beim Überlebenstraining während der Starfleet-Ausbildung nicht darauf hingewiesen hatte, daß es bei dieser Sache einen Trick gab …

Eine Zeitlang starrte er auf das Durcheinander aus Mikroprozessoren und Schaltkreisen im Innern des Insignienkommunikators. Manche Teile des Gerätes waren so klein, daß man sie gerade noch mit bloßem Auge erkennen konnte. Seltsam: Von außen betrachtet wirkten diese Apparate ganz schlicht und unauffällig. Doch wenn man sie öffnete …

»Habe ich wirklich gehofft, auf diese Weise etwas zu erreichen?« murmelte Paris. Nur die legendären Starfleet-Helden, von denen man immer wieder an der Akademie hörte, wußten auf den ersten Blick, welche Schaltkreise wie verändert werden mußten, um die Sendestärke zu erhöhen, damit die Kavallerie der Föderation zu Hilfe gerufen werden konnte. Aber er, Tom Paris, war kein solcher Held, und außerdem befand sich die Föderation auf der anderen Seite der Galaxis. Den Insignienkommunikator so zu modifizieren, daß er damit der *Voyager* eine Nachricht übermitteln konnte … Mit der gleichen Aussicht auf Erfolg hätte er versuchen können, sich selbst am Herzen zu operieren.

Kurz darauf mußte er feststellen, daß sich das Gerät nicht mehr zusammenfügen ließ. Der rückwärtige Gehäusedeckel war verbogen. Wenn er nun auf den Kommunikator klopfte, erklang nicht einmal mehr das Zirpen eines offenen Kanals.

»Deshalb wird einem an der Akademie nicht verraten, wie man Insignienkommunikatoren öffnet«, sagte Paris leise.

Er warf das Kom-Gerät fort und verschränkte die Arme. Er hatte sich nur ein wenig Aufregung gewünscht, einen interessanten Auftrag, keine Inhaftierung oder gar die Hinrichtung.

Nach einer Weile wurde ihm klar, daß er etwas vergessen hatte: Es konnte ziemlich schlimm sein, in einem kleinen Raum zu sitzen, ohne die Möglichkeit, sich mit irgend etwas abzulenken. Wer auch immer ihn hier untergebracht hatte: Vielleicht brachte er die Fremden in Schwierigkeiten, wenn er das Fibromesser benutzte, um sich die Pulsadern aufzuschneiden. Damit sollte es ihm eigentlich gelingen, ihre Aufmerksamkeit zu wecken...

Eine törichte Vorstellung, fand Paris. Besser war's, *Dinge* zu beschädigen und den eigenen Körper intakt zu lassen.

Er nahm die beiden Hälften des Insignienkommunikators und schob sie halb in den Recycler hinein. Anschließend verwendete er das Messer, um den winzigen Subraum-Generator zu öffnen. Mit etwas Wasser ließ sich ein Kurzschluß herbeiführen. *Vielleicht* kam es dadurch zu Funken, die *vielleicht* das Recyclinggerät beschädigten. Nun, möglich war auch, daß überhaupt nichts geschah.

»Probieren wir's aus«, sagte er laut und begann damit, auf den Kommunikator zu spucken.

Es zischte im Generator, und ein dünner Faden aus

blauem Rauch stieg auf. *Meine Güte, es klappt tatsächlich.* Paris sammelte Speichel und spuckte erneut. *Wenn das Ding richtig naß wird …*

Er erstarrte förmlich, als die automatischen Mechanismen des Außenschotts aktiv wurden. Ganz deutlich klickte es mehrmals, als sich Verriegelungsbolzen lösten.

Paris griff nach dem Handrad und versuchte, es festzuhalten. Er konnte nicht verhindern, daß es sich in Bewegung setzte, einige Zentimeter weit drehte …

»Nein!« rief er, belastete das Rad mit seinem ganzen Gewicht und trachtete danach, sich mit den Beinen an der Wand abzustützen.

Das Handrad drehte sich auch weiterhin, hob ihn einfach an, als sei er federleicht. Mit einem dumpfen Zischen gaben Drucksiegel nach, und als sich die Luke öffnete, verfluchte Paris das Schicksal, das ihn zu diesem traurigen Ort gebracht hatte.

*Daß es ausgerechnet auf diese Weise enden muß …*

Paris hielt sich an der Luke fest, als sie aufschwang.

Er rechnete damit, für ein oder zwei Sekunden die Schwärze des Alls zu sehen, bevor sein Leib im Vakuum platzte. Statt dessen starrte er in die Gesichter von zwei Tutopanern.

»Betäub ihn«, sagte einer von ihnen.

Paris zuckte zusammen, als ihn das Gas traf, aber gleichzeitig fühlte er sich von tiefer Erleichterung durchströmt. Nie hatte er sich mehr über den Anblick eines schlichten weißen Korridors gefreut. Er wäre sogar imstande gewesen, die beiden Tutopaner zu umarmen, die ihn nun ziemlich unsanft vom Handrad lösten.

Ihre Worte durchdrangen einen Schleier aus Benommenheit.

»Bei ihm war's genauso. Hast du gehört? Er hat was gesagt, als er sich dem Tod nahe glaubte.«

»Er wollte um Hilfe rufen«, erwiderte der zweite

Fremde und griff nach dem schweißfeuchten Arm des Gefangenen. Paris wurde davongezerrt, mit dem Gesicht nach unten.

»Nein, es steckt mehr dahinter«, beharrte der erste Tutopaner. »Die meisten von ihnen verhalten sich so, als seien sie zornig, als fühlten sie sich um etwas betrogen. Sie scheinen noch etwas Wichtiges sagen zu wollen, bevor sie sterben …«

Der andere Bursche schnaubte. »Psychoanalysen solltest du besser den Fachleuten überlassen. Wir beide haben bei den Tests gerade gut genug abgeschnitten, um lebenden Müll dieser Art fortzuschleppen.«

Paris versuchte, den Kopf zu heben und gegen die grobe Behandlung zu protestieren.

»He, er ist noch wach!« entfuhr es einem der beiden Tutopaner, und sie ließen Paris zu Boden fallen. Der Schmerz im Nacken wurde intensiver, und es roch nach Chemikalien. Alles brannte, als er das Bewußtsein verlor.

»Er hat mich allein zurückgelassen!« jammerte Neelix, als er sich an die Tür der Krankenstation lehnte. Es enttäuschte ihn ein wenig, daß nur Kes seinen dramatischen Auftritt erlebte, doch die offensichtliche Besorgnis in ihren Augen glich den Mangel an Publikum aus.

Sie eilte sofort zu dem Talaxianer und stützte ihn, als er in die Krankenstation taumelte. »Was ist mit dir passiert?«

Neelix ließ sich zum Untersuchungszimmer führen. »Ich bin sehr tapfer gewesen, Teuerste. Du hättest stolz auf mich sein können. Aber fast wäre ich nicht mit ihnen fertig geworden.« Er sank auf eine Liege und rollte zur Seite, deutete zur Schulter – dort zeigte sich ein Loch im Overall. »Wie schlimm ist die Verletzung? Sag mir ruhig die Wahrheit; ich kann's ertragen.«

Kes schnitt den Overall auf, und im Bereich des Schulterblatts entdeckte sie einen schmalen Schnitt in der fleckigen Haut.

»Nicht weiter schlimm«, sagte die Ocampa in einem tröstenden Tonfall. »Auch die Wunde am Rücken ist kaum der Rede wert.«

»Wenn's nach den Angreifern gegangen wäre, befände ich mich in einem ganz anderen Zustand.«

»Ich hole nur schnell einen Regenerator für die Behandlung.«

Neelix richtete sich auf und war zu empört, um sich beschwichtigen zu lassen. »Der verdammte Pilot hat mich allein zurückgelassen! Bei den beiden skrupellosen Halunken, die er betrogen hat. Sie wollten mich umbringen! Obwohl ich völlig unschuldig bin...«

»Pst, Liebster. Du weißt noch nicht alles.« Kes schaltete den Regenerator ein. »Man hat Paris dabei erwischt, als er ins Computersystem der Nabe eindrang. Er wurde von Vollstreckern verhaftet.«

»Gut! Er hat's verdient.«

»So etwas solltest du nicht sagen, Neelix.« Die Ocampa bedachte ihn mit einem tadelnden Blick. »Chakotay hat noch nicht herausgefunden, wo man ihn festhält. Vermutlich will man ihn einem schrecklichen Verhör unterziehen, um an Informationen über unsere Transportertechnik zu gelangen.«

Neelix rollte auf den Bauch und schnitt eine Grimasse, als die Schulter schmerzte. »Und wenn schon. Der Große hätte mich fast aufgeschlitzt. Nur durch Glück kam ich mit dem Leben davon. Seine Arme waren so dick wie mein Oberschenkel, im Ernst, und...«

»Nun, was haben wir denn hier?« fragte Dr. Zimmerman, als er das Untersuchungszimmer betrat. »Kes, ich glaube, unser Patient braucht ein Bad.«

Neelix war nicht bereit, sich von einem Computerprogramm kritisieren zu lassen. Er wußte darüber Bescheid; Kes hatte ihm alles erklärt, als er Bedenken anmeldete, weil sie dem Arzt jeden Tag stundenlang Gesellschaft leistete. »So ist das eben mit Raumstationen«, sagte er. »Sie gehören nicht zu den saubersten Orten der Galaxis.«

»Vielleicht.« Zimmerman blickte auf die nackte Schulter des Talaxianers. »Nur ein Kratzer. Eine Reinigung genügt; dann kann der Patient entlassen werden.«

»Ich bin fast fertig«, erwiderte Kes, sah Neelix an und schüttelte den Kopf. Ihre stumme Botschaft lautete: *Du solltest besser still sein.*

Der Arzt betrachtete die Anzeigen der Diagnosegeräte, betätigte einige Tasten und wandte sich dann wieder an den Talaxianer. »Nun, was haben wir denn hier?«

»Sie wiederholen sich«, sagte Kes und musterte den Holo-Doktor verwundert.

»Tatsächlich?« fragte Zimmerman. »O ja, stimmt. Äh, setzen Sie die Arbeit fort.«

Er verließ den Raum und grummelte dabei etwas Unverständliches.

»Der Doktor scheint krank zu sein«, meinte Neelix.

»Ja. So verhält er sich seit der Verabreichung des Betäubungsmittels. Immer wieder vergißt er etwas.«

»Ist er gefährlich?«

»Nur wenn er jemanden behandelt.«

»Und du?« Neelix setzte sich auf und schlang schützend den Arm um Kes. »Hier bei ihm bist du bestimmt nicht sicher. Wer weiß, was er mit dir anstellen könnte.«

»Sei unbesorgt. Von Dr. Zimmerman habe ich bestimmt nichts zu befürchten.«

Neelix sah argwöhnisch in Richtung Büro. »Ich bleibe eine Weile hier, nur für den Fall.«

»Das ist nicht nötig«, entgegnete Kes sanft. »Immerhin bin ich nicht mit dem Arzt allein. Wenn ich Hilfe brauche, so kann ich mich jederzeit an Fähnrich Kim wenden.«

Dieser Hinweis beruhigte Neelix keineswegs, zumal er jetzt bemerkte, daß Kes besonders hübsche Kleidung trug. Natürlich sah sie immer bezaubernd aus, aber er hatte ihr oft gesagt, daß dieses Gewand ihre blauen Augen ebenso betonte wie den rötlichen Schimmer ihrer Wangen. Warum trug sie es ausgerechnet heute? Sie verbrachte immer mehr Zeit mit dem jungen Fähnrich ...

Kim sah ins Untersuchungszimmer. »Bitte sagen Sie mir, welche Substanzen Sie benötigen.«

»Ich bin gerade damit fertig, die letzten Daten zu sammeln«, erwiderte Kes lächelnd und legte den Regenerator beiseite.

Neelix fühlte sich in seinem Beschluß bestärkt, noch eine Zeitlang in der Krankenstation zu bleiben. Natürlich brachte er Kes grenzenloses Vertrauen entgegen, aber selbst nette junge Männer konnten in der Nähe von so reizenden Geschöpfen auf dumme Gedanken kommen.

»Wollten Sie gerade gehen?« fragte Kim den Talaxianer.

Neelix kniff die Augen zusammen und rutschte von der Liege herunter. »Nein. Ich bin Ihnen bestimmt nicht im Weg.«

Kim zuckte mit den Schultern und wandte sich an den Arzt. »Nach den letzten Berichten werden noch immer fehlerhafte Signale übertragen, was zu Fehlfunktionen bei den Bordsystemen führt.«

»Offenbar wirkt das Betäubungsmittel nicht richtig«, pflichtete ihm Zimmerman bei. Die Daten, die er von Kes bekommen hatte, schienen ihn zu beunruhigen. »Das einzige Ergebnis besteht darin, daß das neurale Gewebe zuwenig Nährstoffe aufnimmt.«

Kim pfiff leise durch die Zähne, als er die entsprechenden Werte sah. »Wenn wir eine neuerliche Anpassung bei den Nährsubstanzen vornehmen, haben wir keine Probleme mehr – und auch kein ODN mehr.«

»Es handelt sich um eine sehr verwirrende Angelegenheit«, sagte der holographische Arzt.

Neelix runzelte die Stirn, als sich Kes näher an Kim heranschob, der auf einen Monitor deutete. »Sehen Sie sich das an. Möglicherweise ist es eine latente Erweiterung. Ein Subschwellenschock kann die Schaltkreise des Computerkerns beeinflussen, ohne einen direkten Impuls zu verursachen. Aber wenn es zu häufigen Schocks kommt, so besteht das Resultat aus einer Kumulation von Schocks, die sich von einem stimulierenden Impuls nicht unterscheiden läßt.«

»Woher kommt die Energie für die Subschwellenschocks?« fragte Kes.

»Vielleicht ist es die inhärente Energie des optischen Datennetzes. Es wäre denkbar, daß sie das neurale Gewebe stimuliert und dadurch Schocks erzeugt.«

»Sie sollten bei ihren technischen Handbüchern bleiben und Diagnosen mir überlassen«, bemerkte der Arzt trocken.

Kim klappte den Mund zu und zog die Brauen zusammen, als er den anmaßenden Tonfall des Doktors hörte. Neelix fragte sich, ob der sonst immer so zurückhaltende Kim jetzt bereit war, jemandem die Meinung zu sagen – wenn auch »nur« einem Hologramm.

Kes lenkte die Aufmerksamkeit von Kim und Zimmerman auf einen anderen Teil des Diagramms. »Dies hier deutet darauf hin, daß die Signale nicht mehr polarisiert sind: Impulse werden in beiden Richtungen durch die Transferkanäle übertragen.«

Kim nickte. »Das dürfte der Grund für die Verzögerungen sein. Wenn ein Impulsecho auf ein entgegengesetztes Signal stößt, so neutralisieren sich beide.«

Zimmerman klatschte in die Hände, und Neelix zuckte unwillkürlich zusammen. »Echos! Das klingt ganz nach Phantomschmerz.«

»Wie meinen Sie das?« fragte Kim.

»Über Phantomschmerzen klagen vor allem Amputierte. Es geht dabei um Gefühle, die gar nicht mehr existierende Gliedmaßen betreffen.«

Neelix starrte den Arzt groß an. »Wie bitte? Von welchen Amputierten reden Sie da?«

Kes nickte. »Zu Phantomschmerzen kommt es, wenn das Ende von durchtrennten Nerven weiterhin stimuliert wird. Anders ausgedrückt: Das ODN verhält sich so, als empfinge es nach wie vor Impulse vom Prozessormodul.«

»Wie ist das möglich?« fragte Kim verdutzt.

»Das Phänomen hat seinen Ursprung im Sympathikussystem. Ich meine, es gibt da reflexiv aktivierte Zellen im Rückenmark, die ...« Zimmerman unterbrach sich und schüttelte den Kopf. »Worüber sprachen wir gerade?«

»Über Phantomschmerzen«, erinnerte Kes den Holo-Arzt.

»Ah, ja, Phantomschmerzen ... Über Jahrhunderte hinweg ein Rätsel für die medizinische Wissenschaft. Im Jahr 2246 hat Paskallon die Reaktionen von Nervengewebe in einigen wichtigen Artikeln beschrieben.«

Neelix schüttelte den Kopf. »Gibt es noch ein anderes medizinisches Notfallprogramm?«

»Leider nicht«, erwiderte Kim. »Dies ist das einzige.«

»Wir sprechen hier von einem komplexen biophysischen Phänomen!« sagte Zimmerman scharf.

»Es geht dabei um folgendes«, warf Kes mit ruhiger Stimme ein. »Wir können einen für Effektoren bestimmten Inhibitor einsetzen, der die Impulsechos während der Übertragung eliminiert.«

»Ich verstehe – wie die Enzyme in den biologischen Nährsubstanzen.« Kim nickte. »Sie neutralisieren die für den Impulstransfer verantwortlichen chemischen

Komponenten, was zu einer Lokalisierung des Effekts führt. Vielleicht gelingt es uns, das Wirkungspotential eines solchen Mittels zu verstärken.«

»Ich verstehe kein Wort«, meinte Neelix, doch die anderen achteten nicht auf ihn.

Der Arzt – jetzt völlig ruhig und gelassen – sah auf einen Monitor. »Es gibt biogene Amine wie zum Beispiel Noradrenalin, Adrenalin, Isoprenalin und Dopamin. Ihre chemische Basis hat große Ähnlichkeit mit dem Nervengift, das gegen die Crew eingesetzt wurde.«

»Gut. Dann wissen wir wenigstens, daß solche Substanzen zur Verfügung stehen.« Kim sah auf die lange Liste. »Für welche sollen wir uns entscheiden?«

»Nun ...« Zimmerman berührte eine Schaltfläche, woraufhin weitere Zahlen- und Buchstabenreihen auf dem Bildschirm erschienen. »Stoffe, die Synapsen und Effektoren blockieren. Ammonium-Verbindungen kommen dafür in Frage, ebenso Nikotin in hoher Konzentration. Reserpin inhibiert die Monoamin-Oxydase. Guanethidin wirkt gegen hohen Blutdruck und neutralisiert Überträgersubstanzen. Ergotalkaloide blokkieren die Alpha-Rezeptoren direkt vor Ort, ebenso wie Thymoxamin. Pranolol ...«

»Welches Mittel ist am besten geeignet?« drängte Kim.

Der Holo-Arzt erstarrte und blickte mit offenem Mund ins Leere.

»Ich fürchte, er hat der Belastung nicht standgehalten«, murmelte Neelix.

»Das passiert immer wieder«, entgegnete Kes. »Gleich erholt er sich wieder.«

Das Hologramm flackerte, verschwand aus dem Sessel und erschien in der Mitte des Zimmer, so als sei das Programm gerade erst aktiviert worden.

»Bitte beschreiben Sie die Art des medizinischen Notfalls«, sagte Zimmermann. Er verhielt sich fast so wie zu Anfang, als Kes ihn noch nicht dazu gebracht hatte, menschlicher zu sein.

Die Ocampa berührte ihn am Arm. »Wir arbeiten an einem Effektor-Inhibitor für den Computer.«

»Ich bin kein Techniker«, stellte der Holo-Doktor fest. »Wenn der Computer repariert werden muß, so wenden Sie sich an die technische Abteilung.«

»Er ist hin«, meinte Neelix. »Wir sollten jemand anders um Hilfe bitten.«

»Öffnen Sie Ihre spezielle Gedächtnisdatei«, wandte sich Kim an den Arzt. »Wir haben Ihnen die Situation bereits erklärt.«

In Zimmermans Gesicht zeigte sich erneut Verwirrung.

Kes klopfte ihm auf den Arm. »Immer mit der Ruhe. Der Computer verursacht Fehlfunktionen, die sich auch auf Ihre Systeme auswirken ...«

»Für so etwas haben wir keine Zeit!« entfuhr es Kim. Er stand so abrupt auf, daß er fast den Sessel umstieß.

»He, was erlauben Sie sich, so mit Kes zu reden?« Neelix beugte sich vor und signalisierte Bereitschaft, die Ocampa zu verteidigen.

»Wer eine Gehirnerschütterung erlitten hat, muß beruhigt werden.« Kes' Worte galten Kim. Sie neigte sich zur Seite, um an Neelix vorbei zum Fähnrich zu sehen. »Geistige Verwirrung kann bei solchen Patienten eine Verschlimmerung des Zustands nach sich ziehen.«

»Verdammt, der Zustand des Arztes spielt nur eine untergeordnete Rolle!« Kim schrie jetzt fest.

»Das reicht.« Neelix wollte noch etwas hinzufügen, aber Kes kam ihm zuvor.

»Moment, Schatz.« Ihr Blick glitt wieder zum jungen Fähnrich. »Es geht um etwas anderes, nicht wahr?«

Kim starrte sie groß an. »Woher wissen Sie das?«

»Normalerweise regen Sie sich nicht so auf«, erwiderte Kes. Neelix fragte sich, wie gut sie Kim kannte.

»Sie haben recht.« Der Fähnrich seufzte. »Ich habe die aus den Kartell-Computern stammenden Informationen analysiert und befürchte, daß der Captain und B'Elanna in Schwierigkeiten sind. Es gibt Anzeichen dafür, daß Andross in direkter Verbindung mit den Computer-Diebstählen steht. Aus irgendeinem Grund ist er seit einem Jahr damit beschäftigt, Raumschiffe auf diese Weise in Wracks zu verwandeln.«

»Was sollte ihm daran gelegen sein?« erkundigte sich Neelix.

»Ich weiß es nicht.« Ärger vibrierte in Kims Stimme. »Deshalb haben wir für diese Dinge keine Zeit. Ich muß zu Chakotay und die Analyse beenden. Andererseits: Der Chemo-Transporter könnten jeden Augenblick zurückkehren, und wir müssen wissen, welche Substanzen wir benötigen.«

Kes nickte und nahm am Monitor Platz. »Dr. Zimmerman hat diese Substanzen in Erwägung gezogen. Mal sehen, welche in unserem besonderen Fall die besten Erfolgsaussichten verspricht.«

Die Ocampa las, griff schließlich nach einem Tricorder und speicherte eine chemische Formel. »Reserpin. Ein Inhibitor für die Monoamin-Oxydase. Hat eine nicht ganz so starke und umfassende Wirkung wie die anderen Mittel. Wir wollen die Weiterleitung von Impulsen nicht völlig unterbinden.«

»Also gut, Reserpin.« Kim nahm den Tricorder erleichtert entgegen. »Ich spreche jetzt mit dem Commander.«

Neelix wußte nicht so recht, ob ihm das Lächeln gefiel, mit dem sich Kim auf dem Weg nach draußen von Kes verabschiedete. »Bist du sicher, daß er so harmlos ist, wie er aussieht?«

Der Holo-Arzt nahm jäh Haltung an und richtete

einen verständnislosen Blick auf sie. »Bitte beschreiben Sie die Art des medizinischen Notfalls!«

Neelix gestikulierte fahrig. »Haben hier alle den Verstand verloren? Oder bin nur ich übergeschnappt?«

Kes legte ihm mitfühlend die Hand auf den Arm. »Die Sache betrifft allein dich, Schatz.«

# 13

Wie weit ist es?« fragte Janeway und beugte sich über Andross' Schulter, der den Luftwagen flog. Der matte Schein einiger Monde fiel silbergrau auf die Stadt, doch die Lichter des Haussitzes strahlten viel heller, erstreckten sich in alle Richtungen bis zum Horizont. Nur Hügelkuppen und Schluchten fielen durch ihre Dunkelheit auf.

»Dort ist der Kommunikationsturm«, sagte Andross und streckte den Arm aus. »Ihr Prozessormodul wurde als Hilfscomputer für die Netzwerkkontrolle des Haussitzes installiert.«

Der Turm ragte weiter vorn auf. Purpurne Lichter umgaben die knollenartige Spitze. Unten schimmerte und schillerte er so hell, als stünde er in Flammen. Klare Linien bestimmten die Struktur des Turms und erinnerten Janeway an ein Raumschiff.

Es schien eine Ewigkeit zu dauern, ihn zu erreichen, doch das Gebaren des Bevollmächtigten deutete darauf hin, daß er sich beeilte. Janeway dachte daran, daß sie auch diesmal keine Chance bekommen hatte, ein Gespräch mit Fee zu führen. Sie hoffte, daß Andross sie tatsächlich zum Prozessormodul der *Voyager* brachte. Sicher sein durfte sie erst, wenn sie das gestohlene Modul berühren konnte.

Andross verfügte über genug Autorität, um für sich und seine Begleiter unverzüglichen Zugang zum Turm zu erhalten. Ein Lift brachte sie zu den oberen Stockwerken, und Janeways Aufregung nahm immer mehr zu. Auch bei Torres wuchs die Unruhe. Sie trat von einem Bein aufs andere und versuchte vergeblich, ihre Nervosität zu verbergen.

Kurz darauf erreichten sie einen großen, runden Raum, und Janeway bemerkte sofort das Terminal des Hauptcomputers, ausgestattet mit einigen interaktiven Kontrollen. Eine Frau arbeitete mit auffallender Hektik an den Monitoren, und ihre einzige Reaktion auf die Ankunft der Gruppe bestand aus einem besorgten Blick zu Andross. Der Bevollmächtigte vollführte wortlos eine warnende Geste und setzte sich dann wieder in Bewegung.

Sie schritten um das Terminal herum, und Torres schloß dabei so dicht zu Janeway auf, daß ihre Werkzeugtasche immer wieder an die Beine der Kommandantin stieß.

»Da ist es.«

Das vertraute graue Gehäuse des von der *Voyager* stammenden Prozessormoduls steckte zwischen zwei unbekannten Geräten. Janeway sah es natürlich nicht zum erstenmal, aber aus irgendeinem Grund war es in ihrer Vorstellung gewachsen. Jetzt stellte sie fast überrascht fest, daß es nicht größer war als der Tisch im Konferenzraum der *Voyager*. Trotzdem bildete es gewissermaßen das Gehirn des Schiffes und koordinierte die Aktivitäten in den drei Ebenen des Computerkerns. Derzeit ruhte das Modul auf sechs hydraulischen Stützen, die unten Anzeigefelder aufwiesen.

»Scheint soweit in Ordnung zu sein«, sagte Janeway. Doch tief in ihr verkrampfte sich etwas, als sie die scharfen Schnittkanten sah.

»Welcher Idiot hat sich das hier ausgedacht?« entfuhr es Torres. Sie schob sich an Janeway vorbei. »Solche Systeme kann man nicht integrieren!«

Die Tutopanerin wandte sich vom Terminal ab. Sie wirkte schlicht und ernst, schien in mittleren Jahren zu sein. »Als ein Analyseinstrument für das Netzwerk ist die Einheit kompatibel.«

B'Elanna Torres kniete neben einer hydraulischen Säule und blickte aufs Display. »Ich weiß nicht, wer Sie sind, aber Ihr eigenes Interface weist darauf hin, daß die Systeme nicht kompatibel sind.«

Andross deutete auf die Technikerin. »Das ist Prog. Unter Ihrer Aufsicht wurde die Installation durchgeführt.«

Torres löste die Wartungstafel, und dahinter kamen Dutzende von Schaltkreisindikatoren zum Vorschein. »Offenbar ist die Hardware nicht manipuliert worden. Die Subraumfeld-Generatoren sind online; das gilt auch für das Segment mit den Nanoprozessoren. Trotzdem sind alle Funktionen blockiert.«

Janeway wandte sich an Andross. »Ganz offensichtlich ist unser Prozessormodul nicht für Ihre Zwecke geeignet«, sagte sie möglichst ruhig. »Unterbrechen Sie die Verbindungen.«

»Unmöglich«, erwiderte Prog. »Das Transkriptionsprogamm wird gerade geladen. Wenn ich den Vorgang jetzt unterbreche, kommt es hier zu einem Systemversagen, das Fehlfunktionen im ganzen Kommunikationsnetz verursachen könnte. Wir müssen warten, bis alle Routinen des Programms beendet sind.«

Janeway atmete tief durch. »Wo befindet sich der Konverter? Oder haben Sie ein direktes Interface geschaffen?«

»Die Transkription erfolgt mit Hilfe der Komponenten, die das Modul stützen.« Prog sah kaum von den Kontrollen auf, als sie diese Antwort gab. »Es handelt sich nicht um eine Konversionsfunktion.«

Janeway trat zu Torres. »Also ist das Betriebssystem intakt.«

»Eine Sorge weniger für uns.« Die Klingonin öffnete ihre Werkzeugtasche. Sie enthielt unter anderem ein mobiles Interface, normalerweise für die Wartung von Subprozessoren bestimmt. »Die Frage lautet: Funktioniert dieses Ding auch beim Hauptprozessor? Es gibt keine dafür vorgesehene Schnittstelle.«

»Es bleibt Ihnen nichts anderes übrig, als einen Inputkanal manuell zu modifizieren.«

Andross näherte sich. »Was haben Sie vor?«

»Wir versuchen mit diesem Instrument, auf das Betriebssystem des Prozessormoduls zuzugreifen.«

Der Bevollmächtigte sah zu Prog. Sie nickte – allem Anschein nach war sie verzweifelt genug, um jede Hilfe anzunehmen.

»Na schön«, sagte Andross. »Versuchen Sie's.«

»Fast hätte ich dieses Gerät überhaupt nicht mitgenommen.« Torres bereitete das mobile Interface vor. »Weil ich nicht damit gerechnet habe, daß jemand die Prozessoren installiert.« Sie sah zu Andross hoch, der ihr über die Schulter spähte. »Würden Sie bitte etwas Abstand halten? Sie machen mich nervös.«

Janeway verstand die Unruhe der Klingonin. Andross und Prog zeigten ein für Tutopaner sehr ungewöhnliches Maß an Aufregung. Nun, wenn es zu einem Systemversagen im Kommunikationsnetz des Hauses kommen konnte ... Das war Grund genug, der Panik nahe zu sein.

»Vielleicht gelingt es uns, den zentralen Inputkanal anzuzapfen.« Janeway schob sich hinter das Modul. »Wir müssen das Gehäuse abnehmen, um zu sehen, womit wir es zu tun haben. Dazu benötigen wir Schneidewerkzeuge.«

Andross holte einen Laser und hielt ihn so vorsichtig, als fürchtete er, der Apparat könnte jeden Augenblick losgehen. Für Janeway ergaben sich nicht die geringsten Schwierigkeiten beim Umgang mit dem Brenner. Daß sich Andross so ungeschickt damit anstellte, deutete darauf hin, daß er mit technischen Dingen nicht gut umgehen konnte. Janeway erinnerte sich an Hamilts Bemerkungen über das ›Anwesen‹ des Bevollmächtigten, darüber, daß er Geld an ›Taugenichtse‹

vergeudet hatte. Gehörte Andross vielleicht zur tutopanischen Aristokratie? Wenn das der Fall war, so lebte er offenbar nicht nach den üblichen Maßstäben seiner gesellschaftlichen Klasse. Janeway konnte sich noch immer nicht dazu durchringen, ihm zu vertrauen, aber sie bewunderte zumindest seinen Mut.

Sie aktivierte den Laserbrenner, schnitt durchs Gehäuse und hoffte, daß sie das Prozessormodul nicht noch mehr beschädigten. Eigentlich ging es bei ihren Bemühungen um das Gegenteil – um eine Reparatur. Torres entfernte die Verkleidung der Interface-Komponente, um eine direkte Verbindung zum optischen Inputkanal zu ermöglichen.

»Ich stelle jetzt einen Datenkontakt zur zentralen Kontrolleinheit her.« Torres betätigte die Tasten des mobilen Interfaces. »Die Anzeigen deuten auf allgemeines Systemversagen hin...«

»Lassen Sie es mich versuchen.« Janeway startete die Interface-Subprogramme und ordnete einen alle Funktionsebenen betreffenden Selbsttest an. Die erste Reaktion bestand aus einem Hinweis, der vor einem Verlust aller aktuellen Daten warnte. Janeway zögerte und fragte sich, was damit gemeint war: die Informationen des tutopanischen Transkriptionsprogramms oder das Betriebssystem.

»Die Register der isolinearen Chips könnten dauerhaft beschädigt werden«, flüsterte Torres.

»Die Alternative wäre eine vollständige Deaktivierung des Systems, was mit ziemlicher Sicherheit eine Polarisierung der Schaltkreise zur Folge hätte. Nein, dies ist der einzige Weg.« Janeway startete das Diagnoseprogramm und hielt unwillkürlich den Atem an.

»Mikroprogramme aktiv, Beginn der Basisoperationen.« Es erklang Erleichterung in B'Elannas Stimme.

»Gut.« Janeway beugte sich zu den Anzeigen vor. »Zeitgeber aktiv. Ausgezeichnet...«

»Klappt es?« fragte Andross.

Der Systemtest dauerte an und ergab keine Programmfehler. Janeway sah auf. »Ich glaube schon. Das Betriebssystem führt nun die vom Interface vorgegebenen Basisoperationen durch.«

»Unsere Verbindung wird durch das Prozessormodul unterbrochen!« rief Prog von ihrem Terminal. Sie sah zu Andross und schüttelte den Kopf. »Ich habe keinen Datenzugang mehr.«

Der Bevollmächtigte musterte die beiden Starfleet-Offiziere. »Können Sie das Interface verwenden, um auf unser Netzwerk zuzugreifen?«

Janeway stand auf. »Wir bringen unseren Computer zur *Voyager* zurück.«

Prog trat zu Andross und blickte aufs Interface hinab. »Mit dem Gerät ließe sich etwas anfangen.«

Torres versperrte ihr den Weg. »Das ist unser Computer.«

Mißtrauen erwachte in Janeway. »Was geht hier vor?«

»Es ist möglich, Andross«, betonte Prog und reckte den Hals, um mehr zu sehen. »Das Interface leitet Daten durchs System, damit sie verarbeitet und für den Output bereitgestellt werden. Es aktiviert die Funktionselemente des Betriebssystems und kann auch mein automatisches Setup-Programm laden.«

»Gute Arbeit«, erwiderte Andross ruhig. Er nickte Janeway und Torres zu. »Sie sind eine große Hilfe gewesen.«

Er trat zurück und hob einen kleinen Zylinder. Torres knurrte leise und spannte die Muskeln, schien bereit zu sein, sich auf den Bevollmächtigten zu stürzen. Doch bevor jemand von ihnen reagieren konnte, wogte ihnen ein Dunstschleier entgegen.

Janeway hatte das gleiche Gefühl wie beim Überfall durch die Besatzung des *Kapon*-Shuttles – sie glaubte zu spüren, wie ihr etwas die Kehle zuschnürte. Sie sank zu Boden und hörte Andross'

Stimme: »Nehmen Sie das Interface in Betrieb. Die Zeit wird knapp.«

Die Kommandantin der *Voyager* stieß an eine Konsole. Um sie herum verschwamm alles; Prog und Andross verwandelten sich in zwei schemenhafte Gestalten, die am Prozessormodul arbeiteten. Das von Tuvok verabreichte Antitoxin versuchte, die Wirkung des Betäubungsmittels zu neutralisieren, doch es fiel Janeway trotzdem schwer, wach zu bleiben.

Andross sprach in den Kommunikator an seinem Handgelenk. »Es ist soweit, Landsleute. Geht in Position.«

Progs Stimme ertönte irgendwie über Janeway. »Automatischer Setup wird initialisiert. Bereitschaft.«

Der Bevollmächtigte trat näher. Janeway gab sich bewußtlos, während sie versuchte, die Kontrolle über sich zurückzugewinnen. Dies mochte ihre einzige Chance sein…

»Es tut mir aufrichtig leid«, sagte Andross. »Aber für mein Volk ist nun die Zeit gekommen, Anspruch auf die ihm zustehenden Rechte zu erheben.«

»Programm ist für Input und Ausführungsfunktionen bereit«, meldete Prog. Sie klang angespannt.

Janeway öffnete die Augen einen Spaltbreit, um sich zu orientieren. Als sich Andross umdrehte, um den entscheidenden Befehl zu geben, trat sie nach seinen Beinen. Der kleiner Mann fiel nach vorn, stieß dabei einen verblüfften Schrei aus. Janeway rollte sich zur Seite, als der Bevollmächtigte mit einem lauten »Uff!« auf dem Boden landete.

Eine Sekunde später war die Kommandantin auf den Beinen. Sie litt noch immer an Benommenheit, aber wenigstens konnte sie sich bewegen. Zufrieden hörte sie, wie Torres hinter ihr brummte – auch bei ihr hatte das Betäubungsmittel nicht so gewirkt, wie es die beiden Tutopaner erwarteten.

Andross schnaufte und stöhnte.

»Ich hab ihn!« zischte Torres.

Janeway torkelte und beobachtete, wie Prog erschrocken vor ihr zurückwich. Das Nervengift hüllte sie in einen unsichtbaren Kokon, der jeder einzelnen Bewegung Widerstand entgegensetzte und die Konturen aller Dinge verwischte. Sie konzentrierte sich auf ein Konsolendisplay, das eine ganz bestimmte Datensequenz zeigte.

Sie streckte die Hand nach den Kontrollen aus – und im gleichen Augenblick begriff Prog, was sie plante. Die Tutopanerin griff nach ihrem Arm, schien jedoch nicht genau zu wissen, was es zu unternehmen galt. Unter anderen Umständen wäre es Janeway sicher nicht schwergefallen, die Hand abzuschütteln, aber das Betäubungsmittel schwächte sie und verlängerte ihre Reaktionszeit. Hinter ihr stieß Andross die Klingonin fort. Sie hörte, wie Torres fluchte, als sie fiel.

Janeway besann sich auf ihre ganze Kommandoautorität, sah Prog in die Augen und befahl: »Deaktivieren Sie das Interface!«

Prog hätte fast gehorcht – ein Reflex, der viel über die tutopanische Gesellschaft verriet. Sie erwachte wie aus einer Trance, als sich plötzlich die Tür des Lifts öffnete. »Andross!«

Zwei Hauswächter sprangen aus der Transportkapsel und hielten die Gaswaffen schußbereit.

Janeway seufzte, als die in graue Uniformen gekleideten Gestalten näher kamen.

»Wir haben uns sofort auf den Weg gemacht, als das Signal ausblieb«, sagte ein Wächter und richtete seine Waffe auf Janeway. »Wir befürchteten Schwierigkeiten.«

»Zum Glück sind Sie rechtzeitig gekommen.« Andross preßte die eine Hand an den Bauch und krümmte sich zusammen. Er deutete auf Janeway. »Bringt sie fort vom Terminal.«

Der Wächter winkte, und Janeway wich zurück, als Prog ihren Arm losließ. Die beiden Düsen der Gaswaffe waren direkt auf ihr Gesicht gerichtet, und sie fragte sich, wie sie auf eine zweite Dosis des Nervengifts reagieren mochte. Torres war hinter ihr auf Hände und Knie gesunken, brummte leise.

»Setzen Sie sich dorthin«, sagte der Wächter, und Janeway nahm umständlich neben B'Elanna Torres Platz.

Der andere Uniformierte half Andross zu den Kontrollen.

»Mit der Operation beginnen«, brachte der Bevollmächtigte heiser hervor.

Janeway beugte sich zur Klingonin. »Ist alles in Ordnung mit Ihnen?«

»Kann kaum ... was sehen ...«, ächzte Torres und ließ den Kopf hängen.

»Sie sollten sich setzen«, riet Janeway.

B'Elannas Hüfte berührte den Boden, doch Arme und Beine blieben noch einige Sekunden lang in Bewegung. Schließlich kippte sie zur Seite und blieb keuchend liegen. Janeway fragte sich, ob die Bit-Fehler des medizinischen Replikators dazu geführt hatten, daß das Antitoxin bei Torres versagte. Oder lag es vielleicht am besonderen klingonischen Metabolismus? Reagierte B'Elanna empfindlicher auf Nervengifte als Menschen?

»Die Umschalt- und Relaisstationen sind online«, verkündete Prog. »Satellitenkommunikation, Datenbanken für Bildung und Unterhaltung, Transferkanäle für die Überweisung von elektronischem Geld ... Es steht alles zur Verfügung.«

»Gut.« Andross stützte sich am Terminal ab, den Oberkörper noch immer weit nach vorn geneigt. »Unterbrechen Sie die Verbindungen zu den anderen Prozessoren.«

Der vor Janeway stehende Wächter sprach in seinen

Armbandkommunikator. »Es ist soweit! Halten Sie sich bereit.«

Der andere Uniformierte jubelte kurz und hob die Faust. Janeway hörte, daß weitere Personen mit dem Lift eintrafen.

»Prozessoren deaktiviert«, sagte Prog. Das Summen schwerer Aggregate wurde dumpfer, verklang dann ganz.

Andross erschien in Janeways Blickfeld, und sie versuchte, sein Gesicht zu erkennen. Er hatte ganz offensichtlich Schmerzen, doch in seiner Stimme vernahm die Kommandantin eine Mischung aus Bewunderung und Dankbarkeit. »Ihnen verdanken wir es, daß die vielen Jahre der Planung und Mühe jetzt endlich Früchte tragen.«

Janeway wollte protestieren, doch Zunge und Lippen gehorchten ihr nicht. *Was haben wir getan?* Sie mußte den Bevollmächtigten aufhalten, solange es noch nicht zu spät war …

»Alles klar, Andross.«

»Schalten Sie das Hauptenergienetz ab«, wies Andross die Tutopanerin an. »Und öffnen Sie den zentralen Kommunikationskanal des Hauses. Jetzt sollen alle erfahren, daß die Revolution begonnen hat!«

# 14

Zimmerman stand vor dem kleinen Bildschirm in der Krankenstation und beobachtete, wie Raumschiffe vor der Nabe hin und her glitten, während im Hintergrund die Sterne in der ewigen Nacht leuchteten. Kes hatte ihm vom großen Schirm im Kontrollraum erzählt, auf dem er manchmal selbst erschien. Sie hatte ihm auch beschrieben, wie es sich anfühlte, aus den Fenstern der Beobachtungskammer zu sehen oder durchs Stasisfeld des geöffneten Shuttlehangars …

Der Holo-Doktor verstand solche Dinge nicht. Er hatte eine persönliche Subroutine geschaffen, um Wahrnehmungsdaten zu verarbeiten, die in keinem direkten Zusammenhang mit seinen Pflichten als Arzt standen. Trotzdem: Er wußte noch immer nicht, was es wirklich *bedeutete*, ins All zu blicken.

»Na endlich«, sagte Fähnrich Kim. »Es zeichnen sich Verbesserungen ab.« Er wertete die Daten der letzten Systemdiagnose aus. »Die Behandlung mit Reserpin scheint zu funktionieren. Die allgemeine Effizienz hat um acht Prozent zugenommen.«

»Wie ich es erwartet habe«, erwiderte Zimmerman und sprach so, als sei alles in bester Ordnung. Er begriff, daß diese Antwort im Widerspruch zu seinem gegenwärtigen Status stand, doch das Patienteninterface-Programm zwang ihn nicht immer zur Wahrheit. Manchmal war ein gewisses Maß an Heuchelei erforderlich, wobei es in den meisten Fällen um ein ernstes

Versagen von Biosystemen bei Patienten ging, nicht von denen des Arztes.

»Vielleicht sollte die Dosis erhööööö ...«, begann er.

»Ach du meine Güte!« entfuhr es Kim. Er hob die Hände zu den Ohren. »Nicht schon wieder!«

Zimmerman aktivierte eine manuelle Prioritätskomponente, löschte die beabsichtigte Bemerkung und beendete ihre Formulierung. Ein medizinisches Notfallprogramm konnte sich keine Fehler leisten, aber die Umstände hatten ihn gezwungen, die Endsequenz der Autodiagnose zu modifizieren. Andernfalls wäre seine holographische Präsenz immer wieder unterbrochen worden, was bei den Nachforschungen in bezug auf das bioneurale Gewebe zu erheblichem Zeitverlust geführt hätte.

»Die Reaktionsverzögerungen beim Arzt werden immer schlimmer«, sagte Kes. Zimmerman sah Besorgnis in ihrem Gesicht, und sie galt ihm – an so etwas war er nicht gewöhnt.

Kim beugte sich zum medizinischen Terminal vor. »Es ist mir ein Rätsel. Offenbar kommt es bei ihm zu einer systemischen Reaktion auf die Reserpin-Behandlung.«

Der Doktor winkte und erinnerte die anwesenden Personen daran, daß er zugegen war und alles hörte – auch wenn er keine individuelle Entität im üblichen Sinn darstellte. »Ich bin hier, Fähnrich.«

Kims entschuldigender Blick stellte Zimmerman nicht zufrieden. Die aktuelle Situation wies überhaupt keine zufriedenstellenden Aspekte auf. Seine Selbstwartung versuchte, die Fehlfunktionen im System mit multiplen Backup-Dateien zu kompensieren, die regelmäßig auf den neuesten Stand gebracht wurden. Spezielle Logikroutinen überprüften nun die Daten der Entscheidungskomponenten; dreifache Redundanz sollte Fehler ausmerzen. Er hatte alle notwendigen – und möglichen – Maßnahmen ergriffen, um Fehlfunktionen vorzubeugen, aber trotzdem kam es immer wieder dazu. Das ... beunruhigte ihn.

»Reserpin wirkt wie ein Sedativ«, sagte Kes. »Es reduziert die physisch-psychische Aktivität.«

Zimmerman wußte, daß sich die Reaktionszeit seiner Holo-Gestalt um fünf Nanosekunden verringert hatte. »Wie ist es möglich, daß Reserpin in den neuralen Gel-Massen des Computerkerns mein Programm beeinflußt?«

»Sie selbst haben das Datennetz des Computers mit dem Zentralnervensystem eines Tiers verglichen«, antwortete Kes. »Wenn das fehlende Prozessormodul gewissermaßen die Großhirnrinde ist, so fungiert der Speicherkern als eine Art Hirnstamm: Er empfängt sensorischen Input und bereitet die Bordsysteme auf offensiv-defensive Aktivität vor.«

»Die Kämpfen-oder-fliehen-Reaktion.« Kim bemerkte das Erstaunen der Ocampa und fügte rasch hinzu: »Ich habe mir die neurologischen Dateien angesehen, die Sie mir zur Verfügung stellten.«

»Hmpf«, machte Zimmerman. Nach den in seinem Programm gespeicherten Erfahrungswerten erwies es sich beim Umgang mit Patienten manchmal als nützlich, vage zu sein. »Die meisten Fehlfunktionen sind offenbar Reaktionen auf nicht existierende Notfall-Szenarien zuzuschreiben.«

»Ich habe die Verbindungen zwischen den einzelnen Kanälen des ODN gesehen«, ließ sich Kes vernehmen. »Selbst bei lebenden Organismen wissen wir nicht genau, auf welche Weise das Nervensystem mit den anderen Systemen des Körpers harmonisiert. Trotzdem findet eine solche Harmonisierung statt. Dem Doktor geht es wie jedem anderen Patienten, dessen Körper verletzt wurde.«

Kim schüttelte den Kopf. »Das kann ich einfach nicht glauben. Es klingt so, als sei die *Voyager* lebendig...«

»Lebewesen zeichnen sich durch die Fähigkeit aus, auf die Umwelt zu reagieren und sich ihr anzupassen. Dieser Definition entspricht auch das Computersystem der *Voyager*.« Kes gab dem jungen Fähnrich keine Gelegenheit, ihr zu widersprechen. Sie fuhr unverzüglich fort: »B'Elanna hatte recht. Rein theoretisch gibt es zwischen Hilfscomputer und Subprozessoren keine Reflexkontakte. Dennoch reagieren sie wie eine physiologische Einheit.«

»Ich schätze, man könnte es so ausdrücken«, räumte Kim widerstrebend ein.

»Den Beweis dafür haben wir hier vor den Augen.« Kes drehte sich zu Zimmerman um, der ihren aufmerksamen Blick zum Anlaß nahm, ein wenig zurückzuweichen. »Das Programm des Doktors ist eine direkte Manifestation des Computersystems – so wie Emotionen eine direkte Reaktion auf die Wahrnehmung sind.«

Auch Kim musterte nun den Holo-Arzt. »Seine Reaktion bestätigt die Wirkung des Reserpin auf das ODN. Er funktioniert wieder, doch aufgrund der Impuls-Inhibition ist er nicht so ... wach wie sonst.«

Zimmerman hob die Hand. »Ich glaube, ich verstehe jetzt.« Es gab keine Entscheidungskomponenten für einen solchen Fall, aber die Selbstwartung hatte schon vor geraumer Weile einen besonderen Entscheidungskomplex für Situationen installiert, die sein persönliches Wohlergehen betrafen. Derartige Vorkehrungen schienen notwendig zu sein angesichts einer Crew, die seinen Erfordernissen zuwenig Beachtung schenkte. »Sie wiesen darauf hin, daß die Impulsübertragung durch die neuralen Kanäle in beide Richtungen erfolgt.«

»Ja«, sagte Kim. »Aber spielt das irgendeine Rolle für uns?«

»Wenn ich tatsächlich eine direkte Manifestation des Organismus namens *Voyager* bin ... In dem Fall müßte ich in der Lage sein, die Funktionen des ODN zu kontrollieren.«

Zimmerman hielt es nicht für nötig, eine Erklärung hinzuzufügen. Einmal mehr brachte er die Backup-Dateien auf den neuesten Stand und öffnete dann die direkte Verbindung zum zentralen Computerkern.

Chakotay lief über die schneebedeckten Hügel der alten Erde, atmete kalte Luft und beobachtete, wie schneebedeckte Zweige an ihm vorbeistrichen. Der Lauf reinigte ihn innerlich, und er versuchte, zu seinem Schutzgeist und Seelengefährten aufzuschließen...

»Commander Chakotay, hier spricht Tuvok.«

Er unterbrach die Meditation und orientierte sich innerhalb eines Sekundenbruchteils. Die Behandlung mit den Chemikalien hatte wenigstens dafür gesorgt, daß ihre Kommunikatoren wieder funktionierten. »Hier Chakotay.«

»Tut mir leid, Sie zu stören, Sir, aber ich registriere einen ungewöhnlichen Energieschub in den energetischen Transferkanälen.«

»Ich bin unterwegs.« Der Indianer klopfte auf seinen Insignienkommunikator. »Chakotay an Fähnrich Kim. Tuvok hat mir gerade von einem sonderbaren Energieschub berichtet. Was hat es damit auf sich?«

»Ich weiß es nicht, Sir«, erklang Kims Stimme. »Vielleicht ist es ein Folgeschaden, der sich erst jetzt bemerkbar macht. Was auch immer dahintersteckt: Die Sache betrifft auch den Doktor. Er rührt sich nicht mehr.«

Chakotay fühlte sich versucht, das Schicksal zu verfluchen, das sie so sehr auf die Probe stellte. »Ich begebe mich zur Brücke. Halten Sie mich auf dem laufenden.«

Kes wartete, bis der Kom-Kanal geschlossen war, bevor sie Kim fragte: »Warum haben Sie es ihm nicht gesagt?«

Der junge Fähnrich bediente vom medizinischen Terminal aus die Kontrollen der Funktionsstation. »Was sollte ich ihm sagen?«

»Daß der Doktor versucht, die *Voyager* unter seine Kontrolle zu bringen.« Kes wandte verlegen den Blick von Zimmerman ab, der reglos vor seinem Schreibtisch stand.

»Wie bitte?« kam es erstaunt von Kims Lippen.

»Sie haben ihn doch gehört. Er versucht, auf das ODN zuzugreifen.«

Kim bedachte die Ocampa mit einem verwunderten Blick. »Er hat nur wieder geschwafelt. Zu so etwas ist er überhaupt nicht fähig.«

»Und wenn doch?« Kes ging langsam um den Holo-Arzt herum und fragte sich, ob seine Starre auf bewußter Absicht basierte. »Vielleicht kann sein Programm als Kontrolleinheit fungieren und den Datenstrom vom zentralen Kern fortleiten.«

Kim gab keine Antwort. Seine Finger huschten über die Schaltflächen, als er versuchte, eine Autodiagnose der Stufe fünf einzuleiten. »Irgend etwas blockiert meinen Input.«

»Der Doktor. Er manipuliert nun das ODN.« Kes fügte nicht hinzu, daß sie Aktivität im Arzt spüren konnte – Kim hätte das bestimmt nicht verstanden. Er hielt Dr. Zimmerman nur für ein Hologramm, für eine dreidimensionale Projektion. Die Ocampa hingegen vertrat den Standpunkt, daß der Doktor mehr darstellte als nur die Summe der Programm-Bytes. Auf die gleiche Weise waren organische Lebewesen mehr als nur Ansammlungen von bioaktivem Gewebe.

Es wurde allmählich dunkler. Kes dachte voller Erleichterung daran, daß Neelix schließlich auf sie gehört und die Krankenstation verlassen hatte. Er befand sich nun wieder in ihrem Quartier – und hoffentlich schlief er fest. Derartige Zwischenfälle waren besser als alles andere geeignet, ihn in ein Nervenbündel zu verwandeln.

»Wenn Zimmerman dahintersteckt, sollte er lieber damit aufhören.« Kim betätigte Tasten, aber das Terminal reagierte nicht mehr. »Die Transferkanäle sind geschlossen, und das energetische Niveau in den Bordsystemen sinkt.«

Chakotay kletterte durch die letzte Jeffries-Röhre und atmete schwerer als während der Meditation. Der Turbolift ließ sich nicht in Betrieb nehmen.

»Statusbericht«, sagte er, als er schließlich die Brücke erreichte. Die Luft schien trockener als sonst zu sein, und die Auflösung des Hauptschirms war geringer.

»Die für den Notfall bestimmen Fusionsgeneratoren sind deaktiviert, und die Ambientensysteme schalten sich nacheinander ab. Wenn es so weitergeht, sind wir bald völlig ohne Energie.«

Chakotay vertraute dem Insignienkommunikator nicht und griff nach dem Tricorder, der auf die Kom-Frequenz der Krankenstation eingestellt war. »Fähnrich Kim – die Zeit wird knapp.«

Kim starrte Kes an. »Wir müssen ihn aufhalten.«

»Programm beenden«, sagte die Ocampa sofort. Doch Zimmermans holographische Gestalt flackerte nicht einmal. »Computer, Programm beenden.«

»Es klappt nicht.« Kim stand auf. »Ich muß zum Computerkern.«

Kes sah es kommen, doch es blieb ihr nicht genug Zeit, den Fähnrich zu warnen. Kim lief direkt gegen die Tür.

»Au!« rief er und hob die Hand zur blutigen Nase.

Der Instinkt verlangte von Kes, dem Verletzten zu helfen. Statt dessen eilte sie zum Projektionsmodul – dort befand sich die Ursache ihres Problems.

Rasch öffnete sie die rückwärtige Verkleidungsplatte und löste einige Glasfaserkabel, die den holographischen Projektor mit dem Computer verbanden. Zimmerman verschwand.

»Die energetischen Transferkanäle reagieren wieder«, sagte Tuvok.

»Ich kann die linearen Induktionsschaltkreise nicht mehr kontrollieren«, brachte Fähnrich Yarro hervor. »Das ganze System wird nun auf die Anschlußpunkte für externe energetische Unterstützung fixiert.«

»Anschlußpunkte deaktivieren!« befahl Chakotay. »Wir können es uns nicht leisten, jene Ressourcen zu verlieren...«

Er unterbrach sich, als Myriaden von winzigen silbrigen Lichtern durchs Projektionsfeld des Hauptschirms glitten. Die Wolke dehnte sich schnell im Vakuum aus, und ihre Partikel funkelten über die Rümpfe der nächsten Schiffe.

Normales Licht verdrängte die Dunkelheit aus dem Kontrollraum.

»Tuvok?« fragte Chakotay.

»Der Computer hat uns zum Modus des herabgesetzten Energieniveaus zurückgebracht.« Der Vulkanier blickte auf die Displays. »Bevor die Luke geschlossen werden konnte, haben wir etwa fünftausend Liter Schmutzwasser verloren.«

Chakotay sank in seinem Sessel zurück. »Recycling hätte es in Trinkwasser zurückverwandelt.«

Draußen im All dehnte sich die Wolke aus winzigen Tropfen auch weiterhin aus und erreichte die Nabe. Das langsame Wogen erinnerte den Indianer an einen Tanz, der ihn jedoch nicht mit Freude erfüllte.

»Das Kartell setzt sich mit uns in Verbindung«, sagte Tuvok.

»Was mich kaum überrascht«, erwiderte Chakotay und seufzte.

»Schließen Sie die Kabel nicht wieder an!« rief Kim von der anderen Seite des Raums her.

Kes zögerte. »Warum nicht?«

»Vielleicht versucht er es erneut.«

»Ich rate ihm davon ab«, erwiderte die Ocampa schlicht. Sie schenkte dem Protest des Fähnrichs keine Beachtung und griff nach den Kabeln.

Kurz darauf erschien Zimmerman. »Wie kann ich Ihnen helfen?« Er runzelte die Stirn, als er das Startprogramm unterbrach und auf die Backup-Dateien zugriff. »Ich habe versucht, einen unmittelbaren Kontakt mit der Hauptkontrolleinheit des Computerkerns herzustellen. Waren meine Bemühungen erfolgreich?«

»Nein!« stieß Kim hervor.

»Ja«, widersprach ihm Kes. »Es gelang Ihnen, Einfluß auf das Schiff zu nehmen. Doch dadurch wurden die Funktionen der übrigen Systeme blockiert.«

»Versuchen Sie es bloß nicht noch einmal«, warnte der Fähnrich.

Kes verstand Kims Verärgerung, aber sie brachte dem Doktor auch besonderes Verständnis entgegen. Wie sie selbst war er unerfahren im Vergleich mit den anderen Personen an Bord. Manchmal fühlte sich die Ocampa so, wie Zimmerman jetzt aussah: allein und hilflos.

»Es ist alles in Ordnung«, sagte sie zum Doktor. »Sie haben bewiesen, daß Ihre Systeme in die des Schiffes integriert sind.«

»Wenn meine Versuche, Ihnen zu helfen, eine Verschlimmerung der Situation bewirken ...« Zimmermans Blick wanderte zu Kim, und in seinem Gesicht zeigte sich verletzter Stolz. »In dem Fall wäre es vielleicht angebracht, mein Programm zu beenden, bis die Probleme gelöst sind.«

»Das ist ausgeschlossen«, entgegnete Kim. »Wir benutzen Ihren Zustand als Hinweis darauf, ob die Behandlung des bioneuralen Gewebes funktioniert.«

»Sie *benutzen* meinen Zustand?« wiederholte der holographische Arzt.

»Ja, und das bedeutet, Sie müssen sich vom Computer fernhalten«, betonte Kim. Kes verzog andeutungsweise das Gesicht, als sie die Schärfe in der Stimme des jungen Mannes hörte.

»Rühren Sie nichts an«, fuhr Kim fort. »Und unternehmen Sie nichts ohne unsere Zustimmung. Verstanden?«

Zimmerman zögerte. »Ja«, sagte er widerstrebend.

Kes suchte nach geeigneten Worten, um den Arzt irgendwie aufzumuntern, aber sie wußte auch: Manchmal mußte man einer Person Beschränkungen auferlegen, um sie vor sich selbst zu schützen. Sie bedachte Dr. Zimmerman mit einem ermutigenden Lächeln, doch er wandte sich betroffen von ihr ab.

»Für die Verschmutzung der lokalen Verkehrswege wird eine Geldbuße in Höhe von zehntausend Krediteinheiten gegen Sie verhängt«, verkündete die Kartellbeamtin.

»Es kam zu Fehlfunktionen in unseren Bordsystemen.« Chakotay war entschlossen, diese Gelegenheit zu nutzen. »Wenn Sie nicht beschließen, uns erneut externe energetische Unterstützung zu gewähren, besteht die Gefahr einer Wiederholung solcher Fehlfunktionen.«

Die Beamtin verhielt sich so, als hätte sie überhaupt nichts gehört. »Wie wollen Sie bezahlen?«

»Sagen Sie mir zuerst, was mit Tom Paris geschieht.«

Es folgte eine kurze Pause, als die Tutopanerin Dateien öffnete. »Die grundlegenden Verhaltensmuster sind aufgezeichnet worden. Die Überprüfung steht unmittelbar bevor. Sie können die Geldbuße durch Kooperation beim Verhör des Gefangenen 07119 bezahlen.«

»Auf welche Weise?«

»Indem Sie ein anderes Untersuchungsexemplar der gleichen Spezies zur Verfügung stellen. Es wird bei der Überprüfung verwendet, um eine breitere Datenbasis zu erhalten, die genauere Ergebnisse ermöglicht.«

»Sie haben noch immer nicht erklärt, was es mit der ›Überprüfung‹ auf sich hat.«

»Dabei wird eine Simulationsmatrix geschaffen, die den biophysischen Strukturen und Gebarensmustern der betreffenden Person entspricht. Chemische Analysen der entsprechenden Reaktionen liefern während des Verhörs die notwendigen Informationen. Sind Sie bereit, uns ein weiteres Untersuchungsexemplar der gleichen Spezies zur Verfügung zu stellen?«

»Nein«, sagte Chakotay. »Erlauben Sie mir, mit Tom Paris zu sprechen?«

»Ihre Weigerung, bei der Überprüfung zu kooperieren, wird in Ihrer Datei vermerkt. Falls Sie uns etwas mitteilen möchten ...«

»...wende ich mich vertrauensvoll an Sie.« Chakotay schloß den Kom-Kanal und fügte leise hinzu: »Sie sind eine große Hilfe gewesen.«

Er stützte das Kinn auf die Hand und fragte sich, ob er in sein Quartier zurückkehren sollte, um dort die Meditation zu beenden. Unter den gegebenen Umständen mußte er mit weiteren Störungen rechnen.

»Es ist mir noch immer nicht gelungen, die Einsatzgruppe zu erreichen«, sagte Tuvok leise. »Es sieht Captain Janeway ganz und gar nicht ähnlich, siebenundzwanzig Stunden lang Kom-Stille zu wahren.«

Chakotay sah zu dem Vulkanier. »Was ist mit Andross?«

»Ich habe mit seinen Mitarbeitern im Nabenbüro gesprochen, doch sie konnten keinen Kom-Kanal nach Min-Tutopa öffnen. Ich versuche derzeit, eine Vereinbarung mit der Kommunikationssektion des Kartells zu treffen.«

»Aber das Kartell ist nicht bereit, uns zu helfen –

solange wir uns weigern, unsere Transportertechnik preiszugeben oder einen weiteren Menschen fürs Chemo-Verhör zur Verfügung zu stellen.« Chakotay rief sich zur Ordnung. Es hatte keinen Sinn, die übrigen Brückenoffiziere mit seinem Ärger anzustecken. »Bemühen Sie sich auch weiterhin, Tuvok. Ich weiß nicht, um wen ich mir mehr Sorgen mache – um Janeway und Torres oder um Tom Paris.«

# 15

Paris sank auf Hände und Knie. Durch den Ruck fiel die Benommenheit von ihm ab, und er spürte Sand an den Handflächen.

*Sand?*

Mühsam hob er den Kopf, doch in welche Richtung er auch blickte: Die Ebene aus Sand reichte bis zum Horizont. Zwei Sonnen brannten am weißen Himmel.

Er versuchte, sich die spröden Lippen zu befeuchten, sah nach hinten. Offenbar von ihm selbst stammende Fußspuren führten zu einem Transportcontainer. Die Luke stand offen. Allem Anschein nach war er aus dem Behälter geklettert und bis hierher gekommen, bevor er wieder ganz zu Bewußtsein gekommen war. Die letzte Gasdosis mußte zuviel für ihn gewesen sein.

»Wo bin ich?« fragte er laut. Es befand sich niemand in der Nähe, der Antwort geben konnte.

Es war auch gar nicht nötig – Paris wußte bereits Bescheid. Die Kugel mit den beiden Luken hatte ihn zu einem Raumschiff gebracht, und kurze Zeit später war er auf einem Planetoiden abgesetzt worden. Vielleicht verfuhr man so mit allen Außenweltlern, die versuchten, ins Computersystem des Kartells einzudringen. Eins stand fest: Die Tutopaner nahmen ihre Informationen sehr ernst. Doch wenn sie ein Todesurteil vollstrecken wollten – warum hatten sie ihn dann nicht einfach dem Vakuum des Alls überlassen?

Paris stand auf und sah zum Container. Vielleicht sollte er in seiner Nähe bleiben; früher oder später wurde der Behälter bestimmt geborgen. Doch das würde bedeuten, daß er einfach warten mußte, ohne auf irgendeine Weise aktiv zu sein. Diese Vorstellung gefiel ihm ganz und gar nicht.

Er wandte sich um und bemerkte einen Fleck am Horizont. In jene Richtung war er unterwegs gewesen.

Paris setzte sich wieder in Bewegung und schritt über festen Sand. Die Luft war so heiß und trocken, daß das Atmen schon bald zur Qual wurde. Er nahm die Jacke ab, was ihm jedoch kaum Erleichterung verschaffte. Der Schweiß verdunstete sofort, und die Haut schien sich über den Knochen zu spannen. Er fragte sich, wie lange es dauern mochte, bis er zu Boden sank und liegenblieb, bis ihn die Hitze ausdörrte und der Tod Erlösung vom Durst brachte.

Je länger er ging, desto weniger Sinn ergab alles. Nun, er hatte schon vor einer ganzen Weile den Versuch aufgegeben, fremde Kulturen zu verstehen. Irgendwer hatte ihn aus irgendeinem Grund in eine solche Situation gebracht – diese Erkenntnis genügte.

Voller Unbehagen sah er sich um. Den Transportcontainer konnte er nicht mehr sehen, aber weiter vorn wurde der dunkle Fleck größer.

Paris konzentrierte sich auf den Horizont und trachtete danach, der weiteren Leere um ihn herum keine Beachtung zu schenken. Beim Überlebenstraining lautete die erste Regel: Nur nicht in Panik geraten. Es kam darauf an, die Lage richtig einzuschätzen und festzustellen, welche Mittel ihm zur Verfügung standen. Er griff in die Taschen – das Fibromesser und die Teile des Insignienkommunikators waren verschwunden. *Das ist noch lange kein Grund, die Nerven zu verlieren,* sagte er sich. Ähnliches galt für den Umstand, daß ihm Wasser fehlte und keine Aussicht darauf bestand, welches zu finden.

Was die positiven Aspekte betraf ... Er war unverletzt und unterwegs – immer ein gutes Zeichen. Im

Gegensatz zu einigen anderen Raumfahrern, die er kannte, litt er auch nicht an Agoraphobie; andernfalls wäre er in dieser Umgebung längst übergeschnappt. Die Bewegungen der beiden Sonnen deuteten darauf hin, daß er sich in der Polarregion des Planetoiden befand, was bedeutete: Zwar gab es fast ständig Licht, aber die Sonnenstrahlen fielen schräg ein, verloren dadurch an Energie. Am Äquator mußte es wie in der Hölle zugehen…

Nach einer Weile kam er dem Fleck nahe genug, um trotz des Hitzeflimmerns Einzelheiten zu erkennen. Das Objekt erwies sich als ein weiterer Transportcontainer.

Er ging schneller und fragte sich, was er finden würde: einen verzweifelten Alien oder eine mumifizierte Leiche? Vorsicht veranlaßte ihn, die letzten Meter langsamer zurückzulegen. Vielleicht setzten die Tutopaner auch psychopathische Kriminelle auf dem Planetoiden ab.

Eine Gestalt kauerte im Schatten des Containers. Paris wartete, bis er eine Bewegung sah. Wer auch immer dort hockte: Er lebte noch. Und er vermittelte nicht den Eindruck, gefährlich zu sein.

Paris wagte sich näher und sah…

…ein flaches tutopanisches Gesicht, das vertraut wirkte.

»Tracer!« entfuhr es ihm, als er den Hauswart erkannte. »Was machen Sie denn hier?«

Tracer sah verblüfft auf – offenbar hatte er Paris nicht kommen sehen. Er neigte den Kopf ein wenig zur Seite und blickte nach oben. »Ich habe mich noch nicht entschieden. Und Sie?«

Paris fragte sich, ob ihn Tracer wortwörtlich verstand oder ganz bewußt ausweichend antwortete. »Ich versuche herauszufinden, was hier vor sich geht. Ich erinnere mich daran, daß man mich aus einer Luftschleuse zerrte – und dann fand ich mich hier wieder.«

Tracer sah sich mit leerer Miene um.

»Warum sind Sie hier?« frage Paris.

»Ich habe ein Verbrechen gegen das Kartell verübt.« Der Tutopaner schniefte und wischte die winzige Nase am Ärmel ab. »Ich bin bereits als Wartungsarbeiter an die Nabe gebunden, und zwar für neunundzwanzig Rotationen. Wer weiß, was mir jetzt bevorsteht. Vielleicht muß ich in irgendwelchen Bergwerken schuften.«

»Welches Verbrechen haben Sie begangen?« fragte Paris und hoffte, daß es nichts mit ihm zu tun hatte.

»Ich habe Ihnen Zugang zur Nebenstation des Abfallrecycling verschafft.«

»Nein, das stimmt nicht«, widersprach Paris. »Ich habe Ihr Armband ans Identifizierungsfeld gepreßt, um die Tür zu öffnen.«

»Tatsächlich?« Der Hauswart wandte das fleckige Gesicht Paris zu. »Daran erinnere ich mich nicht.«

»Sie waren praktisch bewußtlos.« Paris mochte es nicht, sich so schuldig zu fühlen, aber Tracer erschien ihm wie ein Häufchen Elend. »Ich verstehe gar nicht, warum man Sie bestraft. Es ist alles meine Schuld.«

»Ich habe Ihnen geholfen, an dem Vollstrecker vorbeizugelangen und die betreffende Sektion zu erreichen.« Tracer überlegte kurz. »Vermutlich ist der Vollstrecker ebenfalls in Schwierigkeiten.«

Paris trat einige Schritte fort. »Ich kann es nicht erklären, aber … Von Ihnen habe ich keine Hilfe bekommen.«

»Auf eine andere Weise können wir wohl kaum in jene Sektion gelangt sein«, beharrte Tracer. »Deshalb bin ich hier.«

Paris stöhnte und trat nach dem Sand. »Glauben Sie mir: Sie haben nichts damit zu tun. Es ist alles andere als fair, daß man Sie hierhergeschickt hat.« Er sah zu Tracer. »Wenn Sie zornig sind … Ich kann es verstehen.«

»Ich bin nicht zornig«, erwiderte der Tutopaner.

»Warum nicht? Ich an Ihrer Stelle wär's.«

»Es ist nicht Ihre Schuld, daß ich Ihnen vertraut habe.«

Paris wandte sich ab. Es hatte nur seine Pflicht erfüllen und den Captain schützen wollen – doch dieser Gedanke sorgte nicht dafür, daß er sich besser fühlte. »Es tut mir leid. Ich wünschte, ich könnte Ihnen irgendwie helfen...«

Tracer zuckte mit den Schultern. Er schien sich mit seiner Situation abgefunden zu haben.

»Ist das Eindringen in ein Computersystem tatsächlich so unerhört kriminell, daß man die entsprechenden Übeltäter auf solchen Planetoiden sterben läßt? Ich habe nicht einmal die Chance bekommen, mich zu verteidigen.«

»Während des Verhörs erhalten Sie Gelegenheit, Ihren Standpunkt zu erläutern«, erwiderte Tracer ruhig. »Zuerst müssen wir den Test hinter uns bringen.«

Paris blickte sich verblüfft um. »Dies ist ein *Test?*«

»Wußten Sie das nicht? Sie kommen *wirklich* von einem fernen Ort, wie?« Tracer zog den Fuß in die vom Transportcontainer geschaffene Schattenzone.

Paris schüttelte den Kopf. »Ich dachte, es werden nur Tutopaner getestet, um festzustellen, welchen Platz sie in Ihrer Gesellschaft verdienen. Ich wußte nicht, daß noch mehr dahintersteckt...« Er ahnte etwas. »Die Prahlereien in den Bars. Leute, die unglaubliche Katastrophen überlebt haben... Dabei handelte es sich um Tests?«

»Wahrscheinlich.«

Einmal mehr schüttelte Paris den Kopf. Vielleicht waren die Tutopaner deshalb so desinteressiert und fast apathisch – während der Tests bekamen sie genug Aufregung. »Haben Sie so etwas schon einmal erlebt?«

»Während der Kindheit und Jugend werden wir

immer wieder getestet. Auf der Grundlage derartiger Überprüfungen entschied man, mich zur Nabe zu schicken, als Angehöriger der Wartungscrew von Griir-Tutopa.« Tracer verzog das Gesicht. »Ich bin nie vom Kartell getestet worden, immer nur von meinem Haus.«

»Und was hat es hiermit auf sich?« Paris vollführte eine Geste, die der Wüstenwelt galt.

»Es wird eine Simulationsmatrix geschaffen, fürs spätere Verhör.«

Paris sah sich um. »Das bedeutet, man beobachtet uns. Scanner sind auf uns gerichtet.«

Tracer schnaufte und schien die Frage für absurd zu halten. »Man zeichnet alles auf: Puls, Körpertemperatur, Hirnwellen, chemische Veränderungen...«

»Was sollte jemandem an einer Simulation unserer Reaktionsmuster gelegen sein?«

»Man benutzt die Daten als Vergleichsgrundlage für die Reaktionen beim Verhör, um festzustellen, wann und wo es zu Abweichungen kommt. Auf diese Weise kann man alles herausfinden.«

»Herausfinden? Wie meinen Sie das?«

»Beim Verhör werden Fragen gestellt, und Ihnen bleibt gar nichts anderes übrig, als wahrheitsgemäß Auskunft zu geben. Lügen erkennt man sofort. Nun, wie ich schon sagte: Ich bin noch nie vom Kartell getestet worden. Aber man hört das eine oder andere. Angeblich bringen einen die Verhörtechniker dazu, über *alles* Auskunft zu geben, selbst über Dinge, die man längst vergessen hat.«

Paris dachte an die vielen technischen Handbücher, die er während der Ausbildung an der Starfleet-Akademie gelesen hatte. Wenn ihn das Kartell dazu veranlaßte, sich an all jene Informationen zu erinnern... Dann bekam es die Transportertechnik. Und auch alles andere, das sich in Paris' Gedächtnis entdecken ließ.

Er schauderte und versuchte, sich auf das unmittelbare Problem zu besinnen. »Wenn es darum geht, unsere Verhaltensmuster und physiologischen Reaktionen aufzuzeichnen, so müssen sich die Beobachter in der Nähe befinden.«

Tracer nickte. »Vielleicht sind wir hier auf Faltos, einem der Monde von Griir-Tutopa. In dem Fall wäre es möglich, daß sich die Tester an Bord eines Raumschiffes im Orbit aufhalten. Dies scheint Faltos zu sein. Heiß, trocken, lebensfeindlich ...«

Paris sah zum weißen Himmel hoch. »Tracer hat sich überhaupt nichts zuschulden kommen lassen!« rief er. »Er verdient es nicht, hier zu sein. Allein ich trage die Verantwortung.«

Seine Worte hallten über die leere Wüste hinweg, erzeugten nicht einmal ein Echo.

Tracer schnitt eine Grimasse. »Sie brauchen nicht zu schreien. Die Tester können Sie auch so hören.«

»Nun, dann habe ich eine Botschaft für sie.« Paris hob die Faust zum Himmel. »Ich bin nicht mehr bereit, an euren Spielchen teilzunehmen.«

Tracer nahm eine Handvoll Sand und ließ die Körner nachdenklich zu Boden rieseln. »Mir gefallen Spiele.«

Paris wischte sich die Stirn ab, nahm müde neben dem Tutopaner Platz und fragte sich, ob er bald der gleichen Apathie zum Opfer fallen würde. »Wie lange dauert es, bis man uns abholt?«

»Wenn dies eine Simulation ist, so stehen uns vielleicht noch einige Tage bevor.«

»Eine Simulation?« wiederholte Paris. »Eben haben Sie gesagt, daß wir auf einem Mond sind.«

»Dies könnte Faltos sein – oder eine entsprechende Simulation«, entgegnete Tracer. »Manche Leute behaupten von sich, dazu imstande zu sein, den Unterschied zu erkennen. Aber ich habe ihnen nie geglaubt.«

»Sie meinen, diese Wüstenwelt existiert vielleicht

nur in unseren Köpfen?« fragte Paris. »Das dürfte ein ziemlich wichtiger Aspekt unserer Situation sein, nicht wahr? Wenn es sich nur um eine Simulation handelt, können wir uns einfach hinsetzen und warten, bis man uns das Essen serviert.«

»Ich verstehe nicht...«

»Warum sollten wir uns irgendeine Art von *Mühe* geben? Immerhin kann man uns nicht einfach *sterben* lassen, oder?« Paris musterte den Tutopaner. Sein Gesichtsausdruck gefiel ihm nicht. »Das stimmt doch, oder? Bei den Tests kommt niemand ums Leben, habe ich recht?«

Tracer blickte ernst zu Boden. »So was passiert immer wieder. Meine Mutter starb bei einem Test, als ich noch ein kleines Kind war.«

# 16

Als Janeway erwachte, standen beide Sonnen über dem Horizont. Am vergangenen Abend hatte sie möglichst lange gegen die Wirkung des Betäubungsgases angekämpft und beobachtet, wie die Aufständischen den Turm und das Kommunikationsnetz des Hauses unter Kontrolle brachten. Aus den mitgehörten Berichten und Anweisungen ging hervor, daß es ihnen geradezu absurd leicht fiel, alles zu übernehmen. Das Haus schien nie mit einer solchen Revolte gerechnet zu haben. Die Wächter schlossen Torres und Janeway schließlich im Büro eines Beamten ein, und dort verloren sie beide das Bewußtsein.

Nun beugte sich die Kommandantin über B'Elanna und fühlte ihren Puls, wodurch sie erwachte. Aus einem Reflex heraus holte die Klingonin zu einem Schlag aus, den Janeway gerade noch abwehren konnte. Unter dem zweiten Hieb duckte sie sich hinweg. »Immer mit der Ruhe, Lieutenant!«

Torres blinzelte und wirkte plötzlich wie ein verängstigtes Kind. »Captain ... Was ist geschehen?«

Janeway versuchte die Tür zu öffnen. »Wir sind noch immer eingesperrt.«

B'Elanna stemmte sich hoch und wankte zum Schreibtisch. Dort rieb sie sich die Augen und wollte dann das Computerterminal aktivieren. »Es funktioniert nicht.«

Janeway berührte die Schaltfläche für das Licht, doch es blieb dunkel im Zimmer. »Offenbar hat man die Energieversorgung unterbrochen.« Sie zog den

Vorhang beiseite, um wenigstens einen Teil der Finsternis zu verscheuchen. Im weiter unten gelegenen Gebäudekomplex des Sitzes schien nur wenig Aktivität zu herrschen; es ließ sich kaum feststellen, ob das ungewöhnlich war oder nicht.

Torres sah auch unter dem Schreibtisch nach, fand jedoch nichts. Eine Couch und einige Stühle vervollständigten die Einrichtung des Büros.

»Und nun?« fragte die Klingonin.

*Eine gute Frage*, dachte Janeway. Geiseln befanden sich nie in einer sehr günstigen Lage, und in diesem besonderen Fall kam hinzu, daß sie eine Position der Stärke brauchte, um erfolgreich zu verhandeln. »Vorschläge nehme ich gern entgegen, Lieutenant.«

»Was halten Sie von einem Ausbruch?« Torres stützte die Hände an den Hüften ab und schritt zum Fenster. Es reichte vom Boden bis zur Decke, wies in der Mitte eine Wölbung nach außen auf. B'Elanna gab der Scheibe einen ordentlichen Tritt, und die einzige Reaktion des transparenten Materials bestand aus einem leichten Vibrieren.

»Scheint unzerbrechlich zu sein«, sagte Janeway. »Aber vielleicht gibt das Fenster nach, wenn wir den Schreibtisch dagegenrammen. Helfen Sie mir.«

Gemeinsam gelang es ihnen, den Tisch einige Zentimeter weit zu bewegen.

»Das sollten Sie besser lassen«, sagte jemand hinter ihnen. »Sie könnten jemanden verletzen.«

Janeway drehte den Kopf und sah, wie Verwalterin Fee dort Platz nahm, wo sie selbst bis eben gelegen hatte: auf einer schmalen Liege.

Sie ließ den Schreibtisch los. »Sind Sie für diese Situation verantwortlich?«

»Nicht ganz«, erwiderte Fee.

Janeway bemerkte Sorge und Bedauern in den Zügen der Tutopanerin. »Was haben Sie mit uns vor?« fragte sie behutsam.

»Zunächst einmal möchte ich mich entschuldigen«, sagte Fee. »Ich wußte nicht, daß Andross Sie so sehr in diese Sache hineinziehen würde. Ich werde alles versuchen, um das wiedergutzumachen.«

Janeway nahm die Worte hin, ohne mit der Wimper zu zucken. »Na schön. Wir möchten jetzt gehen.«

»Das ist leider nicht möglich.«

»Warum nicht?«

»Inzwischen dürfte Ihnen klar sein, daß wir Ihr Prozessormodul benutzen, um das Kommunikationsnetz des Hauses zu kontrollieren.« Fee sah Janeway an und versuchte nicht, ihrem Blick auszuweichen. Ihre grauen Augen verrieten nun Entschlossenheit und innere Stärke. »Das Modul muß hier installiert bleiben, bis das Gremium meine Nominierung zur Wahl des Obersten Schlichters bestätigt.«

Janeway kniff die Augen zusammen. »Sie und Andross haben dies von Anfang an geplant. Es war nie Ihre Absicht, uns die gestohlenen Prozessoren zurückzugeben. Sie wollten nur dafür sorgen, daß wir Ruhe geben, bis zu Ihrem Staatsstreich.«

»Sie erhalten das Modul zurück, sobald sich die Lage stabilisiert hat.«

»Sobald Sie die Macht haben, nicht wahr?« Janeway ließ sich ihren Abscheu deutlich anmerken. »Wollen Sie die tutopanischen Gesetze Ihren Interessen unterordnen?«

»Es geht nicht um meine Interessen, sondern um das Wohl aller Bürger von Min-Tutopa.«

»Das klingt vertraut«, kommentierte Janeway sarkastisch. »Vermutlich dachten Sie nur an das Wohl jener Bürger, als Sie die Piraten der *Kapon* beauftragten, unser Prozessormodul zu stehlen.«

»Andross war schon seit einer ganzen Weile bemüht, Computer zu besorgen – in der Hoffnung, ein kompatibles Exemplar zu finden. Schließlich bekamen wir Ihre Prozessoren.«

»Sie ›bekamen‹ sie nicht«, warf Torres ein. »Es handelt sich um einen klaren Fall von Diebstahl.«

Die Klingonin setzte sich in Bewegung. Janeway streckte den Arm aus, um sie aufzuhalten, ließ ihn dann wieder sinken. Sollte B'Elanna ruhig ihren kämpferischen Instinkten nachgeben. Die gegenwärtige Situation verlangte nach ein wenig Aggressivität.

Fee blinzelte nervös, als sich Torres ihr näherte. »Ich schlage vor, Sie hören mich an.«

»Wir haben lange genug zugehört«, entgegnete B'Elanna. »Es wird Zeit, den Worten Taten folgen zu lassen...«

Sie taumelte, als ihre Hände nur leere Luft berührten. Ein weiterer Schritte brachte sie *durch* die Verwalterin, deren Gestalt sich nun als holographische Projektion herausstellte.

Verblüfft verlor Torres das Gleichgewicht und fiel zu Boden.

»Ich sitze im Gebäudekomplex des Hauses fest«, sagte Fee. »Zusammen mit den anderen Ratsmitgliedern. Ich wollte mich persönlich an Sie wenden, aber eine solche Möglichkeit gab es nicht.«

»Ich habe mich schon gefragt, wie Sie unbemerkt von uns hereinkommen konnten.« Torres rollte herum, stand auf und strich mit der Hand durch das dreidimensionale Bild. »Hier ist nichts real.«

Fee seufzte. »An der Realität Ihrer Präsenz dürfte kein Zweifel bestehen. Nun, Sie haben die Chance, *mit* dem Prozessormodul zu Ihrem Schiff zurückzukehren. Wenn Sie uns helfen.«

Janeway zögerte und wußte: Von den Tutopanern erhielt man nie etwas umsonst; sie verlangten immer eine Gegenleistung. »Was wollen Sie?«

»Bisher kontrollieren wir nur Seanns und den Haussitz, nicht aber die Kom-Netze der anderen Provinzen. Mit Ihrer Hilfe sind wir imstande, das volle Potential des Prozessormoduls zu nutzen und uns endgültig durchzusetzen.«

»Wir können Ihnen nicht helfen«, sagte Janeway.

Fee runzelte verwirrt die Stirn. »Von Andross weiß ich, daß die Schnittstelle zwischen den unterschiedlichen Systemen von Ihnen stammt. Wenn Ihnen hier nicht die notwendigen Instrumente zur Verfügung stehen, so schicken wir einen Kurier zu Ihrem Schiff. Ich versichere Ihnen, daß wir Sie für Ihre Bemühungen belohnen werden.«

»Sie wollen uns dafür bezahlen, Ihre Regierung zu stürzen?« brachte Janeway fassungslos hervor. »Das widerspricht allen unseren Prinzipien.«

»Wieso denn?« erwiderte Fee. »Glauben Sie nicht an einen fairen Austausch von Leistungen?«

»Solche Grundsätze kennen wir ebenfalls. Aber Sie wollen mit unserer Hilfe die Gesetze Ihrer Gesellschaft brechen. Wir sind durch einen Eid verpflichtet, keinen Einfluß auf die natürliche Entwicklung einer Kultur zu nehmen.«

Einige Sekunden lang saß die Verwalterin völlig reglos und dachte nach. »Glauben Sie nicht daran, daß Fortschritt durch Kooperation erreicht wird?«

»Was Sie für Fortschritt halten, gereicht Ihrem Volk vielleicht zum Nachteil.«

Fee sah einen Ansatzpunkt. »Sie sind nicht davon überzeugt, daß meine Wahl zum Obersten Schlichter im Interesse des Hauses liegt. Bitte lassen Sie es mich erklären …«

»An unserem Standpunkt würde sich dadurch nichts ändern«, unterbrach Janeway die Tutopanerin.

»Ich weiß, daß Sie in der Lage sind, meinen Blickwinkel zu teilen.« Fee bedachte die beiden Frauen ihr gegenüber mit einem nachdenklichen Blick. »Bei der Untersuchung Ihrer Kom-Geräte …«

»Sie haben unsere Insignienkommunikatoren genommen?« entfuhr es Torres.

Janeway berührte ihren eigenen Kommunikator; ihr war nicht aufgefallen, daß ihn jemand entfernt hatte. »Sie wissen, daß die Geräte bei einer so großen Entfernung nutzlos sind.«

»Andross ließ sie untersuchen, nachdem Sie bei der Übernahme des hiesigen Kom-Netzes so erstaunlichen Widerstand leisteten. Wir wollten ganz sicher sein, daß sie keine verborgenen Waffen oder dergleichen enthalten.« Fee lächelte dünn. »Ich muß sagen, Captain: Den Angehörigen Ihrer Spezies gelingt es recht gut, über die natürlichen Gewalttendenzen hinwegzutäuschen. Andross hatte keine Ahnung, daß Sie mit solcher Brutalität reagieren können.«

Janeway lächelte ebenfalls. »Es freut mich, daß ich dem jungen Mann eine Lektion erteilt habe. Bestimmt hat er sich den Moment des Triumphes ein wenig anders vorgestellt.«

»Da haben Sie wahrscheinlich recht«, sagte Fee. »Es kann sicher nicht schaden, gewisse Illusionen zu verlieren.« Sie seufzte leise. »Als ich den Bericht des Bevollmächtigten las, war ich froh, daß er sich zu einer Untersuchung der Geräte entschloß. Ihre Kommunikatoren enthalten Signalgeber, die ganz offensichtlich dazu dienen, die betreffende Person zu lokalisieren.«

»In der Tat.« Janeway fügte nicht hinzu, daß jene Signalgeber auch die Ausrichtung des Transferfokus erleichterten.

»Solche Aufmerksamkeit dem Individuum gegenüber ist den Tutopanern fremd«, brachte Fee staunend hervor. »In unserem Leben kommt die Gemeinschaft an erster Stelle, die Entwicklung der Kultur. Das Kollektiv hat den Vorrang gegenüber individuellen Wünschen.«

»Ein theoretisches Ideal«, meinte Janeway. »Wie Sie vorhin sagten: Der Fortschritt wird durch Kooperation erreicht.«

»Ich verstehe das Ideal, aber mein Volk erstickt

an derartigen Prioritäten.« Fee deutete zum Fenster. »Werfen Sie einen Blick nach draußen. Was sehen Sie dort?«

Janeway drehte sich nicht um. »Ich hatte bereits Gelegenheit, das Panorama zu genießen«, erwiderte sie mit einem Hauch von Spott.

»Es ist eine große Stadt«, stieß Torres ungeduldig hervor. »Nun?«

»Und die Welt ist noch größer«, sagte Fee. »Ich bin kein Narr. Mir ist klar, was ich herausfordere: ein System mit großem Trägheitsmoment, ein System, das sich selbst erhält, sich selbst schafft. Doch manchmal wird es nötig, eine andere Richtung einzuschlagen. Manchmal müssen *einzelne Personen* aktiv werden, um einen positiven Wandel zu bewirken, um Zersplitterung zu verhindern, Wachstum und Fortschritt zu gewährleisten.«

Torres schnaufte. »Schöne Worte, weiter nichts. Die wahre Botschaft lautet: Sie wissen, was für alle anderen am besten ist.«

»Ich bin nicht allein«, fügte die Verwalterin rasch hinzu. »Während meiner Ausbildung kam es zu ersten Kontakten mit der Opposition. In den oberen Studienzentren hatte sich ein spezielles Kom-Netz gebildet, und Studenten tauschten Informationen aus. Ich war für die Verwaltungsarbeit auf höchster Ebene vorgesehen und hatte Zugang zu viel mehr Daten als andere Auszubildende. Mit anderen Worten: Für mich war eine Teilnahme an dem Kom-Netz überhaupt nicht nötig. Manchmal frage ich mich, ob ich heute hier wäre, wenn ich mich nach Erhalt des direkten Interfaces mit dem Netz verbunden hätte.«

Neugier erwachte in Janeway. »Was ist aus dem Kommunikationsnetz geworden?«

»Es existiert nicht mehr. Und die Teilnehmer an dem Info-Austausch ... Ihre Namen verschwanden von den Studienlisten.« Niedergeschlagenheit zeigte sich jetzt in Fees Gesicht. »Mich erschreckte insbesondere, auf welche Weise man jenes Kom-Netz eliminierte. Man ging hastig, fast furchtsam vor – als sei unser Leben inzwischen so mikrospezialisiert, das allgemeines Wissen eine Gefahr darstellt.«

»Ein seltsames Verhalten für ein Volk, das stolz darauf ist, Informationen zu erwerben«, sagte Janeway.

»Wir sind auch stolz auf das, was wir ›Tests‹ oder ›Überprüfungen‹ nennen. Doch so etwas kann zu einer schrecklichen Falle werden. Hamilt hatte recht. Wenn man bei einem Test nicht meine Talente bemerkt hätte, wäre ich wahrscheinlich bei den Bauern in der Provinz Larran geblieben. Andererseits: Eine solche Alternative muß ja nicht unbedingt negativ sein. Vielleicht hätte ich auf dem Land ein viel glücklicheres Leben führen können. Hier fehlt ganz einfach die Möglichkeit der freien Entscheidung. Nur während der Überprüfungen können wir dies oder das wählen, und festgelegte Standards befinden darüber, ob unsere Reaktionen ›richtig‹ oder ›falsch‹ sind.«

Janeway hörte die Aufrichtigkeit in Fees Stimme. »Wer legt die Teststandards fest?«

»Das Gremium. Darin besteht eine der wichtigsten Aufgaben der Ratsmitglieder. Der Oberste Schlichter hat Vetorecht bei allen Entscheidungen des Gremiums. Außerdem befindet er darüber, wann und wie Überprüfungen stattfinden.«

»Deshalb ist jenes Amt so wichtig.« Janeway musterte die Tutopanerin. »Sie könnten das System von oben herab verändern, ganz allein. Es wundert mich, daß so etwas noch nie versucht wurde.«

Fee lächelte schief. »Wie sind wir in die derzeitige Situation geraten? Indem über Generationen hinweg eine Auswahl getroffen wurde, bei der man nur ganz bestimmte Fähigkeiten und Eigenschaften förderte. Wir tilgten den Konflikt aus unserer Gesellschaft – und gleichzeitig verbannten wir auch unabhängiges Gedankengut. Meiner Ansicht nach hat jeder von uns das Recht, sich nach seinen persönlichen Charakteristiken zu entwickeln. Es muß uns erlaubt sein, die gegenwärtigen kulturellen Grenzen zu überschreiten.«

»Ihre Meinung in Ehren.« Janeway deutete zum Fenster. »Ich muß mir selbst eine bilden. Der Gesellschaft von Min-Tutopa scheint es nicht gerade schlecht zu gehen.«

»Das Kartell zwingt uns bereits, seine Standards für die Tests zu übernehmen. Es wird immer mächtiger. Es bestimmt nicht nur die Preise, sondern bekommt auch immer mehr Haus-Informationen.«

»Das Kartell, das Kartell!« fauchte Torres wütend. »Ich kann es nicht mehr hören. Mit uns war alles in bester Ordnung – bis wir den Tutopanern begegneten.«

Der klingonische Zorn beunruhigte Fee. »Ich verabscheue Auseinandersetzungen. Es wäre mir lieber gewesen, im Hintergrund zu bleiben und allein auf der politischen Ebene zu wirken. Aber inzwischen ist ein kritischer Punkt erreicht. Wir müssen aktiv werden, um zu verhindern, daß unser Haus ganz in die Hände des Kartells fällt.«

»Ich wünsche Ihnen Glück bei Ihren Bemühungen«, erwiderte Janeway und beschränkte sich dabei auf ein Minimum an Sarkasmus.

»Wir benötigen Ihre Hilfe«, betonte Fee. »Ich möchte vermeiden, daß Ihr Prozessormodul bei dem Versuch beschädigt wird, auch die Kommunikationsnetze der anderen Provinzen zu kontrollieren.«

Janeway trat auf das Hologramm zu und beugte sich vor. »Können Sie mich sehen?«

»Ja.«

»Gut.« Sie blickte der Verwalterin direkt in die holographischen Augen. »Eins möchte ich klarstellen: Wir werden keinen Finger rühren, um Ihnen zu helfen. Es spielt keine Rolle, wie sehr Sie uns drohen oder womit Sie uns bestechen wollen.«

»Ich habe nur die Situation erklärt.«

Janeway nickte. »Ich verstehe die Situation. Man hält uns gefangen.«

Fee wirkte ein wenig bedrückt, gab jedoch nicht nach. »Ich kann Ihnen nicht erlauben zu gehen. Das Gremium würde Sie verhaften und testen lassen, um auf diese Weise zu versuchen, unsere Pläne zu vereiteln.«

Torres lachte. »Warum sollten wir Ihren Auskünften glauben?«

»Vielleicht wären Sie bereit, dem vom Kartell verhafteten Besatzungsmitglied Ihres Schiffes Glauben zu schenken. Tom Paris weiß aus eigener Erfahrung, wie schlimm ein Test sein kann.«

»Wovon reden Sie da?« fragte Janeway. »Was ist mit Paris passiert?«

»Das Kartell nahm ihn gefangen, weil er sich unerlaubten Zugang zu einer Datenbank verschaffte. Derzeit testet man ihn, als Vorbereitung fürs Verhör. Die Repräsentanten des Kartells dürfen dabei auf alle Informationen zugreifen, die mit dem Verbrechen in Zusammenhang stehen.«

Janeway dachte an den letzten Zwischenfall dieser Art: Ein fremdes Volk hatte beschlossen, Tom Paris zu bestrafen – mit neuralen Implantaten, die fast seinen Tod bedeuteten. »Ist Paris in Gefahr?«

»Nach dem letzten Bericht lebt er noch.« Fee erwiderte Janeways Blick. »Angesichts meiner derzeitigen Lage kann ich Ihnen nicht helfen. Unter anderen Umständen wäre ich bereit, alle meine Möglichkeiten zu nutzen, um ihr Besatzungsmitglied vor Unheil zu bewahren.«

Janeway biß die Zähne zusammen. »Vielleicht ist das nur ein Trick, der uns zur Zusammenarbeit mit Ihnen bewegen soll.«

»Ich gebe Andross die Anweisung, einen Kom-Kanal zu öffnen, damit Sie sich mit Ihrem Schiff in Verbindung setzen können«, bot sich Fee an. »Ihre Leute werden bestätigen, was Sie gerade von mir gehört haben.«

Torres sah zur Kommandantin der *Voyager*. »Captain...«

»Nein, Lieutenant.« Janeway wandte den Blick nicht von Fee ab.

»Aber wenn es stimmt, daß Paris...«, begann B'Elanna.

»Ich möchte sofort mit der Crew meines Schiffes sprechen«, sagte Janeway und beobachtete die Verwalterin.

Fee nickte. »Vielleicht überzeugt es Sie davon, daß eine Kooperation im Interesse aller Beteiligten liegt.«

Nach dem Verschwinden von Fees holographischem Bild dauerte es eine Weile, bis Wächter kamen, um Janeway und Torres zum zentralen Kontrollraum zu führen. An den Ärmeln der Uniformierten zeigten sich zerrissene Stellen dort, wo sie zuvor die Insignien des Kartells getragen hatten. Jetzt war nur noch das Rosettensymbol des Hauses Min-Tutopa übriggeblieben. Janeway bemerkte bei den Männern die Euphorie des ersten Kampfes – sie waren so aufgedreht, daß ein falsches Wort genügen konnte, um das Chaos zu entfesseln. Als zuständige Befehlshaberin hätte Janeway zunächst einmal die übertriebene Zuversicht der Wächter gezügelt. Es mußte vermieden werden, daß jemand wild um sich schoß, nur weil er über die eigenen Füße stolperte.

Die Wände des Kontrollraums bestanden zum größten Teil aus einem transparenten Material und boten in allen Richtungen einen weiten Blick über den Sitz des Hauses. Dieses Panorama war noch weitaus beeindruckender als jenes, das sich vom Fenster des Büros aus dargeboten hatte. Janeway fragte sich, wie eine kleine Gruppe hoffen konnte, ein so tief verwurzeltes System zu verändern.

Der Anblick schien Andross keineswegs zu entmutigen. Er war so aufgekratzt wie jemand, der endlich ein Ventil für seine angestauten Gefühle gefunden hatte.

Im Mundwinkel des Bevollmächtigten zuckte es, als er Janeway mit einem Nicken begrüßte. Er bewegte sich steif – vielleicht war durch den Sturz die eine oder andere Rippe gebrochen.

»Sie wünschen eine Kom-Verbindung mit Ihrem Schiff, nicht wahr?« fragte er höflich.

»Ja«, bestätigte Janeway.

Prog sah besorgt von einer Konsole auf. »Ich muß die Zusatzsysteme erneut abschalten. Bei den Servos droht eine energetische Überladung.«

Andross brummte etwas. »In Ordnung. Aber diesmal geben wir vorher eine Meldung heraus. Ich teile ihnen mit, daß die Energie für den nächsten Zyklus auf Reserveniveau reduziert wird – als warnender Hinweis darauf, wozu wir fähig sind.«

»Wie groß ist die Belastung unseres Prozessormoduls?« fragte Janeway.

»Fast fünftausend Megabits pro Sekunde«, antwortete Prog.

»Kein Wunder, daß bei den Servos eine Überladung bevorsteht«, zischte Torres. »Warum verwenden Sie nicht auch die anderen Computer?«

»Ihr unveränderlicher ROM-Speicher enthält eine Prioritätssequenz, die das Gremium vom Versammlungssaal aus initialisieren könnte.« Andross hatte die Warnung gesendet und wandte sich vom Kommunikationspult ab. »Deshalb brauchten wir andere Hardware.«

»Wenn dieses System ausfällt…«, sagte Janeway. »Welche anderen Systeme wären davon betroffen?«

»Die energetische Versorgung des Haussitzes und das Kom-Netz fast der ganzen Provinz Seanns.« Prog preßte kurz die Lippen zusammen. »Da wir zumindest teilweise mit den anderen Kommunikationsnetzen verbunden sind, könnten auch die übrigen Provinzen betroffen sein.«

Torres schob sich näher und sah auf den Monitor. »Warum unterbrechen Sie nicht einfach den Datenkontakt zu den anderen Kom-Netzen? Auf diese Weise …«

»Nein«, unterbrach Andross die Klingonin. »Wir haben die ganze Nacht durchgearbeitet, um zumindest eine periphere Verbindung zu schaffen.«

»Sie verlieren alles, wenn Sie nicht in einigen Bereichen offline gehen«, entgegnete Torres in einem Tonfall, den Janeway gut kannte. Die klingonische Technikerin versuchte, ruhig zu bleiben, obwohl sie glaubte, es mit Narren zu tun zu haben.

»Wir brauchen die Kom-Kontakte zu den anderen Provinzen«, stellte Andross fest. »Sie müssen sogar erweitert werden, damit wir bessere Kontrolle bekommen. Bisher hat man unsere Sendungen immer wieder unterbrochen.«

Janeway glaubte, auch bei Andross die Anzeichen von zuviel Zuversicht zu erkennen. »Warum haben die anderen Provinzen noch nichts unternommen, um dem Haussitz zu helfen?«

»Man stört unsere Sendungen, und es kam auch zu Infiltrationsversuchen sowie Gasattacken. Nun, die Hauswächter sind darauf vorbereitet, mit einzelnen Zwischenfällen fertig zu werden, nicht mit großangelegten Angriffen. Wir haben kaum etwas zu befürchten.«

»Ihre Gegner könnten auf die Idee kommen, dieses Gebäude in die Luft zu sprengen«, gab Torres zu bedenken.

Dieser Hinweis schockierte Prog. »Das würden sie nie wagen.«

Andross wirkte fast ebenso überrascht. »Das Haus hat einmal mit Gewalt reagiert, während des allgemeinen Aufstands vor einigen Rotationen. Es unterbrach die Energieversorgung einiger Regionen in Seanns.

Ohne Wasser, Lebensmittel und Klimakontrolle dauerte es nicht lange, bis die Leute zur Arbeit zurückkehrten.«

»Das nennen Sie ›Gewalt‹?« fragte Torres skeptisch. »Kam es zu Blutvergießen?«

Andross schüttelte den Kopf. »Es wurde kaum jemand verletzt.«

»Das kann ich nicht glauben«, sagte die Klingonin scharf. »Unser Schiff wurde sehr gründlich nach Waffen- und Verteidigungssystemen gescannt. Woraus ich schließe, daß Sie sich mit dem Kampf gut auskennen.«

»Sie meinen das Kartell«, warf Andross ein. »Man schuf es zu Verteidigungszwecken. Es soll den Frieden schützen, insbesondere bei Begegnungen mit Fremden.«

»Das Gremium wäre sicher nicht bereit, Vollstrecker des Kartells gegen das eigene Haus einzusetzen!« stieß Prog hervor. »Genausogut könnten die Ratsmitglieder ganz offen darauf hinweisen, daß sie die Kontrolle über Min-Tutopa verloren haben.«

»Dann wäre das Kartell imstande, unser Haus unter dem Vorwand zu übernehmen, es zu schützen«, fügte Andross hinzu. »Was eine Entmachtung des Gremiums zur Folge hätte.«

Janeway trat einige Schritte näher. »Offenbar sind Sie in eine Sackgasse geraten.«

»Wir wären imstande, die Energieversorgung des Haussitzes zu unterbrechen. Wir haben das Kommunikationsnetz übernommen, um zu verhindern, daß die Ratsmitglieder unsere Bemühungen vereiteln. Doch es läßt sich auch benutzen, um Druck auszuüben.«

»Worauf warten Sie dann noch?« Torres drängte wie immer darauf, etwas zu unternehmen. »Bringen Sie es hinter sich.«

»Es käme zu Beeinträchtigungen im Dienstleistungs- und Wartungsbereich, bevor sich die Auswirkungen auch bei den höheren Ebenen bemerkbar machen. Bürger kämen zu Schaden.« Andross klang nun scheinheilig. »Ich möchte direkte Gewalt vermeiden, aber es gibt jetzt kein Zurück mehr. Ich gebe die Systemkontrolle erst ans Gremium zurück, wenn die Nominierung Fees bestätigt wird.«

»Es fühlt sich bestimmt gut an, so sicher zu sein«, kommentierte Torres spöttisch und schien dabei Janeways Gedanken erraten zu haben.

Andross sah die Zustimmung in den Zügen der Kommandantin. Er bedachte sowohl Janeway als auch Torres mit einem kühlen Blick. »Sprechen Sie mit Ihren Leuten. Informieren Sie sich übers Kartell.«

Tuvok verhandelte mit einem Kartellbeamten und versuchte, ihn zur Herstellung eines Kom-Kontakts mit Min-Tutopa zu bewegen. Dabei wiederholte sich eine Erfahrung, die für den Umgang mit Repräsentanten des Kartells typisch zu sein schien: Jede Bitte um Dienstleistungen bewirkte nicht akzeptable Forderungen nach einem ›Informationsaustausch‹.

Der Beamte schloß den Kanal – und eine Sekunde später empfing Tuvok Signale auf der Frequenz des Hauses Min-Tutopa. Er öffnete einen internen Kom-Kanal zum Bereitschaftsraum. »Commander … Jemand von Min-Tutopa versucht, sich mit uns in Verbindung zu setzen.«

Zwar gelang es dem Vulkanier auch diesmal, ruhig und gelassen zu bleiben, aber vielleicht schlich sich irgendein subtiler Unterton in seine Stimme. Wie dem auch sei: Chakotay kehrte sofort auf die Brücke zurück und offenbarte eine ungewöhnliche Anspannung. »Auf den Schirm.«

Das im Projektionsfeld des Hauptschirms erscheinende Bild war ziemlich schlecht, aber Janeway ließ sich auf den ersten Blick erkennen.

»Captain!« kam es erleichtert von Chakotays Lippen. »Wir haben uns Sorgen gemacht …«

»Leider konnte ich mich nicht früher melden.« Janeway blickte kurz zur Seite – ein warnender Hinweis auf ihre Begleiter. Tuvok runzelte die Stirn, als er das Haar der Kommandantin bemerkte: Es war ein wenig zerzaust und erweckte den Eindruck, ohne einen Spiegel zusammengesteckt worden zu sein. »Unsere Situation hat sich geändert. Wir sind in eine Revolution verwickelt worden, und man verwendet unser Prozessormodul, um die legitime Regierung zu erpressen.«

»Droht Ihnen Gefahr, Captain?«

»Keine unmittelbare. Aber wir dürfen dieses Gebäude nicht verlassen.« Janeway klang sehr ernst. »Ich bin auch weiterhin entschlossen, mit dem gestohlenen Modul zurückzukehren.«

Chakotay wählte seine Worte mit besonderer Vorsicht. »Wir haben inzwischen neue Informationen, die den Bevollmächtigten Andross sowie zahlreiche Computerdiebstähle betreffen.«

»Ja, Andross steckt dahinter«, bestätigte Janeway. Ihr Blick verweilte auf Tuvok. »Sie hatten wie üblich recht.«

»Ich habe gehofft, mich zu irren«, erwiderte der Vulkanier.

»Ich bin nicht geneigt, mit Andross zu kooperieren.« Janeway nickte Chakotay zu. »Geben Sie mir einen Bericht, Commander.«

Die Kommandantin stützte das Kinn auf die Hand, während sie Chakotay zuhörte. Ihre Augen trübten sich, als der Erste Offizier jene Komplikationen schilderte, die mit Paris' Verhaftung einhergingen. Unter anderem wies er auf die vorzeitig beendete, externe energetische Unterstützung hin, was zu massiven Fehlfunktionen in den Bordsystemen der *Voyager* führte.

»Derzeit herrscht wieder der Modus des herabgesetzten Energieniveaus«, beendete der Indianer seine

Ausführungen. »Trotzdem kommt es immer wieder zu Störungen und Verzögerungen.«

»Was ist mit Paris?« fragte Janeway.

»Was ihn betrifft, bin ich ziemlich besorgt. Soweit wir bisher wissen, können die Tests und Verhöre sehr gefährlich, sogar tödlich sein. Die Tutopaner erweisen sich in diesem Zusammenhang als ziemlich rücksichtslos und gleichgültig. Immerhin setzt die von ihnen durchgeführte chemische Behandlung Außenweltler einem großen Risiko aus.«

»Hatten Sie keinen Erfolg bei den Verhandlungen mit dem Kartell?«

»Nicht den geringsten. Man will technisches Knowhow von uns. Man läßt mich nicht mit Paris sprechen, solange ich mich weigere, konkrete Gegenleistungen dafür zu erbringen.«

Janeway wich ein wenig zur Seite, als Andross in den Erfassungsbereich der Übertragungskamera trat. »Sehen Sie, wozu blinder Gehorsam führt?« fragte er. »Sie versuchen mit Leuten zu verhandeln, die sich überhaupt nicht ums Wohl des Individuums scheren. Ist Ihnen jetzt klar, gegen wen wir kämpfen?«

»Dieser Punkt hat für mich keine Bedeutung.« Janeways Gesichtsausdruck teilte Tuvok alles Notwendige mit – sie traute dem Bevollmächtigten nicht.

Das Bild verschwamm, als Andross wegtrat. Im Hintergrund erklang B'Elanna Torres' Stimme – sie rief eine Warnung –, und Janeway verschwand aus dem Projektionsfeld.

»Captain!« entfuhr es Chakotay. »Ist alles in Ordnung mit Ihnen? Andross, was …«

»Wie die Kommandantin Ihres Schiffes eben sagte: Die Situation hat sich geändert.« Der Bevollmächtigte atmete schneller, als hätte er gerade eine Anstrengung hinter sich.

»Wenn Sie Captain Janeway und Torres irgend etwas angetan haben …«

»Sie sollten mir besser zuhören, Commander.« Die Drohung in Andross' Stimme war unmißverständlich.

»Ich bin ganz Ohr«, entgegnete Chakotay.

»Wir brauchen mehr Leistung von Ihrem Prozessormodul. Transferieren Sie Dateien, die über das Betriebssystem Auskunft geben. Und erklären Sie uns, auf welche Weise Datenkanäle zu anderen Netzwerk-Analyseeinheiten hergestellt werden können.«

Chakotay schüttelte langsam den Kopf. »Das ist unmöglich.«

Tuvok wies nicht darauf hin, daß Janeway sie angewiesen hatte, dem Bevollmächtigten keine Hilfe zu gewähren.

»Sobald unsere Kandidatin an der Macht ist, schikken wir die beiden Gefangenen mit dem Prozessormodul zurück. Dann können Sie Ihre Reise fortsetzen.«

Chakotay schnitt eine Grimasse. »Wenn wir darauf eingingen, so nähmen wir Einfluß auf die zukünftige Entwicklung einer Gesellschaft. So etwas ist uns verboten.«

»Ich gebe Ihnen einen Tag Zeit, um die gewünschten Informationen zur Verfügung zu stellen.« Andross sah dorthin, wo Janeway lag. »Unter den gegenwärtigen Umständen sind Ihre Leute nur eine Last. Ich könnte sie benutzen, um Ihnen zu zeigen, wie ernst ich es meine. Bitte zwingen Sie mich nicht dazu.«

# 17

Paris blinzelte verwirrt und sah, wie Tracer den Schatten verließ, um einen sicheren Abstand zu ihm zu wahren. Er wußte, daß die Tutopaner über keine Transporter verfügten. Um so schwerer fiel es ihm zu verstehen, wie sie tödliche Gewalt ohne derartige Technik simulieren konnten. »Wie wird diese Illusion erzeugt?«

Tracer mied seinen Blick. »Fragen Sie mich nicht. Ich bin kein Techniker.«

»Photo-Hologramme sind eine Sache«, murmelte Paris. »Aber sie haben keine Substanz.«

Er warf seine Jacke beiseite, ging langsam zum Transportcontainer, holte aus und schlug auf die Außenhülle. Ein dumpfes Pochen erklang, und das Metall fühlte sich recht fest an. Paris rammte die Faust noch einige Male dagegen. Tracer eilte so rasch von ihm fort, daß er kleine Wolken aus Staub und Sand aufwirbelte.

Als Paris schließlich innehielt, war ihm noch wärmer als vorher, aber er fühlte sich auch ein ganzes Stück besser. »Nun, meiner Ansicht nach fühlt es sich ziemlich echt an.«

»Ja.« Tracer beobachtete ihn argwöhnisch. »Auch im Schlaf glaubt man manchmal, reale Dinge zu erleben. Aber Träume bringen einen wenigstens nicht um.«

Paris brauchte einige Sekunden, um zu verstehen, was der Tutopaner meinte. »Soll das heißen … Solche Simulationen sind wie Halluzinationen?«

»Man schafft sie in unserem Bewußtsein. So was

Ähnliches erlebt man manchmal, wenn man zuviel Misto geschluckt hat.«

Paris wäre am liebsten aus der Haut gefahren. Alles fühlte sich so echt an – die Schläge hatten dumpfen Schmerz in seiner Hand hinterlassen. Er beobachtete, wie sich an einem Knöchel ein Blutstropfen bildete: Eine kleine rote Kuppel entstand, spiegelte das Licht der beiden Sonnen am Himmel wider. Wenige Sekunden später glitt der Tropfen über den Handrücken und hinterließ eine dünne Spur, an deren Ende eine zweite winzige Kuppel wuchs. War dies die Realität? Oder spielte sich alles nur hinter seiner Stirn ab? Man hätte den Verstand verlieren können …

»Nur keine Panik«, sagte Paris leise. »So lautet die erste Regel. Bloß nicht in Panik geraten. Man kann mit allem fertig werden, wenn man nicht in Panik gerät …«

Tracer kehrte langsam in den Schatten des Transportcontainers zurück. »Was haben Sie vor?«

Paris verzog das Gesicht. Ganz gleich, aus welcher Perspektive man die Sache betrachtete: Sein Bewußtsein wurde manipuliert. Man beobachtete ihn, bewertete seine Entscheidungen, zeichnete alle physiologischen Reaktionen auf. Selbst wenn er gegen die tutopanischen Gesetze verstoßen hatte – so etwas verdiente er nicht.

»Wie lange halten Tutopaner durch, ohne etwas zu trinken?« fragte er.

»Keine Ahnung.«

Über solche Dinge wußte Tracer natürlich nicht Bescheid. Seine Erfahrungswelt beschränkte sich darauf, den Boden zu schrubben und gelegentlich Misto zu trinken, um für einige Stunden zu vergessen. »Nun, in dieser trockenen Hitze können Menschen höchstens zwei Tage lang überleben, ohne Flüssigkeit zu sich zu nehmen. Vielleicht bleibt mir nicht einmal soviel Zeit, wenn wir uns bewegen. Ich schätze, bei Tutopanern ist es ähnlich.«

Tracer ließ sich in den Sand sinken. »Wenn dies Faltos ist… Vielleicht geht es darum, eine Datenbasis für Simulationen zu schaffen. In dem Fall könnte der Test mehrere Tage dauern. Häufig verwendet man Verbrecher für die Entwicklung solcher Datenbasen.«

»Verbrecher!« schnaubte Paris. »Sie sind sicher kein Verbrecher, und bei mir kam es nicht einmal zu einem Gerichtsverfahren. Niemand hat das Recht, uns wie Kriminelle zu behandeln.«

»Soll das heißen, daß Sie keine Informationen aus den Kartell-Computern gestohlen haben?«

Paris schwieg einige Sekunden lang und erinnerte sich daran, daß Leute beobachteten und zuhörten. »Ich habe die Computer nicht angerührt«, sagte er wahrheitsgemäß.

»Tatsächlich nicht?« fragte Tracer erstaunt.

»Außerdem gibt es so etwas wie mildernde Umstände, oder?« erwiderte Paris. »Ich habe nur versucht, Dinge herauszufinden, die anderenorts allgemein bekannt wären.«

»Zum Beispiel?«

»Wartungspläne, Frachtlisten und dergleichen«, erklärte Paris vage. »Ich wollte feststellen, ob Min-Tutopa etwas mit dem Diebstahl unseres Prozessormoduls zu tun hat.«

»Und haben Sie etwas entdeckt?«

»Ich wurde praktisch sofort gefaßt.« Paris fragte sich, ob die Tester von Kim wußten. Vielleicht hatte Tracer gar keinen zweiten Mann erwähnt. »An was genau erinnern Sie sich?«

Tracer kaute auf der Unterlippe. »In meinem Gedächtnis herrscht ein ziemliches Durcheinander. Ich entsinne mich an die Bar und… Wir besuchten Ihr Schiff, nicht wahr?«

»Ja.«

»Ich muß vollkommen weggetreten gewesen sein.« Tracer seufzte und schüttelte den Kopf. »Als ich den

Neelix-Burschen sah ... Da wurde mir klar, daß es Ihnen um mehr ging als nur ein wenig Spaß. Sie führten irgend etwas im Schilde.«

»Wie meinen Sie das?«

»Ich dachte, daß Sie deshalb zu mir kamen. Ich sah in Ihnen einen jener Fremden, die ungewöhnliche Frauen mögen.« Tracer deutete verlegen auf die Flekken in seinem – in *ihrem* – Gesicht.

»Wie bitte?«

»Ich bin weiblichen Geschlechts.«

Paris wußte, daß er mit offenem Mund starrte – er konnte nicht anders. »Sie sind ...«

»Eine Frau.« Tracer wandte den Blick ab. »Ich dachte, das wüßten Sie. Aber Sie sprachen von ›er‹, als Sie sich an die Beobachter des Kartells wandten.«

Paris setzte sich. »Ich hatte keine Ahnung ...«

Tracer zuckte mit den Achseln – eine lakonische Geste, die der Mensch bereits kannte. Sie unterschied sich nicht von den übrigen Gesten dieser Art, rief bei Paris jedoch eine andere Wirkung hervor. In ihm erwachte der Beschützerinstinkt.

»Tut mir leid.« Er suchte nach den richtigen Worten. »Es liegt daran, daß Tutopaner für mich praktisch alle gleich aussehen.« Er entsann sich daran, wie er Tracer in den Schrank gesperrt hatte. »Ich habe mich gräßlich verhalten.«

Die Tutopanerin warf ihm einen scheuen Blick zu. »Eigentlich sind Sie gar nicht so übel.«

Paris fühlte sich jetzt noch viel schuldiger als vorher. Wieso hatte er nicht herausgefunden, daß Tracer eine Frau war? Jetzt erschien es ihm offensichtlich.

»Kommen Sie.« Er erhob sich und streckte die Hand aus, um ihr aufzuhelfen. »Wir können hier nicht einfach nur rumsitzen.«

Die Tutopanerin sah auf seine Hand hinab. »Warum denn nicht?«

»Wir sollten versuchen, unsere Lage zu verbessern.«

Paris beschattete die Augen und blickte zum Horizont. »Es muß hier irgend etwas geben.«

»Möchten Sie, daß ich Sie begleite?«

Er beugte sich vor und zog Tracer hoch. »Ich habe Ihnen dies eingebrockt. Daher halte ich es für meine Pflicht, Ihnen zu helfen.«

Die Berührung ließ Tracer zusammenzucken. Sie stand auf, wich jedoch sofort zurück. »Ist das Ihr Ernst?«

»Ja.« Paris orientierte sich. »Dort drüben. Da scheint etwas zu sein.«

Tracer lächelte zaghaft. »Danke.«

Paris lachte kurz. »Oh, keine Ursache. Rufen Sie mich, wenn Ihnen der Sinn nach einer Reise ins Nichts steht.«

»Ich bin noch nie zuvor mit jemandem wie Ihnen getestet worden.« Tracer schritt mühsam durch den weichen Sand und winkte ab, als der Mensch erneut die Hand ausstreckte.

Paris beschloß, zusätzliche Informationen zu sammeln. »Die bei Ihnen gebräuchlichen Tests sind offenbar ziemlich gefährlich. Verlieren Sie dadurch nicht viele Kinder?«

»Kinder werden keinen Überlebenstests unterzogen. Entsprechende Überprüfungen finden nur bei Personen statt, die Kommandofunktionen wahrnehmen, in der Forschung arbeiten oder für andere hohe Posten vorgesehen sind. Auf diese Weise trennt man die Schwachen von den Starken.« Tracer lächelte erneut. »Das habe ich irgendwo gelesen.«

»Ist der Aufwand nicht ein wenig zu groß? Immerhin betrifft dieser Test nur uns beide.«

»Manchmal geben Personen wichtige Informationen preis, wenn sie versuchen, sich in Sicherheit zu bringen.«

Paris dachte daran, was er während seines Aufenthalts in dieser Welt – ob echt oder simuliert – gesagt hatte. Einige Sekunden später gelangte er zu dem Schluß, daß solche Erwägungen nicht an die erste Stelle seiner Prioritätenliste gehörten. »Ich weiß nicht, was ich mehr verabscheue – eine so umfassende Manipulation meines Bewußtseins, daß Simuliertes absolut echt wirkt; oder den Umstand, daß wir uns tatsächlich in einer Wüste befinden, ohne Aussicht auf Rettung.«

»Es könnte schlimmer sein«, erwiderte Tracer mit philosophischem Gleichmut. »Einmal waren mir die Hände auf den Rücken gebunden. Damals stellte es sich als die Realität heraus.«

Paris' Zunge fühlte sich so an, als klebte sie am Gaumen fest, und außerdem entstanden erste Risse in den Lippen. »Ich hab's langsam satt, unsere Situation immer mit dem zu vergleichen, was im schlimmsten Fall geschehen könnte.«

Tracer schien bemüht zu sein, sich irgendwie nützlich zu machen. »Ich habe einmal von jemandem gehört, der bei einem Test an eine Simulation glaubte – bis er zum Schluß begriff, daß alles echt war.«

»Was ist passiert?«

»Er brach sich die Beine an vierzehn Stellen. Später bezeichnete er es als Fehler, vom Dach gesprungen zu sein.«

»Damit hat er sicher recht.« Das Marschieren im tiefen Sand fiel sehr schwer. »Kennen Sie noch andere Horrorgeschichten?«

»Ich...« Tracer wankte zur Seite, und im gleichen Augenblick spürte Paris, wie der Boden unter ihm nachgab.

»Gehen Sie weiter!« rief er, zog den einen Fuß aus dem Sand und beugte sich vor, um auch den anderen zu befreien. Er wollte sich umdrehen, doch wohin er auch trat: Überall schien sich der Sand zu verflüssigen und ihn nach unten zu ziehen.

»Hilfe!« rief Tracer. Die Tutopanerin ruderte mit den

Armen, als sie zur Seite kippte. Ihre Beine steckten bereits bis zu den Knien im Treibsand.

Paris durfte nicht stehenbleiben und dachte nur noch daran, festeren Boden zu erreichen. Jeder Schritt erforderte fast übermenschliche Anstrengung.

»Ich versinke!« heulte Tracer. Sie wand sich hin und her.

Am Rand des Treibsandbereichs fiel Paris nach vorn, rollte herum und sah zur Tutopanerin. Bis zur Hälfte steckte sie nun in der tödlichen Falle, gab erstickte Schreie von sich und versuchte vergeblich, sich aus der Umklammerung des Sandes zu befreien.

»Drehen Sie sich um!« rief Paris. Er tastete sich am Rand entlang und trachtete danach, die Distanz zu verringern. Doch der Treibsand war schneller und schloß sich um Tracer.

Paris beugte sich so weit wie möglich vor, aber es gelang ihm nicht, die Tutopanerin zu berühren. Der Rest von ihr verschwand in der grauen Masse.

»Tracer!« entfuhr es Paris.

Er rollte sich auf den Rücken. »Nein!« rief er den Beobachtern des Kartells zu. »Kommen Sie runter zu uns, bevor Tracer erstickt! Bevor es zu spät ist…«

Er starrte zum weißen Himmel hoch, bis Tränen ihm den Blick verschleierten.

Als er blinzelte, präsentierte sich ihm plötzlich das Gesicht eines unbekannten Tutopaners.

»Bei diesem Individuum haben wir gute Anzeigen bekommen«, sagte jemand außerhalb von Paris' Blickfeld.

Der Tutopaner musterte den Menschen, und sein Gesichtsausdruck blieb neutral. »Morgen beginnen wir mit dem Verhör. Benachrichtigen Sie sein Schiff.«

Paris wollte sich aufsetzen, doch dicke Riemen an Armen und Brust hinderten ihn daran. Auch die Beine waren gefesselt. Er fühlte die gleiche Verwirrung wie beim Erwachen in einem Krankenhaus, in einer Umgebung, die von steriler Reinheit bestimmt wurde. Gleichgültige Hände lösten einen Klebestreifen von seiner Stirn, und er sah Elektroden mit Kontaktgel.

»Was stellen Sie mit mir an?« platzte es aus Paris heraus, als der Tutopaner zurückkehrte. Er hörte das Zischen eines Injektors, spürte kurzes Brennen am Hals.

»Sie werden getestet, Gefangener 07119.«

# 18

Kim suchte in dem Haufen isolinearer Chips auf Zimmermans Schreibtisch. Das benötigte Exemplar verbarg sich irgendwo in dem Durcheinander, aber er konnte es nicht finden.

Verärgert schlug er mit der flachen Hand auf den Schreibtisch, wodurch einige Chips herunterfielen. Natürlich fühlte er sich dadurch nicht besser. Kes hatte recht – ein solches Verhalten war ganz und gar nicht typisch für ihn. Er konnte einfach nicht mehr klar denken, seit er von Captain Janeways und B'Elannas Gefangenschaft wußte. Hinzu kam, daß sich Tom Paris irgendwo in der Nabe befand und für ein Verbrechen büßen mußte, das er, Kim, begangen hatte.

Der junge Fähnrich lehnte sich im Sessel zurück. Wenn er nicht auf Tom und B'Elanna neidisch gewesen wäre... Dann hätte er vermutlich einen klaren Kopf behalten, als Paris ihn zu einem Ausflug in die tutopanische Raumstation einlud. Wenn er klug genug gewesen wäre, zuerst mit Tuvok zu sprechen, so befände sich Tom vielleicht noch an Bord...

Nun, möglicherweise hing er nur deshalb solchen Gedanken nach, um nicht ständig an seine gescheiterten Reparaturversuche in Hinsicht auf die Bordsysteme der *Voyager* zu denken.

*Wie soll ich etwas reparieren, das sich ständig verändert*?

Er fragte sich, ob die Wissenschaftler von Utopia Planitia die Tücken ihres neuen Wundercomputers kannten. Die Verbindung mit den anderen Systemen schuf einen Funktionskomplex, der so unberechenbar wie ein lebendiger Organismus sein konnte. Inzwischen wußte Kim: Die neuralen Gel-Massen griffen nicht schneller als Nanoprozessoren auf Daten zu; ihr großer Vorteil bestand darin, daß sie gewisse Muster zu interpretieren lernten, wodurch weniger Datenzugriffe notwendig wurden. Auf der Grundlage jener Muster gingen Impulse aus, deren ›Kurs‹ sich kaum vorhersagen ließ. Zwar blieben die Endpunkte bei bestimmten isolinearen Chips fixiert, doch die Transferkanäle innerhalb des neuralen Gewebes änderten sich ständig, um neuen Erfordernissen zu genügen. Jede Zelle verfügte über Hunderttausende von Synapsen – und damit möglichen Datenpfaden. Deshalb sah sich Kim außerstande, die Problembereiche zu lokalisieren oder herauszufinden, welche Systeme von den nächsten falschen Impulsen beeinflußt werden mochten. Darüber hinaus konnte er die Gel-Massen nicht daran hindern, Datenelaborationen auf der Basis von längst überholten Korrelationsszenarien durchzuführen.

Damit noch nicht genug: Einige Nervenzellen-Cluster schienen mit einer Wanderung begonnen zu haben. Kim fand kein besseres Wort, um dieses überaus rätselhafte Phänomen zu beschreiben. Mehrere Modifikationen in Hinsicht auf die Behandlung mit chemischen Substanzen führten eine Effizienzverbesserung von nur drei Prozent herbei. Auch ohne den ausdrücklichen Hinweis von Commander Chakotay wußte Kim, daß so etwas bei weitem nicht genügte.

Im anderen Zimmer sah Kes von einer Gewebeanalyse auf und lächelte voller Anteilnahme. Der Fähnrich wußte, daß sie ihm seine Unhöflichkeiten dem Arzt gegenüber bereits vergeben hatte – ein weiterer Grund für Gewissensbisse.

Kim verließ den Raum und gesellte sich der Ocampa hinzu. »Haben Sie in bezug auf die Zellgruppen irgend etwas herausgefunden?«

»Sie hatten recht.« Kes wandte sich vom Monitor ab.

»Die Cluster wandern innerhalb des Computerkerns. Erste Ansammlungen mobiler Zellen bilden sich jetzt auch in den Subprozessoren der Brücke.«

Kim stöhnte leise. »Das hat uns gerade noch gefehlt!«

»Ich weiß nicht, was es damit auf sich hat.« Kes blickte in Richtung Untersuchungszimmer. »Der Doktor gab keine Auskunft, als ich ihn danach fragte.«

Kim sah, daß Dr. Zimmerman reglos auf einer Diagnoseliege ruhte. »Was ist los mit ihm?«

»Es gibt einige neue Symptome.« Kes stand auf und streckte sich hingebungsvoll. »Oh, das tut gut.«

Es sah noch viel besser aus, fand der junge Fähnrich. »Machen wir uns ein Bild vom Zustand des Patienten«, sagte er ernst.

Die Augen des holographischen Arztes waren geöffnet, aber er reagierte nicht, als sich Kes und Kim näherten. Mit den auf der Brust gefalteten Händen wirkte er wie ein Untoter aus einem alten Horrorfilm – wie ein Vampir, der ganz plötzlich zu gespenstischem Leben erwachen konnte.

Kim schauderte unwillkürlich.

»Doktor?« fragte Kes.

Zimmerman drehte so langsam den Kopf, als fiele ihm die Bewegung sehr schwer. Sein Gesicht blieb leer.

»Wie fühlen Sie sich?« fragte Kim. Er war entschlossen, diesmal nicht die Beherrschung zu verlieren.

Zimmerman seufzte und hob eine zitternde Hand so, als gäbe es nichts zu sagen.

»Er offenbart alle Anzeichen einer Depression«, sagte Kes leise. »Gelegentlich kommt es auch zu manischen Phasen.«

»Ich wußte gar nicht, daß er überhaupt Gefühle hat«, erwiderte Kim.

»Nun, bei organischen Geschöpfen gehen Gefühle auf chemische Vorgänge zurück«, meinte Kes. »Der Doktor wurde so programmiert, daß er positive oder negative Situationen erkennen und entsprechend agieren kann. Das Patienteninterface enthält emotionale Reaktionen, die beim Umgang mit Kranken und Verletzten nützlich sind.«

Zimmerman zeigte nicht das geringste Interesse an dieser Diagnose. Selbst in Kim regte sich Sorge. »Setzen Sie sich auf«, sagte er möglichst freundlich. »Damit wir Sie untersuchen können.«

»Ist das unbedingt nötig?« fragte der Holo-Arzt nach einigen Sekunden.

Kim nickte, und daraufhin seufzte Zimmerman noch tiefer als vorher. Er bewegte sich langsam, wie in Zeitlupe, und Kes trat vor, um ihm zu helfen. Der Fähnrich versperrte ihr den Weg, woraufhin sie ihm einen gekränkten Blick zuwarf. Stumm beobachtete Kim, wie sich der Arzt mühsam hochstemmte. Die Beine baumelten über den Rand der Liege, und die Hände zitterten erneut.

»Erinnern Sie sich an die jüngsten Ereignisse?« fragte Kim.

»Ich habe keinen Hirntod erlitten«, entgegnete Zimmerman und sah kurz auf.

Kim vollführte eine beschwichtigende Geste. »Ich weiß. Aber seit einiger Zeit zeichnen Sie sich durch eine gewisse geistige Labilität aus.«

»Das ist also der Grund«, brummte der Doktor. »Deshalb lassen Sie mich nicht mehr arbeiten, oder?«

»Als Sie das letzte Mal die Kontrollen bedienten, haben Sie wichtige Daten gelöscht. So etwas darf nicht noch einmal passieren.«

»Derzeit helfen Sie uns«, sagte Kes sanft, »indem Sie uns die Möglichkeit geben, Sie zu untersuchen.«

»Sie brauchen mich nicht«, kommentierte Zimmerman bitter.

»Sie sind der Erste Medo-Offizier dieses Schiffes«, stellte Kes fest. »Sie wissen, daß wir Ihre Dienste benötigen.«

»Nein, Sie brauchen mich nicht.« Der Arzt wandte sich halb ab. »Sobald Sie mit mir fertig sind, programmieren Sie einen neuen Arzt. Ich kenne Leute wie Sie! Vermutlich sorgen Sie dafür, daß mein Nachfolger so aussieht wie ich – aber es wird jemand anders sein.«

»Seien Sie unbesorgt«, murmelte Kes in einem beruhigenden Tonfall. »Es wird bestimmt alles gut. Weniger als zwei Prozent aller Kopfverletzungen führen zum Tod.«

»Wie viele derartige Patienten verloren ihre Großhirnrinde?« konterte der Arzt. »Ich bleibe auf Gedeih und Verderb dem Schiff ausgeliefert. Im Nichts bin ich unterwegs, immer auf Reisen, ohne Heimat ...«

Kim erkannte die Symptome: Selbstmitleid, Depressionen, Selbstmordgedanken ... Er fragte sich, ob er selbst den Verstand verloren hatte. Ein Computerprogramm wie einen echten Patienten zu behandeln ...

Aber eigentlich blieb ihnen gar keine Wahl.

»Kommen Sie«, sagte der Fähnrich und trachtete danach, aufmunternd zu klingen. »Sie wissen ja, worauf es ankommt. Bringen wir es hinter uns.«

Zimmerman fügte sich: Er berührte seine Zehen, als Kim ihn dazu aufforderte, tastete anschließend erst mit der rechten und dann auch mit der linken Hand nach seiner Nase. Einige Male griff er daneben, was ihn zu ärgern schien. Als Kes an die Sehne unter der Kniescheibe klopfte, blieb das Bein in Bewegung, bis Kim es festhielt.

»Wollen Sie mir jetzt auch noch Nadeln in die Haut stecken?« fragte Zimmerman.

»Nein«, sagte Kes und warf Kim einen warnenden Blick zu.

Der Fähnrich gab sich mit den bisherigen Untersuchungsergebnissen zufrieden. »Was halten Sie davon?«

»In der medizinischen Datenbank habe ich einen Text gefunden, der Symptome beschreibt, die von Reserpin hervorgerufen werden und der Parkinsonschen

Krankheit ähneln: vornübergebeugte Haltung, langsame Bewegungen, leeres Gesicht ...«

»Genau das haben wir hier.«

»Die Parkinsonsche Krankheit beruht normalerweise auf Läsionen der Basalganglien. Doch ähnliche Symptome ergeben sich, wenn das Dopaminniveau im Nervengewebe sinkt.«

»Sollten wir mit einer Dopamin-Behandlung beginnen?«

»Derzeit versuchen wir, die Weiterleitung von Nervenimpulsen im neuralen Gewebe zu inhibieren«, betonte Kes. »Mit der Verabreichung von Dopamin erreichen wir genau das Gegenteil.«

»Oh.« Die verdrießliche Miene des Arztes gefiel Kim ganz und gar nicht. »Können wir ihm sonst irgendwie helfen?«

Kes schüttelte den Kopf. »Das ist erst möglich, wenn die normale Funktion der bioneuralen Massen wiederhergestellt wird.«

»Sie könnten einen Teil meines Thalamus betäuben«, schlug der Arzt vor. »Oh, natürlich. Ich bin ja nur ein Hologramm und habe gar keinen Thalamus.«

»Lassen Sie deshalb nicht den Kopf hängen«, sagte Kim. Einerseits erschienen ihm die Worte absurd, doch andererseits spürte er auch so etwas wie Mitgefühl.

Kes legte Zimmerman die Hand auf die Schulter. »Ich weiß, daß Sie so etwas nicht gern hören, aber vielleicht wäre es besser, Ihren Subprozessor vom Computerkern zu separieren. Es handelt sich nicht um einen regulären Verbindungsknoten. Zwar verfügt er ebenfalls über eine Gel-Masse, doch vielleicht kommt es in diesem Fall nicht zu negativen Reaktionen.«

Der Doktor versuchte, die Schultern zu straffen. Dünne Falten bildeten sich in seiner Stirn. »Wenn Sie den Datenkontakt unterbrechen, erhalten Sie von mir kein Feedback mehr in Hinsicht auf die Auswirkungen der chemischen Behandlung. Nein, ich bleibe auch weiterhin mit dem ODN verbunden.«

»Und wenn es dadurch zu permanenten Schäden kommt?« fragte Kes.

»Wie denn?« erwiderte Kim. »Das Programm wird nicht verändert.«

»Ich habe die Programmierungsparameter überprüft. Doktor Zimmerman ist mit der Fähigkeit ausgestattet, aus Erfahrungen zu lernen und sich neuen Situationen anzupassen. Sein psychotisches Gebaren könnte auf assoziativen Verhaltensmustern basieren. Der terranische Dr. Pawlow nutzte ein ähnliches Prinzip, um bei Hunden vermehrten Speichelfluß zu bewirken, in dem er eine Glocke läutete.«

»Bedingte Reflexe?« fragte Kim.

Kes nickte. »Die Chemo-Behandlung könnte bei ihm dauerhafte Konsequenzen zur Folge haben.«

Kim wußte nicht, was er dazu sagen sollte. Sie brauchten das Feedback des Doktors, aber er wollte nicht, daß er dadurch irgendwie zu Schaden kam.

»Vielleicht bin ich wie Sie.« Der Holo-Arzt seufzte. »Vielleicht überlebe ich – um nachher ein anderer zu sein. Ich muß mit den Konsequenzen meiner ... Krankheit fertig werden. Jetzt verstehe ich, warum ich bei der Behandlung eines anderen Doktors spezielle Subroutinen aktivieren soll. Wir Ärzte sind besonders schlechte Patienten.«

Kes strich ihm eine Strähne des dunklen Haars aus der Stirn. »Es ist nicht fair, daß Sie auf diese Weise leiden müssen.«

»Fair?« Zimmerman rang sich ein schiefes Lächeln ab. »Ich gehöre zur Besatzung der *Voyager*. Es ist meine Aufgabe, dabei mitzuhelfen, die gegenwärtigen Probleme zu lösen. Warum zwingen Sie mich zur Untätigkeit?«

Kes warf Kim einen besorgten Blick zu.

Der Fähnrich wollte Zimmerman keine neuerliche

Enttäuschung bereiten. »Wir könnten hier ein Terminal installieren, das von den übrigen Systemen der Krankenstation isoliert ist. Aber die Vorbereitungen dauern fast eine Stunde …«

»Die Mühe lohnt bestimmt«, sagte Kes rasch.

Kim blieb skeptisch, doch dann sah er die Hoffnung im Gesicht des Holo-Arztes. »Na schön«, brummte er. »Versuchen wir's.«

»Endlich kann ich mich nützlich machen.« Zimmerman rieb sich die Hände, und zum erstenmal seit langer Zeit lächelte er wieder. »Arzt – heile dich selbst!«

Lautes Summen weckte Torres, und Düsternis umgab die Klingonin. Aus einem Reflex heraus tastete sie nach dem Phaser unterm Kissen – sie glaubte sich in einer Maquis-Station, die angegriffen wurde.

Zwei Sekunden später landete sie mit leeren Händen auf dem Boden und erinnerte sich daran, daß sie nicht mehr gegen die Cardassianer oder Starfleet kämpfte.

B'Elanna stöhnte leise und stand auf.

»Sie sollten liegenbleiben und warten, bis die Wirkung ganz nachgelassen hat«, sagte Prog. Sie saß einige Meter entfernt und war von quadratischen Datenkassetten umgeben.

»Wie … lange?« brachte Torres hervor.

»Sie sind den ganzen Tag über bewußtlos gewesen. Jetzt dauert es nicht mehr lange, bis die Sonne untergeht. Andross hat Sie hier untergebracht, damit ich Sie im Auge behalten kann. Diesmal haben Sie weitaus empfindlicher auf das Betäubungsmittel reagiert.«

B'Elanna wies nicht darauf hin, daß sie von Tuvok ein Gegenmittel erhalten hatte. Offenbar schützte eine Dosis nur vor einer Attacke. Sie nahm sich vor, den Vulkanier auf diesen Fehler hinzuweisen, wenn sie zurückkehrte. *Falls* sie zurückkehrte.

Sie sah zur zweiten Liege, auf der Janeway ruhte. Jemand schien darauf geachtet zu haben, daß sie bequem lag. Dieser Umstand ließ eine gewisse Anteilnahme vermuten, die Dankbarkeit verdiente. Torres fühlte Janeways Puls – alles in Ordnung. Trotzdem blieb die Kommandantin bewußtlos. Sie war Andross näher gewesen und hatte deshalb sicher mehr vom Nervengift zu spüren bekommen.

»Sie sind beide unverletzt«, versicherte Prog.

»Ich habe es allmählich satt, bei jedem Erwachen einen solchen Hinweis zu hören.« Schwäche zerrte an Torres, und sie verfluchte sich selbst, als sie am Fußende von Janeways Liege Platz nahm.

»Ich verstehe Sie«, sagte Prog. »Andross vertritt jedoch den Standpunkt, es ließe sich gar nicht vermeiden, andere Leute an unserer Sache zu beteiligen – obwohl sie überhaupt nichts damit zu tun haben.«

Torres stützte die Ellenbogen auf die Knie und sammelte Kraft für den zweiten Aufstehversuch. »Solche Worte habe auch ich einmal an jemanden gerichtet.«

Sofort erwachte Progs Interesse. »Wann?«

Torres wollte lachen, aber es wurde nur ein Krächzen daraus. »Als ich an einem Befreiungskampf teilnahm.«

»Tatsächlich? Haben Sie gewonnen?«

»Ich weiß es nicht.« Torres starrte ins Leere. »Was mag wohl daraus geworden sein …?«

»Sie haben den Kampf aufgegeben.« Progs Stimme klang vorwurfsvoll. »Verloren Sie plötzlich den Glauben an Ihre Sache?«

»In gewisser Weise.« Torres stemmte sich hoch. »Eigentlich war es nie *meine* Sache. Vielleicht habe ich damals nur gekämpft, weil es für mich nichts anderes gab, an das ich glauben konnte.«

»*Ich* glaube an das Ziel unserer Bewegung.« Prog senkte den Blick und sah auf ihre Hände. »Ich gehöre zu den ranghöchsten Computertechnikern des Kommunikationsnetzes. Ich setze *alles* aufs Spiel, mein ganzes Leben.«

»Was hat Sie veranlaßt, an dem Aufstand teilzunehmen?« erkundigte sich Torres. »Warum gehen Sie ein solches Risiko ein?«

»Warum? Weil ich die Umstände meiner bisherigen Existenz einfach nicht mehr ertragen konnte. So durfte es nicht weitergehen.«

»War Ihr Leben so schwer oder unangenehm?« B'Elanna Torres wußte, was es bedeutete, ein Außenseiter zu sein und immer am Rand der Verzweiflung zu wandeln. Doch diese Frau schien nicht dem üblichen Muster zu entsprechen. Torres deutete auf die Einrichtungsgegenstände und modernen Geräte. »Es scheint Ihnen nicht schlecht zu gehen.«

»Ich habe keine Kontrolle über mein eigenes Leben. Ich wäre jetzt viel lieber Mitglied jener freien Gemeinschaft, in der ich aufwuchs. Doch als ich mich für die technische Ausbildung entschied, gab ich alles auf. In meiner Heimat braucht man Arbeitskräfte mit Fachkenntnissen. Ich wollte bei den Leuten arbeiten, die ich liebe, um dabei zu helfen, die Gemeinschaft weiterzuentwickeln.«

»Können Sie nicht zurück?«

»Ich bin noch für fünfzehn Rotationen an die Provinz Seanns gebunden. Meine Vorgesetzten befinden darüber, wann ich welchen Ort aufsuche. Sie könnten mich jederzeit nach Ellosian versetzen. Eine meiner Freundinnen – Mart – mußte ihren Partner verlassen und sich nach Tangir begeben. Es heißt, dort bleibt sie nur für zwei Rotationen, aber wer weiß?«

»Deshalb haben Sie beschlossen, Andross zu helfen?« Torres sah sich im leeren Kontrollraum um. »Wo steckt der kleine, an Größenwahn leidende Bursche?«

»Wen meinen Sie?«

»Andross. Er erschient mir nicht wie das Oberhaupt einer Revolution.«

Dieser Hinweis schockierte Prog geradezu. »Ich wäre jederzeit bereit, mich zusammen mit Andross testen zu lassen.«

Torres streckte sich und fühlte, wie die Muskeln schmerzten – sie hatte zuviel Zeit auf der Liege verbracht. Sie schwang die Arme und trat mit den Beinen, um die Durchblutung zu stimulieren. Mit langsamen Schritten näherte sie sich Prog. Eine Gaswaffe lag neben der Konsole, doch Prog schien weitaus mehr Interesse an den vielen Datenkassetten zu haben. Die Uniformierten an der Tür erwiesen sich als wachsamer, beobachteten die Klingonin aufmerksam und ließen sie nicht aus den Augen.

»Ich kenne nicht einmal ihren Namen«, sagte Prog in einem entschuldigenden Tonfall.

»B'Elanna Torres.« Sie betrachtete die roten Etiketten der Kassetten, las Aufschriften wie NUR FÜR QUANTENMECHANIKER und GEHEIM.

»Klingt gut.« Prog wirkte ein wenig verlegen, als ihr Blick zu den Knochenhöckern an B'Elannas Stirn glitt. »Was sind Sie?«

»Mein Vater war Terraner und meine Mutter Klingonin.« Sie nickte in Richtung Janeway. »Sie ist ein Mensch.«

»Sie sagen das so, als ... als seien Sie ein wenig neidisch.«

»Vielleicht.« Ein solches Maß an Aufmerksamkeit hatte Torres nicht von Prog erwartet. »Nun, möglicherweise sollte ich froh sein, daß klingonisches Feuer in mir brennt. Immerhin sehe ich hier deutlich, was der Pazifismus bei Ihrem Volk angerichtet hat. Außerdem steckt Pazifismus hinter dem Prinzip der Nichteinmischung, das mir derzeit eine große Hilfe ist.«

Prog schüttelte den Kopf. »Würden Sie selbst dann bei der Zerstörung Ihres Prozessormoduls zusehen, wenn Sie etwas dagegen unternehmen könnten?«

Torres schnaubte. Wie sollte sie die Erste Direktive

erklären, wenn es ihr selbst schwerfiel, sie zu verstehen?

B'Elanna überlegte und beschränkte sich auf folgenden Hinweis: »Ich gebe keinem Zwang nach.«

»Niemand zwingt Sie zu etwas.«

»Wirklich nicht? Dann gehe ich jetzt.«

»Das dürfte wohl kaum in Ihrem Interesse liegen. Der Turm ist von Hauswächtern umringt, die darauf warten, daß wir uns eine Blöße geben. Man würde Sie zum Gremium bringen und Ihnen dort alle Informationen aus dem Bewußtsein saugen.« Prog schüttelte erneut den Kopf. »Niemand von uns verläßt dieses Gebäude, bevor wir keine vollständige Kontrolle übers Haus haben.«

»Wenn Sie glauben, daß ich Ihnen helfe, nachdem Sie uns so schlecht behandelt haben... Da irren Sie sich.«

Prog musterte Torres. »Als Sie an dem Befreiungskampf teilnahmen – haben Sie dabei nie jemanden verletzt?«

B'Elanna wollte zunächst keine Antwort geben, doch dann beschloß sie, ehrlich zu sein. »Doch, das habe ich.«

»Dann verstehen Sie sicher.«

Die Klingonin berührte eine der Datenkassetten. »Dadurch wird alles nur noch verwirrender für mich.«

»Ich kann Ihnen einige Berichte geben, wenn Sie etwas lesen möchten...«

Prog unterbrach sich, als plötzlich ein Warnsignal ertönte. Sofort wandte sie sich wieder der Konsole zu und schenkte der nahen Torres keine Beachtung mehr.

»Die Synchronisation ist schon wieder gestört«, stellte die Tutopanerin fest. »Die Datenmuster lassen sich nicht in der Interface-Einheit stabilisieren.«

»Sie verteilen die Elaborationslast, um Datenverluste so gering wie möglich zu halten«, stellte Torres anerkennend fest.

»Ich habe neue Transferkanäle geschaltet, aber selbst dadurch lassen sich Überlastungen nicht vermeiden. Vielleicht kommt es in Ihrem Prozessormodul zu Fehlfunktionen.«

Torres schob Prog beiseite. »Nein. Sehen Sie sich diesen Indikator an. Die verschiedenen Verarbeitungsgeschwindigkeiten gehen auf das Kontrollsegment zurück.«

Die Tutopanerin warf einen Blick auf die Anzeigen. »Solche Muster habe ich bisher nur bei Simulationen gesehen, wenn neuronale Netze direkt miteinander verglichen werden.«

»Es liegt an den neuralen Gel-Massen im Speicherkern. Sie fungieren als unabhängige Generatoren für variable Funktionen, kalibrieren einen kontinuierlichen Dateninput und passen den allgemeinen Funktionskomplex veränderten Bedingungen an, während die Prozessoren noch damit beschäftigt sind, bestimmte Probleme zu lösen.«

Prog verzog andeutungsweise das Gesicht. »Wie soll ich ein solches System integrieren? Ich benötige ein vollständiges Flußdiagramm aller Schaltkreise des Speicherkerns. Und selbst wenn mir solche Unterlagen zur Verfügung stünden – ich müßte die Informationen unserer Datenbank mit einer speziellen Erweiterungssubroutine hinzufügen.«

Torres zuckte mit den Achseln. »An Ihrer Stelle hätte ich gar nicht erst versucht, eine Integration des Moduls ohne Prozedursequenz herbeizuführen.«

Progs Blick kehrte zu B'Elanna zurück. »Sie wissen, was nötig ist, um die Elaborationsgeschwindigkeit des Prozessormoduls zu erhöhen.«

Torres war bereits zu folgender Erkenntnis gelangt: Der Datendurchsatz ließ sich nur mit der Installation eines parallelen Verarbeitungsprogramms verbessern. Die Prozessoren des Moduls konnten Informationen durch multiple Kanäle schicken, um das ganze Potential der neuralen Gel-Massen zu nutzen.

»Ja, Sie wissen Bescheid!« stieß Prog fast triumphierend hervor. »Warum helfen Sie uns nicht? Wir wären imstande, alle Kom-Netze des Planeten zu übernehmen, und dann müßte das Gremium nachgeben. Morgen um diese Zeit könnten Sie wieder an Bord Ihres Schiffes sein – mit dem Prozessormodul.«

»Sie haben Captain Janeway gehört. Das Nichteinmischungsprinzip verbietet es uns, Ihnen zu helfen.«

»Und das vom Kartell verhaftete Besatzungsmitglied?« Prog kniff die Augen zusammen. »Ein Mann namens Tom Paris… Er ist ein Freund von Ihnen, nicht wahr? Möchten Sie ihm nicht helfen?«

»Doch«, hauchte Torres.

»Dann sagen Sie mir, worauf es ankommt.« Prog senkte die Stimme. »Erklären Sie mir alles. Die eigentliche Arbeit erledige ich.«

Die Versuchung war enorm groß. Mit einer Hand stützte sich Torres an der Konsole ab und ließ den Kopf hängen. Widerstrebende Empfindungen vibrierten in ihr und rangen miteinander – bis sich vor dem inneren Auge der Klingonin ein Erinnerungsbild manifestierte. Es zeigte Captain Janeway beim letzten Mal, als B'Elanna ihre Anweisungen mißachtet hatte. Bei jener Gelegenheit ging es um die Installation eines Transportgeräts im Maschinenraum. Der Kommandantin gegenüber alles zuzugeben… Das war für Torres gräßlicher gewesen als alles andere. So mies hatte sie sich nicht einmal gefühlt, als sie zunächst vergeblich versuchte, den Vernichtungsapparat vom Schiff zu trennen.

»Ich weiß tatsächlich, was nötig ist«, sagte sie und glaubte zu spüren, wie ihr etwas den Hals zuschnürte. »Trennen Sie unser Prozessormodul vom Kom-Netz.«

Prog ließ zischend den angehaltenen Atem entweichen. »Sie wollen mir keine Auskunft geben?«

»Ich habe keine Ahnung, wie Ihre Situation verbessert werden könnte.« Torres wandte sich ab und hoffte, daß sie nicht schon alle notwendigen Informationen preisgegeben hatte.

»Ich habe Sie für eine Kämpferin gehalten!« rief Prog ihr nach. »Aber Sie sind schwach, wie alle anderen.«

Torres schüttelte stumm den Kopf und sah nicht zurück. Als sie aufsah, begegnete sie Janeways Blick. »Sie sind wach, Captain!«

»Ja.« Janeway stützte sich auf die Ellenbogen. »Sie haben die Tutopanerin belogen.«

B'Elanna hob verblüfft die Brauen. »Woher wollen Sie das wissen?«

»Meine Mutter ist auf theoretische Physik spezialisiert. Seit meiner Kindheit bin ich mit Computerprogrammen aller Art vertraut. Daher kenne ich die Lösung für das hiesige Problem ebensogut wie Sie: Die Daten müssen parallel verarbeitet werden. Das Schlüsselwort heißt Multitasking.«

»Warum haben Sie nichts gesagt?« fragte Torres leise. »Ich hätte mich fast dazu hinreißen lassen, Prog einen entsprechenden Tip zu geben.«

»Sie sind einer meiner Senior-Offiziere, Lieutenant«, erwiderte Janeway. Es klang fast überrascht. »Ich verlasse mich darauf, daß Sie sich an meine Anweisungen halten.«

Torres fühlte sich von Unbehagen erfaßt. »Ihr Schweigen kam also einem Test gleich? Wollten Sie herausfinden, ob ich mich diesmal an Ihre Order halte?«

»Nein. Ich muß meiner Crew vertrauen – andernfalls geraten wir in noch größere Schwierigkeiten als die gegenwärtigen.« Janeways Nicken galt Prog und den tutopanischen Wächtern. »Nur durch Zusammenarbeit und gemeinsame Ziele kann uns irgendwann einmal die Rückkehr in den Alpha-Quadranten gelingen.«

B'Elanna schüttelte den Kopf. »Das verstehe ich nicht. Nur eins ist mir klar: Ich konnte Sie nicht noch einmal enttäuschen.«

Janeway entspannte sich kaum merklich. »Damit habe ich auch nicht gerechnet.«

# 19

Nach der Drohung des Bevollmächtigten Andross verbrachte Chakotay den Rest des Tages damit, die einzelnen Sektionen der *Voyager* zu besuchen, mit den zuständigen Offizieren zu sprechen und einen besseren Eindruck von der Atmosphäre an Bord zu gewinnen. Normalerweise riet Starfleet Raumschiffkommandanten von einem solchem Verhalten ab, was für den Indianer eins bewies: Die Flotte ging bei ihren Empfehlungen zu häufig von der Annahme aus, daß ihre Schiffe ausschließlich im stellaren Territorium der Föderation verkehrten. Wenn man dort lange genug durchhielt, so kam früher oder später jemand, um nach dem Rechten zu sehen.

Gerade deshalb war die aktuelle Situation so schwierig. Auf Dutzende oder gar Hunderte von verschiedenen Arten verlor die Besatzung Kraft. Chakotay spürte das ganz deutlich. Zwar war es ihnen inzwischen gelungen, einige der ausgefallenen Bordsysteme zu reaktivieren und Fehlfunktionen zu verringern, aber in der Crew verstärkte sich der Eindruck, daß die Zeit immer knapper wurde.

Als Chakotay von Abteilung zu Abteilung ging, wurde ihm klar, daß er wieder in Starfleet-Bahnen dachte. An der Akademie hatte er von den besten Strategen und Taktikern gelernt. Und später, als er die Flotte verließ, bekam er Gelegenheit, seine erworbenen Fähigkeiten zu verbessern. Er wollte auf keinen Fall die allgemeinen Prinzipien im Umgang mit der Crew in Frage stellen, doch seiner Ansicht nach erforderten besondere Situationen besondere Maßnahmen.

Am Abend beendete er die Tour durchs Schiff.

»Sie alle kennen unsere Lage.« Chakotay faltete die Hände auf dem Konferenztisch und wandte sich an die geschrumpfte Gruppe aus Senior-Offizieren. Zugegen waren diesmal auch Neelix, der sich in der Nabe aufgehalten hatte, und Kes, die den Bordarzt vertrat. Beim Besuch in der Krankenstation hatte Chakotay das Ausmaß von Zimmermans Fehlfunktionen gesehen. Andererseits: Der Doktor arbeitete wieder und analysierte die Reaktionsmuster des neuralen Gewebes. »Ich möchte nun Ihre Meinung hören.«

Tuvok kommentierte diesen ungewohnten Anfang einer Besprechung, indem er die Brauen hob. »Ich glaube, unsere Aufmerksamkeit sollte vor allem dem Bevollmächtigten Andross gelten. Immerhin hat er damit gedroht, Captain Janeway und Lieutenant Torres zu töten, wenn wir ihm bis morgen Mittag nicht die gewünschten Informationen liefern.«

»Wir müssen auf ihn eingehen«, sagte Kes, »um den Captain und B'Elanna zu retten.«

»Die Unterstützung eines Aufstands stellt eine direkte Verletzung der Ersten Direktive dar«, gab Tuvok zu bedenken.

Neelix rollte mit den Augen. »Nicht schon wieder.«

»Ja, es geht erneut darum«, erwiderte Chakotay sofort. »Nun, wir könnten beide Probleme lösen, indem wir den Tutopanern geben, was sie wollen. Und dann?«

»Dann verschwinden wir von hier«, meinte Neelix. »Ist doch ganz klar.«

»Und zurück bleiben von uns mitverschuldete Auswirkungen, die das Leben von Millionen Personen beeinflussen. Möchten Sie eine solche Verantwortung tragen?« Chakotay beugte sich ein wenig vor und musterte die übrigen Anwesenden. »Ich nicht.«

»Wir müssen einen anderen Weg finden«, pflichtete Tuvok dem Ersten Offizier bei.

»Warum fliegen wir nicht einfach los, um den Captain und B'Elanna zu befreien?« fragte Kim.

Chakotay hatte diese Möglichkeit bereits in Erwägung gezogen. »Das Kartell gestattet uns keinen Shuttleflug durchs primäre Sonnensystem.«

»Nannte es einen Grund?« erkundigte sich Kes.

»Die Repräsentanten des Kartells wissen, daß unser Prozessormodul irgendeine Rolle bei dem Aufstand spielt. Ich habe darauf hingewiesen, daß wir nur beabsichtigen, Captain Janeway und Lieutenant Torres in Sicherheit zu bringen, aber man verlangte weitere Informationen über Min-Tutopa. Das Interesse an den dortigen Vorgängen scheint recht groß zu sein.«

Neelix schnitt eine Grimasse. »Captain Janeway ist nicht auf den Kopf gefallen. Vielleicht kommt sie auch allein zurecht.«

»Gefangene haben praktisch nie entscheidenden Einfluß auf ihre eigene Situation«, wandte Tuvok ein.

»Nun, wir können nicht einfach hierbleiben und abwarten«, sagte Kim.

»Schlagen Sie vor, ohne eine Genehmigung nach Min-Tutopa zu fliegen?« Chakotay schüttelte den Kopf. »Die defensive Kapazität unserer Shuttles ist nicht groß genug, um einem Angriff durch Einheiten des Kartells standzuhalten.«

»Und wenn wir mit der *Voyager* aufbrechen?« fragte der junge Fähnrich.

»Angesichts der vielen Fehlfunktionen kämen wir nicht weit«, entgegnete Tuvok.

*Wie bringt er es fertig, abfällig zu klingen, obgleich in seiner Stimme keine Veränderungen festzustellen sind?* dachte Chakotay.

»Der Einsatz eines Shuttles wäre weitaus vernünftiger«, fügte der Vulkanier hinzu.

»Wir können nicht einfach abwarten«, wiederholte

Kim stur. »Wir sollten Druck ausüben, solange wir noch dazu imstande sind.«

Es wurde still im Besprechungsraum, als alle nachdachten.

»Sie plädieren für ein kühnes Vorgehen, Mr. Kim«, sagte Chakotay schließlich. »Und ich verstehe Ihren Standpunkt.«

»Die *Voyager* hat weder Warppotential noch Impulskraft«, verkündete Tuvok. »Ohne Computerkontrolle sind die Deflektoren und Schilde unzuverlässig. Außerdem werden die Bordsysteme noch immer von energetischen Fluktuationen beeinträchtigt.«

»Sehen wir die Sache mal aus einem anderen Blickwinkel«, meinte Chakotay. »Welche Systeme funktionieren?«

»Es ist uns gelungen, die Lebenserhaltung zu stabilisieren«, erwiderte Kim. »Und wir haben das Manövriertriebwerk.«

»Phaser und Photonentorpedos sind einsatzbereit«, sagte Tuvok. »Allerdings arbeitet die Zielerfassung nicht mit der notwendigen Genauigkeit.«

Chakotay stand auf, verärgert von den vielen negativen Faktoren, die sich bei einer Beurteilung der Lage ergaben. Er schritt zum Fenster, blickte zur Nabe und stellte sich der sehr unangenehmen Erkenntnis, daß sie einen fairen Kampf nicht gewinnen konnten. Also durfte die Konfrontation nicht fair sein, woraus folgte: Sie mußten wieder zur Guerillataktik greifen – Täuschung, überraschende Aktionen, das Bemühen, im Lager des Gegners die Saat des Entsetzens auszubringen, ihn zu demoralisieren.

Er drehte sich um und sah erwartungsvolle Gesichter. Das Vertrauen der übrigen Offiziere erfüllte ihn mit neuer Zuversicht. »Nach meinen Erfahrungen ist es möglich, Nachteile in einen Vorteil zu verwandeln. Ich schätze, so etwas läßt sich auch hier bewerkstelligen.«

»Wie können wir einen Vorteil daraus gewinnen, daß die *Voyager* kaum mehr ist als ein Wrack?« fragte Neelix.

Chakotay lächelte dünn. »Indem wir deutlich darauf hinweisen, daß wir unsere Bordsysteme kaum mehr unter Kontrolle haben.«

Kim nickte langsam. »So verscheuchten wir die Plünderer, bevor wir nach Gateway Pol flogen.«

Die technischen Einzelheiten schienen Kes weniger zu interessieren. »Wenn wir aufbrechen, müssen wir Tom Paris mitnehmen.«

»Wir haben das ganze Verhandlungspotential ausgeschöpft«, sagte Tuvok. »Ohne Erfolg.«

»Wenn wir uns schon über alle Vernunft hinwegsetzen, so sollten wir keine Zurückhaltung üben.« Chakotay hielt diesen Punkt für unvermeidlich.

»Wie sollen wir beim Kartell die Freilassung von Tom Paris erwirken?« erkundigte sich Tuvok.

»Ich dachte dabei an eine direktere Methode. An etwas, das sicher die Zustimmung unseres Piloten hätte.«

Ein Lächeln wuchs auf Kims Lippen. »Sie beabsichtigen, ihn aus dem Gefängnis zu befreien.«

»Ja.«

Das schien Neelix zu verblüffen. »Ziehen Sie tatsächlich eine solche Möglichkeit in Erwägung?«

»Inzwischen bin ich zu allem fähig«, entgegnete der Indianer.

Ein Hauch von Unbehagen huschte über die steinerne Miene des Vulkaniers. »Nach den Gesetzen der tutopanischen Gesellschaft ist Paris schuldig.«

»Er hat nur versucht, dem Captain zu helfen«, warf Kes ein.

»Außerdem bin *ich* der wahre Schuldige«, ließ sich Kim vernehmen. »Ich habe die Dateien kopiert, nicht Paris. Wenn dafür jemand bestraft werden soll, so wäre es angebracht, mich dem Kartell auszuliefern.«

Chakotay schüttelte sofort den Kopf. »Ich lasse nicht zu, daß die Tutopaner noch jemanden von uns ihren ›Tests‹ unterziehen.«

»He, Leute, immer mit der Ruhe!« Neelix hob die Hände. »Bevor wir mit ethischen Grundsatzdiskussionen beginnen, sollten Sie überlegen, ob sich eine derartige Mission überhaupt durchführen läßt. Wir haben es hier mit dem Kartell zu tun. Wie kommen Sie darauf, daß Sie Paris aus der Vollstreckerhaft befreien können?«

»Bisher waren wir nicht imstande, den gegenwärtigen Aufenthaltsort des Piloten festzustellen«, sagte Tuvok. »Darüber hinaus liefern die Sensoren keine eindeutigen Werte, und ein gründlicher Scan nimmt Zeit in Anspruch.«

»Wenn wir Paris finden, verwenden wir den Transporter, um ihn zurückzuholen«, wandte sich Kim an Chakotay.

Der Indianer kniff die Augen zusammen. »Der Transporter wäre das ideale Mittel. Vorausgesetzt, wir können damit die tutopanischen Schilde durchdringen *und* verhindern, daß die Spezialisten des Kartells zu viele Informationen über unsere Transportertechnik bekommen.«

»Um trotz der vielen Gravitationsfelder einen Transferfokus auszurichten, muß ein Signalgeber bei Paris untergebracht werden«, sagte Tuvok.

»Wir könnten einen subkutanen Transponder verwenden«, fuhr der Vulkanier nachdenklich fort. »Es handelt sich um einen inaktiven Mechanismus, der den tutopanischen Sensoren somit verborgen bleibt. Doch für das Implantieren des Geräts wäre ein physischer Kontakt mit Paris erforderlich.«

»Na schön«, brummte Neelix widerstrebend. »Ich begebe mich noch einmal in die Nabe. Vielleicht kann ich feststellen, wo sich die Arrestzellen befinden.«

»Gut.« Trotz der schwierigen Situation war Chakotay zufrieden. Neue Entschlossenheit prägte die Stimmung im Konferenzzimmer, eine Zielstrebigkeit, die Kraft verlieh. »Tuvok, Sie und Kes arbeiten an dem Signalgeber. Fähnrich Kim, ich möchte einen vollständigen Statusbericht in Hinsicht auf die einzelnen Bordsysteme. Uns bleibt nicht mehr viel Zeit, um alle notwendigen Vorbereitungen zu treffen.«

Kes kehrte in ihr Quartier zurück, und es dauerte nicht lange, bis Neelix eintraf. Er war aufgeregt und nervös – fast ein normaler Zustand bei ihm.

»In der Nabe droht mir große Gefahr«, behauptete der Talaxianer und sank seufzend auf die Couch. »Ständig muß ich damit rechnen, daß hinter der nächsten Ecke irgendwelche Halunken lauern, die es auf mich abgesehen haben.«

»Bist du angegriffen worden?«

»Nein.« Neelix stöhnte und rieb sich die verletzte Schulter. »Aber eins steht fest: Ich möchte nicht noch einmal in die gräßliche Raumstation.« Nach einer kurzen Pause fügte er hinzu: »Ich habe die vom Commander gewünschten Informationen.«

»Du weißt, wo man Paris gefangenhält?«

»Nuuun, nicht unbedingt.« Er holte einen kleinen Speicherchip hervor. »Aber ich habe eine Karte, die den Sicherheitsblock der Vollstrecker zeigt.«

Kes massierte ihm die Schultern. »Das wird den Commander bestimmt freuen.«

»Es war alles andere als einfach, den Chip zu besorgen.« Neelix neigte den Kopf zur Seite. »Ah, ja, genau dort! Oh, es fühlt sich herrlich an ...«

»Es ist spät«, sagte Kes. »Ich schlage vor, du nimmst ein Bad und gehst dann zu Bett.«

Er ließ sich von ihr aufhelfen. »Ich bin selbst für ein Bad zu müde.«

Kes führte ihn zum Bett, streifte Neelix dort die Schuhe von den Füßen und knöpfte seinen Overall auf.

»Du bist so gut zu mir«, murmelte der Talaxianer.

»Und du zu mir.« Kes gab ihm einen Kuß und zog die Decke hoch. »Schlaf jetzt.«

Er griff nach ihrer Hand, als sie sich abwandte. »Was ist mit dir?«

»Ich muß noch etwas erledigen.«

Neelix gähnte so herzhaft, daß die Kiefernknochen knackten. »Der Signalgeber?«

»Ja. Ich habe einen Mikroinjektor programmiert, der Paris mit dem Transceiver ausstatten soll.« Kes klopfte auf Neelix' Hand und schob sie unter die Decke zurück. »Sei unbesorgt. Ich bin bald zurück.«

Der Talaxianer machte den halbherzigen Versuch, Einwände zu erheben. Doch als Kes nach dem von ihm mitgebrachten Datenchip griff, hörte sie, wie Neelix im Nebenzimmer schnarchte. Rasch scannte sie den Chip mit ihrem Tricorder und betrachtete die Karte der Nabe. Es sollte nicht übermäßig schwer sein, den Haftbereich vom Andockturm aus zu erreichen.

In der Krankenstation stellte sie fest, daß der Holo-Arzt noch immer hart arbeitete. »Sind Sie sicher, daß die Belastung nicht zu groß für Sie ist?« fragte die Ocampa.

Zimmerman murmelte etwas von Leuten, die sich selbst helfen. »Was führt Sie so spät hierher?«

»Der gleiche Wunsch, der auch Sie motiviert – ich möchte mich nützlich machen.« Kes lächelte, als sie den Mikroinjektor in ihre Fingerspitze implantierte. Jetzt brauchte sie Tom Paris nur noch zu berühren, um ihn mit dem Signalgeber auszustatten.

»Was auch immer Sie planen …«, sagte Zimmerman geistesabwesend. »Ich wünsche Ihnen viel Glück.«

»Danke. Ich kann's gebrauchen.« Kes winkte zum Abschied, aber der holographische Arzt schenkte ihr gar keine Beachtung mehr.

Als sie das Außenschott öffnen wollte, verlangte der Computer einen Autorisierungscode. Sie nannte jenen, den Neelix von Tuvok erhalten hatte. Daran gab es bestimmt nichts auszusetzen. Der Talaxianer wies immer wieder darauf hin: Sie durfte über alles verfügen, was ihm gehörte.

Kes verließ die *Voyager* und achtete darauf, daß sich das Schott hinter ihr schloß. Tuvok wäre sicher nicht begeistert gewesen, wenn sich jemand aus der Nabe an Bord geschlichen hätte.

# 20

Als Kes die Lobby 58 mit ihrer hohen, spitz zulaufenden Decke sah, war sie sofort von der Nabe begeistert. Zahllose exotische Individuen eilten hin und her, auf dem Weg zu irgendeinem Ort in der großen Raumstation. So viele besorgte, beunruhigte und einsame Personen. Kes lächelte und nickte den Fremden zu, als sie an ihnen vorbeischritt. Mit ihren Blicken gab sie ihnen zu verstehen, daß die Dinge bestimmt nicht so schlimm waren, wie sie glaubten. *Ich wünschte, ich könnte euch allen helfen*, lautete die emotionale Botschaft der Ocampa.

Sie ließ sich immer wieder von der Umgebung ablenken, und deshalb dauerte es länger als erwartet, den Sicherheitsblock zu erreichen. Kes bereute den zusätzlichen Zeitaufwand nicht.

»Sie kommen früh«, sagte der Vollstrecker, als sie Tom Paris zu sprechen wünschte. »Das Verhör findet erst morgen Vormittag statt.«

»Ich komme nicht wegen des Verhörs. Ich möchte den Gefangenen besuchen.«

Der Vollstrecker wandte sich ab und aktivierte einen Monitor. Ein kurzer Kom-Dialog fand statt. Kes hörte Bemerkungen wie »...Kooperation abgelehnt...« und »...damit ließe sich vielleicht etwa anfangen...«

Als sich der Vollstrecker zu Kes umdrehte, hatte sich sein Gesichtsausdruck verändert. »Gehen Sie durch die Tür dort. Jemand bringt Sie zu einem Raum, wo Sie mit dem Gefangenen 07119 sprechen können.«

»Danke«, erwiderte die Ocampa höflich und überlegte, warum sich die Offiziere der *Voyager* solche Sorgen gemacht hatten. Bisher gab es nicht die geringsten Probleme.

Ein anderer Vollstrecker wartete hinter der Tür. »Möchten Sie an dem Verhör teilnehmen?«

»Tut mir leid. Dafür brauche ich eine Genehmigung.«

Der Uniformierte zuckte mit den Achseln und öffnete eine zweite Tür. »Ich habe ohnehin keine Informationen über Ihre Spezies gefunden. Warten Sie hier.«

In der gegenüberliegenden Wand zeigte sich ein weiterer Zugang, und das Schimmern eines Kraftfelds teilte das Zimmer in zwei Hälften.

»Bitte deaktivieren Sie den energetischen Schild«, sagte Kes. »Ich bin eine Kollegin des Gefangenen.«

»Ausgeschlossen. Ein direkter Kontakt ist nur während des Verhörs möglich.«

»Oh.« Kes schwieg enttäuscht, als der Vollstrecker ging. Stühle oder Sessel fehlten. Die Ocampa lehnte sich an die Wand, und ihre Gedanken galten Paris. Wo befand er sich?

Kes wartete so, wie nur sie es verstand – indem sie sich auf ihr neues anatomisches Studienobjekt konzentrierte, die Struktur des bajoranischen Atemsystems.

Nach einer Weile öffnete sich die Tür vor ihr, und zwei in Weiß gekleidete Tutopaner zerrten Paris herein. Wie achtlos ließen sie ihn zu Boden sinken und verschwanden aus dem Raum.

Kes trat ans Kraftfeld heran. Paris trug keine Uniformjacke mehr; das graue Unterhemd war verschwitzt und an einigen Stellen aufgerissen.

»Wachen Sie auf, Tom. Ich bin's, Kes.«

Paris stöhnte und erinnerte die Ocampa ein wenig an Neelix nach seiner Rückkehr aus der Nabe. Er strich sich das Haar zurück und richtete den Blick auf die Besucherin.

»Kes …?«

»Ja«, bestätigte sie. »Ist alles in Ordnung mit Ihnen?«

»Kes!« entfuhr es Paris. Er starrte sie mit offenem Mund an und versuchte nicht einmal aufzustehen. »Was machen Sie hier?«

»Ich bin gekommen, um mit Ihnen zu sprechen.«

»Wie bitte?« brachte Paris hervor. »Sie sind doch nicht allein hier, oder?«

»Ich bin nie allein gewesen. Ständig waren Leute um mich herum. Bei der Tunnelbahn mußte ich nach dem Weg fragen, aber alle erwiesen sich als recht freundlich.«

Paris stemmte sich hoch und schüttelte ungläubig den Kopf. »Wissen Sie eigentlich, wie gefährlich es hier ist?«

»Nein.« Die Ocampa neigte den Kopf zur Seite, als sich Paris erhob. Sie erkannte die Symptome: Er bemühte sich, die Nachwirkungen eines Sedativs zu überwinden. Die eine Hand schien verletzt zu sein.

»Meine Güte … Jemand hätte Sie entführen und irgendwohin verschleppen können. Hier gibt es Schurken, die dazu imstande wären, Sie aus Spaß zu quälen oder zu töten. Sie können froh sein, daß nichts passiert ist.«

»Sie und Neelix suchten die Nabe auf.«

Paris lachte bitter. »Ja. Und sehen Sie nur, was ich mir dadurch eingebrockt habe.«

Kes zog die Brauen zusammen. »Neelix wurde verletzt. Und dafür gibt er Ihnen die Schuld.«

»Neelix wurde verletzt?« wiederholte Paris. Er kam näher. »Wie geht es ihm jetzt?«

»Die Schnittwunde ist bereits verheilt. Er meinte, Sie ließen ihn zurück, damit zwei Männer über ihn herfallen konnten.«

Paris mied den Blick der Ocampa. »Ich wollte ihn nicht in Gefahr bringen. Ich hatte keine Ahnung, daß er …« Sein Blick galt jener Hand auf der sich einige blutige Striemen zeigten. »Ich weiß überhaupt nicht mehr, was real ist. Ich glaubte mich auf einer öden Wüstenwelt. Und Tracer ... Sie versank im Treibsand. Aber vielleicht bin ich die ganze Zeit über hier gewesen ...«

Plötzlich hob Paris den Kopf und starrte Kes an. Mißtrauen glomm in seinen Augen. »Nein ...«

»Was ist, Tom?«

»Nein, unmöglich!« zischte er und wandte sich ab.

»Tom ...«, drängte Kes. »Was ist los?«

Erneut sah Paris die Ocampa an und stieß hervor: »Sie sind nur eine Simulation.«

Kes wich zurück – sie spürte Paris' Zorn so deutlich, als besäße er Substanz.

»Ich hätte es wissen sollen!« Der Pilot ballte die Fäuste. »Sie sind nur ein weiterer Trick, der mich dazu veranlassen soll, mehr Informationen preiszugeben.«

»Sie irren sich, Tom. Ich ...«

»Versuchen Sie es bloß nicht«, sagte Paris in einem warnenden Tonfall, als könnte er sich kaum zurückhalten. »Es hätte mir sofort klar sein müssen. Die anderen hätten nie zugelassen, daß Kes allein die Nabe aufsucht.«

Kes musterte ihn, und ihre Besorgnis verwandelte sich in Trauer. Ihr Gesicht brachte unübersehbare Anteilnahme zum Ausdruck.

»Hören Sie auf!« Paris sprang zum Kraftfeld. Der Kontakt mit dem Ergschild rief knisternde Entladungen hervor. »So würde *sie* sich verhalten!«

Er hämmerte mit den Fäusten an die Barriere aus Energie, als wollte er sie auf diese Weise durchdringen. Kes konnte Paris nicht daran hindern und fühlte mit ihm den Schmerz, als sich Brandblasen an den Händen bildeten.

Schließlich wurde die Pein zu groß. Paris keuchte, taumelte fort vom Kraftfeld und wankte in eine Ecke des Raums. Dort schloß er die Augen und versuchte, sich wieder zu fassen.

Kes trat so dicht wie möglich an den leise summenden Ergschild heran und spürte statische Elektrizität.

»Ich bin es wirklich, Tom«, hauchte sie. Empathie verdichtete sich in ihr, schwoll immer mehr an, verließ ihre Seele und baute eine mentale Brücke zu dem Gefangenen. »Glauben Sie mir.«

Paris schauderte und drehte sich langsam um.

Er begegnete dem Blick der jungen Frau.

»Sie können mir vertrauen«, sagte sie.

Der Pilot nickte benommen.

»Wir holen Sie hier raus«, versicherte Kes. »Das verspreche ich Ihnen.«

»*Was?*« heulte Neelix. »Das darf doch wohl nicht wahr sein!«

»Es *ist* wahr.« Kes saß ruhig auf der Couch im Bereitschaftsraum und hatte die Hände im Schoß gefaltet.

Neelix marschierte auf und ab, tastete dabei immer wieder nach dem Gürtel seines bunten Gewands. Das Verhalten des Talaxianers wies Chakotay darauf hin, daß er nichts von dieser Sache gewußt hatte. Es erleichterte den Ersten Offizier, daß Neelix nicht *so* unverantwortlich war. Als Tuvok ihn geweckt und über Kes' Rückkehr aus der Nabe informiert hatte... Daraufhin fiel ihm ein altes indianisches Sprichwort ein: Die Götter schützen Narren und kleine Mädchen.

Neelix gegenüber ließ er diese Weisheit unerwähnt.

»Sie hatten Glück«, sagte Chakotay zu Kes.

»Ich bin nie in Gefahr gewesen«, erwiderte die Ocampa.

»Gefahr!« Neelix gestikulierte. »Du hättest einem skrupellosen Mörder zum Opfer fallen können! Oder du könntest jetzt ebenfalls im Gefängnis sitzen!«

»Das wäre durchaus möglich«, pflichtete Tuvok dem Talaxianer bei. Er vermied es, einen direkten Blick auf

Neelix zu richten – vielleicht wegen der zu grellen Farben des Gewands. »Aus Kes' Schilderungen geht folgendes hervor: Das Kartell nutzte ihren Besuch in irgendeiner Hinsicht aus.«

Neelix eilte plötzlich zu Kes und schlang die Arme um sie. »Ich hätte dich für immer verlieren können!«

Chakotay setzte sich auf die Tischkante. »Wenn Sie sich jetzt bitte beruhigen würden, Neelix… Kes hat alles mit heiler Haut überstanden.«

Tuvok stand neben der Tür und verschränkte die Arme. »Außerdem hat sie deutlich darauf hingewiesen, daß sie nicht daran denkt, weitere Ausflüge dieser Art zu unternehmen.«

»Ganz allein den Sicherheitsblock aufzusuchen…« Neelix konnte es noch immer nicht fassen. »Was ist bloß in dich gefahren?«

»Ich wollte Paris den Signalgeber implantieren.« Kes wandte sich an Chakotay. »Doch ein Kraftfeld trennte uns. Angeblich sind direkte Kontakte nur während des Verhörs erlaubt.«

»Das morgen früh stattfinden soll«, fügte Tuvok hinzu.

»Wir könnten jemanden hinschicken, der Paris mit dem notwendigen Peilgerät ausstattet«, sagte Chakotay. »Anschließend beamen wir beide an Bord – bevor das Verhör beginnt.«

Tuvok wölbte eine Braue. »Wen auch immer wir schicken: Das Kartell wies darauf hin, daß die betreffende Person getestet werden muß. Ein solcher Vorgang nähme viel Zeit in Anspruch.«

Kes protestierte sofort. »Sie dürfen nicht zulassen, daß noch jemand einem Test unterzogen wird. Ich habe gesehen, was das bedeutet: Man hat Paris gefoltert, geistig ebenso wie körperlich.«

»Ich werde nicht erlauben, daß Repräsentanten des Kartells weitere Besatzungsmitglieder der *Voyager* testen«, versprach Chakotay. Kes seufzte und nickte.

»Darüber hinaus habe ich so meine Zweifel in Hinsicht auf das Verhör.«

»Worin bestehen die Risiken?« fragte Kes.

Chakotay atmete tief durch. »Soweit wir bisher wissen, verwenden die Tutopaner beim Verhör spezielle Substanzen. Durch die chemische Manipulation des Gehirns wird der autonome Wille des Befragten eliminiert.«

»Mit anderen Worten: Die betreffende Person kann nicht lügen«, erwiderte Kes.

»Nun, dann könnten wir gleich auf die Forderungen des Kartells eingehen«, meinte Neelix. »Weil Paris über alles Auskunft geben wird.«

»Andererseits ist er der einzige Mensch, der bisher getestet wurde«, sagte Chakotay. »Die Tutopaner brauchen eine Vergleichsbasis. Deshalb haben sie uns aufgefordert, einen zweiten Menschen am Verhör teilnehmen zu lassen.«

»Die Entsendung eines Menschen käme einem unakzeptablen Sicherheitsrisiko gleich«, stellte Tuvok fest. »Es besteht eine Wahrscheinlichkeit von zweiunddreißig Prozent dafür, daß wir nicht in der Lage sind, Paris aus dem Arrestbereich zu beamen. Wenn uns das tatsächlich nicht gelingt, haben wir dem Kartell die Möglichkeit gegeben, alle gewünschten technischen Informationen zu bekommen.«

»Das stimmt leider«, entgegnete Chakotay.

Kes spürte offenbar, daß der Erste Offizier mit sich selbst rang. »Und wenn wir jemanden schikken, der kein Mensch ist? Die Vollstrecker boten mir die Teilnahme am Verhör an – vorausgesetzt, sie finden eine Datenmatrix in Hinsicht auf meine Spezies.«

»Wie bitte?« entfuhr es Neelix, als er zu verstehen begann. »Kommt nicht in Frage! Ich verbiete es!« Er appellierte direkt an Chakotay. »Sie dürfen Kes nicht noch einmal in die Nabe schicken...«

»Er schickt mich überhaupt nicht«, sagte Kes geduldig. »Ich gehe freiwillig.«

Diese Vorstellung gefiel Chakotay nicht sonderlich.

»Die Ocampa sind über viele Jahrhunderte hinweg isoliert gewesen«, ließ sich Tuvok vernehmen. »Ich halte es für sehr unwahrscheinlich, daß die Datenbanken des Kartells Informationen über Kes' Spezies enthalten.«

»Gut!« Neelix klopfte ihr aufs Knie. »Dann ist alles klar. Ich will nichts mehr davon hören, daß meine Kes in die Folterkammern des Kartells geschickt wird.«

Kes lächelte sanft. »Man würde mir bestimmt nichts antun. Die Vollstrecker waren recht höflich.«

»Es gibt noch eine andere Möglichkeit«, sagte Chakotay langsam. Die nächsten Worte formulierte er nicht gern. »Ihr Volk ist weit herumgekommen, Neelix. Bestimmt gibt es hier eine entsprechende Datenmatrix.«

»Ich?« Der Talaxianer wich zurück. »Nein, Sir, ausgeschlossen.«

»Das wäre akzeptabel«, sagte Tuvok.

»Für Sie vielleicht, aber nicht für *mich.*« Neelix schüttelte den Kopf. »Wissen Sie, wozu die Tutopaner fähig sind, sobald Sie mit einer Manipulation meines Bewußtseins begonnen haben? Sie könnten mich in eine willenlose Marionette verwandeln … Nein, nein, ein solches Risiko gehe ich nicht ein.«

Die übrigen drei Anwesenden sahen Neelix an. Er rutschte unruhig hin und her. »Was starren Sie mich so an?« stöhnte er. »Einen solchen Einsatz können Sie mir nicht befehlen.«

»Das habe ich auch nicht vor«, erwiderte Chakotay.

Stille folgte.

»Fragen Sie das Kartell, ob es über eine Ocampa-Matrix verfügt«, meinte Kes.

»Nein!« platzte es aus Neelix heraus.

»Wir dürfen Paris nicht einfach seinem Schicksal überlassen«, beharrte die junge Frau.

»Warum denn nicht? Hat er *mir* geholfen? Er ließ mich ganz allein gegen die beiden Irren kämpfen.« Neelix sprang auf und begann damit, das Gewand abzustreifen. »Die Narben beweisen es!«

Kes erhob sich und legte ihm die Hand auf den Arm. »Dies ist die einzige Familie, die wir haben. Wir brauchen uns gegenseitig.«

»Daran hat Paris nicht gedacht, als er mich im Stich ließ.«

»Vielleicht nicht«, räumte Kes ruhig ein. »Doch das Prinzip bleibt davon unbeeinflußt.«

Neelix sah zu Chakotay, der sich hütete, auf das Offensichtliche hinzuweisen: Für diese besondere Mission kamen nur zwei Personen in Frage – der Talaxianer oder die Ocampa.

Neelix hob die Arme und ließ sie wieder sinken. »Na schön. Ich gehe.«

Kes strahlte und umarmte ihn. »Ich wußte es.«

»Ich weiß, daß ich verrückt bin.« Er drückte sie fest an sich. »Aber für dich wäre ich zu allem bereit.«

»Für uns«, berichtigte Kes.

»Für uns alle«, sagte Chakotay. »Danke ...«

Die Tür des Bereitschaftsraums öffnete sich, und Kim eilte herein. Die Jacke war nicht richtig geschlossen, und es gab auch noch andere Anzeichen dafür, daß er sich sehr hastig angezogen hatte.

»Commander ...«, brachte er hervor und sah zur Ocampa. »Ich habe gehört, daß Kes bei Paris war.«

Diesmal wölbte Tuvok beide Brauen. »Woher stammen Ihre Informationen, wenn ich fragen darf?«

»Die *Voyager* ist kein besonders großes Schiff ...« Kim wirkte plötzlich verlegen. Vielleicht begriff er erst jetzt, daß er bei einer wichtigen Besprechung störte. »Ich mußte unbedingt feststellen, ob es stimmt.«

»Ja, es stimmt«, erwiderte Chakotay, als er Kims

Motiv erkannte: Sorge. »Neelix hat sich bereit erklärt, am Verhör teilzunehmen – um Paris mit dem Transponder auszustatten.«

»Lassen Sie mich gehen«, sagte der Fähnrich.

»Eine *hervorragende* Idee!« begeisterte sich der Talaxianer.

»Unmöglich«, warf Tuvok ein. »Es wäre ein enormes Sicherheitsrisiko, einen Menschen zu schicken.«

Kim wandte sich dem Vulkanier zu. »Hier bringt *alles* unsere Sicherheit in Gefahr. Ein derartiger Befreiungsversuch grenzt an Wahnsinn.«

»Neelix ist die logische Wahl«, sagte Tuvok ruhig. Seine unerschütterliche Gelassenheit bildete einen auffallenden Kontrast zur Nervosität der anderen. »Von Fähnrich Kim könnten die Tutopaner detaillierte technische Informationen bekommen.«

Neelix vollführte eine Geste der Verzweiflung. »Womit wir wieder bei mir wären!«

»Das Kartell hat einen Menschen verlangt«, sagte Kim zu Tuvok. »Vermutlich müssen wir diese Bedingung erfüllen, um einen direkten Kontakt zu ermöglichen.« Er richtete den Blick wieder auf Chakotay. »Bitte lassen Sie mich gehen. Paris' Verhaftung ist meine Schuld.«

»Sie tragen dafür keine Verantwortung, Fähnrich«, widersprach Tuvok. »Paris hat in Hinsicht auf die Transfererlaubnis gelogen und muß dafür mit einem offiziellen Tadel rechnen, falls er zurückkehrt.«

»*Falls?*« wiederholte Kes schockiert.

»Mit mir hat Paris bessere Chancen als mit ihm«, meinte Kim und deutete auf Neelix. »Er hält von dieser Angelegenheit ganz offensichtlich nicht viel. Ich hingegen werde keine Mühen scheuen, um dafür zu sorgen, daß Paris sicher zur *Voyager* zurückkehrt.«

Chakotay musterte die Anwesenden der Reihe nach. Der gesunde Menschenverstand riet ihm, Neelix zu schicken – um zu gewährleisten, daß die Tutopaner keine technischen Informationen bekamen. Aber zumindest in einem Punkt hatte Kim recht.

»Motivation ist ein wichtiger Faktor für den Erfolg.« Chakotay nickte dem Fähnrich zu. »Ich bin einverstanden, Fähnrich. Geben Sie gut auf sich acht.«

»Ja, Sir.« Kim nahm die Entscheidung des Ersten Offiziers erstaunlich gefaßt hin.

Bevor sie den Bereitschaftsraum verließen, klopfte Neelix dem Fähnrich auf den Rücken. »Ich habe mich natürlich freiwillig gemeldet, aber als Sie sich für diese Mission anboten … Da mußte ich zur Seite treten. Ich kann doch nicht zwischen zwei guten Freunden stehen, oder?«

Die Tür schloß sich, und Chakotays Blick glitt zu Tuvok, der seinen Beschluß sicher nicht begrüßte. Der Indianer wußte aus Erfahrung, daß es manchmal besser war, dem Instinkt zu vertrauen. *Eigentlich seltsam, daß ich am stärksten vom tutopanischen Nervengift betroffen gewesen bin,* dachte er. Seine lange Rekonvaleszenz führte unter anderem dazu, daß sie seit dem Überfall der Plünderer und Diebe viel zu oft *re*agiert hatten, anstatt zu agieren. Das mußte sich jetzt ändern. Doch wie sollte er so etwas ausgerechnet einem Vulkanier verständlich machen?

# 21

Paris war dankbar dafür, daß ihn die Vollstrecker nicht erneut betäubten. Zumindest erinnerte er sich auf diese Weise daran. Die Uniformierten führten Kes fort, und anschließend blieb er allein im Zimmer zurück. Vielleicht steckte Absicht dahinter. Möglicherweise sollte er Zeit und Gelegenheit finden, über alles nachzudenken. Aber wie konnte er imstande sein, nach den jüngsten Erlebnissen einen klaren Gedanken zu fassen. Die kurze Begegnung mit der Ocampa… Es hatte sich alles vollkommen echt angefühlt. Und doch konnte es nur das Ergebnis von chemisch induziertem Wunschdenken sein.

Paris wußte: Irgendwann einmal kam der Zeitpunkt, an dem man glaubte, es nicht mehr auszuhalten, nicht noch mehr zu ertragen. Er hatte so etwas schon einmal erlebt: als er die Hoffnung verlor, den angerichteten Schaden in seinem Leben jemals reparieren zu können. Doch dann brachte Janeway ihn fort, weiter weg, als beide erwartet hatten – woraufhin er glaubte, eine zweite Chance zu bekommen. Die Chance, ein neues Leben zu beginnen.

*Es hört da auf, wo auch das erste endete: in einer Zelle.*

Er befand sich wieder am Ausgangspunkt. Vielleicht war er dazu bestimmt, für den Rest seiner Tage ein Häftling zu sein. Es spielte keine Rolle, daß er sich nun in einem ganz anderen Teil der Galaxis aufhielt, daß er sich sehr bemüht hatte, aus früheren Fehlern zu lernen – er gehörte zu den Leuten, die stets im Gefängnis landeten.

Paris entsann sich an den Versuch, keine Tränen zu vergießen. Er verabscheute die Vorstellung, dabei von den Vollstreckern beobachtet zu werden – obwohl sie sicher wußten, wie er sich fühlte. Irgendwann schlief er ein, und als er erwachte, stand Harry Kim auf der anderen Seite des Kraftfelds.

»Na endlich!« seufzte Kim. »Schon seit einigen Minuten rufe ich Ihren Namen. Ich habe Sie schon für tot gehalten.«

»Harry ...« Paris stellte fest, daß er vor der energetischen Barriere auf dem Boden lag, obwohl er sich daran zu erinnern glaubte, in einer Ecke des Raums zu kauern. »Was machen Sie hier?«

»Ohne Sie ist das Billardzimmer nicht mehr so interessant wie früher.« Kim wanderte am Kraftfeld entlang und richtete einen prüfenden Blick auf die Projektoren.

Paris richtete sich auf und straffte die Schultern. Er fühlte sich so, als hätte er einige Stunden lang auf dem Boden geschlafen, und außerdem präsentierte der Raum das gleiche Erscheinungsbild. Er wirkte wie das Innere einer Schachtel, mit einem Ergschild in der Mitte und zwei Türen, einer auf jeder Seite.

Harry blieb ständig in Bewegung, was einen deutlichen Hinweis auf seine Unruhe bot. »Der Commander wollte, daß ich beim Verhör zugegen bin.«

»Chakotay?« Das ergab doch keinen Sinn.

Kim berührte das Kraftfeld und zuckte zusammen, als es zu einer Entladung kam. »Wir mußten etwas unternehmen. Die Lebenserhaltungssysteme versagen, und unsere Reserveenergie ist auf achtzehn Prozent gesunken.«

Argwohn erwachte in Paris. Der echte Kim war bestimmt nicht so ohne weiteres bereit, wichtige Informationen preiszugeben. »Dies ist bestimmt eine weitere Simulation.«

Kim zog die Brauen zusammen, und für ein oder

zwei Sekunden bildeten seine Lippen einen dünnen Strich. »Kes erzählte uns, man hätte Sie gefoltert.«

»Sie hat mich also wirklich besucht …« Oder es handelte sich in *beiden* Fällen um Simulationen. Paris musterte den Fähnrich jenseits der energetischen Barriere, erkannte Befangenheit in der Art und Weise, wie Kim den Kopf ein wenig gesenkt hielt. Das Haar fiel ihm in die Stirn, und die Züge brachten eine fast schmerzhaft anmutende Offenheit zum Ausdruck. War es der echte Harry Kim? Oder sah er nur ein Pseudo-Wesen, geschaffen aus Reminiszenzen? Ließ sich die Wirklichkeit überhaupt noch vom Schein unterscheiden?

Paris seufzte und zweifelte nicht daran, daß die Tutopaner seine Reaktionen genau beobachteten. »Ob Sie eine Simulation sind oder nicht – ich weiß kaum, was schlimmer wäre. Mir graut, wenn ich daran denke, was Ihnen hier zustoßen könnte.«

»Sie wirken recht mitgenommen«, sagte Kim nach einer Weile.

»Das glaube ich gern.« Paris rieb sich das stoppelige Kinn. Spürte er dort Sandkörner?

»Ich sehe es in Ihren Augen«, fügte Kim hinzu. Das Ausmaß seiner Sorge erstaunte Paris. »Man hat Sie gefoltert, nicht wahr?«

»Die Qual ist noch nicht zu Ende.«

Kim hob die Hand, ließ sie dann wieder sinken. »Es tut mir leid, Tom. Es tut mir so leid. Ich wünschte, ich …«

Paris beobachtete, wie sich Kims Wangen röteten, als er versuchte, die Beherrschung zu wahren. Er begriff plötzlich, daß sich der Fähnrich die Schuld an den letzten Ereignissen gab. Woher wußten die Tutopaner, daß Kim zu derartigen emotionalen Reaktionen neigte? Ob Simulation oder Realität … Paris konnte nicht einfach so zusehen, wie der Junge litt. »Nehmen Sie es nicht so schwer, Harry. Ich gerate des öfteren in solche Situationen, aber ich finde immer einen Ausweg.«

Kim sah ihn an, und jetzt zeigte sich Entschlossenheit in seinem Gesicht. »Sie kehren zur *Voyager* zurück.«

Paris lächelte. »Und ob!«

Die Tür hinter Kim schwang auf, und im gleichen Augenblick hörte Paris, wie sich auch die Tür auf seiner Seite öffnete. Das Kraftfeld verschwand, und zwei Bedienstete schoben Metalltische herein. Die Riemen und Elektroden hatte der Pilot schon einmal gesehen, als er nach dem Aufenthalt in der Wüstenwelt erwachte. Alles wirkte unheilverkündend.

»Wissen Sie, was hier geschieht?« fragte er und trat zu Kim.

»Ja.« Der Fähnrich griff nach dem Arm des Gefangenen. »Wir verschwinden von hier.«

Zuerst dachte Paris, daß Kim ihn stützen wollte, und dann hatte er das Gefühl, als bohrte sich ihm ein heißer Draht in die Haut. Zischend ließ er den Atem entweichen. »Vielleicht sind Sie doch keine Simulation.«

»Ich empfange ein Subraumsignal«, sagte Tuvok. »Der Transponder wurde aktiviert.«

*Endlich,* dachte Chakotay. In seiner Miene zeigte sich jene Erleichterung, die alle Brückenoffiziere empfanden. »Öffnen Sie einen Kom-Kanal auf der Frequenz des Kartells.«

»Kom-Kanal geöffnet«, meldete Tuvok.

Mit Absicht wurden nicht alle Übertragungsstörungen und Interferenzen beseitigt – in der Nabe sollte man glauben, das Kommunikationssystem der *Voyager* läge gewissermaßen in den letzten Zügen. »Andockkontrolle, hier ist die *Voyager* am Andockturm BVO neunhundert.« Chakotay sprach betont laut und besorgt. »Wir haben *ernste* Probleme aufgrund von Fehlfunktionen in unseren Bordsystemen. Es ist unsere Absicht, auf sichere Distanz zu gehen, bevor wir mit den Reparaturen beginnen.«

»*Voyager*, hier ist die Andockkontrolle. Legen Sie *nicht* ab ...«

Chakotay unterbrach die Verbindung. »Andockklammern sprengen.«

Tuvok sah nicht von seiner Konsole auf. »Klammern gesprengt.« Trotz der Streifenmuster auf dem Hauptschirm war deutlich zu erkennen, daß sie von der Nabe fortglitten. »Der Explosionsdruck hat uns eine Geschwindigkeit von zwanzig Metern pro Sekunde verliehen.«

Chakotay öffnete den Kom-Kanal wieder. »Hier spricht die *Voyager*. Ich wiederhole: Wir haben große Probleme aufgrund von ausgeprägten Fehlfunktionen ...« Zum zweiten Mal unterbrach er den Kontakt. »Bringen Sie uns jetzt langsam von der Station fort. Ich möchte nicht, daß man in uns eine Gefahr für die Nabe sieht.«

»Aye, Sir. Manövriertriebwerk aktiv.«

Das Schiff schüttelte sich, als es zu ungleichmäßigem Schub kam. Einige rote Patrouillenboote näherten sich.

»Man schickt uns Vollstrecker hinterher«, sagte Chakotay ruhig.

»Entfernung zwanzigtausend Kilometer«, berichtete Tuvok. »Energetisches Niveau der Deflektorscheibe hat Soll-Werte erreicht.«

Der Erste Offizier stellte eine Interkom-Verbindung zum Transporterraum her. »Sind Sie soweit?«

»Ich habe bei beiden Personen einen stabilen Transferfokus«, antwortete Tala.

»Auf mein Zeichen hin ...«, sagte Chakotay. Plötzlich herrschte erwartungsvolle Stille auf der Brücke. »Deflektor-Entladung und Transporter – *jetzt!*«

Die Deflektorscheibe am Bug des Schiffes emittierte eine fast unsichtbare Störungswelle, die dazu diente, den Transporterstrahl zu tarnen – er wurde durchs Sensorfenster im Zentrum der Entladung kanalisiert.

Der energetische Druck gab dem Schiff ein größeres Bewegungsmoment, und die Distanz zur Nabe wuchs.

»Ausweichmanöver!« befahl Chakotay.

Die *Voyager* kippte zur Seite, schlingerte und erweckte den Eindruck, völlig außer Kontrolle zu geraten. Ein Laserstrahl zuckte an ihr vorbei ins All.

Chakotay öffnete wieder den Kom-Kanal mit der Kartell-Frequenz. »Dies ist kein Angriff! Wir versuchen, die Bordsysteme wieder unter Kontrolle zu bringen. Ich wiederhole: Dies ist kein Angriff!«

Die schlingernden Bewegungen des Schiffes dauerten an und brachten das Schiff weiter fort von der Nabe. Die Patrouillenboote der Vollstrecker wahrten sicheren Abstand.

»Tala?« fragte Chakotay.

»Beide Personen wurden transferiert und befinden sich an Bord, Sir.«

»Sie sollen unverzüglich zur Brücke kommen.« Sie brauchten ihren besten Piloten, wenn sie diese Sache ohne eine Katastrophe hinter sich bringen wollten.

Der Erste Offizier wandte sich der technischen Station zu. »Ist der Impulsreaktor bereit?«

»Aye, Sir!« erwiderte Carter ein wenig zu schnell. Er hoffte vermutlich, daß sie nicht den ganzen Impulsantrieb ruinierten.

»Sorgen Sie dafür, daß etwas Deuterium freigesetzt wird. Wir müssen die Vollstrecker auf Distanz halten.«

Eine neonfarbene Wolke entstand hinter der *Voyager* und dehnte sich aus. Die Geschwindigkeit des Schiffes erhöhte sich noch ein bißchen mehr. Chakotay sendete dem Kartell eine weitere Botschaft und warnte vor einer drohenden Reaktorexplosion.

Ein atemloser Kim erreichte den Kontrollraum, dichtauf gefolgt von Paris. Der Fähnrich freute sich ganz offensichtlich darüber, den Einsatz in der Nabe erfolgreich beendet zu haben. Nach dem anerkennenden Nicken des Ersten Offiziers eilte er sofort zu seiner Station.

Paris sah mitgenommener aus als jemals zuvor.

»Danke dafür, daß Sie mich zurückgeholt haben.« Seine Stimme klang heiser, und er sah Chakotay aus geröteten Augen an. »Vermutlich muß ich mit einem strengen Verweis rechnen, nicht wahr?«

»Sind Sie imstande, das Schiff zu fliegen, Mr. Paris?«

»Natürlich.« Er nahm an den Navigationskontrollen Platz. »Habe ich irgend etwas versäumt?«

»Sie sind gerade noch rechtzeitig eingetroffen«, versicherte Chakotay. »Lassen Sie uns ein ordentliches Spektakel veranstalten. Wissen Sie noch, welche Folgen sich durch die Separation des Speicherkerns für das Schiff ergaben?«

»Das werde ich nie vergessen.«

»Sorgen Sie dafür, daß sich etwas in der Art wiederholt. Und geben Sie uns Bescheid, wenn der Kurs nach Min-Tutopa führt. Dann öffnen wir die Sicherheitsventile des Impulstriebwerks, damit wir einen ordentlichen Stoß in jene Richtung bekommen.«

»Aye, Sir«, bestätigte Paris. Seine Augen glänzten.

Chakotay wußte, daß Piloten nur selten Gelegenheit erhielten, bei einem Schiff dieser Größe ihr ganzes Können zu zeigen. »Es kann losgehen.«

Die Nabe verschwand vom Hauptschirm, als sich die *Voyager* langsam um ihre Querachse drehte.

»Gravitation bleibt stabil«, brachte Kim zwischen zusammengebissenen Zähnen hervor.

»Gut«, murmelte Chakotay. Er glaubte zu spüren, daß Paris nun anders als sonst mit den Navigationskontrollen umging. So etwas wie ruhige Zuversicht kam darin zum Ausdruck.

»Die Patrouillenboote nähern sich«, warnte Tuvok.

»Achtung«, sagte Paris. Und dann: »Jetzt!«

»Sicherheitsventile des Impulstriebwerks werden geöffnet!« rief Carter.

Die *Voyager* saust durch den Pulk der tutopanischen Raumer und befand sich außer Reichweite, noch bevor die Vollstrecker reagieren konnten.

»Ausweichmanöver«, ordnete Chakotay an. »Neelix erwähnte einen automatischen Verteidigungsgürtel im Bereich des inneren Systems …«

»Aye, Sir.«

»Zehn Patrouillenboote verfolgen uns.« Nur Tuvok brachte es fertig, nachdenklich anstatt besorgt zu wirken. »Ihre Waffensysteme sind in der Lage, mit unseren Schilden fertig zu werden.«

»Ich habe noch einige Tricks auf Lager«, sagte Paris über die Schulter hinweg.

»Nach den Sensoren zu urteilen, erreichen wir Min-Tutopa, bevor die Vollstrecker zu uns aufschließen können.« Kim klang verwirrt. »Offenbar funktionieren die Ortungsgeräte nicht richtig. Die Patrouillenboote müßten eigentlich viel schneller sein als wir.«

Chakotay nickte langsam. »Sie warten ab«, murmelte er. »Vielleicht möchten sie feststellen, warum wir nach Min-Tutopa wollen.«

»Möglicherweise steht eine Verletzung der Ersten Direktive unmittelbar bevor«, sagte Tuvok.

»Hoffentlich nicht«, entgegnete Chakotay und dachte dabei an Janeway und Torres.

# 22

Andross verschränkte die Arme und sah auf Janeway hinab. »Die Frist ist fast verstrichen. Offenbar nehmen mich Ihre Leute nicht ernst.«

Die Kommandantin wollte dem Bevollmächtigen nicht den geringsten psychologischen Vorteil gewähren und stand auf. »Die Crew meines Schiffes glaubt Ihnen bestimmt. Aber sie hat keine Möglichkeit, Ihre Forderungen zu erfüllen.«

»Vielleicht sollte ich ihnen etwas mehr Nachdruck verleihen.«

»Andross!« entfuhr es Prog, die an der Hauptkonsole saß. »Du willst ihnen doch nichts antun, oder?«

»Ich bin bereit, alle notwendigen Maßnahmen zu ergreifen ...«

»Es wurde ein Alarm ausgelöst!« rief einer der Aufständischen.

Sofort nahm die Anspannung im Kontrollraum zu.

»Das Kartell hat eine allgemeine Warnung herausgegeben«, sagte Prog. »Ein fremdes Schiff ist im Innern des Systems unterwegs.«

Andross und Prog sahen aufs Display. Janeway reckte den Hals, konnte jedoch nichts erkennen. Als sie versuchte, näher an die Konsole heranzutreten, versperrte ihr einer der Wächter den Weg.

»Die bisherigen Vektordaten deuten darauf hin, daß der Kurs nach Min-Tutopa führt«, murmelte Prog. »In knapp zehn Intervallen erreicht das Schiff den Planeten.«

»Soll ich Kampfeinheiten in den Einsatz schicken, Andross?« fragte ein nervöser Aufständischer.

»Größe des Raumers, energetische Konfiguration...« Der Bevollmächtigte blickte auf die Anzeigen. Nach einigen Sekunden drehte er den Kopf und musterte Janeway. Ein seltsames Lächeln umspielte seine Lippen. »Offenbar kommen Ihre Leute, um Sie zu holen.«

»Die *Voyager?*« Sie schenkte dem Wächter keine Beachtung mehr, schob sich einfach an ihm vorbei. »Mein Schiff ist im Innern des Systems unterwegs?«

»Ja«, bestätigte Andross. »Aber es scheint beschädigt zu sein.«

»Kein Wunder«, erwiderte Torres. Ihre Aufmerksamkeit galt einem Monitor mit Sensordaten. »Immerhin haben Sie uns das Prozessormodul gestohlen.«

»Eine ganze Flotte von Patrouillenbooten der Vollstrecker folgt Ihrem Schiff«, sagte Andross.

»Das Kartell kommt hierher?« entfuhr es Prog. Sie riß die Augen auf. »Wie sollen wir darauf reagieren?«

»Vielleicht läßt sich mit Captain Janeways Idee doch etwas anfangen«, murmelte der Bevollmächtigte nachdenklich.

»Mit *meiner* Idee«, erwiderte die Kommandantin. Es klang erstaunt und auch verärgert. »Ich habe überhaupt nichts vorgeschlagen.«

»Sie fragten, warum das Gremium sich nicht mit einer Bitte um Hilfe ans Kartell wendet. Nun, inzwischen ist mir eins klar: Die Ratsmitglieder sind eher bereit, im Versammlungssaal zu verhungern, als uns nachzugeben.« In Andross' Augen loderte es. »Aber sie fürchten das Kartell. Wenn ich damit drohe, Vollstrecker an unserer Auseinandersetzung zu beteiligen... Vielleicht kann ich das Gremium damit unter Druck setzen.«

»Und wenn es nicht klappt...« Janeway zögerte kurz. »Dann ist Ihr Volk noch schlimmer dran als vorher.«

»Das Risiko muß ich eingehen.«

»Ach, müssen Sie das?« zischte B'Elanna Torres spöttisch.

Janeway sah den kleinen Tutopaner fast erschrocken an. »Sind Sie wirklich bereit, eine solche Verantwortung auf sich zu nehmen?«

Er wich ihrem Blick nicht aus. »Ich bin für die ganze Situation verantwortlich. Es wird nun Zeit, eine Entscheidung herbeizuführen.«

»Andross …« Prog wußte offenbar nicht genau, was sie von der jüngsten Entwicklung halten sollte.

»Einem solchen Mann vertrauen Sie?« fragte Torres.

»Ich habe mir alles genau überlegt«, versicherte Andross seinen Kameraden. »Mein Plan funktioniert bestimmt.«

»Aber wir wollten doch verhindern, daß sich das Kartell in unsere Angelegenheiten einmischt«, erwiderte Prog.

»Uns liegt nichts an irgendeiner Art von Kooperation mit dem Kartell«, pflichtete Andross ihr bei und eilte zum Kommunikationspult. »Aber Hamilt verabscheut die Vollstrecker und das, was sie repräsentieren, noch mehr als wir.«

Offenbar empfing das Gremium Berichte aus anderen Provinzen, denn Hamilt meldete sich fast sofort. »Geben Sie uns unverzüglich die Kontrolle über alle Systeme zurück«, sagte er. »Damit wir das Haus verteidigen können!«

»Es findet kein Angriff statt.« Andross erweckte den Eindruck, stolz auf sich zu sein. »Ich habe das Kartell eingeladen, bei der Ernennung von Verwalterin Fee zum Obersten Schlichter zugegen zu sein. Wenn Sie die Nominierung ablehnen, erlaube ich dem Kartell, über den Sitz des Hauses zu dominieren.«

Hamilt schnaufte fassungslos, und Janeway behielt jene Anzeigen im Auge, die den Anflug ihres Schiffes zeigten. Die Flugmuster der *Voyager* hatten sich inzwischen stabilisiert, aber der Schwarm aus Patrouillenbooten schloß rasch auf.

»Sie würden Ihr eigenes Volk verraten?« brachte Hamilt schließlich hervor.

»Ich will es retten.« Andross warf einen Blick auf den Monitor. »Fees Berufung zum Obersten Schlichter hindert das Kartell daran, noch mehr Macht zu erlangen. Darüber hinaus erschließt sie ein neues Informationsreservoir, indem sie auch jene Bürger mit Interface-Verbindungen ausstatten wird, die bisher auf direkte Kontakte verzichten mußten.«

»Wer gibt Ihnen das Recht, über solche Dinge zu befinden?« Damit sprach Hamilt eine Frage aus, die sich auch Janeway stellte.

»Mir ist klar, daß ich keine entsprechenden Befugnisse habe, aber ich fühle mich verpflichtet, die Sicherheit des Hauses zu gewährleisten. Die Patrouillenboote der Vollstrecker treffen bald ein. Wenn Sie nicht bereit sind, Fee zu unterstützen, übergebe ich das Haus dem Kartell.«

»Das wagen Sie nicht!«

»Ich meine es ernst.«

Einige Sekunden lang starrten sich Andross und das Ratsmitglied stumm an.

»Nein, ausgeschlossen!«

Kim beobachtete, wie Min-Tutopa im Projektionsfeld des Hauptschirms anschwoll, und er wußte: Sie waren nur so weit gekommen, weil die Vollstrecker nicht *zu* energisch versucht hatten, sie aufzuhalten.

»Achten Sie darauf, den Burschen nicht in die Schußlinie zu geraten«, sagte Chakotay, als die *Voyager* in den Orbit schwenkte. »Sonst könnten sie die günstige Gelegenheit nutzen und noch einmal das Feuer auf uns eröffnen.«

»Hier gibt es viele Satelliten, denen wir ausweichen müssen«, meinte Paris. Er klang besser, als er aussah.

»Können Sie die Insignienkommunikatoren von Captain Janeway und Lieutenant Torres anpeilen, Fähnrich?« fragte der Commander.

»Negativ, Sir.« Kim fühlte eine fast schon vertraute Mischung aus Enttäuschung und Ärger. »Seltsamerweise empfange ich keine ID-Signale. Die Kom-Geräte scheinen deaktiviert worden zu sein.«

»Ich versuche eine Sensorsondierung«, meldete Tuvok.

Hinter dem Vulkanier öffnete sich mit einem leisen Zischen die Tür des Turbolifts. Kes und Neelix kamen mit einem großen Isolierrohr herein.

»Dies ist nicht der geeignete Zeitpunkt, die Brücke zu besuchen«, stellte Chakotay fest.

»Wir bringen das neue Medikament für die Subprozessoren«, erklärte Kes.

Kim sah überrascht auf. »Mit den Subprozessoren ist soweit alles in Ordnung.«

»Ja«, bestätigte die Ocampa. »Aber Zimmerman hat folgendes herausgefunden: Wenn wir den Subprozessoren ein Stimulans hinzufügen, so werden dadurch die Synapsen angeregt – was dazu führt, daß sie die Datenimpulsmuster von den Gel-Massen des Speicherkerns fortlocken.« Sie sah zu Kim. »Es hat funktioniert, als wir den medizinischen Subprozessor mit der Arznei behandelten. Dem Doktor geht es jetzt viel besser.«

Chakotay drehte sich um. »Haben Sie diese Maßnahmen angeordnet, Fähnrich?«

Kims instinktive Reaktion bestand darin, jede Verantwortung abzulehnen und alles auf das psychotische Gebaren des Holo-Arztes zu schieben. Doch Kes' Augen vermittelten eine stumme Bitte, und daraufhin fiel ihm die Entschlossenheit in Zimmermans Zügen ein. Er selbst hatte vermutlich ähnlich ausgesehen, als er Chakotay bat, ihn zu Paris zu schicken. Vielleicht machte das einen guten Offizier aus: Es ging nicht darum, jedes Problem selbst zu lösen; man mußte auch wissen, wann ein Kollege Vertrauen verdiente.

»Wir sollten den Rat des Arztes beherzigen«, erwiderte Kim ruhig.

»In Ordnung.« Chakotay nickte. »Behandeln Sie die Subprozessoren. Aber schnell.«

Kim eilte Kes und Neelix voraus, um die bioaktive Weiche zu öffnen. Er hoffte, daß ihm kein weiterer Fehler unterlief. Aber diesmal fühlte sich alles richtig an.

Paris wandte sich halb vom Navigationspult ab. »Die Tutopaner neigen zur Xenophobie. Ich wette, der Captain und Torres sind praktisch die einzigen Außenweltler auf dem Planeten.«

»Tuvok?« fragte Chakotay.

»Scanne nach nichttutopanischen Lebensformen«, sagte der Vulkanier knapp.

In Hamilts Gesicht sah Janeway die Weigerung, Andross nachzugeben. Sie konnte solche Empfindungen gut verstehen, doch unter den gegenwärtigen Umständen nützten sie ihnen nichts.

Sie trat zur Kommunikationskonsole, um bei dem Konflikt zu vermitteln. »Bestimmt gibt es die Möglichkeit, eine Vereinbarung zu treffen, die für beide Seiten...«

Andross winkte den Wächtern zu. Einer von ihnen hielt Torres fest, und ein anderer näherte sich Janeway.

»Zwingen Sie mich nicht, Sie noch einmal zu betäuben«, sagte der Bevollmächtigte und sah wieder zum Kom-Schirm.

B'Elanna Torres stieß den Uniformierten beiseite. »*Versuchen* Sie es nur!« fauchte sie.

»Die Sensoren orten zwei Nichttutopaner im zentralen urbanen Bereich«, meldete Tuvok. »Transferfokus wird ausgerichtet.«

»Transporterraum – beamen Sie die beiden Personen direkt zur Brücke«, sagte Chakotay. Erwartungsvoll wandte er sich dem Oberdeck zu und hoffte, daß sie diesmal den gewünschten Erfolg erzielten.

Wenige Sekunden später materialisierten Janeway und Torres. Die Klingonin wankte einen Schritt vor und ballte die Fäuste – offenbar hatte sie gerade jemanden angreifen wollen. »Chakotay!« entfuhr es ihr, und sie blieb stehen.

»Willkommen daheim«, begrüßte der Erste Offizier die beiden Transferierten.

»So gern bin ich noch nie zuvor zurückgekehrt«, kommentierte Janeway.

Bevor Chakotay etwas erwidern konnte, wurde die *Voyager* von einem Laserstrahl getroffen und erbebte. Auf dem Hauptschirm glitten die Sterne hin und her, als Paris das Schiff zu stabilisieren versuchte.

Janeway verlor keine Zeit damit, offiziell das Kommando zu übernehmen. »Bericht!«

»Schilde stabil«, sagte Tuvok, und es klang fast überrascht.

»Das Ortungspotential der Sensoren nimmt zu.« Kim versuchte nicht, sein Erstaunen zu verbergen. »Die Leistungseffizienz bei fast allen Systemen wächst. Alles funktioniert besser: die taktischen Kontrollen, energetischer Transfer, Deflektoren, Schilde … Vermutlich liegt's an dem neuen Stimulans.«

»Nach wie vor steht uns nur wenig Energie zur Verfügung«, warf Tuvok ein.

»Nun, es ist immerhin etwas.« Janeway schritt die Rampe hinunter, und Chakotay gab den Kommandosessel frei. »Im Zentrum jener Stadt gibt es einen Gebäudekomplex mit Transportverbindungen, die in acht Richtungen führen.«

»Ich hab ihn gefunden«, sagte Kim.

»Der Komplex enthält einen großen offenen Bereich.

In der Nähe davon befindet sich ein Kommunikationszentrum mit Computern.«

»Ich registriere starke elektrische Aktivität«, ließ sich Tuvok vernehmen. »Fünf Tutopaner halten sich in dem Raum auf.«

»Gut.« Immer wieder schüttelte sich das Schiff, aber Janeway schien überhaupt nicht darauf zu achten. »Wenn uns Paris das nächste Mal an dem Mond vorbeibringt… Senken Sie die Schilde und beamen Sie die Tutopaner an Bord, direkt zur Brücke.«

»Aye, Captain«, bestätigte Tuvok.

Janeway nickte kurz, sah zu Chakotay und lächelte verschwörerisch. Er freute sich sehr, daß sie zurück war.

»Wir sollten endlich klare Verhältnisse schaffen«, sagte der Captain. »Ausweichmanöver, Mr. Paris.«

# 23

Fünf Tutopaner materialisierten auf dem Oberdeck der Brücke. Hamilt zeigte sich absolut verblüfft, als er die Kommandantin und Torres erkannte. Der Älteste der Tutopaner, den Janeway noch nicht kannte, staunte wortlos.

»Ich bin Captain Janeway.« Sie stellte sich nicht nur Hobbs und Sprecenspir vor, den Anhängern des Kartells, sondern auch dem Greis – wahrscheinlich handelte es sich um den Eldern. Calvert schob sich etwas näher an Hamilt heran. »Ich bedauere, daß Sie so abrupt hierhergeholt wurden, aber Sie haben uns Probleme beschert, die endlich gelöst werden müssen.«

»Ich bin empört und protestiere!« rief Hamilt. »*Wie* brachten Sie uns hierher?«

Hobbs trat vor. »Ja, wie ist es möglich, daß wir plötzlich hier sind, an Bord Ihres Schiffes?«

»Erleben wir vielleicht eine Simulation?« flüsterte Calvert Hamilt zu.

Janeway hob die Hände, um weiteren Fragen zuvorzukommen. Mit einer derartigen Reaktion der Tutopaner hätte sie eigentlich rechnen sollen. Nur der Eldern schwieg, schlurfte zum Hauptschirm und betrachtete die Darstellung des Planeten Min-Tutopa. Er lächelte entzückt.

Hobbs deutete zum Projektionsfeld. »Das sind Patrouillenboote der Vollstrecker.«

Janeway hielt sich fest, als ein weiterer Laserstrahl für Erschütterungen sorgte.

»Wir werden angegriffen!« entfuhr es Hamilt. Er schwankte und stieß gegen Calvert.

»Kapazität der Schilde auf vierunddreißig Prozent gesunken«, sagte Tuvok.

»Wir haben nur wenig Zeit für Diskussion, wie Sie sehen«, meinte Janeway. »Tutopaner haben das Prozessormodul unseres Computers gestohlen, mit dem Ergebnis, daß wir uns jetzt kaum verteidigen können.«

Einmal mehr donnerte es, und die *Voyager* kippte zur Seite.

»Bringen Sie uns sofort zurück!« forderte Hamilt, und Calvert nickte eifrig. Die Anhänger des Kartells wirkten nun besorgt.

Die Frau namens Hobbs wandte sich direkt an Janeway. »Geben Sie mir die Möglichkeit, mit dem Patrouillenkommandanten zu sprechen. Ich bitte die Vollstrecker darum, den Angriff abzubrechen.«

»Ich schätze, das fällt in den Zuständigkeitsbereich des Obersten Schlichters«, erwiderte Janeway. »Ich schlage vor, daß Sie sofort einen nominieren.«

»Wie bitte?« platzte es aus Hamilt heraus. »Das ist Nötigung! Sie konfrontieren uns hier mit dem Tod und erwarten, daß wir eine Entscheidung treffen, die Ihren Wünschen entspricht?«

»Ich habe es zunächst abgelehnt, bei Ihrem Konflikt Partei zu ergreifen«, sagte Janeway. »Aber ich lasse nicht zu, daß man uns noch länger manipuliert. Wir haben kein Interesse daran, an Ihren internen Auseinandersetzungen beteiligt zu werden, aber da es nun einmal geschehen ist ... Sie erleiden das gleiche Schicksal wie mein Schiff, wenn Sie nicht endlich vernünftig werden.«

»Sie könnten uns helfen, die Pläne der Aufständischen zu vereiteln«, entgegnete Hamilt hoffnungsvoll.

»Nein.«

»Ich versuche ein Ausweichmanöver.« Paris wirkte

recht angespannt, als seine Finger über die Schaltflächen der Navigationskontrollen huschten.

Hamilt richtete einen ungläubigen und zornigen Blick auf die Kommandantin. Janeway gab keinen Ton von sich – manchmal konnte man mit Schweigen mehr erreichen als mit vielen Worten.

Der Eldern humpelte noch näher an den Bildschirm heran. »Ich habe immer großen Gefallen daran gefunden, mein Haus vom Weltraum aus zu sehen. Ich könnte hier sterben, mit der Zufriedenheit schenkenden Erkenntnis, das Beste für mein Volk getan zu haben. Sie wissen, wen ich für das Amt des Obersten Schlichters vorschlage. Meiner Ansicht nach kommt dafür nur Verwalterin Fee in Frage.«

»Sie sturer Alter«, zischte Hobbs und schnitt eine Grimasse.

Hamilt sah Janeway an. »Begreifen Sie jetzt, was passiert, wenn man sich mit dem Kartell einläßt? Ist Ihnen klar, in welche Gefahr Sie nicht nur uns brachten, sondern das ganze Haus Min-Tutopa?«

»Wir stehen dicht vor dem Erfolg«, sagte Hobbs zu Hamilt. Sie versuchte, sich wieder zu fassen. »Es gibt zwei Möglichkeiten: Entweder ernennen Sie mich wie vorgesehen zum Obersten Schlichter, oder die Vollstrecker zerstören dieses Schiff und schlagen den Aufstand nieder. Ich würde mich in jedem Fall freuen, daß unser Werk vollbracht ist – selbst wenn ich die Vereinigung unseres Hauses nicht erleben könnte.«

Spreenspir wollte Einwände erheben, doch Hobbs durchbohrte ihn mit einem scharfen Blick. »Ich schließe mich diesem Standpunkt an«, fügte er sich.

»Narren!« heulte Hamilt. Zorn rötete sein Gesicht. »Sind Sie wirklich bereit, Ihr Leben dummem Fanatismus zu opfern? Warum akzeptieren Sie die Dinge nicht so, wie sie sind? Unser Haus ist stark. Wir können alle Krisen überwinden …«

»Unser Haus ist dem Ruin nahe«, widersprach der

Eldern. Seine ruhige Stimme hob Hamilts Hysterie noch deutlicher hervor. »Das wissen Sie ebensogut wie ich. Es wird nun Zeit, den richtigen Weg für die Zukunft unseres Volkes zu wählen.«

Hobbs' Miene verwandelte sich erneut in eine Fratze. Calvert befeuchtete sich nervös die Lippen und schien nicht bereit zu sein, eine Meinung zu äußern, bevor sich Hamilt entschieden hatte. Sein Blick richtete eine stumme Bitte an Janeway.

Die Kommandantin schwieg selbst dann, als Tuvok sagte: »Kapazität der Schilde auf einundzwanzig Prozent gesunken, Captain.«

»Viel mehr halten wir nicht aus«, fügte Kim warnend hinzu.

Janeway war stolz auf ihre Crew – in den Meldungen der Brückenoffiziere kam allein Loyalität zum Ausdruck. Hamilt sah sich im Kontrollraum um und stellte sich einer für ihn sehr bitteren Erkenntnis: Hier durfte er nicht mit Unterstützung rechnen; alle hielten zu ihrem Captain. Er kochte innerlich, und Janeway wußte, daß er an absolute Macht gewöhnt war. Vielleicht ließ es sein Stolz nicht zu, daß er jetzt kapitulierte.

»Ihr seid *Barbaren*«, schnaubte Hamilt. Seine Geste galt Janeway und der Brückencrew. »Nun, *ich* möchte mein Leben nicht einer so absurden Sache opfern. Eldern, hiermit bekommen Sie meine Unterstützung für Fees Nominierung. Ich hoffe nur, daß Sie noch lange genug leben, um dies alles zu bereuen.«

»Ich schließe mich Ratsmitglied Hamilt an«, sagte Calvert rasch.

»Dann ist alles klar.« Eldern neigte den Kopf und holte tief Luft. »Fee ist der neue Oberste Schlichter des Hauses Min-Tutopa.«

Hobbs hätte vor Wut platzen können, und Janeway fühlte Erleichterung, als Tuvok mit einem Phaser in ihr Blickfeld trat. Sprecenspir schlang die Arme um seine

Schultern und starrte beunruhigt zum Hauptschirm, der nach wie vor die Patrouillenboote der Vollstrecker zeigte.

»Wenn Sie uns jetzt bitte zurückbringen würden ...«, sagte er.

Janeway unterdrückte ein Lächeln. »Öffnen Sie einen Kom-Kanal zum Planeten, Mr. Kim. Wer möchte die offizielle Mitteilung machen? Hamilt?«

»Auf keinen Fall«, erwiderte er sofort und versuchte, seine Würde zu wahren.

Der Eldern wandte sich vom Hauptschirm ab und kam mit mühevollen Schritten näher. »Ich übernehme die Proklamation.«

»Beeilen Sie sich«, drängte Janeway. »Die Patrouillenboote des Kartells sollten so rasch wie möglich erfahren, wen sie angreifen – ein Raumschiff, in dem sich das Gremium des Hauses Min-Tutopa aufhält.«

# 24

Paris wußte nicht genau, was vor sich ging, aber er hielt es für ein gutes Zeichen, als die Schiffe des Kartells den Angriff beendeten. Er kämpfte gegen den sehr störenden Gedanken an, sich erneut in einer simulierten Welt zu befinden – vielleicht wurde er den Verdacht nie mehr ganz los, in einer Pseudo-Realität gefangen zu sein. Doch ob Wirklichkeit oder Simulation: Für ihn kam es in erster Linie darauf an, die Anweisungen des Captains zu befolgen.

Er steuerte die *Voyager* in einen stabileren Orbit, als Tuvok die fünf Ratsmitglieder zum Konferenzzimmer führte.

»Der Patrouillenkommandant setzt sich mit uns in Verbindung«, sagte Kim.

»Auf den Schirm.«

»Es werden nur Audiosignale übermittelt«, fügte der Fähnrich in einem entschuldigenden Tonfall hinzu.

»Natürlich.« Captain Janeway seufzte. »Na schön.«

Bei Paris stellte sich ein sonderbares Déjà-vu-Gefühl ein, als eine monotone tutopanische Stimme aus dem Lautsprecher drang. »An die *Voyager*. Sie haben die Nabe ohne Erlaubnis verlassen und werden hiermit aufgefordert, sofort zurückzukehren.«

»Wir mußten einige Dinge mit dem Haus Min-Tutopa klären«, erwiderte Janeway. »Haben Sie mit dem Obersten Schlichter Fee gesprochen?«

Eine kurze Pause folgte – vermutlich rief der Tutopaner Daten ab. »Der Oberste Schlichter erteilt Ihrem Schiff die Genehmigung, in der Umlaufbahn zu bleiben, bis sich das Gremium des Hauses Min-Tutopa wieder auf dem Planeten befindet.«

»Ich treffe Vorbereitungen für einen entsprechenden Transfer.«

»Wir warten, um Sie anschließend zur Nabe zu eskortieren«, ertönte es monoton. »Ich bin befugt, Ihnen folgendes mitzuteilen: Ihr Schiff hat an der Nabe einen Schaden in Höhe von 46 000 Krediteinheiten angerichtet. Hinzu kommen diverse Bußgelder, die sich insgesamt auf 164 500 Einheiten belaufen. Außerdem hat man mich beauftragt, die *Voyager* nach dem Gefangenen 07119 zu durchsuchen.«

Janeway bedeutete Tuvok, die Verbindung zu unterbrechen. Paris bemerkte die Verwirrung in den Zügen der Kommandantin. »Damit bin ich gemeint«, sagte er. »Ich hätte Tala gegenüber nicht behaupten sollen, es sei mir erlaubt, mich in die Nabe in die beamen.«

Janeway sah auf ihn hinab. »Sie haben einiges hinter sich, wie ich hörte. Vielleicht genügt das als Strafe.«

Paris nickte langsam. »Ich kann einfach nicht fassen, daß durch meine Schuld auch Harry in Gefahr geriet. So etwas wird sich nicht wiederholen, Captain.«

Chakotay räusperte sich. »Was die Schäden an der Nabe betrifft, Captain: Unser Ablegen vom Andockturm ...«

»... war spektakulär«, sagte Kim.

»... geschah recht abrupt«, korrigierte der Erste Offizier. »Das Kartell verlangte Informationen über die Transportertechnik, und bei Paris stand ein Verhör unter dem Einsatz von bewußtseinsverändernden Substanzen bevor. Wir beschlossen, ihn zu befreien. Im Anschluß daran erschien uns konsequentes Handeln richtig. Deshalb flogen wir nach Min-Tutopa, um auch Sie und Torres zurückzuholen.«

Janeways Gesichtsausdruck war fast die überstandenen Widrigkeiten wert, fand Paris.

»Ich lasse Sie nur zwei Tage lang allein ...« Sie schüttelte den Kopf und sah sich auf der Brücke um. Strenge prägte ihre Miene, doch eine gewisse Wärme in der Stimme deutete darauf hin, daß sie die Bemühungen ihrer Crew zu schätzen wußte.

»Wir empfangen Kom-Signale, Captain«, meldete Kim. »Vom Planeten.«

Fee war höflich genug, auf dem Hauptschirm zu erscheinen. »Captain Janeway ... Ich habe dem Kartell mitgeteilt, daß Ihr Schiff ein willkommener Gast unseres Hauses ist.«

»Danke«, erwiderte Janeway mit subtilem Sarkasmus.

»Ich glaube, wir haben etwas, das Ihnen gehört.« Die Tutopanerin lächelte. »Bevollmächtigter Andross leitet gerade die Deinstallation Ihres Prozessormoduls aus unserem Computernetz. Sie erhalten es zurück, wenn wir die Ratsmitglieder abholen.«

»Einverstanden«, sagte Janeway so kühl, als handelte es sich nicht um den wichtigsten Punkt von allen. Paris hörte, wie Torres und Kim seufzten. Er wußte, daß er sich eigentlich freuen sollte; statt dessen wuchs ein flaues Gefühl in seiner Magengrube.

Janeway schien sein Unbehagen zu spüren, trat näher und legte ihm die Hand auf die Schulter. »Da wäre noch etwas«, sagte sie zu Fee. »Das Kartell verlangt die Rückkehr meines Piloten Tom Paris.«

»Ich wünschte, ich könnte Ihnen helfen, Captain. Aber dazu sehe ich mich leider außerstande. Für diese Sache ist das Kartell zuständig – selbst die Macht des Obersten Schlichters ist begrenzt.«

»Sie boten die Freilassung des Gefangenen an, als Gegenleistung für unsere Kooperation«, sagte Janeway. »Zwar lehnten wir die Zusammenarbeit mit Ihnen ab, aber Sie sollten jetzt den Mut haben, zu Ihrem Angebot zu stehen.«

Fee wirkte verwirrt. »Captain ... Ich erinnere mich nicht an ein derartiges Gespräch.«

»Tatsächlich nicht?« Torres wandte sich von der technischen Station ab und trat vor. »Ich war dabei und habe alles gehört. Sie versprachen uns, Tom zu helfen, wenn wir die Probleme mit dem Prozessormodul lösen.«

Fee musterte die Klingonin und schüttelte langsam den Kopf. »Tut mir leid, aber ich habe nie zuvor mit Ihnen gesprochen. Wir sind uns beim Turnier begegnet, aber dort wechselte ich nur einige wenige Worte mit dem Captain, bevor Andross Sie fortrief.«

»Es fand eine zweite Begegnung statt«, sagte Janeway. »Im Turm. Nachdem Andross das Kom-Netz unter Kontrolle brachte.«

»Ich saß zusammen mit den anderen Ratsmitgliedern im Haussitz fest.«

»Angeblich handelte es sich um eine holographische Projektion«, meinte Torres.

Paris sagte sich, daß er nicht an Paranoia litt – er wußte, was geschehen war. »Sie haben nicht die Realität erlebt, sondern eine Simulation!« entfuhr es ihm.

»Ist das möglich?« wandte sich Janeway an Fee. »Könnten wir mit einer Simulation von Ihnen gesprochen haben?«

Fee preßte kurz die Lippen zusammen. »Es ist durchaus denkbar, daß Andross meine Matrix für den Versuch benutzte, Sie zur Kooperation zu bewegen. Das würde ich ihm zutrauen.«

»Jener Mann …« Janeway senkte voller Abscheu die Stimme. »Er hat uns von Anfang an belogen.«

»Andross ist ein ausgezeichneter Vermittler«, erwiderte die frühere Verwalterin. »Allerdings: Ich hielt nichts von seinen ungewöhnlichen Methoden, mir den Posten des Obersten Schlichters zu beschaffen. Während der Besetzung des Turms bat ich ihn darum, die Kontrolle ans Gremium zurückzugeben.«

»Dann dürften Sie von dieser Sache noch weniger halten«, erwiderte Janeway. »Andross trägt direkte

Verantwortung für den Diebstahl unseres Prozessormoduls.«

»Er teilte mir mit, er hätte es von Ihnen gekauft«, entgegnete Fee ruhig. »Jetzt bekommen sie es zurück, ohne daß Ihnen etwas in Rechnung gestellt wird. Ich schätze, damit genügen wir unserer Verantwortung.«

»Nicht ganz.« Janeway nickte Chakotay zu.

»Wir sind im Besitz von Frachtdateien, die aus dem Computersystem des Kartells stammen«, sagte der Erste Offizier. »Daraus geht hervor, daß Andross auch mit anderen Diebstählen in Verbindung steht. Er erhielt die Ware; sein Büro stellte den sogenannten ›Bergungsmannschaften‹ Schiffe und den benötigten Treibstoff zur Verfügung.«

Fee runzelte die Stirn. »Das Bergen ist keineswegs illegal…«

»Man hat uns in eine Falle gelockt«, betonte Janeway. »Die Diebe betäubten uns mit Nervengift, um das Prozessormodul in aller Ruhe stehlen zu können.«

»Ich habe Andross nicht zu solchen Aktionen autorisiert.«

»Doch als seine Vorgesetzte sind Sie dafür verantwortlich. Der Bevollmächtigte setzte die *Kapon* ein und brachte uns dazu, ein Shuttle aufzunehmen.« Janeway lachte bitter. »Uns ging es nur darum, Sternkarten mit Hinweisen auf Wurmlöcher zu erwerben.«

»Solche Karten haben wir nie bekommen«, brummte Paris – und hob überrascht die Brauen, als er Fees Reaktion bemerkte. Sie schien empört zu sein.

»Eine mit Ihnen getroffene Vereinbarung wurde nicht eingehalten?« fragte sie.

»Nein«, bestätigte Janeway.

»Haben Sie entsprechende Aufzeichnungen?«

Alle sahen zu Tuvok, und der Vulkanier nickte. »Alle Einzelheiten der Verhandlungen sind in einer Datei gespeichert.«

Fee atmete schneller.

»Ich nehme an, ein Repräsentant des Hauses Min-Tutopa sollte sich nicht auf Informationsbetrug einlassen.« Captain Janeways Tonfall war nicht einmal drohend.

»Nein«, erwiderte Fee sofort. »Ich möchte nicht, daß man beim Kartell von dieser Angelegenheit erfährt.«

»Ihr Einfluß reicht sicher weit genug, um Andross zu schützen ...«, überlegte Janeway laut.

Fee schluckte. »Ich veranlasse, daß die Haftgebühr Ihres Crewmitglieds aus dem Budget des Hauses bezahlt wird. Es ist bestimmt kein geringer Betrag ...«

»Vergessen Sie nicht den Schadenersatz und die Bußgelder«, sagte Chakotay.

»Ja, das dürfen wir nicht vergessen.« Janeway klopfte Paris auf die Schulter und sah zum Hauptschirm. »Bitte kümmern Sie sich sofort darum. Diese Sache sollte unverzüglich in Ordnung gebracht werden – damit sich keine weiteren Probleme ergeben. Finden Sie nicht auch?«

Einmal mehr bildeten Fees Lippen einen dünnen Strich. »Wie Sie meinen.«

Janeway wandte sich halb um, und daraufhin sagte Paris: »Captain ... Das ist noch nicht alles.« Nach den jüngsten Erfahrungen war er keineswegs sicher, daß Tracer wirklich existierte, aber er beschloß, in dieser Hinsicht nichts zu riskieren. »In der Nabe arbeitet eine tutopanische Hauswärterin namens Tracer. Sie wurde in die ganze Sache verwickelt, ohne daß sie irgendeine Schuld trifft. Ich wäre sehr dankbar, wenn Fee auch ihre Haftgebühr bezahlt.«

»Eine Tutopanerin?« Janeway wölbte die Brauen.

»Es war eine *Frau?*« fragte Kim verblüfft.

»Sie hatte zuviel getrunken, und das nutzte ich aus, um Zugang zum Kartellcomputer zu bekommen.« Paris' Worte galten Fee, doch er wußte, daß ihm alle aufmerksam zuhörten. Nun, es konnte sicher nicht schaden, wenn er sich an Harrys Anteilnahme ein Beispiel nahm. »Es ist nicht fair, daß sie bestraft wird«, fuhr er mit festerer Stimme fort. »Ihre derzeitige Situation steht ebenfalls in direktem Zusammenhang mit dem min-tutopanischen Aufstand. Allerdings hat sie niemanden, der für sie eintritt.«

»Offenbar genießt sie Ihre Unterstützung.« Fee sah zu Janeway, und der Ärger verschwand ganz plötzlich aus ihrem Gesicht. »Mir fiel gerade ein, warum ich das Amt des Obersten Schlichters anstrebte – um zu verhindern, daß wir vom Kartell in ein namenloses Kollektiv verwandelt werden.«

Paris beugte sich vor. »Sie sind also bereit, Tracer zu helfen?«

»Ich werde dafür sorgen, daß man sie aus der Haft entläßt.« Fee richtete einen nachdenklichen Blick auf die Brückencrew der *Voyager*. »Nach den hiesigen Maßstäben sind Sie sehr ungewöhnliche Leute – weil Sie sich um das Individuum sorgen. Hoffentlich lernt mein Volk mit der Zeit, die Dinge aus einer ähnlichen Perspektive zu sehen.«

»Wir haben ein Wort dafür«, sagte Janeway. »Wir sprechen in diesem Zusammenhang von Mitgefühl.«

»Ich beneide Sie darum«, erwiderte Fee.

## 25

Nachdem das Prozessormodul wieder im Computerraum installiert worden war, begleitete Janeway Torres und Kim zur Krankenstation, um dort eine Prognose in Hinsicht auf die neuralen Gel-Massen zu hören.

Zuerst dankte die Kommandantin dem Arzt für seine harte Arbeit. »Soweit ich weiß, haben Sie das Stimulans entwickelt. Dadurch waren die Sensoren der *Voyager* imstande, uns zu lokalisieren.«

Zimmerman senkte den Kopf, doch Janeway bemerkte, daß er Torres einen kurzen Blick zu warf – er schien feststellen zu wollen, wie sie reagierte. »Ich habe nur meine Pflicht erfüllt.«

Eine Sekunde später fügte Torres hinzu: »Danke.« Die Verlegenheit in ihrer Stimme machte deutlich: Sie begriff nun, daß sie den Doktor falsch eingeschätzt hatte.

Kim reichte Zimmerman einen Tricorder. »Die zusätzlichen Chemikalien in der Nährmasse des Hauptkerns sind inzwischen neutralisiert worden.«

»Gut.« Der holographische Arzt sah aufs Display. »Wir können das Prozessormodul aktivieren, sobald alle Verbindungen wiederhergestellt sind.«

Chakotay betrat die Krankenstation. »Wir sollten die Gastfreundschaft von Min-Tutopa nicht viel länger auf die Probe stellen.« Er bemerkte Janeways fragenden Blick und fügte hinzu: »Der Doktor bat mich, die medizinische Abteilung aufzusuchen.«

Zimmerman legte den Tricorder beiseite und faltete

die Hände. »Ich möchte Ihnen zeigen, was ich herausgefunden habe.«

Sein Gebaren war so ernst, daß Janeway nicht verstand, warum Kes so glücklich lächelte. »Gibt es ein Problem?«

»Nicht unbedingt«, erwiderte Zimmerman. »Das geschädigte Gewebe hat sich regeneriert, was bedeutet: Nach der Aktivierung des Prozessormoduls müßte der Computer wieder normal funktionieren.«

Janeway verbarg ihre Erleichterung und ahnte, daß es um etwas anderes ging. »Nun?«

»Die Regeneration wurde von einem Protein stimuliert, das unvorhergesehene Nebenwirkungen hervorgerufen hat.«

Kes schüttelte den Kopf. »Wenn man es so ausdrückt, klingt es nach einer Katastrophe. Obwohl es in Wirklichkeit etwas Wundervolles ist.«

»Was denn?« fragte Chakotay neugierig.

Der Blick des Doktors galt irgendeiner Stelle an der Decke. »Ich glaube, unser Computersystem entwickelt sich.«

»Es entwickelt sich?« wiederholte Janeway. »Was soll das heißen?«

»Es wächst«, antwortete Kes. »Auf die gleiche Weise wie ein Organismus nach der Zeugung.«

»Nervenzellen haben sich von der allgemeinen Zellmasse gelöst«, erklärte Zimmerman. »Sie bilden einen neuen Zellstamm. Alles deutet darauf hin, daß sie mit einer langsamen Wanderung durch die Gel-Massen begonnen haben und entsprechende Veränderungen in den zentralen Subprozessoren bewirken. Das ist der erste Schritt zu völliger physiologischer Integration.«

Janeway wußte nicht, wie sie das verstehen sollte. »Das hört sich so an, als sei der Computer lebendig.«

Wieder kam die Antwort von Kes. »In gewisser Weise reagiert das ganze Schiff wie ein einheitlicher Organismus.«

Chakotay atmete tief durch. »Erstaunlich.«

»Welche Folgen hat die Entstehung der neuen Zellen für das Computersystem?« fragte Janeway. Ihr Interesse galt vor allem den praktischen Aspekten.

»Eine höhere Integration könnte zu einer ,Verbesserung der Elaborationseffizienz führen«, meinte Kim.

»Eine weitere mögliche Folge besteht in Intelligenz«, sagte Kes.

»Intelligenz?« Janeway zögerte. »Glauben Sie, die *Voyager* könnte ein eigenes Bewußtsein entwickeln?«

Dieser Punkt spielte für Dr. Zimmerman eine große Rolle. »In rechtlicher und psychologischer Hinsicht kann man dann von einem Eigenbewußtsein sprechen, wenn Individuen in der Lage sind, logisch zu denken, zu verallgemeinern, neue Bedeutungen zu erkennen und aus Erfahrungen zu lernen. Die neuralen Gel-Massen sind dafür vorgesehen, alle diese Funktionen zu erfüllen.«

»Und jetzt entwickelt sich das Gehirn das Schiffes weiter«, fügte Kes hinzu.

Janeway fühlte Benommenheit. »Wenn das wirklich stimmt ... Mit dem Protein läßt sich die Weiterentwicklung fördern?«

»In der Tat.« Der Arzt wirkte seltsam nervös und griff nach dem Tricorder, als wollte er seine Diagnose mit Hilfe der Daten im Anzeigefeld beweisen. »Allerdings: Durch die Entfernung des Proteins aus der Nährmasse hat die Entwicklung inzwischen aufgehort.«

Janeway bemerkte Chakotays Überraschung, und selbst Torres ließ sich diesmal nicht zu einem spöttischen Kommentar hinreißen. Kim beobachtete sie mit gespannter Aufmerksamkeit.

Kes sprach das aus, was allen durch den Kopf ging. »Sollten wir das Protein nicht auch weiterhin verabreichen, wenn es für die Entwicklung des Computers notwendig ist?«

»Möchten wir, daß sich der Computer entwickelt?« fragte Kim.

»Meiner Ansicht nach sind wir verpflichtet, das fortzusetzen, was wir begonnen haben«, sagte Janeway. »Gute Arbeit, Doktor. Sie und Kim – behalten Sie die Auswirkungen des Proteins auf unser Computersystem im Auge. Geben Sie mir Bescheid, wenn sich etwas Neues ergibt.«

Zimmerman nickte, und in seinen Augen schimmerte nun so etwas wie Freude. »Ich habe Besorgnis von Ihnen erwartet.«

»Wie jeder Captain halte ich es für meine Pflicht, dabei zu helfen, daß mein Schiff sein volles Potential entfalten kann.«

»Und wenn sich dadurch Konsequenzen für unsere Rückkehr in den Alpha-Quadranten ergeben?«

»Ein Teil unserer Mission besteht darin, neue Lebensformen zu entdecken, Doktor. Es freut mich, daß wir eine in unmittelbarer Nähe finden konnten. Außerdem glaube ich, daß sich dadurch Vorteile für unser Bemühen ergeben, zur Föderation zurückzukehren.«

Der Holo-Arzt seufzte erleichtert. »Ich habe befürchtet, daß Sie die Behandlung mit dem Protein untersagen.«

Janeway lachte unwillkürlich. »Der Versuch, gegen das ganze Universum zu kämpfen, nützt nicht viel, oder? Ich arbeite lieber mit dem zusammen, was uns der Kosmos präsentiert.« Sie sah Torres an und lächelte. »Ich beabsichtige nicht, irgendeinem intelligenten Geschöpf meinen Willen aufzuzwingen. Wir kehren heim – indem wir uns gegenseitig helfen. Das gilt für die Crew und das Schiff.«

»Immerhin sind wir groß genug, um mit dem Kartell fertig zu werden«, kommentierte Chakotay.

STAR TREK™

in der Reihe
HEYNE SCIENCE FICTION & FANTASY

STAR TREK: CLASSIC SERIE

*Vonda N. McIntyre,* Star Trek II: Der Zorn des Khan · 06/3971
*Vonda N. McIntyre,* Der Entropie-Effekt · 06/3988
*Robert E. Vardeman,* Das Klingonen-Gambit · 06/4035
*Lee Correy,* Hort des Lebens · 06/4083
*Vonda N. McIntyre,* Star Trek III: Auf der Suche nach Mr. Spock · 06/4181
*S. M. Murdock,* Das Netz der Romulaner · 06/4209
*Sonni Cooper,* Schwarzes Feuer · 06/4270
*Robert E. Vardeman,* Meuterei auf der Enterprise · 06/4285
*Howard Weinstein,* Die Macht der Krone · 06/4342
*Sondra Marshak & Myrna Culbreath,* Das Prometheus-Projekt · 06/4379
*Sondra Marshak & Myrna Culbreath,* Tödliches Dreieck · 06/4411
*A. C. Crispin,* Sohn der Vergangenheit · 06/4431
*Diane Duane,* Der verwundete Himmel · 06/4458
*David Dvorkin,* Die Trellisane-Konfrontation · 06/4474
*Vonda N. McIntyre,* Star Trek IV: Zurück in die Gegenwart · 06/4486
*Greg Bear,* Corona · 06/4499
*John M. Ford,* Der letzte Schachzug · 06/4528
*Diane Duane,* Der Feind – mein Verbündeter · 06/4535
*Melinda Snodgrass,* Die Tränen der Sänger · 06/4551
*Jean Lorrah,* Mord an der Vulkan Akademie · 06/4568
*Janet Kagan,* Uhuras Lied · 06/4605
*Laurence Yep,* Herr der Schatten · 06/4627
*Barbara Hambly,* Ishmael · 06/4662
*J. M. Dillard,* Star Trek V: Am Rande des Universums · 06/4682
*Della van Hise,* Zeit zu töten · 06/4698
*Margaret Wander Bonanno,* Geiseln für den Frieden · 06/4724
*Majliss Larson,* Das Faustpfand der Klingonen · 06/4741
*J. M. Dillard,* Bewußtseinsschatten · 06/4762
*Brad Ferguson,* Krise auf Centaurus · 06/4776
*Diane Carey,* Das Schlachtschiff · 06/4804
*J. M. Dillard,* Dämonen · 06/4819
*Diane Duane,* Spocks Welt · 06/4830
*Diane Carey,* Der Verräter · 06/4848
*Gene DeWeese,* Zwischen den Fronten · 06/4862
*J. M. Dillard,* Die verlorenen Jahre · 06/4869

# STAR TREK™

*Howard Weinstein,* Akkalla · 06/4879
*Carmen Carter,* McCoys Träume · 06/4898
*Diane Duane & Peter Norwood,* Die Romulaner · 06/4907
*John M. Ford,* Was kostet dieser Planet? · 06/4922
*J. M. Dillard,* Blutdurst · 06/4929
*Gene Roddenberry,* Star Trek (I): Der Film · 06/4942
*J. M. Dillard,* Star Trek VI: Das unentdeckte Land · 06/4943
*David Dvorkin,* Die Zeitfalle · 06/4996
*Barbara Paul,* Das Drei-Minuten-Universum · 06/5005
*Judith & Garfield Reeves-Stevens,* Das Zentralgehirn · 06/5015
*Gene DeWeese,* Nexus · 06/5019
*D. C. Fontana,* Vulkans Ruhm · 06/5043
*Judith & Garfield Reeves-Stevens,* Die erste Direktive · 06/5051
*Michael Jan Friedman,* Das Doppelgänger-Komplott · 06/5067
*Judy Klass,* Der Boacozwischenfall · 06/5086
*Julia Ecklar,* Kobayashi Maru · 06/5103
*Peter Norwood,* Angriff auf Dekkanar · 06/5147
*Carolyn Clowes,* Das Pandora-Prinzip · 06/5167
*Diana Duane,* Die Befehle des Doktors · 06/5247
*V. E. Mitchell,* Der unsichtbare Gegner · 06/5248
*Dana Kramer-Rolls,* Der Prüfstein ihrer Vergangenheit · 06/5273
*Michael Jan Friedman,* Schatten auf der Sonne · 06/5179
*Barbara Hambly,* Der Kampf ums nackte Überleben · 06/5334
*Brad Ferguson,* Eine Flagge voller Sterne · 06/5349
*Gene DeWeese,* Die Kolonie der Abtrünnigen · 06/5375
*Michael Jan Friedman,* Späte Rache · 06/5412
*Peter David,* Der Riß im Kontinuum · 06/5464
*Michael Jan Friedman,* Gesichter aus Feuer · 06/5465
*Peter David/Michael Jan Friedman/Robert Greenberger,* Die Enterbten · 06/5466
*L. A. Graf,* Die Eisfalle · 06/5467

STAR TREK: THE NEXT GENERATION
*David Gerrold,* Mission Farpoint · 06/4589
*Gene DeWeese,* Die Friedenswächter · 06/4646
*Carmen Carter,* Die Kinder von Hamlin · 06/4685
*Jean Lorrah,* Überlebende · 06/4705
*Peter David,* Planet der Waffen · 06/4733
*Diane Carey,* Gespensterschiff · 06/4757
*Howard Weinstein,* Macht Hunger · 06/4771

# STAR TREK™

*John Vornholt,* Masken · 06/4787
*David & Daniel Dvorkin,* Die Ehre des Captain · 06/4793
*Michael Jan Friedman,* Ein Ruf in die Dunkelheit · 06/4814
*Peter David,* Eine Hölle namens Paradies · 06/4837
*Jean Lorrah,* Metamorphose · 06/4856
*Keith Sharee,* Gullivers Flüchtlinge · 06/4889
*Carmen Carter u. a.,* Planet des Untergangs · 06/4899
*A. C. Crispin,* Die Augen der Betrachter · 06/4914
*Howard Weinstein,* Im Exil · 06/4937
*Michael Jan Friedman,* Das verschwundene Juwel · 06/4958
*John Vornholt,* Kontamination · 06/4986
*Mel Gilden,* Baldwins Entdeckungen · 06/5024
*Peter David,* Vendetta · 06/5057
*Peter David,* Eine Lektion in Liebe · 06/5077
*Howard Weinstein,* Die Macht der Former · 06/5096
*Michael Jan Friedman,* Wieder vereint · 06/5142
*T. L. Mancour,* Spartacus · 06/5158
*Bill McCay/Eloise Flood,* Ketten der Gewalt · 06/5242
*V. E. Mitchell,* Die Jarada · 06/5279
*John Vornholt,* Kriegstrommeln · 06/5312
*Laurell K. Hamilton,* Nacht über Oriana · 06/5342
*David Bischoff,* Die Epidemie · 06/5356
*Diane Carey,* Abstieg · 06/5416
*Michael Jan Friedman,* Relikte · 06/5419
*Michael Jan Friedman,* Die Verurteilung · 06/5444
*Simon Hawke,* Die Beute der Romulaner · 06/5413
*Rebecca Neason,* Der Kronprinz · 06/5414 (in Vorb.)

STAR TREK: DIE ANFÄNGE
*Vonda N. McIntyre,* Die erste Mission · 06/4619
*Margaret Wander Bonanno,* Fremde vom Himmel · 06/4669
*Diane Carey,* Die letzte Grenze · 06/4714

STAR TREK: DEEP SPACE NINE
*J. M. Dillard,* Botschafter · 06/5115
*Peter David,* Die Belagerung · 06/5129
*K. W. Jeter,* Die Station der Cardassianer · 06/5130
*Sandy Schofield,* Das große Spiel · 06/5187
*Lois Tilton,* Verrat · 06/5323
*Diane Carey,* Die Suche · 06/5432

# STAR TREK™

*Esther Friesner,* Kriegskind · 06/5430
*Melissa Scott,* Der Pirat · 06/5434 (in Vorb.)
*Nathan Archer,* Walhalla · 06/5512 (in Vorb.)

STAR TREK: STARFLEET KADETTEN
*John Vornholt,* Generationen · 06/6501
*Peter David,* Worfs erstes Abenteuer · 06/6502
*Peter David,* Mission auf Dantar · 06/6503
*Peter David,* Überleben · 06/6504
*Brad Strickland,* Das Sternengespenst · 06/6505
*Brad Strickland,* In den Wüsten von Bajor · 06/6506
*John Peel,* Freiheitskämpfer · 06/6507
*Mel Gilden & Ted Pedersen,* Das Schoßtierchen · 06/6508
*John Vornholt,* Erobert die Flagge! · 06/6509
*V. E. Mitchell,* Die Atlantis Station · 06/6510
*Michael Jan Friedman,* Die verschwundene Besatzung · 06/6511
*Michael Jan Friedman,* Das Echsenvolk · 06/6512

STAR TREK: VOYAGER
*L. A. Graf,* Der Beschützer · 06/5401
*Peter David,* Die Flucht · 06/5402
*Nathan Archer,* Ragnarök · 06/5403
*Susan Wright,* Verletzungen · 06/5404
*John Betancourt,* Der Arbuk-Zwischenfall · 06/5405 (in Vorb.)

DAS STAR TREK-UNIVERSUM, 2 Bde.,
**überarbeitete und aktualisierte Neuausgabe!**
von *Ralph Sander* · 06/5150

DAS STAR TREK-UNIVERSUM, Ergänzungsband
von *Ralph Sander* · 06/5151

*William Shatner/Chris Kreski,* Star Trek Erinnerungen · 06/5188
*William Shatner/Chris Kreski,* Star Trek Erinnerungen: Die Filme · 06/5450

*Phil Farrand,* Cap'n Beckmessers Führer durch
STAR TREK – DIE NÄCHSTE GENERATION · 06/5199
*Phil Farrand,* Cap'n Beckmessers Führer durch
STAR TREK – DIE CLASSIC SERIE · 06/5451

Diese Liste ist eine Bibliographie erschienener Titel
KEIN VERZEICHNIS LIEFERBARER BÜCHER!